Blut im Schuh

Sandra Grauer

Blut im Schuh

Krimi

Weltbild

Besuchen Sie uns im Internet:
www.weltbild.de

Genehmigte Lizenzausgabe für Weltbild GmbH & Co. KG,
Werner-von-Siemens-Straße 1, 86159 Augsburg
Copyright © 2018 by Sandra Grauer
Dieses Werk wurde vermittelt durch die litmedia.agency, Offenburg
Koordination und Bearbeitung: usb bücherbüro, Friedberg (Bay.)
Umschlaggestaltung: Alexandra Dohse - www.grafikkiosk.de, München
Umschlagmotiv: mauritius images, Mittenwald
(© Markus Lange; © robertharding; © Alamy)
Satz: Datagroup int. SRL, Timisoara
Druck und Bindung: CPI Moravia Books s.r.o., Pohorelice
Printed in the EU
ISBN 978-3-95973-644-2

2021   2020   2019   2018
˙hreszahl gibt die aktuelle Lizenzausgabe an.

Für Niklas und Christian
Für Drea und Kristof

Prolog

Freitag, 21. Juli

»Was soll ich denn jetzt machen?«, fragte er, als Charlène aus dem Badezimmer kam, eingewickelt in ein Handtuch. In dem kleinen Raum hinter ihr waberte Dampf, und der Duft von Lavendel wehte langsam zu ihm herüber. Charlène hatte geduscht, so wie sie es immer tat, nachdem sie miteinander geschlafen hatten.

»Du liebst deine Frau doch noch, oder?« Ganz kurz sah sie ihn aus braunen Augen an und griff nach ihrer Handtasche, die neben der Badezimmertür stand. Dann setzte sie sich auf den Stuhl vor dem Schminkspiegel, holte einen korallenroten Lippenstift aus ihrer Tasche und zog sich die Lippen nach.

Er hatte nackt und mit hinter dem Kopf verschränkten Armen auf dem Doppelbett gelegen und sie beobachtet. Nun stand er auf und warf Charlène noch einen langen Blick im Spiegel zu, bevor er seine Sachen zusammensuchte und sich anzog. Der blaue Jogginganzug wirkte in dem teuren Hotelzimmer und neben Charlènes eleganter Erscheinung deplatziert. Gerne hätte er sich für sie etwas Besseres angezogen, aber nach dem Streit mit seiner Frau hatte er einfach so schnell wie möglich weggewollt, und Charlène schien sein Aufzug nicht zu stören. Mit ihr war alles so einfach. Manchmal wünschte er sich, mit seiner Frau könnte es genauso sein. Charlène war hübsch. Sie war groß und schlank, hatte aber weibliche Rundungen, die ihn immer wieder um den Verstand brachten. Ihre Haare fielen ihr glänzend braun über den Rücken.

Zu Schulzeiten und vor den Kindern hatte seine Frau auch mal so lange Haare und eine tolle Figur gehabt, doch wie so vieles hatte sich auch das geändert. Sie trug ihre Haare seit Jahren höchstens kinnlang, das war praktischer bei vier Kindern, darunter ein drei Monate altes Baby. Trotzdem wünschte er sich, sie würde nicht immer so pragmatisch an die Dinge herangehen.

»Kriege ich heute noch eine Antwort?«, fragte Charlène, ein Lächeln auf den Lippen. Ihre Blicke trafen sich im Spiegel, und er trat zu ihr, legte die Hände auf die Lehne ihres Stuhls.

Liebte er seine Frau noch? »Ich weiß nicht, schätze schon«, antwortete er leise.

»Wo ist dann das Problem?«, fragte sie, während sie einen Flakon aus ihrer Tasche kramte und sich je einen Spritzer Parfum auf die Handgelenke und den Hals sprühte, ein schwerer Duft. »Geh nach Hause und rede noch mal mit ihr.«

Charlène stellte sich das zu einfach vor. Seine Frau war verletzt, zu Recht. Dass Worte allein genügen würden, um alles wieder geradezubiegen, bezweifelte er. Wahrscheinlich war es auch nicht seine beste Idee gewesen, nach ihrem Streit Charlène anzurufen, aber er hatte Ablenkung gebraucht, und die hatte Charlène ihm gegeben.

Er umschlang sie von hinten mit seinen Armen, beugte sich nach unten und küsste sie auf den Hals. Ihr teures Parfum stieg ihm in die Nase, und ihm wurde mit einem Mal bewusst, dass er nicht nach Hause wollte.

»Hast du nicht noch ein bisschen Zeit für mich?«, fragte er und küsste sie erneut in die Halsbeuge, während seine Hände nach ihren Brüsten griffen. Zu gerne hätte er ihr das Handtuch abgestreift, doch Charlène schob seine Hände sanft beiseite und stand auf.

»Ich kann nicht, das weißt du doch. Sei froh, dass ich es überhaupt so spontan einrichten konnte.«

»Kannst du den Termin nicht absagen? Wär doch nicht das erste Mal. Hör zu, ich will nicht nach Hause, ich will aber auch nicht allein sein.« Klar, denn dann wäre er gezwungen, über sein Leben nachzudenken.

Charlène schüttelte den Kopf. »Erste Treffen mit einem

neuen Kunden sage ich aus Prinzip nicht ab, das macht einen schlechten Eindruck. Und ich bin ja nicht deine Geliebte.« Sie blickte demonstrativ zu den Geldscheinen, die er wie immer auf den Nachttisch gelegt hatte.

»Aber ich brauche dich«, sagte er und zog sie an sich. Sie mochte es nicht, wenn er sie nach dem Sex noch küsste, trotzdem drückte er seine Lippen auf ihren frisch geschminkten Mund.

Charlène wich zurück und verschränkte die Arme vor der Brust. »Bitte geh jetzt, ich muss mich fertig machen.«

»Wie du meinst, aber das wirst du noch bereuen«, sagte er und knallte die Tür hinter sich zu.

Charlène atmete tief durch. Sie warf einen langen Blick auf die geschlossene Tür, dann zog sie sich an. Allmählich wurde er anhänglich. Zu anhänglich, und sie fragte sich, ob es gut war, sich weiterhin mit ihm zu treffen. Sie hätte sich von vornherein nicht mit ihm einlassen dürfen. Zum Glück schien er sie bisher nicht erkannt zu haben, aber sie fürchtete sich jedes Mal davor. Wie würde er reagieren, wenn er es herausfand? Doch darüber würde sie später nachdenken, jetzt musste sie sich beeilen.

Eine halbe Stunde später verließ auch sie das Hotelzimmer. Die Schritte ihrer mörderisch hohen High Heels wurden vom Teppich des Hotelflurs gedämpft. Fast erwartete sie, dass er ihr auflauern würde, doch er tat es nicht. Erleichtert stieg sie in den Aufzug, fuhr nach unten und verließ das Hotel. Ein kurzer Blick auf die Uhr zeigte ihr, dass sie sich beeilen musste. Mit schnellen Schritten lief sie vorbei an verschiedenen Restaurants und Geschäften. Um diese Jahreszeit wimmelte es hier nur so von Menschen, und auch wenn es schon spät war, waren die Straßen noch voll.

Ohne langsamer zu werden, bog sie auf die Friedrichstraße ein. Schon von Weitem konnte sie die schwarze S-Klasse erkennen. Der Wagen wartete bestimmt auf sie. Ihr neuer Kunde hatte am Telefon gesagt, er würde sie mit einer Limousine abholen lassen, und tatsächlich stieg in diesem Moment ein Fahrer aus. Er trug einen dunklen Anzug, schwarze Handschuhe und eine Schirmmütze, die er tief ins Gesicht gezogen hatte. Seine Augen konnte sie nicht erkennen, doch sein mit einem üppigen Bart umrundeter Mund verzog sich zu einem Lächeln und entblößte dabei strahlend weiße Zähne.

»Charlène La Bouche?«, fragte er. Seine Stimme klang rau, als ob er erkältet wäre. Sie nickte, woraufhin er ihr immer noch lächelnd die Tür öffnete.

Sie stieg ein und schloss für einen kurzen Moment die Augen. Während der Mercedes das Stadtzentrum verließ, holte sie einen Spiegel aus der Tasche und überprüfte ihren Lippenstift. Dann schloss sie erneut die Augen und lehnte ihren Kopf zurück. Als sie das nächste Mal aus dem Fenster sah, passierten sie das Ortsschild. Der Fahrer beschleunigte und fuhr über die Kreisstraße Richtung Norden. Sie kannte das Restaurant, in dem ihr Kunde sie erwartete. Ein abseits gelegener Treffpunkt war nichts Ungewöhnliches. Viele Männer waren verheiratet oder anderweitig liiert und wollten auf Nummer sicher gehen.

»Warum nehmen Sie eigentlich nicht die Landstraße?«, fragte Charlène.

Der Fahrer zuckte mit den Schultern. »Ist kürzer«, brummte er.

Charlène sah wieder aus dem Fenster. Die Sonne war längst untergegangen, aber sie konnte die Landschaft noch erkennen. Eine Weile fuhren sie vorbei an Feldern, Wiesen und Wäldern. Plötzlich bremste der Fahrer ab und bog auf einen unbefestigten Weg. *Forstwirtschaftlicher Verkehr frei* stand auf einem Schild. Charlène warf dem Fahrer über den Rückspiegel einen fragenden Blick zu.

»Der Reifen«, erklärte er knapp und brachte das Auto zum Stehen. »Keine Sorge, es dämmert. Ich will nicht, dass mir jemand ins Auto fährt, deshalb der Feldweg«, sagte er mit seiner rauen Stimme. »Warten Sie hier.«

Der Fahrer stieg aus. Charlène hörte, wie der Kofferraum geöffnet wurde. Kurz darauf leuchtete ein Licht auf, und das Auto begann, leicht zu schaukeln. Sie hörte ein Fluchen, dann wurde ihre Autotür geöffnet.

»Könnten Sie mir mal helfen, Madame?«, fragte der Fahrer. »Der linke Vorderreifen ist platt.«

»Und wie kann ich Ihnen da behilflich sein?«, fragte Charlène zurück, die noch nie in ihrem Leben einen Reifen gewechselt hatte und heute Abend auch nicht damit beginnen wollte.

»Sie könnten die Taschenlampe halten«, sagte er und reichte sie ihr.

Charlène unterdrückte ein Seufzen, stieg aus dem Mercedes und umrundete den Wagen. Während der Fahrer das Reserverad aus dem Kofferraum holte, sah sie sich um. Rechts wuchs der Mais etwas mehr als hüfthoch, linker Hand führte ein zugewucherter Trampelpfad in den Wald hinein. *Hoffentlich dauert das nicht so lange,* dachte sie. Ganz wohl war ihr hier nicht.

»Leuchten Sie mal bitte«, sagte der Fahrer und legte das Reserverad auf den Boden.

Charlène ging in die Hocke, was auf High Heels und in dem knappen Kleid alles andere als einfach war, und richtete die Taschenlampe auf den Reifen. »So?«, fragte sie.

»Perfekt«, erwiderte der Fahrer, der schon wieder hinter ihr verschwunden war. »Einen Moment, ich habe den Radmutternschlüssel vergessen.«

Charlène schluckte. Die Stimme des Fahrers klang mit einem Mal nicht mehr rau und krächzend, sie war viel höher. Und sie kam ihr merkwürdig bekannt vor … Aber das war unmöglich. Wie war ihre Identität so schnell herausgekommen? Niemand wusste von ihrem Doppelleben. Ihr Herz begann zu rasen, die Taschenlampe rutschte ihr aus der Handfläche und landete mit einem dumpfen Geräusch auf dem Feldweg. Sie wollte sich umdrehen, doch dazu kam sie nicht mehr. Ein Schlag traf sie auf dem Hinterkopf. Augenblicklich verlor sie das Bewusstsein.

Kapitel 1

Fünf Tage zuvor, Sonntag, 16. Juli

»Ich hasse dich.« Emily funkelte ihre Mutter über das Dach des gelben Fiat 500 böse an, bevor sie sich auf der Beifahrerseite auf den Sitz fallen ließ und mit einem Knall die Tür hinter sich schloss.

Katharina ließ die Luft entweichen und schüttelte langsam den Kopf. Der Umzug fing ja gut an, und dabei waren sie noch gar nicht weit gekommen. Ihr graute vor der etwa dreieinhalb-stündigen Fahrt von Mannheim nach Friedrichshafen, doch da musste sie durch. Ein letztes Mal sah sie sich um: das vertraute Backsteingebäude, die Straße, der Nachbar, der jeden Tag zur selben Zeit mit seinem Dackel eine Runde drehte. Dann stieg auch sie ins Auto. Emily saß mit verschränkten Armen auf dem Beifahrersitz und schmollte wie ein kleines Kind. Rudi, der Cocker Spaniel-Pudel-Mischling, hatte es sich hinten auf der Rückbank in seinem Transportsitz gemütlich gemacht, sprang aber wieder auf und bellte aufgeregt, als Katharina ins Auto stieg. Sie kraulte den Hund hinter den Ohren, sah aber zu ihrer Tochter.

»Hör zu, Kleines. Ich mach das nicht, um dich zu ärgern. Das weißt du, oder? Ich will nur dein Bestes.«

Emily gab keine Antwort. Stattdessen blickte sie demonstra-tiv aus dem Fenster. Seufzend schob Katharina eine CD in den Player. Sofort umhüllten sie die zugleich sanften und imposan-ten Töne von David Garretts Version von *Child's Anthem* und beruhigten sie etwas. Es hatte jetzt keinen Sinn, Emily alles er-klären zu wollen, also startete sie den Wagen, lenkte ihn auf die Straße und Richtung Autobahn. Wenn sie sich doch wenigstens selbst hundertprozentig sicher wäre, dass sie das Richtige tat.

Vielleicht reagierte sie zu heftig? Wobei es bei ihrer Vorgeschichte kein Wunder war. Emily musste ihre Zweifel jedenfalls gespürt haben, denn seitdem war sie nur noch uneinsichtiger. Aber irgendwann würde ihre Tochter schon verstehen, dass es Katharina ganz allein um ihr Wohl ging.

»Ich mache das wirklich nur für dich«, versuchte sie es noch einmal.

»Das ist doch Blödsinn, du liebst den Bodensee.«

»Sicher, er ist meine Heimat. Aber das ist nicht der Grund für den Umzug, und das weißt du. Oder muss ich dich daran erinnern, was passiert ist?«

Emily gab wie erwartet keine Antwort. Schweigend fuhren sie eine Weile über die Autobahn. Es begann zu nieseln, und Katharina hätte sich gerne mit ihrer Tochter unterhalten, um sich von der eintönigen Beschäftigung abzulenken, doch das Mädchen versteckte sich hinter dem Smartphone.

»Wie geht es Markus denn?«, fragte sie irgendwann.

Emily schnaubte. »Als ob dich das interessiert.«

»Natürlich tut es das.«

»Ach ja? Und warum hast du mich dann gezwungen, mich von meiner großen Liebe zu trennen?«

»Große Liebe? Du bist fünfzehn, und ihr kennt euch seit drei Wochen.«

»Na und? Wie alt warst du denn, als du Papa kennengelernt hast?«

»Ich möchte jetzt nicht über deinen Vater sprechen.«

»Gut, ich hab nämlich keine Lust auf dein Gequatsche.«

Na super, das ist ja richtig gut gelaufen, dachte Katharina. Emily beschäftigte sich wieder mit ihrem Smartphone und schwieg den Rest der Fahrt.

»Mann, haben die hier unten nicht mal ‚ne beschissene Autobahn?«, war alles, was sie noch von sich gab. Sie waren bei Stockach auf die B 31 gefahren und mittlerweile auf Höhe von Überlingen.

Katharina warf Emily einen entschuldigenden Blick zu. »Wir

sind auf dem Land, irgendwann gibt es hier unten halt keine Autobahn mehr.«

Kurz sah sie aus dem Fenster und lächelte beim Anblick der vertrauten Gegend. Vor zehn Jahren war sie weggezogen, aber es kam ihr länger vor. Damals hatte sie ein ganz anderes Leben geführt, da war alles noch so viel einfacher gewesen. Sie war glücklich gewesen, hatte geglaubt, im Leben sei alles möglich. Seitdem war »viel Wasser den Bach hinuntergeflossen«, wie ihr Vater immer zu sagen gepflegt hatte. Manchmal wünschte sie sich, sie könnte noch so vertrauensvoll in die Zukunft blicken wie damals, aber die Zeiten waren ein für alle Mal vorbei.

Als Katharina den Fiat in die Seitenstraße lenkte und kurz darauf am Straßenrand der Wohnsiedlung parkte, hatte es aufgeklart, und die Sonne kam hervor. Wenigstens das Wetter war auf ihrer Seite. Sie streckte sich und blickte sich um. Hier sah alles ganz anders aus als in der anonymen Straße, in der sie in Mannheim gewohnt hatten. Hübsche Häuschen reihten sich aneinander, mit Vorgärten, in denen Rosen, Lavendel, Hortensien oder Lilien in voller Pracht erblühten.

Der Umzugswagen war eine ganze Weile vor ihnen abgefahren und parkte bereits in der Einfahrt vor dem Haus. Die Möbelpacker wuselten wie Ameisen umher und trugen nach und nach alles hinein.

»Und, was sagst du?«, fragte Katharina an Emily gewandt und sah an ihr vorbei aus dem Fenster der Beifahrerseite. »Das Haus ist doch schnuckelig, oder? Und wir haben sogar einen Garten.« Den mussten sie sich zwar mit ihrer Mutter teilen, aber in Mannheim hatten sie nicht mal einen Balkon gehabt.

Emily stieg aus, ohne eine Antwort zu geben. *Sie wird sich hier schon eingewöhnen,* sprach Katharina sich Mut zu. *Und ich mich auch.* Sie zog den Schlüssel aus dem Zündschloss, schnallte Rudi ab und stieg ebenfalls aus. Ihre Mutter Maria trat gerade mit einem Tablett, auf dem sie Thermoskanne und Kaffeetassen balancierte, aus der Tür des Nachbarhauses. Als sie ihre Tochter und Enkelin erblickte, stellte sie es auf der Mauer ab und kam auf sie zugelaufen. Missbilligend nahm sie zur Kenntnis, dass Rudi sich in dem Geranienbeet neben der Mauer erleichterte, sagte aber nichts dazu. Stattdessen nahm sie erst Emily, dann Katharina in die Arme.

»Da seid ihr ja. Willkommen zu Hause, ihr Lieben. Jetzt sind wir endlich wieder zusammen, wie es sich für eine richtige Familie gehört.«

Eine richtige Familie waren sie schon lange nicht mehr, seit ziemlich genau zehn Jahren. Damals war Katharinas Welt entzweigebrochen, und das gleich zwei Mal kurz hintereinander. Doch daran wollte sie jetzt lieber nicht denken. »Du siehst gut aus«, sagte sie zu ihrer Mutter. Tatsächlich sah Maria wie immer aus wie aus dem Ei gepellt: weiße Bluse, beigefarbene Stoffhose, der blonde Pagenschnitt mit Pony perfekt zurechtgeföhnt. Und das an einem Umzugstag.

Maria lächelte und musterte ihre Tochter. Das Lächeln verschwand aus ihrem Gesicht. »Du leider nicht, mein Kind. Du hast ganz schön dunkle Augenringe und bist auch ein bisschen blass. Aber das kriegen wir schon wieder hin, nicht wahr? Wäre doch gelacht, wenn wir mit ein bisschen Seeluft und Liebe nicht wieder die Miss Oberschwaben aus dir machen könnten.«

Katharina unterdrückte ein Augenrollen und folgte ihrer Mutter und Tochter ins Haus.

Nervös wanderte Katharina auf und ab, während sie im abgetrennten Eingangsbereich der Kriminalpolizeidirektion Friedrichshafen darauf wartete, dass man sie abholte. Sie war aufgeregt wie an ihrem ersten Schultag, dabei wusste sie, dass sie gut war in ihrem Job. Den Grund für ihre Nervosität sah sie durch die Fensterfront genau in diesem Moment die breite Treppe hinunterkommen: ihr neuer Chef, Kriminalhauptkommissar Hubert Riedmüller. Er öffnete die Tür und winkte sie zu sich.

»Katrinchen, so hübsch wie immer.« Väterlich schlug er ihr auf die Schulter.

15

Katharina biss sich auf die Lippe. Sie hasste es, wenn er sie so nannte. Mit fünf Jahren war das vielleicht noch ganz niedlich gewesen, aber spätestens mit zehn Jahren hatte es sie bereits genervt. Und dabei hatte sie sich heute extra für einen dunkelblauen Hosenanzug entschieden, um einen professionellen Eindruck zu machen. Normalerweise kleidete sie sich lieber sportlich-leger, das war praktischer. Aber ihrem Patenonkel konnte Katharina nichts vormachen, er kannte sie eben schon zu lange. Hubert hatte immer noch ein paar Kilo zu viel auf den Rippen und eine Vorliebe für Hosenträger. Heute kombinierte er sie mit einer schwarzen Stoffhose und einem weißen Hemd. Nur an den grauen Strähnen, die seine ansonsten dunklen Haare inzwischen deutlich mehr durchzogen, erkannte man die Zeit, die vergangen war. Zehn Jahre war ihre letzte Begegnung her, damals auf der Beerdigung.

»Hallo, Hubert. Schön, dich wiederzusehen. Ich freue mich schon auf unsere Zusammenarbeit.«

»Dann komm mal mit. Wir haben gerade nicht übermäßig viel zu tun, die Mörder scheinen im Sommerurlaub zu sein, also kann ich dir alles zeigen.«

Fast eine halbe Stunde lang führte Hubert sie durch das Gebäude, das sie an diesem Tag nicht zum ersten Mal sah: Besprechungsräume, den Gewahrsamsraum, den Vernehmungsraum für Kinder, den Mikrospurensicherungsraum … Sie schüttelte unzählige Hände und erkannte sogar einige der Kollegen wieder. Zum Schluss landeten sie in ihrem neuen Büro im ersten Stock. *Seinem* Büro. Katharina blieb im Türrahmen stehen und betrachtete einen Moment den Schreibtisch, der wie vor zehn Jahren seitlich zum Fenster und gegenüber dem anderen Schreibtisch stand. Hubert bemerkte ihr Zögern erst, als er die Kaffeemaschine erreicht hatte.

»Stimmt was nicht?«, fragte er.

»Nein, nein, alles bestens«, sagte sie mit einem Lächeln und ging hinüber zu dem Schreibtisch, der ab sofort ihrer sein würde. Vorsichtig zog sie den Drehstuhl hervor. Theoretisch erinnerte nichts mehr daran, dass ihr Vater einmal hier gearbeitet hatte, und doch konnte sie an nichts anderes denken. Einst war er Huberts Chef gewesen, nun war Hubert ihr Chef.

»Möchtest du einen Kaffee?«, fragte er, die leere Kanne bereits in der Hand.

»Nein, danke, ich trinke lieber Tee.«

Hubert verzog den Mund. »Tee? Na, dann mal her mit dir. Du lernst jetzt erst einmal, wie man einen vernünftigen Kaffee kocht.«

Katharina hatte es sich mit einem Buch auf dem Sofa gemütlich gemacht, Rudi zu ihren Füßen, doch sie konnte sich nicht so recht auf die Buchstaben vor ihren Augen konzentrieren. Immer wieder kehrten ihre Gedanken zu der letzten Woche zurück, die sie sich völlig anders vorgestellt hatte. Wenigstens Emily schien sich bereits besser eingelebt zu haben, als sie jemals zugeben würde. In der Schule fehlte ihr zwar noch der Anschluss, aber schon in ein paar Tagen würden die Sommerferien starten. Und immerhin verstand sie sich sehr gut mit Franzi, der Tochter einer Nachbarin. Maria hatte die beiden zusammengebracht, und auch heute Abend waren die Mädchen gemeinsam unterwegs. Katharina freute sich für Emily, auch wenn sie insgeheim gehofft hatte, den ersten Samstagabend im neuen Heim zusammen mit ihrer Tochter verbringen zu können.

Rudi sprang vom Sofa, noch ehe es an der Tür klingelte. Gähnend folgte sie dem Hund zur Haustür – und erstarrte. »Daniel!«

Sie hätte damit rechnen müssen, eine Begegnung war schließlich unausweichlich, und doch traf es sie völlig unvorbereitet, ihm mit einem Mal gegenüberzustehen.

»Du lebst, wie schön«, bemerkte er trocken.

»Bitte?«

»Du bist schon fast eine Woche hier. Ich dachte, du meldest dich mal.«

Er lächelte, und doch hörte Katharina den leichten Vorwurf in seiner Stimme. Sie erwiderte nichts, verschränkte nur die

17

Arme vor der Brust. Ebenso angestrengt wie erfolglos versuchte sie, ihren Exmann nicht zu mustern. Er hatte sich nicht verändert, war lediglich etwas erwachsener und reifer geworden. Seine Statur, die blauen Augen, die hellbraunen, leicht zerzausten Haare, dazu der Drei-Tage-Bart, das tiefe Grübchen im Kinn und die Lachfältchen um die Augen. Ein Charmeur und Sonnyboy, auf den die Mädels schon zu Schulzeiten standen, doch Katharina hatte ihn sich geangelt und geheiratet. Ein Fehler, wie sich später herausstellte.

Daniel bückte sich und wuschelte Rudi durchs beigefarbene Fell. Nur um die Nase herum, an den Pfoten und am Bauch hatte der Hund ein paar weiße Flecken. »Du musst Rudi sein. Emily hat nicht gelogen, du siehst wirklich aus wie ein Teddybär.« Ein Bellen war die Antwort.

»Du weißt von Rudi?«, fragte Katharina.

»Klar, Emily hält mich in ihren Mails immer auf dem Laufenden. Ich weiß sogar, warum der Hund Rudi heißt, wenn auch nicht von ihr.« Er zwinkerte ihr zu.

Katharina errötete leicht. Kaum jemand erinnerte sich mehr daran, dass sie zu Kinderzeiten ein Rudi-Völler-Fan gewesen war, aber Daniel kannte sie eben besser als jeder andere Mensch, ob ihr das nun gefiel oder nicht.

Daniel erhob sich wieder. »Wo ist unsere Tochter?«

»Sie ist mit Franzi unterwegs, dem Mädchen von gegenüber.«

»Und du bist ganz allein zu Hause, an deinem ersten Wochenende? Warum bist du nicht bei Maria?« Mit dem Kopf deutete er zum Nachbarhaus.

»Meine Mutter hat Pfarrer Peters da, um über seine morgige Predigt zu reden. Offenbar ein Ritual der beiden.« Daniel grinste, und nun konnte auch Katharina sich das Grinsen nicht verkneifen.

Allerdings verging es ihr, als ihr Exmann sagte: »Dann entführe ich dich jetzt. Komm, zieh dich um. Es sei denn, du möchtest so bleiben.«

Abwehrend hob sie die Hände. »Keine Sorge, ich bin ganz

gerne mal für mich.« Außerdem hatte sie absolut keine Lust, den Abend mit Daniel zu verbringen.

»Aber nicht heute, es ist zwanzigjähriges Klassentreffen.«

»Ach richtig, ich erinnere mich an die Einladung. Eigentlich hatte ich nicht vor, dahin zu gehen.« Um ehrlich zu sein, hatte sie die Mail ihrer ehemaligen Klassenkameradin Nathalie sofort gelöscht. Zwar war sie neugierig, aber dies hier hätte ja das erste Wochenende mit Emily im neuen Haus werden sollen.

»Nicht?« Daniel zog die Augenbrauen hoch. »Willst du denn nicht wissen, was aus den anderen geworden ist? Oli, Moni, Robin?«

Katharina rang mit sich, doch schließlich trat sie beiseite. Auf Emily musste sie keine Rücksicht mehr nehmen, also konnte sie genauso gut zum Klassentreffen gehen. »Na schön, komm kurz rein. Ich ziehe mir nur schnell was anderes an.«

Kapitel 2

Samstag, 22. Juli

Während der Fahrt schwiegen sie. Katharina sah aus dem Fenster und genoss den Blick auf ihre alte und zugleich neue Heimatstadt. Nichts schien sich verändert zu haben, und doch hatte sich seit damals so gut wie alles geändert. Sie riss sich zusammen. Es brachte nichts, sich an vergangene Zeiten zu klammern, und sie hasste es, wenn andere Menschen es taten.

Daniel parkte seinen schwarzen Mustang, inzwischen ein Oldtimer, in einem Parkhaus direkt an der Seepromenade, dann schlenderten sie die Uferstraße entlang, vorbei am Stadtgarten und dem Yachthafen. Linker Hand glitzerte der Bodensee in der tief stehenden Sonne. Restaurantterrassen, Bänke, die Wiesen des Stadtgartens – überall tummelten sich Menschen und genossen den lauen Sommerabend und das Wochenende. Katharina atmete die frische Seeluft ein. Vielleicht war es doch keine schlechte Idee gewesen, das Haus zu verlassen.

»Wie läuft es auf der Arbeit?«, fragte Daniel beiläufig. Katharina holte erneut tief Luft, als sie merkte, wie sich ihre Laune wieder verschlechtern wollte. Daniel, der es bemerkte, lachte. »So schlimm, ja?«

»Schlimmer. Im Moment ist absolut nichts los, und anstatt mich in die interne Arbeitsweise einzuarbeiten, lässt Hubert mich literweise Kaffee kochen. Ohne das Zeug ist er nicht lebensfähig und vor allem morgens zu nichts zu gebrauchen. Dabei trinke ich nicht mal Kaffee.«

Daniel warf ihr einen überraschten Seitenblick zu. »Seit wann das?«

Seit ich meine Sonntagmorgen nicht mehr mit dir, sondern al-

lein mit meiner Tochter verbringe, dachte sie, doch sie zuckte nur mit den Schultern. »Tee ist gesünder und abwechslungsreicher.« Er nickte, ohne sich anmerken zu lassen, was er dachte. »Glaub mir, die Leute lassen das Morden nicht. Eher früher als später habt ihr einen neuen Fall, und dann kannst du dich vor Hubert beweisen.«

Katharina schnaubte. »Beweisen? Im Gegensatz zu ihm habe ich die Weiterbildung in Villingen gemacht.«

»Ich weiß«. Daniel wich einem etwa dreijährigen Mädchen auf einem Dreirad aus, das ihnen von vorne entgegenkam. »Aber das ist eine spezielle Situation. Hubert hat so viele Jahre mit deinem Vater zusammengearbeitet. Dir hat er die Windeln gewechselt, und nun bist du plötzlich seine neue Kollegin. Lass ihm ein wenig Zeit, um sich daran zu gewöhnen.«

Katharina strich sich eine Locke hinters Ohr, die der Wind ihr immer wieder ins Gesicht wehte. »Das Problem ist doch viel mehr, dass Hubert einem weiblichen, jungen Wesen, das noch dazu ganz hübsch ist, nichts zutraut.«

»Ganz hübsch? Kathi, du bist wunderschön. Das warst du schon immer, und daran hat sich in den letzten Jahren nichts geändert.«

Katharina spürte die Hitze in ihren Wangen und wich Daniels Blick aus. Im Kindergarten hatten die anderen Kinder sie noch wegen der grünen Augen, den langen roten Locken und den vielen Sommersprossen Pippi Langstrumpf genannt, doch schon in der Schule hatte sich das gelegt. Ab da war sie höchstens aus Eifersucht gehänselt worden, was es allerdings auch nicht einfacher gemacht hatte. Sie räusperte sich. »Nett von dir. Und wie läuft es bei dir? Was macht die Arbeit?«

»Ich bin im Moment in der Pathologie.«

Katharina erinnerte sich, dass ihre Mutter es mal am Telefon erwähnt hatte. »Richtig. Und wie ist es als Rechtsmediziner in der Pathologie? Vermisst du deine Arbeit nicht?«

Er zuckte mit den Schultern. »Sicher, aber was will man machen?

Rechtsmedizinische Institute sind rar, und von irgendwas muss der Mensch ja leben. So, da wären wir.«

Vor dem Graf-Zeppelin-Haus blieb er stehen und bedeutete Katharina, vorzugehen. Sie brauchten nicht einmal zu fragen, wo sie hin mussten, denn schon von Weitem waren die Musik der 90er Jahre und lautes Gelächter zu hören. Das Klassentreffen war bereits in vollem Gange. Das Buffet samt Geschirr und Besteck sowie ein halbes Dutzend Tische waren vorbereitet, doch im Moment standen die ehemaligen Klassenkameraden noch wie zu Schulzeiten in denselben Grüppchen zusammen und plauderten über vergangene Zeiten. Katharina erkannte auf den ersten Blick, dass sich die meisten von ihnen aufgebrezelt hatten, um einen guten Eindruck zu machen. Nicht wenige hatten sich in Anzüge oder schicke Kleider geworfen. Sie und Daniel bildeten eine der wenigen Ausnahmen. Daniel trug einen marineblauen Pullover zu einer hellen Chino-Hose, sie selbst hatte sich für eine Jeans mit weißem Top und grauem Blazer entschieden.

Daniel lehnte sich zu ihr. »Mein Haus, mein Auto, mein Boot«, witzelte er.

Bevor Katharina etwas erwidern konnte, eilte Nathalie auf sie zu. Sie hatte das Treffen organisiert und die Einladungen verschickt. Außerdem war sie heimliche Vorsitzende des Schnepfen-Clubs gewesen, zu dem neben ihr und Michelle noch einige andere Blondinen gehört hatten. »Daniel, Kathi. Ihr beide zusammen, was für eine Überraschung. Mit dir habe ich gar nicht mehr gerechnet, Kathi. Du hast überhaupt nicht auf die Einladung reagiert.«

Natürlich hatte sich unter den ehemaligen Mitschülern längst herumgesprochen, dass sich das Traumpaar der 10a inzwischen hatte scheiden lassen. Für den Schnepfen-Club war das bestimmt die schönste Nachricht des Jahres gewesen. Katharina hasste Getratsche hinter ihrem Rücken und bereute schon jetzt, dass sie sich von Daniel zu diesem Treffen hatte überreden lassen. Sie biss sich auf die Lippe. »Das war eine spontane Entscheidung. Wir bringen dir doch nicht die ganze Planung durcheinander?«

Nathalie winkte ab. »Ach Gott, nein. Es gibt doch immer einige Unentschlossene, damit muss man rechnen. Hol dir was zu trinken und gesell dich zu den anderen.« Sie hakte sich bei Daniel unter. »Erzähl doch mal, klärst du immer noch Mordfälle auf? Das muss ja unglaublich spannend sein.«

Missmutig beobachtete Katharina, wie Nathalie ihren Exmann davon schleppte. Die Blondine war schon immer eifersüchtig auf Katharina und scharf auf Daniel gewesen.

Jemand legte ihr einen Arm um die Schulter. »Hallo, meine Hübsche. Was machst du denn hier?«

»Jonas!« Katharina fiel ihrem damals wie heute besten Freund um den Hals. Seit ihrem Umzug an den See hatten sie noch keine Zeit für ein Treffen gehabt. Jonas war neben Daniel der begehrteste Junge der Klasse gewesen, und dass Katharina gleich beide bekommen hatte – einen als festen Freund, den anderen als Kumpel – hatte sie unter den anderen Mädchen nicht eben beliebt gemacht. »Endlich ein nettes Gesicht. Ich hab ernsthaft mit dem Gedanken gespielt, mich wieder hinauszuschleichen.«

»Was mich zurück zu meiner Frage bringt: Was machst du hier?«

»Na, was wohl! Daniel hat mich hergeschleppt und sich dann sofort von Nathalie in Beschlag nehmen lassen.«

Jonas grinste. »Versucht sie's mal wieder bei ihm? Wie oft muss er ihr noch einen Korb geben, bis sie endlich begreift, dass er nur dich will?«

Katharina verdrehte die Augen. »Das war einmal.«

»Sagst *du*.«

Sie stöhnte. »Also, wenn du mir jetzt den ganzen Abend Vorträge halten willst, gehe ich echt. Das zwischen Daniel und mir ist lange vorbei.«

Jonas hob beschwichtigend die Hände. »Hoppla, war doch nur Spaß. Na komm, ich hole uns was zu trinken, und dann erzählst du mir, welche Laus dir über die Leber gelaufen ist.«

23

An diesem Abend wurde Katharina das Gefühl nicht los, die Zeit wäre stehen geblieben und die letzten zwanzig Jahre hätte es nie gegeben. Der eine oder andere hatte die Haarfarbe gewechselt oder ein paar Pfund zugelegt beziehungsweise abgenommen, aber je später es wurde, desto mehr brachen sich die alten Verhaltensmuster Bahn. Die Tratschmäuler von damals zerrissen sich auch heute das Maul über alles und jeden, Michelle schmiss sich wie zu Schulzeiten an jeden halbwegs gut aussehenden Mann heran, und Robin, dessen rote Haare deutlich weniger geworden waren, machte den Klassenclown. Zudem waren ausnahmslos alle damit beschäftigt, mit ihrem ach so erfolgreichen Leben zu prahlen.

Katharina saß mit Jonas und Frederik zusammen an einem Tisch und trank ein Glas Weißwein. Mit dem aalglatten Frederik hatte sie nie besonders viel zu tun gehabt, aber die beiden Männer hatten sich auch in den letzten Jahren nicht aus den Augen verloren. Ihre Väter waren seit jeher Mitglieder im selben Yachtclub, und nun waren es auch die Söhne.

»Wann warst du das letzte Mal draußen?«, fragte Frederik.

»Ist schon ein paar Wochen her«, antwortete Jonas. »Diesen Sommer bin ich bisher kaum zum Segeln gekommen.«

Frederik trank einen Schluck von seinem Burgunder. »Das lasse ich mir nicht nehmen. Wenn es mein Terminkalender zulässt, komme ich jedes Wochenende runter, um rauszufahren.«

»Was machst du eigentlich in Stuttgart?«, fragte Katharina.

»Ich bin Anlageberater. In der Großstadt kann man diesbezüglich einfach mehr reißen als hier auf dem Land.« Er kraulte sich seinen Bart und wandte sich an Jonas. »Wir sollten mal wieder zusammen einen Törn wagen, so wie früher. Clemens ist bestimmt auch dabei.«

»Klar, warum nicht? Vielleicht magst du auch mitkommen?«, fragte Jonas Katharina. »Wir wollten doch immer mal zusammen segeln. Clemens hat sicher nichts dagegen, und du doch auch nicht, Frederik, oder?«

»Meinetwegen gern.«

»Mal sehen«, erwiderte Katharina vage. Ehrlich gesagt hatte sie keine große Lust. Mit Jonas alleine, jederzeit, aber Frederik hatte sie schon zu Schulzeiten nicht ausstehen können. Er war ein Poser und Angeber gewesen, und das hatte sich bis heute nicht geändert. Und Clemens kannte sie nicht einmal.

Frederik strich sich durch die blonden, nach hinten gegelten Haare und stand auf. »Noch ein Chardonnay für dich, Katharina?«

»Gern«, erwiderte sie mit einem aufgesetzten Lächeln. Sie beobachtete, wie er sich durch die Menge schob und immer mal wieder stehen blieb, um ein paar Worte mit jemandem zu wechseln. »Ich werde wohl nie verstehen, warum du ausgerechnet mit Frederik befreundet bist.«

»Was heißt befreundet?«, meinte Jonas. »Durch den Yachtclub läuft man sich halt hin und wieder über den Weg, aber Frederik ist gar nicht so schlimm, wie du immer behauptest. Du kennst ihn halt nicht richtig.«

»Er ist noch arroganter und von sich selbst eingenommener als damals, und das will was heißen.«

»Zugegeben, aber er ist auch offen und spendabel. Er kann sogar richtig charmant sein, wenn er will.«

»Wer kann charmant sein?«, fragte Daniel und ließ sich mit einem Seufzen gegenüber Katharina auf einen Stuhl fallen.

»Frederik.« Katharina ließ ihren Blick durch die Menge schweifen. Obwohl es schon weit nach Mitternacht war, war es immer noch voll. Der Schnepfen-Club von damals tanzte zu *Barbie Girl*, die anderen saßen einfach nur zusammen und unterhielten sich. »Bist du Nathalie endlich losgeworden?«

Daniel schnaubte. »Vielen Dank auch. Du hättest mir schon mal helfen können.«

»Was kann ich denn dafür, wenn du dich von der Trulla immer wieder einfangen lässt?«

»Redet ihr von Michelle?« Monika ließ sich auf den freien Stuhl neben Daniel fallen, einen Stapel Zeitschriften in der

Hand. Monika war eigentlich sehr nett, aber ihr Problem war immer gewesen, dass sie überall dazugehören wollte.

»Nathalie«, korrigierte Katharina.

Monika lachte, sie wedelte mit dem Stapel in ihrer Hand. »Habt ihr schon eine Abgangszeitung?« Sie drückte jedem ein Exemplar in die Hand.

Als sie damals ihren Abschluss gemacht hatten, hatten sie bei jedem Foto genügend Platz gelassen, um zwanzig Jahre später ein neues Bild daneben abzudrucken. Katharina schlug die Zeitschrift auf. Einige wenige Platzhalter waren leer geblieben, aber sogar neben ihrem Foto von 1997 prangte ein aktuelles. Sie sah auf.

»Woher habt ihr denn das Foto?«, wollte sie wissen, denn sie hatte es niemandem gegeben. Sie war sich nicht mal sicher, ob sie dieses Bild überhaupt kannte.

»Von deiner Mutter«, antwortete Monika und beugte sich vor. »Habt ihr schon das von Anna gehört? Sie hat wohl so einiges machen lassen. Schade, dass sie nicht hier ist, das hätte ich zu gern mit eigenen Augen gesehen.« Monika schob Daniel ein weiteres, aufgeschlagenes Exemplar der Abgangszeitung über den Tisch. »Schreibst du mir was Nettes rein?«

»Ach herrje!«

Jonas starrte mit großen Augen auf das alte und neue Foto von Susanne. Katharina folgte seinem Blick. Susanne war damals der Traum aller Jungs gewesen, aber sie hatte sich extrem verändert. Die langen blonden Haare der 90er waren einer praktischen Kurzhaarfrisur gewichen. Dadurch wirkte sie lange nicht mehr so weiblich wie früher, aber das war nicht alles. Sie war extrem gealtert, ihre Augen hatten den Glanz verloren.

Monika beugte sich erneut verschwörerisch über den Tisch. »Sie ist ganz schön aus dem Leim gegangen, was? Aber was will man auch anderes erwarten. Sie und Max haben immerhin drei Kinder bekommen. Oder sind es inzwischen sogar vier?«

Susanne und Max waren Anfang der zehnten Klasse ein Paar geworden und heute noch miteinander verheiratet. Katharina suchte den großen Raum nach den beiden ab und fand sie schließlich in der Nähe des Getränkeausschanks. Ob sie glücklich waren, stand auf einem anderen Blatt. Zumindest im Moment sah keiner von beiden danach aus, sie waren in einen Streit vertieft. Susanne hielt Max am Arm fest, und er sprach so laut, dass jeder es hören konnte.

»Ich denke, das ist weder der richtige Ort noch der richtige Zeitpunkt.« Damit riss er sich los und ließ seine Frau einfach stehen.

Die Gespräche der anderen verstummten, alle Blicke richteten sich auf Susanne, der das Ganze extrem unangenehm zu sein schien. Sie machte gute Miene zum bösen Spiel, lächelte verlegen und wandte sich ab, um sich noch etwas zu trinken zu holen. In diesem Moment tat sie Katharina unglaublich leid.

»Ich hätte nie gedacht, dass die beiden mal so enden«, sagte Monika. »Andererseits hätte ich auch nie gedacht, dass ihr zwei euch mal scheiden lasst. Nathalie und die anderen Schnepfen haben immer gesagt, dass das zwischen euch nicht halten wird, aber die sind auch heute noch Singles.«

»Oder ebenfalls geschieden«, fügte Jonas hinzu.

Katharina und Daniel wechselten einen betretenen Blick. Katharina hätte selbst nie geglaubt, dass es zwischen ihr und Daniel so ausgehen würde. Sie kannten sich fast ein ganzes Leben, waren schon zusammen in den Kindergarten gegangen. Mit fünfzehn hatten sie sich ineinander verliebt und waren immerhin zehn Jahre lang ein Paar gewesen, bevor Katharina mit fünfundzwanzig die Scheidung eingereicht hatte.

Daniel setzte an, um etwas zu sagen, doch im selben Moment klingelte Katharinas Handy. Sie wandte sich ab und zog es aus ihrer Tasche. Das war bestimmt Emily, die wissen wollte, wo ihre Mutter blieb, doch zu ihrer Überraschung meldete sich Hubert.

»Hallo, Chef. Ist alles in Ordnung?«

Hubert hielt sich nicht mit Nebensächlichkeiten auf. »Raus aus den Federn, wir haben eine Leiche.«

Katharina überkam sofort die altbekannte Aufregung, auch wenn sie deshalb jedes Mal ein schlechtes Gewissen hatte, weil sie sich eigentlich nicht über den Fund einer Leiche freuen sollte. »Wo soll ich hinkommen?«

»Der Tatort ist auf der Kreisstraße zwischen Friedrichshafen und Oberteuringen. Halte Ausschau nach einem Maisfeld mit Blaulicht. Hier sind inzwischen haufenweise Polizeiwagen, du kannst es also gar nicht verfehlen.«

»Bin schon unterwegs.« Sie legte auf, und alle am Tisch sahen sie erwartungsvoll an. Inzwischen war auch Frederik mit ihrem Glas Weißwein zurückgekehrt. »Wir müssen zu einem Tatort«, sagte sie mit Blick zu Daniel.

»Wir?« Überrascht zog er die Augenbrauen hoch.

»Ja, wir. Ich bin ohne Auto hier und hab was getrunken, außerdem können wir vor Ort sicher einen Gerichtsmediziner gebrauchen.« Sie schob ihren Stuhl zurück und stand auf.

»Und was ist mit deinem Chardonnay?«, fragte Frederik.

»Gib ihn Moni«, antwortete Katharina und sah erneut zu Daniel. »Kommst du?«

Kapitel 3

Sonntag, 23. Juli

Schon von Weitem erkannte Katharina die vielen Autos am Straßenrand und das Absperrband. Daniel ging vom Gas und parkte seinen Mustang hinter Huberts VW Golf, der mindestens so alt war wie Katharina selbst. Zwischen einem Waldstück auf der linken und einem Maisfeld auf der rechten Seite führte ein Schotterweg hindurch, dem Katharina folgte. Im offenen Kofferraum eines Streifenwagens saßen ein junger Mann und eine junge Frau, beide wirkten abwesend. Der Polizist, der mit ihnen sprach, machte sich Notizen. Überall wuselten Kollegen in weißen Anzügen herum, die Spuren gesichert oder Fotos gemacht hatten und nun ihre Sachen zusammenräumten, und im Maisfeld kniete ein älterer Mann, um die Leiche zu untersuchen. Hubert stand mit einer Taschenlampe daneben; er wirkte unzufrieden.

»Und genauer können Sie's nicht sagen?«, fragte er den am Boden knienden Mann.

»Leider nein«, antwortete dieser. »Das Opfer ist ziemlich ausgekühlt, es liegt sicher schon eine Weile hier, aber den genauen Todeszeitpunkt kann ich im Moment nicht nennen.«

Hubert seufzte. »Ich hasse Leichen am frühen Morgen. Dann bleibt mir wohl nichts anderes übrig, als jemanden vom gerichtsmedizinischen Institut in Ulm aus dem Bett zu klingeln. Bis die hier sind …«

»Das wird nicht nötig sein«, sagte Katharina.

Hubert drehte sich zu ihr um. »Katrinchen, das ging aber schnell.« Er stutzte, als sein Blick auf Daniel fiel. »Du hier?«

»Hallo, Hubert. Lange nicht gesehen.« Die beiden Männer schüttelten sich freundschaftlich die Hände. Hubert hatte Daniel schon immer gemocht.

»Wir waren zusammen auf einem Klassentreffen«, erklärte Katharina. »Ich dachte, ich bringe Daniel gleich mit. Dann können wir uns den Anruf in Ulm sparen.«

»Sehr schön, da denkt endlich mal jemand mit.« Hubert nickte zufrieden, doch dann näherte er sich Katharina und sog tief die Luft ein. Skeptisch betrachtete er sie. »Hast du was getrunken?«

»Nur ein Gläschen Wein«, gestand sie. »Meine ehemaligen Mitschüler kann man anders nicht ertragen.«

Hubert unterdrückte ein Grinsen, er reichte Daniel ein paar Handschuhe. »Bitte, das Opfer gehört dir.«

Widerwillig machte der ältere Mann Platz, den Katharina nun auch erkannte. Es war Dr. Sprung, der Hausarzt ihrer Mutter und Nathalies Vater. Sofort wünschte Katharina sich, sie hätte sich den Kommentar mit ihren Mitschülern gespart. Sie und der Arzt nickten sich knapp zu.

»Ich schätze, das Opfer ist seit mindestens neunzehn Stunden tot, da die Körpertemperatur auf Umgebungstemperatur abgesackt ist«, sagte Dr. Sprung.

Daniel erwiderte nichts, sondern kniete sich wie der Arzt zuvor neben die Leiche. Katharina bückte sich über ihn und die noch junge Frau, die auf dem Rücken im Maisfeld lag. Sie trug ein hautenges schwarzes Kleid, dazu roten Lippenstift. Blut war aus einer Wunde am Kopf über ihre braunen Haare gelaufen, sie hatte nur einen roten High Heel am Fuß. Katharina sah sich um, erblickte aber nur wenige Meter entfernt eine schwarze Clutch und eine Blutspur, die sich über den Weg bis zum Maisfeld zog.

»Wo ist der zweite Schuh?«, fragte sie.

Hubert zuckte mit den Schultern. »Unser Aschenputtel scheint nur einen gehabt zu haben, jedenfalls konnten wir den anderen bisher nicht finden.«

»Aber ihr habt die Leiche nicht bewegt?«, fragte Daniel und sah kurz auf. Hubert nickte, und Daniel begann, das Opfer von allen Seiten zu untersuchen. Ganz genau betrachtete er die

Wunde am Kopf und drückte mit dem Daumen in die Haut am Rücken. »Die Totenflecken lassen sich nicht mehr wegdrücken, zudem hat die Totenstarre komplett eingesetzt und löst sich bereits wieder. Ich würde sagen, der Tod trat zwischen zweiundzwanzig und ein Uhr letzter Nacht ein. Todesursache ist ein Schädeltrauma durch stumpfe Gewalteinwirkung. Genaueres kann man erst nach der Obduktion sagen.«

»Das ist doch schon mal was«, sagte Hubert und wandte sich an Dr. Sprung. »Ich schätze, wir brauchen Sie nicht mehr. Danke für Ihre Mühe.«

Der Arzt nickte erneut knapp und verschwand ohne jedes weitere Wort. Offensichtlich fühlte er sich in seiner Medizinerehre verletzt.

»Handelt es sich um ein Sexualverbrechen?«, fragte Katharina.

Daniel stand auf. »Danach sieht es nicht aus. Das Opfer hat keine Deckungsverletzungen an Armen und Händen, die durch Abwehren entstehen. Die Frau wurde hier drüben von hinten erschlagen«, er deutete auf den Blutfleck, »und dann ins Maisfeld gezogen, damit man sie nicht so schnell entdeckt. Dem Einschlagwinkel nach zu urteilen muss sie am Boden gekniet haben, andernfalls wäre der Täter ein Riese.«

»Also kannst du nichts über die Größe des Täters sagen?«, fragte Katharina. Daniel schüttelte den Kopf.

»Dann können die Kollegen das Opfer schon mal einpacken?«, fragte Hubert.

»Meinetwegen ja«, antwortete Daniel.

Hubert winkte den Kollegen zu, die bereits auf ihren Einsatz warteten. Zu zweit kamen sie mit einer Trage und hoben die Leiche an, um sie daraufzulegen. Dabei kam der zweite High Heel zum Vorschein. Er lag blutverschmiert unter dem Oberkörper der Leiche.

»Sieh mal einer an, unser Aschenputtel hatte doch zwei Schuhe«, sagte Hubert.

Daniel ging noch einmal in die Hocke, um das Ganze genauer zu betrachten. »Der Schuh muss dem Opfer vom Fuß ge-

31

fallen sein und sich dann irgendwo im Bereich der Schulterblätter verkantet haben und mitgeschleift worden sein, als der Täter das Opfer an den Beinen ins Maisfeld gezogen hat.«

»Wer hat die Leiche eigentlich gefunden?«, wollte Katharina wissen, während die Kollegen das inzwischen abgedeckte Opfer zu einem Leichenwagen brachten.

»Die Turteltauben da vorne«, antwortete Hubert und nickte hinüber zu dem jungen Pärchen. »Die zwei wollten hier offenbar ein bisschen rummachen. Glattauer nimmt gerade die Personalien und die Aussagen auf, dann werden sie psychologisch betreut.«

»Gehört eines der Autos dem Opfer?«, fragte Katharina und sah sich um.

»Leider nein. Da es hier ziemlich abgelegen ist und unser Aschenputtel wohl kaum auf diesen Schuhen hierhergelaufen ist, hat der Mörder sie vermutlich mitgenommen. Oder sie hat sich ein Taxi bestellt und ihren Mörder hier getroffen, wobei das ein seltsamer Treffpunkt wäre. Die Spusi hat bereits Abdrücke von den Reifenspuren genommen. Morgen wissen wir hoffentlich mehr. Übrigens handelt es sich nicht um Raubmord. Wir haben zwar kein Portemonnaie beim Opfer gefunden, dafür aber einige Hundert-Euro-Scheine.«

Katharina zog ein paar Einweghandschuhe, die sie immer dabei hatte, aus ihrer Jeanstasche und streifte sie sich über. »Darf ich?«, fragte sie und hob die Clutch auf, nachdem Hubert nickte. In der Tasche befanden sich neben dem Geld ein Handspiegel, ein Lippenstift, ein Handy, ein Schlüsselbund, eine Handvoll Kondome und ein Dutzend teuer aussehende Visitenkarten. Katharina betrachtete sie von beiden Seiten. *Charlène La Bouche* war dort eingraviert, außerdem eine Handynummer. »Sieht nach einer Prostituierten aus.« Katharina runzelte die Stirn. »Vielleicht doch ein Sexualverbrechen?«

»Dafür muss ich sie erst auf dem Tisch haben.« Daniel räusperte sich. »Oder besser gesagt, der Kollege aus Ulm.«

»Papperlapapp.« Hubert machte eine wegwerfende Handbewegung. »Den langen Dienstweg können wir uns sparen. Wofür haben wir einen Gerichtsmediziner in der Nähe?«

»Ich arbeite jetzt in der Pathologie«, setzte Daniel an, doch Hubert ließ ihn nicht weiterreden.

»Na und? Eine Obduktion wirst du wohl noch hinbekommen, und die Ausrüstung ist doch da. Wir brauchen schnelle Ergebnisse, am besten gleich morgen früh. Ich kläre das mit der Staatsanwaltschaft. Katrinchen, du bist bitte anwesend bei der Obduktion.«

Katharina verkniff sich einen Kommentar über den ungeliebten Spitznamen. Ihr wurde ein wenig flau im Magen, trotzdem nickte sie. Nachdenklich betrachtete sie das Opfer. Warum nur kam es ihr so bekannt vor?

»Guten Morgen!« Katharina betrat den Raum in der Pathologie Friedrichshafen, in dem die Obduktion stattfinden würde. Er war genauso kahl und kühl eingerichtet wie die gerichtsmedizinischen Institute, die sie kannte: gelb-braune Kacheln an den Wänden und auf dem Boden, ansonsten alles aus Metall oder abwaschbarem Material. Es war nicht Katharinas erste Obduktion, dennoch graute es ihr jedes Mal aufs Neue davor. Daniel stand in einem grünen Kittel vor einem hohen Metalltisch. Die Leiche lag bereits auf dem Tisch, allerdings war sie im Moment noch mit einem weißen Laken bedeckt.

»Hi, Kathi. Und, bist du bereit?«

»Mir geht es gut«, antwortete sie vage. Es gab Zeiten, in denen hatte sie ihrem Exmann alles anvertraut, doch heute behielt sie ihre Gedanken und Gefühle lieber für sich. »Was sagt dein Chef zu deiner neuen Tätigkeit? Die Aufklärung unnatürlicher Todesursachen fällt doch normalerweise nicht in den Aufgabenbereich eines Pathologen.«

»Er ist wenig begeistert, aber Hubert hat das alles geklärt«, erzählte Daniel, während er sich Gummihandschuhe überstreifte und das Besteck bereitlegte.

»Bist du froh, endlich wieder deiner eigentlichen Aufgabe

nachgehen zu können, anstatt Gewebeproben von lebenden Patienten untersuchen zu müssen? Wobei ich bis heute nicht verstehe, was dich an toten Menschen so fasziniert.«

»Das werde ich auch nie verstehen«, bemerkte ein Mann im dunkelgrauen Anzug, der mit raschen Schritten den Raum betrat.

Katharina betrachtete ihn eingehend, auch wenn sie es nicht wollte. Schlecht sah er nicht aus mit den braunen Haaren und den freundlichen blauen Augen. Sie schätzte ihn auf höchstens Ende dreißig. Er war ziemlich hoch gewachsen, sogar noch ein Stückchen größer als Daniel. Nun hielt er direkt auf Katharina zu und streckte ihr die Hand entgegen.

»Hallo, Linus Reuter von der Staatsanwaltschaft. Wir sind uns noch nicht begegnet, richtig? Zwischen all dem Elend wäre mir ihr hübsches Gesicht sicher in Erinnerung geblieben.«

Aus den Augenwinkeln bemerkte sie, wie Daniel den Mund verzog, doch sie lächelte dem Neuankömmling zu. »Katharina Danninger. Ich bin seit einer Woche bei der Kriminalpolizeidirektion.«

»Danninger?« Linus sah zwischen ihr und Daniel hin und her.

»Mein Exmann«, erklärte sie und konnte sich ein Schmunzeln nicht verkneifen, als sich Linus' Miene wieder entspannte.

»Ah, verstehe. Auf gute Zusammenarbeit.«

»Dann legen wir mal los«, sagte Daniel und zog ohne jede Vorwarnung das Tuch von der Leiche.

Es hatte nichts mit den kühlen Temperaturen in der Pathologie zu tun, dass es Katharina am ganzen Körper fröstelte. Nackt und schutzlos lag das Opfer vor ihnen – eine junge Frau, die kaum älter sein konnte als sie. Katharina hasste diesen Moment, auch wenn sie wusste, dass es nötig war.

Wie in der Nacht zuvor betrachtete Daniel die Leiche zunächst gründlich von allen Seiten. Seine Entdeckungen sprach er in ein Diktiergerät, das während der ganzen Zeit lief. Schließlich blickte er auf. »Die Frau ist jahrelang auf hohen Schuhen herumgelaufen. Die Verkürzung der Bänder und Sehnen an den Füßen spricht eindeutig dafür. Außerdem hat sie sich einigen Schönheits-OPs unterzogen: Brustvergrößerung, Lippenvergrößerung, Nasenkorrektur, Facelifting, Oberschenkelstraffung. Aber alles gute Arbeit, da war kein Stümper am Werk.«

Katharina schüttelte den Kopf. »Ich verstehe nicht, wie man sich freiwillig unters Messer legen kann.«

»Du hattest es ja auch nie nötig«, bemerkte Daniel und untersuchte nun den Genitalbereich des Opfers. Katharina versuchte, nicht so genau hinzusehen. »Hoppla! Es könnte sein, dass du recht hast.«

Eine Gänsehaut überzog Katharinas Arme. »Doch ein Sexualverbrechen?«

»Sie hatte Sex, bevor sie ermordet wurde, aber ich denke nicht, dass man sie vergewaltigt hat. Zumindest deutet nichts auf ein gewaltsames Eindringen hin. Allerdings sind hier eindeutige Vernarbungen zu sehen. Es scheint ganz so, dass die Frau vor einigen Jahren Opfer eines Sexualverbrechens wurde.«

»Merkwürdig. Warum sollte eine Frau, die mal vergewaltigt wurde, später als Prostituierte arbeiten?«, überlegte Katharina laut. »Sofern sie wirklich Prostituierte war. Hubert klärt das gerade.«

Daniel zuckte mit den Schultern. »Vielleicht war sie auch nur für einen Begleitservice tätig und hat keinen Sex gegen Geld angeboten. Ich nehme noch einen Abstrich, falls sie kein Kondom benutzt hat.« Er griff nach einem Stäbchen.

»Weiß man denn, wer das Opfer ist?«, hakte Linus nach und sah bewusst zur Seite, was ihn in Katharinas Augen noch sympathischer machte.

Katharina schüttelte den Kopf. »Sie hatte keine Papiere bei sich, und ihre Fingerabdrücke sind nicht im System erfasst.«

»Vielleicht hat sie ja ihren einstigen Vergewaltiger, wenn es denn einen gab, angezeigt.«

»Ja, vielleicht, aber ich mache mir keine große Hoffnung. Leider kommen viel zu viele Täter ungeschoren davon, weil die meisten Frauen Angst haben oder sich schämen.« Den Frust konnte sie nicht aus ihrer Stimme heraushalten. »Ich kann mir nicht helfen, aber das Opfer kommt mir so bekannt vor.«

Daniel sah von seiner Arbeit auf. »Du kennst sie?«

»Ich weiß es nicht, aber ich werde das Gefühl nicht los, dass ich sie erst neulich irgendwo gesehen habe.«

Nun betrachtete auch Daniel das Opfer näher. Es wirkte, als ob er sie zum ersten Mal richtig ansehen würde. »Hm …«

»Kennst du sie?«, fragte Katharina fast ein wenig aufgeregt.

»Nicht, dass ich wüsste. Manchmal denkt man auch nur, dass man jemanden kennt, weil die Person jemandem ähnlich sieht.«

Doch Katharina wusste, dass sie sich auf ihre Intuition verlassen konnte. Wenn sie das Gefühl hatte, das Opfer schon einmal gesehen zu haben, dann war es auch so. Wenn sie sich nur erinnern würde …

Daniel griff nach dem Skalpell und setzte den obligatorischen Y-Schnitt. Obwohl Katharina nicht gefrühstückt hatte, wurde ihr beim Anblick der inneren Organe schlecht. Sie konzentrierte sich auf das Gesicht des Opfers. *Woher kenne ich dich nur?* Immer wieder stellte sie sich die Frage, kam jedoch zu keiner Antwort.

Als Katharina ihr Büro in der Kriminalpolizeidirektion betrat, war es schon Mittag. Hubert hatte sich in seinem Ledersessel zurückgelehnt und verspeiste genussvoll einen Leberkäswecken. Der Geruch von Fleisch, Senf und Kaffee schlug Katharina entgegen und brachte ihren Magen erneut zum Rebellieren. Sie riss das Fenster auf und holte ein paar Mal tief Luft, bevor sie sich auf ihren eigenen Stuhl fallen ließ.

»Und, was hat der Herr Gerichtsmediziner herausgefunden?«, fragte Hubert mit vollem Mund.

Katharina goss sich ein Glas Wasser ein. »Das Opfer ist Mitte dreißig. Nichts deutet auf ein Sexualverbrechen hin, allerdings könnten Vernarbungen im Genitalbereich auf eine frühere Vergewaltigung hinweisen. Vor ihrem Tod hatte die Frau noch Geschlechtsverkehr, Sperma wurde jedoch nicht gefunden. Etwa drei Stunden vor ihrem Tod aß sie Seelachs mit Kroketten, zum Nachtisch Mousse au chocolat, außerdem hat sie ein Glas Sekt getrunken.«

»Nicht schlecht. Todeszeitpunkt?«

»Daniel bleibt bei seiner ersten Einschätzung. Freitagnacht, irgendwann zwischen zweiundzwanzig und ein Uhr.«

»Gift, Drogen oder irgendwas?«, fragte Hubert. »War unser Aschenputtel schwanger? Hatte sie eine Abtreibung, chronische Krankheiten oder eine spezielle Operation, die uns helfen könnte, sie zu identifizieren?«

»Sie hat einige Schönheits-OPs vornehmen lassen, aber ich wüsste nicht, wie uns das weiterhelfen soll. Daniel meinte nur, das sei ein Profi gewesen. Charlène hatte Geld, sie hätte sich also den besten Arzt in ganz Deutschland nehmen können.«

»Besser als nichts. Wir können ein Bild des Opfers an die bekanntesten Chirurgen im Land schicken, eventuell haben wir Glück. Sonst noch was?«

Katharina schüttelte den Kopf. »Nichts. Daniel führt noch die letzten Untersuchungen durch, der Bericht kommt spätestens morgen. Seid ihr weitergekommen?«

Hubert schluckte das letzte Stückchen seines Brötchens hinunter und spülte mit Kaffee nach. »Bisher keine brauchbare Spur. Die Reifenspuren passen zu einer S-Klasse, aber auf der Kreisstraße gibt es keine Überwachungskameras, und solange wir nicht wissen, wer unser Aschenputtel war, stehen wir da wie der Prinz vorm Schuh.«

»Wir sollten trotzdem die Taxiunternehmen in der Nähe befragen. Eventuell hat sie ein Taxi genommen und einer der Fahrer kann sie identifizieren.«

»Unsere Leute sind schon dran. Übrigens war Charlène tatsächlich eine Edelnutte. Sie hat einen Escortservice gehobener Klasse betrieben, scheint aber keine weiteren Mitarbeiterinnen zu haben. Also auch hier Sackgasse.«

»Existiert keine Homepage, über die sich etwas herausfinden

lässt?«, fragte Katharina, während sie *Charlène La Bouche* in die Suchmaske ihres Rechners eingab. Eine Homepage gab es, allerdings stellte sie schon nach ein paar Klicks fest, dass sie ihnen bei den Ermittlungen wenig weiterhelfen würde.

Hubert bestätigte dies. »Kein vernünftiges Impressum, und die Seite ist über eine osteuropäische Firma gehostet. Die Techniker sind dran, aber es wird nicht einfach werden, den Domainbesitzer herauszufinden. Wenn dort überhaupt der richtige Name angegeben wurde.«

»Was ist mit dem Handy, das das Opfer bei sich hatte?«

»Ein altes Prepaid-Handy vom Flohmarkt. Der ehemalige Besitzer kann sich nicht mal mehr erinnern, dass er es an eine Frau verkauft hat. Ich hab jemanden zur Befragung hingeschickt, aber Hoffnungen mache ich mir keine.«

»Und das Bargeld, das wir bei ihr gefunden haben, ist sauber, nehme ich an.« Hubert nickte, woraufhin Katharina stöhnte. »Das darf doch nicht wahr sein! Diese Frau kann nicht existiert haben, ohne Spuren hinterlassen zu haben.«

Hubert stand auf, um sich eine neue Tasse Kaffee einzuschenken. »Als Charlène La Bouche kann sie das. Als Lieschen Müller, oder wie auch immer sie wirklich hieß, hat sie garantiert Spuren hinterlassen, nur müssen wir erst einmal ihren bürgerlichen Namen herausfinden.« Er hielt die leere Kaffeekanne hoch. »Kochst du neuen?«

Katharina überhörte seine Bitte. »Wurde denn jemand als vermisst gemeldet?«, fragte sie einer letzten Eingebung folgend.

Hubert schüttelte den Kopf. »Niemand innerhalb der letzten achtundvierzig Stunden, auf den Aschenputtels Beschreibung passen würde.«

»Ich schaue mir trotzdem mal die Vermisstenkartei an.« Sie glaubte zwar selbst nicht, auf einen Hinweis zu stoßen, aber irgendwo musste sie ja anfangen.

»Wo warst du denn den ganzen Tag?«, fragte Maria, als Katharina barfuß und müde den Garten betrat.

Sie hatte sich auf einen ruhigen Abend gefreut, doch da hatte sie die Rechnung ohne ihre Mutter gemacht. Maria saß zusammen mit Emily und Daniel beim Abendbrot auf der Terrasse. Katharina setzte sich neben ihre Tochter und wandte ihr Gesicht der Abendsonne zu.

»Arbeiten, wir haben einen Mordfall«, antwortete sie mit geschlossenen Augen.

»Das weiß ich auch, immerhin spricht der halbe Ort von nichts anderem mehr als dem Mord an diesem armen Mädchen. Aber ausgerechnet an einem Sonntag.«

Seufzend angelte Katharina sich eine Scheibe Brot aus dem Korb. »Verbrecher nehmen leider keine Rücksicht auf das Privatleben der Ermittler.«

Daniel überspielte sein amüsiertes Lächeln, indem er einen Schluck Wasser trank. »Seid ihr denn inzwischen einen Schritt weitergekommen?«

»Leider nicht. Charlène La Bouche war ein Phantom, sie scheint nicht existiert zu haben.«

»Charlène La Bouche?« Maria verzog angewidert den Mund.

»Eine Edelnutte«, erklärte Katharina.

»Katharina, also wirklich!«

Lachend nahm Emily sich ebenfalls noch eine Scheibe Brot. »Ich bin in Mannheim aufgewachsen, Omi. Da hab ich schon viel Schlimmeres gehört.«

Maria sagte nichts dazu, aber die Missbilligung stand ihr ins Gesicht geschrieben. »Und ihr wisst wirklich nicht, wer die Frau ist?«

»Du weißt, ich dürfte es dir ohnehin nicht sagen, aber nein.« Katharina wandte sich an Daniel. Dass er hier war, wunderte sie nicht im Geringsten. Immerhin war er Emilys Vater, und außerdem hatte Maria schon immer eine Schwäche für ihren Ex-Schwiegersohn gehabt. »Hast du noch etwas Interessantes herausgefunden?«

»Ich hab dir den Bericht mitgebracht, er liegt im Wohnzimmer. Aber ich fürchte, der wird euch auch nicht weiterbringen.«

»Nicht beim Essen«, sagte Maria, bevor Katharina aufstehen konnte.

»Wie geht es denn Katja?«, fragte Daniel, vermutlich um einen Streit zwischen Katharina und ihrer Mutter zu verhindern.

Katja. An sie hatte Katharina schon eine Weile nicht mehr gedacht. Katja war Katharinas Zwillingsschwester und hatte den Weg eingeschlagen, den Maria sich auch immer für ihre andere Tochter gewünscht hatte: Sie war Model geworden. Leider hatten Katharina und Katja sich nie so nahegestanden, wie man das von Zwillingen erwartete. Dafür waren sie wahrscheinlich zu unterschiedlich gewesen. Katja war ein richtiges Mädchen gewesen, hatte mit Puppen gespielt und sich schon als Dreijährige geschminkt, während Katharina lieber auf Bäume geklettert war und mit den Jungs Fußball gespielt hatte.

»Es geht ihr hervorragend. Als wir das letzte Mal telefoniert haben, war sie in Mailand«, antwortete Maria.

»Mailand«, wiederholte Emily, und ihre Stimme klang irgendwie sehnsüchtig.

»Sie meinte übrigens ...«, wollte Maria fortfahren, doch Katharina unterbrach sie sofort.

»Vergiss es, Mama.« Nie wieder würde sie als Model arbeiten. Zu Ausbildungszeiten hatte sie nebenher ein paar Modeljobs gemacht. Ihre Mutter hatte es sich so sehr gewünscht, ihr Vater hatte ihr gut zugeredet, und Katharina hatte sich etwas dazuverdienen können. Aber sie hatte die Zeit gehasst. Permanent von zickigen Frauen umgeben zu sein, die kein anderes Thema kannten als die neuesten Mode- und Nagellacktrends – sie bekam heute noch Albträume, wenn sie an diese Zeit zurückdachte. Wenn sie eines hasste, dann biestiges Verhalten und Hinterhältigkeit. Vielleicht war das einer der Gründe, warum sie seit jeher besser mit dem männlichen Geschlecht konnte als mit ihrem eigenen.

»Was? Tante Katja würde dir einen Modeljob verschaffen?«

Emily wurde ganz aufgeregt. »Aber warum denn nicht? Das wäre so cool. Wir könnten …«

»Nein«, sagte Katharina bestimmt, während Daniel leise lachte.

Emily wurde dazu verdonnert, mit Rudi einen Spaziergang zu machen, und Maria hatte sich zurückgezogen. So saß Katharina nach dem Abendessen allein mit Daniel in dem Baumhaus im Garten. Wenn sie nachdenken musste, war sie schon immer gerne auf Bäume geklettert, und da kam ihr das alte Baumhaus, das ihr Vater einst für sie und ihre Schwester gebaut hatte, gerade recht. Sie trank ihren Weißwein leer und nahm Daniels Bericht erneut in die Hand, um nicht an die Vergangenheit denken zu müssen, legte ihn nach kurzem Durchblättern aber wieder zurück auf die Holzbretter. Leider brachte er keine neuen Erkenntnisse.

»Du hast dich überhaupt nicht verändert«, sagte Daniel. »Kannst einfach nicht abschalten.«

»Tja, das hatten wir gemeinsam.« Einer der Gründe, warum ihre Ehe nicht funktioniert hatte. *Einer der Gründe.* »Könntest du abschalten, wenn ein Mörder frei herumlaufen würde und du nicht einmal wüsstest, wer sein Opfer war?«

»Natürlich nicht«, gestand Daniel, »aber hin und wieder muss man einfach mal entspannen, um einen Schritt weiterzukommen.«

»Ich weiß. Dieses Gefühl, das Opfer zu kennen, lässt mir halt keine Ruhe.«

Tief atmete sie den Duft von Holz und Moos ein. Es fühlte sich seltsam an, mit Daniel hier zu sitzen, ausgerechnet in dem Baumhaus. Zehn Jahre lang war er kein Teil ihres Lebens mehr gewesen, und seit dem Vortag sah sie ihn fast ununterbrochen. Sie betrachtete das Baumhaus genauer, das ihr sehr am Herzen lag. Es war eines der wenigen Dinge, die ihr von ihrem Vater geblieben waren. Jeden Sommer hatte er es liebevoll restauriert, auch als Katharina und Katja längst groß gewesen waren, und

41

auch jetzt war es noch richtig gut erhalten. Es war lediglich ein wenig verwittert und brauchte dringend einen frischen Anstrich. Katharina beschloss spontan, das noch diesen Sommer zu erledigen. Sie würde das Baumhaus wieder richtig schön herrichten, wie ihr Vater es immer getan hatte.

»Das Baumhaus ist noch gut in Schuss«, bemerkte sie. »Ich hätte nicht gedacht, dass meine Mutter das kann. Und vor allem nicht, dass sie sich überhaupt darum kümmern würde.«

»Hat sie auch nicht«, erwiderte Daniel. »Wenn ich ehrlich bin, war ich das.«

»Du?« Katharina sah ihn überrascht an. »Du hast das gemacht?« Sie strich über das Holz. »Warum?«

Er lächelte ihr von der Seite zu. »Ich weiß doch, wie sehr du daran hängst. Außerdem verbinde ich auch viele schöne Erinnerungen damit. Emily hat oft hier gespielt, weißt du noch? Ich wollte es nicht verwittern lassen, deshalb bin ich jeden Sommer hergekommen und habe mich darum gekümmert.«

Katharina wurde warm ums Herz. »Wirklich? Das ist echt lieb von dir, danke.« Er nickte ihr zu, ihre Blicke trafen sich. Schließlich sah sie weg und schob sich nach vorne. »Auch noch ein Glas Wein?« Daniel nickte erneut, und sie stieg die Leiter hinunter, um die Flasche Riesling aus dem Kühlschrank in der Küche zu holen. Ihr Blick fiel auf die Abgangszeitung, die Monika ihr während des Klassentreffens in die Hand gedrückt hatte. Sie zögerte, nahm sie aber schließlich mit nach draußen. Vielleicht hatte Daniel recht. Vielleicht musste sie mal an etwas anderes denken, um einen klaren Kopf zu bekommen. Es war, als wollte einem der Name eines Schauspielers nicht einfallen. Aber immerzu grübeln brachte einen meistens auch nicht weiter. Die Erkenntnis kam oft erst, wenn man längst nicht mehr daran dachte. Barfuß lief sie über die Wiese und stieg die Leiter wieder nach oben.

Daniel schmunzelte, als er die Zeitung erblickte. Er nahm sie Katharina ebenso wie die Flasche Wein ab, damit sie die Hände frei hatte. »Ich hatte noch gar keine Zeit, sie mir genauer anzusehen. Kaum zu glauben, dass unser Abschluss schon zwanzig Jahre her ist. Viele haben sich kaum verändert.«

»Andere dafür schon.« Katharina schenkte Wein nach, dann schlug sie die Zeitung auf und begann, darin zu blättern. Daniel rutschte etwas näher an sie heran, um ebenfalls einen Blick in die Zeitung werfen zu können. »Hast du mitbekommen, worüber Susanne und Max sich gestritten haben?«

»Nein, aber darüber würde ich mir keine Gedanken machen. Nach so vielen Jahren Ehe und vier Kindern bleibt das nicht aus.«

»Vermutlich«, stimmte Katharina zu, auch wenn sie anders dachte. Für sie hatte es nicht nach einem normalen Ehekrach ausgesehen, und sie fand, man sollte sich auch nach so langer Zeit noch mit Respekt behandeln. Wie sich ihre Ehe mit Daniel wohl entwickelt hätte, wenn sie noch mehr Kinder gehabt hätten? Sie waren recht jung Eltern geworden, bereits mit zwanzig Jahren, und dennoch hatten sie oft darüber geredet, ein weiteres Kind zu bekommen. Keiner von beiden hatte Emily als Einzelkind aufziehen wollen, aber es schien nie der richtige Zeitpunkt gewesen zu sein, und dann war das mit ihrem Vater passiert. Ab da war alles in die Brüche gegangen.

Sie blätterte um, und Daniel und sie mussten über die Fotografie eines Graffitos lachen: eine durchgestrichene Labormaus in einem roten Kreis. Sie beide und Jonas hatten es zusammen an die Mauer der Schule gesprüht, doch das war nie herausgekommen. Die Schulleitung hatte damals alles versucht, um die Namen der Täter zu erfahren, doch die wenigen Eingeweihten hatten allesamt dichtgehalten.

»Wir hatten schon so unsere Geheimnisse, was?«, bemerkte Daniel.

Katharina hörte Wehmut in seiner Stimme. Schnell blätterte sie eine Seite weiter – und starrte auf das alte Bild einer Mitschülerin.

»Das ist sie!«

»Das ist wer?«, fragte Daniel und beugte sich näher über das Heft. »Meinst du Anna?«

Katharinas Herz schlug augenblicklich schneller. »Sieh sie dir doch genauer an. Das ist sie. Anna Maier ist Charlène La Bouche.«

Kapitel 4

Sonntag, 23. Juli

»Anna soll Charlène sein? Nie im Leben. Dann hätte ich sie doch auch wiedererkannt.«

Katharina zuckte mit den Schultern. »Nicht zwingend, denk an die Schönheits-OPs. Sie hat sich extrem verändert, aber ich bin mir trotzdem hundertprozentig sicher. Die braunen Augen lügen nicht.«

Daniel nahm das Heft in die Hand, um das Bild genauer betrachten zu können. Zu Schulzeiten war Anna eines dieser typischen Aschenputtel gewesen: groß, extrem dünn, fast schlaksig. Von Weiblichkeit keine Spur. Die Zahnspange und die Brille und noch dazu der unvorteilhafte Kleidungsstil hatten ihr Übriges getan. Charlène hingegen war bildhübsch gewesen, doch Katharina war sich sicher, dass es sich um ein und dieselbe Person handelte. Sie war Anna ein oder zwei Jahre nach dem Abschluss einmal zufällig in der Stadt begegnet. Damals hatte sie noch mehr von Anna als von Charlène gehabt, und sie hatte sich zu dem Zeitpunkt garantiert noch nicht unters Messer gelegt, dennoch war die Veränderung bereits im Gang gewesen. Ein paar Jahre später war die Figur weiblicher geworden, die formlosen straßenköterblonden Haare lang und glänzend braun. Der Kleidungsstil war exquisit und sexy gewesen, und sie hatte Kontaktlinsen getragen, von den Schönheits-OPs ganz zu schweigen. Aber die Augen von Anna und Charlène waren identisch.

»Mein Gott. Ich glaube, du hast recht.« Daniel ließ die Abgangszeitung sinken, er sah ehrlich schockiert aus. »Die arme Anna. Wer könnte ihr so etwas antun? Sie war damals vielleicht nicht sonderlich hübsch und ein wenig langweilig, aber sie war immer nett.«

»Wir wissen nicht, wie sie inzwischen war. Vielleicht hat sie sich nicht nur äußerlich verändert.«

»Mit Sicherheit, oder kannst du dir vorstellen, dass Anna einen Edel-Escortservice betrieben hätte?«

Katharina schluckte. Plötzlich erschien alles in einem neuen Licht. »Viel mehr macht mir zu schaffen, dass sie irgendwann mal vergewaltigt wurde.« Sie schwiegen beide einen Moment. »Glaubst du, es könnte noch zu Schulzeiten passiert sein?«

»Ich weiß es nicht«, antwortete Daniel leise. »Ich hoffe nicht. Stell dir vor, es war so, und wir haben es alle nicht mitbekommen.«

Katharina schauderte. Wieder trat Schweigen ein, jeder von ihnen hing seinen eigenen Gedanken nach. Es war das eine, solche Dinge über jemand Fremden zu erfahren, aber es war etwas völlig anderes, wenn man die Person kannte. »Wir werden den Mörder finden.« Sie straffte die Schultern und griff nach ihrem Handy, das wie immer in Reichweite lag. »Ich muss Hubert auf den neuesten Stand bringen. Wir müssen Annas Eltern befragen, Freunde, Nachbarn.«

»Ist es nicht schon zu spät, um heute Abend noch etwas zu unternehmen?«, gab Daniel zu bedenken.

Doch Katharina wählte bereits Huberts Nummer. »Weißt du, in welchen Hotels unsere Schulkameraden abgestiegen sind?«

»Zum Teil«, antwortete Daniel. »Warum?« Aber eine Antwort bekam er vorerst nicht.

Hubert nahm nach dem ersten Freizeichen ab. »Was gibt's?«, fragte er. »Ich hoffe, es ist wichtig, ich schaue mir gerade den *Tatort* an.«

»Und ob es wichtig ist. Ich weiß nämlich jetzt, wer das Opfer ist. Wegen der Schönheits-OPs habe ich sie nicht gleich erkannt. Mit Lieschen Müller lagst du gar nicht so falsch. Anna Maier, sie war eine Klassenkameradin von Daniel und mir.«

»Eine Klassenkameradin? Das tut mir leid.« Hubert klang ehrlich betroffen. »Standet ihr euch nahe?«

»Nicht wirklich, aber traurig ist es trotzdem. Alles Weitere erzähle ich dir gleich. Kannst du mich abholen? Ich gehe davon aus, dass die meisten unserer ehemaligen Mitschüler spätestens morgen früh abreisen werden, sollten sie überhaupt noch hier am See sein. Wir brauchen sie aber für unsere Ermittlungen, es könnte nämlich durchaus sein, dass der Mord an Anna mit der Vergangenheit zusammenhängt.«

»Ich bin in zehn Minuten bei dir«, sagte Hubert und legte auf.

»Wie kommst du darauf, dass der Mord an dem armen Mädchen mit ihrer Vergangenheit zusammenhängt?«, fragte Hubert. »Wegen der vermeintlichen Vergewaltigung?«

»Auch. Ich finde es auf jeden Fall sehr merkwürdig, dass jahrelang niemand etwas von Anna gehört hat, und plötzlich wird sie ermordet, während jede Menge ehemaliger Mitschüler in Friedrichshafen sind.«

Hubert nickte nachdenklich. »Das ist wirklich merkwürdig.« Mit Schwung fuhr er den VW Golf auf den Parkplatz des Hotels *Seerose*, in dem die meisten von Katharinas ehemaligen Klassenkameraden abgestiegen waren.

Katharina beobachtete, wie sich Hubert hinter dem Lenkrad hervorhievte. Das ganze Auto wackelte, als er ausstieg. »Warum fährst du keinen vernünftigen Dienstwagen?«, wollte sie wissen und stieg ebenfalls aus.

»Wo ist das Problem? Emil hat mich noch nie im Stich gelassen, warum sollte ich ihn eintauschen?« Fast zärtlich strich Hubert über die eierschalenfarbene Karosserie.

Katharina schüttelte den Kopf. »Dass die da oben nichts dagegen haben.«

»Die da oben sind froh, wenn sie Geld sparen können.« Hubert rieb sich die Hände. »So, dann wollen wir mal sehen, wer von Charlène La Bouche wusste.«

Katharina folgte Hubert durch eine Drehtür ins Hotel. Er steuerte die Rezeption an, doch Katharina entdeckte Monika,

Nathalie und Michelle, die im angrenzenden Raum bei einem Gläschen Sekt an der Bar saßen. »Siehst du die drei Grazien da vorne? Nathalie hat das Klassentreffen organisiert, außerdem tratscht sie gerne. Sie kann uns sicher sagen, wer sich wo aufhält. Details zum Mordfall möchte ich aber nur ungern heute schon rausgeben.«

Hubert nickte. »Auf keinen Fall, das machen wir morgen in aller Ruhe. Es ist schon spät, und wir müssen Annas Familie noch benachrichtigen.«

Gemeinsam schlenderten sie in den Barbereich, der ziemlich protzig war. Sämtliche Oberflächen glänzten oder spiegelten. Direkt neben dem Eingang saßen zwei Männer um die vierzig in Anzügen. Einer der beiden zwinkerte Katharina zu, doch sie ignorierte ihn und hielt auf die Bar zu. Monika entdeckte sie als Erste, sie stellte ihr Sektglas zurück auf den Tresen.

»Kathi, was machst du denn hier?«

»Ich bin beruflich hier.« Sie zeigte auf Hubert. »Darf ich vorstellen? Kriminalhauptkommissar Hubert Riedmüller, mein Vorgesetzter.«

»Guten Abend, die Damen. Wir wollen Sie gar nicht lange stören, aber wir bräuchten dringend eine Liste aller, die auf dem Klassentreffen waren, bitte mit Kontaktdaten. Wer ist wann angekommen? Wer ist wo abgestiegen? Wer hat sich angemeldet, ist aber nicht erschienen? Und so weiter. Alles, was wichtig sein könnte.«

Die drei Frauen warfen sich überraschte Blicke zu. »Wichtig wofür? Ist etwas passiert?«, fragte Monika.

»Das könnte man so sagen«, antwortete Hubert. »Hatte jemand von Ihnen in letzter Zeit Kontakt zu Anna Maier?«

»Anna?«, fragte Nathalie ungläubig. »Ich hab sie seit unserem Abschluss nicht mehr gesehen. Sie war bisher auf keinem unserer Treffen, und sie hat sich auch dieses Mal nicht auf meine Einladung gemeldet.«

»Dann hatte sie also nicht vor, zum diesjährigen Treffen zu kommen?«

Michelle sah von Hubert zu Katharina. »Was soll denn die Fragerei?«

»Bitte beantworten Sie meine Frage«, sagte Hubert bestimmt, aber freundlich. »Oder wollen Sie mir lieber im Präsidium antworten?«

Nathalie schüttelte den Kopf. »Nein. Nein, sie wollte nicht kommen.«

»Nun denn, alles Weitere bereden wir morgen. Wichtig ist erst einmal, dass niemand aus Ihrem Jahrgang abreist. Wir hätten davor nämlich noch ein paar Fragen.«

Nathalie und Michelle sahen sich für den Bruchteil einer Sekunde an. Nathalie griff nach ihrem Sektglas und stürzte den Inhalt in einem Zug hinunter. Katharina war sofort klar, dass sie etwas zu verbergen hatte.

»Warnt die anderen vor, es darf wirklich niemand abreisen, und die Liste schickt ihr bitte innerhalb der nächsten Stunde an diese Mailadresse.« Sie zog eine ihrer druckfrischen Visitenkarten aus der Tasche ihrer Jeansjacke und legte sie auf den Tresen. Dann nickte sie den dreien zu und verließ mit Hubert im Schlepptau, der vorher noch einen imaginären Hut lüftete, die Bar.

»Diese Blondine hat was zu verbergen, das ist so sicher, wie ein Bär in den Wald kackt«, murmelte er. »Ich bin gespannt, was morgen bei der Befragung rauskommt. Du könntest recht haben mit deiner Vermutung, dass einer deiner ehemaligen Klassenkameraden mehr zu dem Thema weiß.«

»Ich fresse einen Besen, wenn nicht.«

Draußen herrschte eine wunderbare Abendstimmung: Die gerade untergegangene Sonne tauchte die Uferpromenade mit den beiden charakteristischen Türmen der Schlosskirche in Pink und Lila. Doch Katharina konnte sich nicht so recht an dem Anblick erfreuen, denn nun kam der unerfreuliche Teil ihrer Arbeit: Sie mussten den Hinterbliebenen mitteilen, was passiert war.

»Entschuldigen Sie bitte die späte Störung«, sagte Katharina, als sich die blaue Haustür mit einem Quietschen öffnete. »Magdalena Maier? Sind Sie die Mutter von Anna?« Eigentlich war die Frage überflüssig, denn Katharina erkannte die Ähnlichkeit sofort. Die Frau nickte. »Danninger von der Kriminalpolizeidirektion Friedrichshafen. Das ist mein Kollege Riedmüller. Dürften wir kurz reinkommen?«

»Worum geht es denn?«, wollte Annas Mutter wissen, als sie im Flur standen. Ihre Stimme wurde wackelig, als hätte sie eine Vorahnung.

»Es geht um Ihre Tochter«, übernahm Hubert. »Wir müssen Ihnen leider mitteilen, dass sie tot aufgefunden wurde.«

»Anna? Meine Anna?« Magdalena Maier brauchte einen Moment, ehe sie die Worte zu begreifen schien. Sie stieß einen erstickten Schrei aus und begann heftig zu schluchzen.

Ein Mann erschien in der Tür. Er war schon etwas älter, trug eine Stoffhose und dazu ein weißes Feinrippunterhemd. »Was ist denn hier los?«

Katharina wiederholte ihr Anliegen. »Es tut uns sehr leid, Herr Maier. Ich kannte Anna aus der Schule, sie war ein guter Mensch.«

Der Mann schluckte und stützte sich für einen Moment am Türrahmen ab, doch dann legte er einen Arm um die Schulter seiner Frau und schob sie sanft beiseite. »Kommen Sie rein, das Wohnzimmer ist da vorne.« Keine Minute später saßen sie sich auf den beiden Sofagarnituren gegenüber. Im Fernsehen lief die Wiederholung des *Tatorts*, Franz Maier schaltete ihn aus. »Was ist denn passiert? Hatte sie einen Unfall?«

»Sie wurde Opfer eines Gewaltverbrechens«, erwiderte Katharina leise.

Annas Mutter schluchzte erneut, ihr Vater wurde blass. »Sie meinen Mord? Aber … wer macht denn so was? Warum? Wenn ich denjenigen in die Finger kriege, dann gnade ihm Gott.«

Katharina zog Block und Stift aus ihrer Tasche, um sich Notizen machen zu können. »Wann haben Sie Ihre Tochter zuletzt gesehen?«

Franz Maier überlegte einen Moment. »Das war vor etwa zwei Wochen, oder?«

Magdalena Maier wischte sich mit einem Taschentuch über die Nase und nickte. »Ja, sie war am Sonntagnachmittag hier, wir haben zusammen Kuchen gegessen. Sie kommt uns etwa zweimal im Monat besuchen, meistens sonntags. Ich hab mich schon gewundert, warum sie heute nicht hier war.« Weitere Tränen rollten.

»Wann hat man sie gefunden?«, wollte Franz Maier wissen. Seine Stimme klang rau, und er wischte sich verstohlen mit dem Handrücken über die Augen.

»Die Tat ist bereits Freitagnacht passiert, allerdings fand man ihre Leiche erst in der Nacht von Samstag auf Sonntag in einem Maisfeld Richtung Oberteuringen«, antwortete Hubert.

»Und warum kommen Sie dann erst jetzt?« Annas Vater klang nun nicht mehr ganz so freundlich.

»Wir konnten Ihre Tochter leider nicht sofort identifizieren. Sie hatte keinerlei Papiere bei sich.«

»Ein Raubüberfall?«, fragte Magdalena Maier leise.

Katharina schüttelte den Kopf. »Wir haben ziemlich viel Geld bei ihr gefunden.«

Ihre Eltern wechselten einen Blick. »Und jetzt sind Sie sicher, dass es sich um unsere Anna handelt?«, fragte Magdalena Maier weiter. In ihrer Stimme schwang eine Spur Hoffnung mit.

»Ja, wir sind uns sicher«, erwiderte Katharina. »Anna hat sich sehr verändert, wegen der Schönheits-OPs habe ich sie nicht sofort erkannt. Wir waren damals in einer Klasse.«

Magdalena Maier nickte, sie wirkte ein wenig abwesend. »Richtig, das haben Sie vorhin erwähnt.«

»Frau Maier, gestern Abend war das Klassentreffen unseres alten Jahrgangs. Hat Anna Ihnen gegenüber etwas erwähnt? Warum sie nicht kommen wollte, oder hat sie vielleicht in letzter Zeit über ehemalige Mitschüler gesprochen?«

Annas Mutter schüttelte den Kopf. »Anna sprach kaum über die Schulzeit. Sie hat sich wirklich sehr verändert.«

»Wie meinen Sie das?«, hakte Hubert nach. »Gibt es Ihrer Meinung nach einen Grund, warum Ihre Tochter nicht mehr dieselbe war wie früher? Abgesehen von den OPs?«

»Nein, was sollte es für einen Grund geben?«

»Sie war selbstbewusster geworden, was sicher damit zusammenhing, dass sie sich äußerlich verändert hat«, übernahm Annas Vater. »Nach der Schule blühte sie auf, und die OPs haben natürlich auch etwas zu ihrem Selbstbewusstsein beigetragen.«

»Hat Anna mal mit Ihnen über die Schönheits-OPs gesprochen? Warum sie das getan hat?«, fragte Katharina.

Annas Vater schüttelte den Kopf. »Hat sie nicht, sie hat es einfach getan. Ich hätte versucht, es ihr auszureden, aber wenn es ihr geholfen hat, sich wohler in ihrer Haut zu fühlen ...« Er zuckte mit den Schultern.

Katharina räusperte sich. »Sagt Ihnen der Name Charlène La Bouche etwas?«

Annas Eltern wechselten einen weiteren Blick. »Den Namen höre ich zum ersten Mal«, antwortete Magdalena Maier. »Ist das eine Freundin von Anna?«

Hubert stellte eine Gegenfrage. »Was hat Ihre Tochter beruflich gemacht?«

»Sie ist ... sie war selbstständig, berät Hotels.« Annas Mutter begann wieder zu weinen, und ihr Vater übernahm erneut.

»Sie hat nach der Schule eine Ausbildung zur Hotelfachfrau gemacht, diese allerdings nach zwei Jahren abgebrochen. Niemand weiß so genau, warum. Kaum war sie volljährig, hat sie ihr Sparbuch geplündert und ist aus Friedrichshafen weggezogen. In den folgenden Jahren hatten wir kaum Kontakt zu ihr, aber sie schien ihren Weg gegangen zu sein. Als sie vor sieben Jahren zurückkehrte, war sie völlig verändert.«

Katharina wurde hellhörig. »Was ist passiert? Wo war Anna all die Jahre, was hat sie gemacht?«

Magdalena Maier deutete ein Schulterzucken an. »Das wissen wir nicht, wir haben kaum über diese Zeit gesprochen. Wir waren einfach nur froh, unsere Anna zurückzuhaben.«

Katharina gab nicht so schnell auf. »Aber etwas muss passiert sein, dass sie so überstürzt ihre Heimat und Familie verlassen hat.«

»Haben Sie Kinder?«, fing Magdalena Maier an, doch Hubert unterbrach sie sofort.

»Frau Danninger hat eine Tochter, ich einen Sohn, der mit meinem Enkel in Berlin lebt. Wir können Sie also durchaus verstehen.« Hubert holte tief Luft. »Frau Maier, wir machen hier nur unsere Arbeit und versuchen herauszufinden, wer einen Grund gehabt haben könnte, Anna umzubringen. Es könnte sein, dass der Mord etwas mit ihrem damaligen Verschwinden zu tun hat. Ich erspare Ihnen die Details, aber unser Gerichtsmediziner vermutet, dass Anna in ihrer Vergangenheit Opfer einer Vergewaltigung wurde.«

»Bitte was?« Annas Vater wurde wütend, ihre Mutter riss erschrocken die Augen auf. »Aber das würden wir doch wissen. Glauben Sie im Ernst, unsere Tochter hätte uns nichts davon erzählt? Wir wären sofort mit ihr zur Polizei gegangen.«

Katharina verbiss sich jeden Kommentar, denn sie konnte verstehen, wie hart auch diese Nachricht für Annas Eltern sein musste. Allerdings bezweifelte sie, dass Anna ihre Eltern tatsächlich eingeweiht hätte. Immerhin war sie einfach so verschwunden und hatte mehr oder weniger den Kontakt für ein ganzes Jahrzehnt abgebrochen. Katharina beschloss, das Gespräch an dieser Stelle vorerst zu beenden. Ein Blick zu Hubert zeigte ihr, dass er ihrer Meinung war. Sie räusperte sich. »Sie müssten uns bitte morgen früh in die Pathologie begleiten, um Ihre Tochter zu identifizieren.«

Magdalena Maier schluchzte noch lauter, sie war nicht mehr ansprechbar. Ihr Mann jedoch nickte. Er stand auf und brachte Katharina und Hubert zur Tür. »Ich übernehme das. Sie sehen ja, meine Frau ist völlig aufgelöst.«

»Sollen wir einen Arzt rufen?«, bot Katharina an.

Franz Maier schüttelte den Kopf. »Das mache ich schon. Am besten, Sie gehen jetzt einfach.«

»Sofort«, versprach Hubert. »Ich hätte nur noch eine Frage: Hat Anna hier am See gewohnt? Haben Sie vielleicht einen Zweitschlüssel zu ihrer Wohnung?«

»Einen Schlüssel habe ich nicht, aber ich kann Ihnen die Adresse aufschreiben.«

Franz Maier wurde blass, als Daniel die Leiche aus der Kühlkammer holte und ihr das Tuch vom Gesicht nahm. Er nickte. »Das ist sie. Das ist unsere Anna.« Seine Stimme war schwach, in seinen Augen glitzerten Tränen. Schnell wandte er sich ab. Katharina, die Angst hatte, der Mann könnte an Ort und Stelle zusammenbrechen, gab Daniel ein Zeichen, die Leiche wieder abzudecken. Dann führte sie Franz Maier hinaus auf den Flur.

»Danke für Ihre Hilfe. Ich weiß, wie schwer das für Sie sein muss.«

Abrupt drehte der Mann sich zu ihr um. »Haben Sie schon einmal eine geliebte Person so gesehen?«

Katharina schluckte, als sie an den schrecklichen Moment zurückdachte. »Ja. Ja, das habe ich.«

Franz Maier ließ die Schultern hängen, die Angriffslust war aus ihm gewichen wie aus einem Luftballon. Daniel erschien hinter ihnen, er räusperte sich.

»Brauchst du mich noch? Ansonsten mache ich mich wieder an die Arbeit.«

»Geh nur. Dürfen wir uns kurz in dein Büro zurückziehen? Ich müsste noch etwas mit Herrn Maier besprechen.«

Daniel nickte. »Natürlich, kein Problem. Ich sorge dafür, dass euch niemand stört. Mein Beileid, Herr Maier.« Damit verschwand er den Flur hinunter.

Katharina ging voraus, die andere Richtung einschlagend. Annas Vater folgte ihr missmutig. »Was gibt es denn noch zu bereden? Meine Tochter ist tot, daran können auch Sie nichts ändern.«

»Nein, aber ich kann dafür sorgen, dass derjenige, der das getan hat, im Gefängnis landet. Möchten Sie einen Kaffee?«, fragte sie, als sie an dem Automaten auf dem Flur vorbeikamen, dabei kannte sie die Antwort. Auch sie hatte damals nichts trinken wollen. Wie erwartet verneinte Franz Maier. Am Ende des Flurs öffnete Katharina die Tür zu Daniels Büro, das mit den weißen Vorhängen und der gelben Wandfarbe zumindest etwas freundlicher und wärmer wirkte als alle anderen Räume in der Pathologie. Sie bedeutete Franz Maier, auf einem Stuhl Platz zu nehmen, und setzte sich selbst auf den Ledersessel hinter dem Schreibtisch. Katharinas Blick fiel auf eine gerahmte Fotografie: Sie und Daniel saßen mit der fünfjährigen Emily in einem Tretboot auf dem Bodensee. Es war einer ihrer letzten Ausflüge als glückliche Familie gewesen, kurz darauf war alles in die Brüche gegangen. Katharina liebte dieses Foto, obwohl es vor allem schmerzliche Erinnerungen an eine längst vergessene Zeit weckte.

»Also, was wollen Sie noch wissen?«, riss Franz Maier sie aus ihren Gedanken.

Katharina straffte die Schultern. Sie hasste es, Vorstellungen von geliebten Personen zu zerstören, vor allem, wenn sie längst gegangen waren und sich nicht mehr verteidigen konnten, aber es war ein wichtiger Teil ihrer Arbeit. Die Wahrheit musste ans Licht kommen, um eine Chance zu haben, den Täter fassen zu können. »Herr Maier, ich muss Sie das fragen: Wissen Sie, dass Ihre Tochter nicht oder zumindest nicht nur im Hotelgewerbe tätig war?«

Der Mann wirkte verwirrt. »Was meinen Sie? Natürlich hat Anna im Hotelbetrieb gearbeitet. Was soll sie denn sonst gemacht haben?«

»Ihre Tochter hat einen Escortservice betrieben. Sie erinnern sich, dass ich Sie gestern nach Charlène La Bouche gefragt habe? Unter diesem Namen war sie tätig.«

»Nein!« Franz Maier schüttelte vehement den Kopf. »Sie müssen sich irren. Anna würde so etwas niemals tun.«

»Wir irren uns nicht. Anna hatte viel Geld bei sich, Bargeld. Außerdem entsprechende Visitenkarten, und die Homepage im Internet ...«

»Hören Sie auf!«

»Herr Maier, bitte.« Katharina sprach nun besonders beruhigend. »Sie wollen das nicht hören, das ist mir klar. Die Anna, die ich aus der Schule kannte, hätte so etwas niemals getan, aber Anna hat sich verändert. Sie war ganz offensichtlich nicht mehr derselbe Mensch.«

Franz Maier fuhr sich mit der Hand durchs Gesicht. »Ich weiß nicht, was aus ihr geworden ist. Sie war früher so lieb, unser kleiner Sonnenschein. Zugegeben, es mangelte ihr an Selbstbewusstsein, aber dafür hatte sie ein großes Herz, war immer ehrlich und offen. Später dann …« Er brach ab, schüttelte langsam den Kopf. Erst nach einer langen Pause fuhr er fort. »Sie war selbstbewusst und bildhübsch geworden, aber ihr Herz … Sie war nicht mehr dieselbe, distanziert und verschlossen. Mehr als einmal wollte ich wissen, was mit ihr passiert ist, aber Magda hielt mich zurück. Sie war einfach nur froh, ihre einzige Tochter zurückzuhaben. Sie hatte Angst, sie könnte sie durch zu viel Fragerei erneut verlieren.«

Katharina verstand die Zwickmühle, in der sich Annas Eltern befunden haben mussten. Sie selbst hatte es gerade nicht leicht mit Emily. Und trotzdem fragte sie sich, ob die Maiers den richtigen Weg eingeschlagen hatten. »Anna ist Ihr einziges Kind?«

Franz Maier nickte. »Früher hat sie sich immer Geschwister gewünscht, aber … es sollte einfach nicht sein.«

»Wie sieht es denn mit anderen Verwandten aus? Großeltern, Cousinen oder etwas in der Art? Jemand, zu dem Anna eine besondere Beziehung hatte und dem sie vielleicht etwas anvertraut haben könnte?«

»Wir haben nicht viele Verwandte. Annas Großeltern leben schon lange nicht mehr. Ich habe eine Schwester, aber wir haben eher selten Kontakt.«

»Was ist mit Freunden? Oder hat Anna mal einen Partner erwähnt?«

Franz Maier schüttelte den Kopf. »Wie gesagt, unsere Tochter war meiner Frau und mir gegenüber nicht mehr so offen wie früher.

Freunde oder einen Mann hat sie nie erwähnt. Ich gebe es nicht gerne zu, aber ich glaube, sie war zu einer Einzelkämpferin geworden.«

Katharina unterdrückte ein Seufzen. Es würde nicht leicht werden, an Informationen zu kommen. Sie selbst kannte das Opfer, das hätte ein Vorteil für die Ermittlungen sein müssen, doch stattdessen warf es nur noch mehr Fragen auf. Anna Maier hatte aufgehört zu existieren, sie war zu Charlène La Bouche geworden. Doch was war Charlène für ein Mensch gewesen?

Kapitel 5

Montag, 24. Juli

Die Bar des Hotels *Seerose* war vorübergehend für den normalen Betrieb gesperrt. Der Hotelmanager hatte glücklicherweise Verständnis gezeigt und Katharina und Hubert nicht nur die Bar, sondern auch eines der freien Zimmer für die Einzelbefragungen zur Verfügung gestellt. Katharina sah sich um. Daniel, der ebenfalls anwesend war, hatte sich zu Oliver etwas abseits gestellt. Der Rest ihrer Mitschüler hatte sich wie auch schon am Abend des Klassentreffens in denselben Grüppchen wie früher zusammengesetzt. Einige sahen verwirrt aus, andere verärgert. Die Bar war voll, trotzdem waren nicht alle erschienen. Einige mussten nach Hause gefahren sein, bevor Hubert das Abreiseverbot verhängt hatte.

»Was soll das Ganze?«, wollte Robin wissen, der inzwischen in München lebte. »Mein Chef findet es alles andere als lustig, dass ich heute nicht zur Arbeit erschienen bin.«

Katharina und Hubert warfen sich einen Blick zu, bevor Hubert die schlechte Nachricht verkündete. »Ihre Arbeitgeber werden sicher Verständnis haben, denn wir müssen Ihnen leider mitteilen, dass Ihre Mitschülerin Anna Maier ermordet wurde.«

»Ermordet?« Ein Raunen ging durch die Gruppe, allen stand der Schock ins Gesicht geschrieben. Michelle schlug sich die Hand vor den Mund, und Monika fing sogar an zu schluchzen.

»Da der Mord in der Nacht vor dem Klassentreffen geschah, müssen wir Ihnen ein paar Fragen stellen.«

»Einer von *uns* soll der Mörder sein?«, fragte Nathalie empört. »Jetzt mach aber mal einen Punkt.« Sie funkelte Katharina böse an, als könnte diese etwas dafür.

»Wir machen hier nur unsere Arbeit«, erwiderte Katharina ruhig.

Früher hätte sie sich an solchen Kommentaren gestört, doch die Zeiten waren vorbei. »Ihr wollt doch sicher auch, dass wir Annas Mörder finden. Also, wer heute noch abreisen muss, wird zuerst befragt. Robin, willst du den Anfang machen?«

»Wie?« Er wirkte sichtlich irritiert; von seiner Verärgerung und seinem Humor war in diesem Moment nichts zu spüren. »Ähm, nein. Vielleicht fängst du besser mit Tim an, er will heute noch zurück nach Dortmund.«

Katharina unterdrückte ein Gähnen, als sich die Tür des Hotelzimmers ein weiteres Mal öffnete und Nathalie eintrat. Den Großteil ihrer anwesenden Klassenkameraden hatten sie und Hubert bereits befragt, und tatsächlich hatten viele davon gewusst, dass sich Anna einigen Schönheits-OPs unterzogen hatte. Der Name Charlène La Bouche hatte jedoch niemandem etwas gesagt, und bisher war nicht klar, woher das Wissen um Annas äußerliche Veränderung kam. Auch glaubte Katharina nicht, dass einer ihrer bisher befragten Mitschüler etwas mit dem Mord zu tun hatte. Keiner hatte ein Motiv.

Nathalie setzte sich zu Katharina und Hubert an den runden Tisch am Fenster und reichte den beiden eine Liste. »Da stehen die Namen derjenigen drauf, die schon abgereist sind oder die ich bis heute Morgen nicht erreichen konnte.« Dann verschränkte sie die Arme vor der Brust. Sie hatte sich kooperativ gezeigt, von nun an würde es nicht leicht werden, etwas aus ihr herauszubekommen, so viel stand fest. Aber Katharina hatte trotzdem Hoffnung, endlich einen Schritt weiterzukommen. Schon am Abend zuvor war ihr klar gewesen, dass Nathalie etwas wusste. Vielleicht war sie sogar die Quelle der Gerüchte. Zuzutrauen war es ihr.

»Danke«, sagte Hubert und hielt die neue Liste hoch. Dann machte er einen Haken hinter Nathalies Namen auf seiner Liste mit allen Schülern der ehemaligen 10a. »Nathalie Sprung. Sprung?« Er sah auf.

»Dr. Sprungs Tochter«, erklärte Katharina.

»Verstehe.« Hubert griff nach dem Diktiergerät, das auf dem Tisch lag. »Was dagegen, wenn wir das Gespräch aufzeichnen?« Nathalie zuckte nur mit den Schultern, also schaltete Hubert das Gerät ein. »Wann hatten Sie das letzte Mal Kontakt zu Anna Maier?«

»Keine Ahnung, das muss ewig her sein. Nach dem Abschluss habe ich sie überhaupt nicht mehr gesehen.«

»Bist du sicher?«, hakte Katharina nach. »Immerhin hat sie hier am See gelebt, genau wie du.«

»Das heißt gar nichts. Viele von uns sind hier in der Gegend geblieben, und ich begegne kaum jemandem zufällig.«

»Das glaube ich dir nicht«, sagte Katharina ihr auf den Kopf zu.

»Was soll das, Kathi? Anna und ich hatten in der Schule nichts miteinander zu tun, das weißt du genau.«

»Du und Michelle, ihr habt sie immer gehänselt.«

»Na und? Das ist Jahre her. Zwanzig, um genau zu sein. Kein Grund, jemanden umzubringen.«

»Vielleicht hat Anna sich gerächt? Sie hat sich ganz schön verändert im Laufe der letzten Jahre.« Katharina schob ein aktuelles Foto von Anna über den Tisch, das sie von ihren Eltern bekommen hatten.

Nathalie betrachtete es nur kurz und zeigte keinerlei Reaktion. »Was für ein Blödsinn, sie hat sich nicht gerächt. Dafür war sie doch überhaupt nicht der Typ. Warum bist du überhaupt an den Ermittlungen beteiligt? Du scheinst mir alles andere als objektiv zu sein.«

Katharina hatte mit dem Einwand gerechnet, irgendjemand hatte ihn früher oder später bringen müssen, und natürlich war er von Nathalie gekommen. Doch sie ärgerte sich nicht darüber, denn sie freute sich viel zu sehr über Nathalies Dummheit.

»Das hat schon alles seine Richtigkeit, Frau Sprung«, antwortete Hubert. »Aber mir scheint, Sie sind Anna Maier tatsächlich erst kürzlich über den Weg gelaufen.« Er tippte auf das Bild.

»Oder warum sonst hätten Sie im Gegensatz zu Ihren Mitschülern überhaupt nicht auf Frau Maiers äußerliche Veränderung reagieren sollen?«

»Das soll ein Beweis sein?« Nathalie lachte gekünstelt, doch sie wirkte mit einem Mal sehr unsicher. Um das zu überspielen, griff sie nach dem Glas Wasser, das man ihr hingestellt hatte, und nahm einen großen Schluck.

Katharina beugte sich über den Tisch. »Komm schon, Nathalie. Früher oder später erfahren wir die Wahrheit ohnehin. Fast die ganze Klasse weiß von Annas Schönheits-OPs. Außerdem hat Michelle längst ausgepackt.« Sie riet ins Blaue hinein, denn Michelle, die direkt vor Nathalie zur Befragung da gewesen war, hatte kein Wort gesagt, doch die Blondinen waren schon zu Schulzeiten unzertrennlich gewesen, und das hatte sich bis heute nicht geändert. Katharina war sich sicher, dass Nathalie vor ihrer besten Freundin keine Geheimnisse hatte, und sie behielt recht. Nathalie wurde blass.

»Also gut. Michelle und ich sind Anna vor etwa zwei Wochen zufällig in der Innenstadt über den Weg gelaufen. Ich hab sie erst gar nicht wiedererkannt. Sie kam gerade mit einem Mann aus einem Hotel, wir sind aus Versehen zusammengestoßen. Erst als sie sich entschuldigte, habe ich sie an der Stimme erkannt. Anna wurde ein wenig rot, als sie uns ebenfalls erkannte, und mir war auch gleich klar, warum. Das Mauerblümchen hatte einiges machen lassen. Schönheits-OPs. Hätte nie gedacht, dass sie den Mut dazu hat.«

»Was ist dann passiert?«, wollte Hubert wissen.

»Nichts weiter. Wir haben ein paar Worte gewechselt, das war's. Ich hab sie weder davor noch danach wiedergesehen.«

»Ach komm schon«, meinte Katharina. »Ich kann mir nicht vorstellen, dass ihr nur übers Wetter geredet habt. Ihr habt sie doch mit Sicherheit spüren lassen, was ihr über sie denkt.« Katharina wurde wütend, doch damit stieß sie bei Nathalie auf Granit.

»Glaub doch, was du willst«, erwiderte diese nur.

»Frau Sprung, könnten Sie uns beschreiben, wie der Mann aussah, mit dem Anna Maier sich getroffen hat?«

»Klein, etwas pummelig, Halbglatze. Er war bestimmt zehn Jahre älter als Anna.«

»Würden Sie ihn wiedererkennen?«

»Sicher. Glauben Sie, er hat etwas mit dem Mord zu tun?« Für Katharinas Geschmack klang Nathalie viel zu aufgeregt.

»Wir glauben vorerst gar nichts«, erwiderte Hubert kühl. »Wo waren Sie Freitagnacht zwischen zweiundzwanzig und ein Uhr?«

»Ist das die Tatzeit?«

Hubert unterdrückte ein Seufzen. »Bitte beantworten Sie einfach meine Frage, Frau Sprung.«

»Ich hab mich zusammen mit Michelle um die letzten Details für das Klassentreffen gekümmert, und danach haben wir noch ein Glas Sekt getrunken und gequatscht. Es war bestimmt schon halb zwei, bis wir im Bett waren. Sie können Michelle gerne fragen, sie wird Ihnen das bestätigen.«

Michelle hatte bei der Befragung genau dasselbe gesagt, aber das musste nichts heißen. Wenn sie unter einer Decke steckten, würden sie sich natürlich gegenseitig ein Alibi geben. Katharina blickte zu Hubert, der dasselbe zu denken schien.

»Hallo, Oli.« Katharina stand auf, um ihren ehemaligen Mitschüler Oliver in den Arm zu nehmen. Er hatte sich kaum verändert, seit sie ihn das letzte Mal gesehen hatte. Seine blonden Haare wirkten vielleicht noch etwas blonder als zu Schulzeiten, aber seine grünbraunen Augen strahlten dieselbe Wärme und Herzlichkeit aus wie früher. Katharina hatte ihn immer gemocht und fragte sich, warum sie nach dem Schulabschluss keinen Kontakt mehr gehabt hatten. »Schön, dich zu sehen. Wo warst du Samstag? Ich hab dich vermisst.«

»Ach, mir war nicht nach den ganzen Angebern. Diejenigen, die mir wichtig sind, treffe ich auch so. Dafür brauche ich kein Klassentreffen.«

»So wie Anna?«

»Anna.« Er schluckte. »Was hat der Mörder ihr angetan? Hat sie sehr gelitten?«

»Ich denke nicht, Oli.«

»Oliver Fitz, richtig?« Hubert hakte den Namen von seiner Liste ab. »Sie waren also am Samstag nicht auf dem Klassentreffen?« Oliver nickte und ließ sich auf den Stuhl sinken, auf dem kurz zuvor noch Nathalie gesessen hatte. »Aber Sie wohnen hier am See?«, wollte Hubert wissen.

Oliver nickte erneut. »Direkt in Friedrichshafen, ja. Wie gesagt, ich hatte keine große Lust.«

»Und Sie hatten ein gutes Verhältnis zu Anna Maier?«

»Hatte ich, zumindest früher.«

»Was heißt das? Haben Sie sich zerstritten?«

»Nein, ganz und gar nicht. Wir haben uns einfach im Lauf der Jahre aus den Augen verloren.« Er klang traurig über diesen Umstand. »Zwei Jahre nach dem Schulabschluss ist sie aus Friedrichshafen fortgegangen, einfach so, ohne eine Nachricht oder Kontaktdaten zu hinterlassen. Ich hab noch ein paar Mal versucht, sie per Mail zu erreichen, aber nachdem nie eine Antwort kam, hab ich es irgendwann aufgegeben.«

»Und du hast keine Ahnung, was damals passiert ist?«, fragte Katharina.

Oliver schüttelte den Kopf. »Leider. Ich hab es auch bis heute nicht verstanden. Wir waren immer füreinander da, ich hätte ihr doch geholfen.« Als er fortfuhr, sprach er mit einem Mal sehr leise. Seine Stimme zitterte ein wenig. »Ich kann immer noch nicht glauben, dass sie tot sein soll.«

»Und ihr hattet auch danach nie wieder Kontakt? Immerhin wohnte Anna seit sieben Jahren wieder am See.«

Oliver zögerte kaum merklich, aber Katharina bemerkte es trotzdem. »Das wusste ich gar nicht. Nein, leider. Ich hätte sie wirklich gern wiedergesehen.«

Hubert stand auf, um sich eine neue Tasse Kaffee einzuschenken, bereits seine vierte. Er brachte den Teller mit den Schokoladenplätzchen mit und stellte ihn auf den Tisch. »Wussten Sie, was Anna beruflich gemacht hat?«

Oliver schluckte. »Ich nehme an, sie war weiterhin im Hotelgewerbe tätig. Schließlich hat sie damals die Ausbildung angefangen, bevor sie einfach von der Bildfläche verschwand.«

»Sie war Prostituierte. Zwar eine Edel-Escortdame, aber nichtsdestotrotz.«

»Anna? Nie im Leben. Das kann ich mir nicht vorstellen.«

»Herr Fitz, wo waren Sie Freitagnacht zwischen zweiundzwanzig und ein Uhr?«

»Wo ich …? Kathi, bitte. Du glaubst doch nicht, dass ich etwas mit dem Mord an Anna zu tun hab. So etwas würde ich nie tun, dazu bin ich gar nicht fähig.«

»Das weiß ich, Oli. Mach dir keinen Kopf, das ist eine reine Routinefrage.«

Oliver fuhr sich mit den Händen durch die Haare. »Ich hab mit Freunden gepokert. Wir machen das jeden Freitagabend. Die Kinder sind im Bett, und meine Frau ist auch froh, wenn sie mal ein bisschen Zeit für sich hat. Sie können sie gern fragen.«

Hubert schloss die Tür hinter Oliver. Er war der Letzte gewesen, von den vor Ort anwesenden Mitschülern hatten Katharina und Hubert alle befragt. »Ich glaub dem Kerl kein Wort. Irgendwas verheimlicht der vor uns.« Er goss sich die letzte Tasse Kaffee ein.

»Meinst du nicht, du hast langsam mal genug?«, fragte Katharina, die sich ein wenig Sorgen über den Kaffeekonsum ihres Patenonkels machte. »Das ist bereits die fünfte Tasse diesen Vormittag, und wer weiß, wie viele du davor schon hattest.«

»Es geht mir gut. Also, was sagst du zu Oliver Fitz?«

»Zugegeben, er hat zum Teil etwas merkwürdig reagiert, aber Oli und Mord? Dazu wäre er nie fähig.«

Seufzend räumte Hubert seine Sachen zusammen. »Katrinchen,

ich bitte dich. Menschen ändern sich. Anna Maier war offensichtlich auch nicht mehr dieselbe wie zu deiner Schulzeit.«

»Schon«, stimmte Katharina zu und blickte einen Moment aus dem Fenster. Von diesem Zimmer aus hatte man einen herrlichen Blick auf den Bodensee und die Alpen, die man heute dank des klaren Wetters sogar sehen konnte. Gerne hätte sie selbst eine Wohnung direkt am See bezogen, aber auf die Schnelle hatte sie nichts Bezahlbares gefunden, und so hatte sie sich schließlich überreden lassen, in die freie Doppelhaushälfte neben ihrer Mutter zu ziehen, die ihren Eltern gehörte und die gerade ohnehin leer stand. Manchmal fragte sie sich, ob ihre Mutter das Haus nach dem Auszug der letzten Mieter bewusst nicht neu vermietet hatte, denn Mangel an Interessenten hatte es bei der Lage und dem Preis sicher nicht gegeben.

»Aber?«, hakte Hubert nach.

»Das kannst du nicht vergleichen. An Anna wäre mir die Veränderung sicher aufgefallen, und so würde ich sie auch an Oli bemerken, wenn es sie denn geben würde.«

Hubert ließ sich auf den Stuhl neben Katharina sinken. »Katrinchen, so langsam frage ich mich, ob deine Mitschülerin recht hat. Bist du sicher, dass du objektiv genug für den Fall bist? Es ist zwar dein erster Fall hier in der Kriminalpolizeidirektion Friedrichshafen, aber jeder würde es verstehen, wenn du ihn wegen Befangenheit abgibst.«

»Das kommt überhaupt nicht infrage«, antwortete Katharina. »Daniel und Jonas sind die einzigen aus meiner alten Klasse, zu denen ich noch Kontakt hatte, mit allen anderen habe ich seit zwanzig Jahren nichts mehr zu tun. Und wenn du ehrlich bist, würdest du doch auch niemals Daniel verdächtigen, nur weil er Anna früher mal gekannt hat.«

Hubert verzog den Mund, und Katharina wusste, dass das Thema damit erst mal vom Tisch war. Es klopfte an der Tür, und Daniel trat ein.

»Was für ein Zufall, von dir haben wir gerade gesprochen«,

sagte Hubert. »Wo warst *du* eigentlich Freitagnacht zwischen zweiundzwanzig und ein Uhr?«

»Sehr witzig«, erwiderte Daniel und nahm sich das letzte Schokoladenplätzchen vom Teller. »Irgendwelche Erkenntnisse?«

»Nicht wirklich«, antwortete Katharina. »Nathalie und Michelle sind Anna neulich über den Weg gelaufen. Sie haben natürlich sofort die Schönheits-OPs bemerkt und wenn du mich fragst das Gerücht über Anna verbreitet, aber ich kann mir nicht vorstellen, dass die beiden etwas mit dem Mord zu tun haben sollen.«

»Weiß nicht, diese Nathalie ist ein ganz schönes Früchtchen«, warf Hubert ein.

»Ich mag sie auch nicht«, gestand Katharina, »aber einen Mord traue ich ihr dennoch nicht zu.«

Hubert zuckte nur mit den Schultern. »Oliver Fitz scheint etwas vor uns zu verbergen.«

»Oli?« Daniel schüttelte den Kopf. »Nie im Leben hat der Anna umgebracht, die beiden waren seit der achten Klasse unzertrennlich.«

»Sag ich ja. Wie sieht's bei dir aus? Hast du etwas aufschnappen können?«, fragte Katharina, während sie die dreckigen Tassen und Gläser zusammenräumte. Daniel hatte sich extra unter die anderen gemischt in der Hoffnung, etwas Interessantes mitzubekommen.

»Leider nicht. Oli war ziemlich fertig von der Nachricht, ebenso Moni, und auch Robin war seltsam betroffen. Nathalie und Michelle haben dauernd die Köpfe zusammengesteckt, und generell wurde viel getuschelt, aber mir gegenüber waren natürlich alle zurückhaltend. Sie wissen schließlich, dass wir zusammenarbeiten. Vielleicht hätte ich doch besser im Labor bleiben sollen, Jonas hätte sich undercover unter die anderen mischen können.«

»Das hätte auch nichts gebracht«, erwiderte Katharina. »Immerhin bin ich nach wie vor mit Jonas befreundet. Ihm hätte sicher auch niemand etwas Heikles anvertraut.«

»Außerdem sind erst einmal alle potenziell verdächtig«, war Huberts Meinung.

Daniel warf Katharina einen fragenden Blick zu, doch die zuckte nur mit den Schultern. »Vielleicht solltet ihr euch nicht so auf die alte zehn a versteifen. Es ist doch überhaupt nicht gesagt, dass der Täter in diesem Umfeld zu finden ist.«

»Das nicht, aber irgendwo müssen wir anfangen, und da wir bisher keine Liste von Annas Kunden gefunden haben … Ein paar aus der alten zehn a fehlen noch, vielleicht erfahren wir doch noch was Interessantes. Mich würde zum Beispiel sehr interessieren, worüber Susanne und Max sich Samstag gestritten haben.«

Daniel verdrehte die Augen. »Das war ein normaler Ehestreit und hatte sicher nichts mit Anna zu tun.«

»Weiß man's?« Katharina wandte sich an Hubert. »Also, klappern wir die anderen ab?«

Hubert schüttelte den Kopf. »Lass uns erst mal Annas Wohnung unter die Lupe nehmen. Irgendwo muss sie doch eine Kundenliste gehabt haben.«

Anna Maier hatte in Hagnau gewohnt, etwa fünfzehn Kilometer westlich von Friedrichshafen. Das Haus mit den exklusiven Appartements lag völlig frei inmitten von Weinreben und Obstwiesen direkt am See. Der Eigentümer des Objekts, ein Mann etwa Mitte fünfzig, führte Hubert und Katharina eine Treppe hinauf zu Annas Wohnung. Die Treppe befand sich im Freien und nicht, wie normalerweise üblich, in einem Hausflur. Ob die Nachbarn in diesem Fall eine große Hilfe sein würden, war fraglich.

»Was können Sie uns über Anna Maier erzählen?«, fragte Hubert.

»Nicht viel«, antwortete der Eigentümer. »Sie war freundlich, hat ihre Miete immer pünktlich bezahlt.«

»Wie sah es mit Besuch aus?«

»Meinen Sie Herrenbesuch?«, fragte der Eigentümer zurück

und lachte. »Dazu kann ich Ihnen nicht viel sagen. Ich kann mich nicht erinnern, dass das Mädchen überhaupt mal Besuch mitgebracht hat, aber ich überwache meine Mieter auch nicht rund um die Uhr. Wenn Sie mich fragen, war sie ein Arbeitstier. War kaum zu Hause, das arme Ding.«

»Wissen Sie, was sie beruflich gemacht hat?«, hakte Katharina nach.

»Nicht direkt. Als sie hier eingezogen ist, haben wir uns nur kurz unterhalten. Irgendwas mit Hotels, wenn ich mich recht erinnere. So, da wären wir.« Der Eigentümer schloss die Tür auf und reichte Katharina den Schlüssel. Sie verkniff sich einen Kommentar darüber, dass er rein rechtlich eigentlich keinen Schlüssel hätte zurückbehalten dürfen, denn im Moment war sie froh darüber. Das ersparte ihnen den Anruf beim Schlüsseldienst. »Wenn noch was ist, ich bin im Garten.« Damit stieg der Eigentümer die Treppe wieder hinunter.

Katharina und Hubert streiften sich Einmalhandschuhe über und betraten die Wohnung, die auf den ersten Blick hell, freundlich und geräumig wirkte. Man stand direkt im Wohnzimmer und hatte durch das Panoramafenster einen atemberaubenden Blick auf den See und die Alpen. Die Einrichtung wirkte edel und teuer, aber auch karg und alles andere als persönlich: eine Sofalandschaft aus Leder, die für einen Single viel zu groß war, ein Regal aus massivem Holz, in dem ein paar Dutzend Bücher und Schallplatten standen, dazu ein Plattenspieler und ein Flachbildfernseher. An der Wand hingen Bilder mit abstrakten Motiven; Skulpturen aus Messing, Glas oder Holz zierten die eine oder andere Stellfläche. In Reichweite der angrenzenden Küche stand ein Esstisch mit sechs Stühlen. Es gab keine Blumen, Tischdecken oder Vorhänge, keinen Nippes, der herumstand, und keine Andenken von Reisen. Der einzige persönliche Gegenstand war ein Bild von Annas Eltern in einem Silberrahmen. Katharina wollte sich die Küche ansehen, als sie ein schwarzes Fellknäuel um die Ecke flitzen und im Schlafzimmer verschwinden sah.

»Hast du das gesehen?«, fragte sie Hubert, doch der war gerade dabei, den Inhalt der wenigen Schubladen zu inspizieren. Katharina ging ins Schlafzimmer und kniete sich auf den Boden. Unter dem Bett kauerte eine Katze, völlig verängstigt und abgemagert. Sie fauchte, als Katharina nach ihr greifen wollte, doch Katharina ließ sich nicht beirren und packte sie. Mit der Katze auf dem Arm ging sie in die Küche und suchte in den Schränken nach Katzenfutter. Dann füllte sie die beiden Näpfe auf dem Boden randvoll mit Wasser und Futter und setzte die Katze ab. Einen Moment schien das Tier mit sich zu ringen, was stärker war: der Fluchtinstinkt oder der Hunger. Doch der Hunger gewann die Oberhand. Zufrieden kehrte Katharina zurück ins Wohnzimmer.

»Hast du etwas Interessantes gefunden?«, fragte Hubert.

»Wie man's nimmt. Anna hatte eine Katze, aber der scheint es so weit gut zu gehen. Ich habe ihr was zu fressen gegeben. Was ist mit dir?«

»Bisher nichts. Keine Fotoalben, keine Briefe oder Rechnungen …«

Katharina meinte, im Schlafzimmer einen Schreibtisch wahrgenommen zu haben. Sie machte wieder kehrt, Hubert folgte ihr irritiert, doch dann hörte sie ihn hinter sich »Bingo« sagen. Der Schreibtisch stand links neben der Tür in einer relativ dunklen Ecke. Hubert hielt direkt darauf zu, Katharina sah sich erst einmal um. Das Schlafzimmer wirkte wie der Rest der Wohnung ordentlich, fast unbewohnt. Das französische Bett war gemacht, und kaum etwas lag herum. Lediglich der Roman auf dem Nachttisch und die rosafarbene Seidenbluse, die außen am Kleiderschrank hing, wiesen darauf hin, dass hier tatsächlich jemand wohnte. Katharinas Blick fiel auf den großen Bilderrahmen über dem Bett, in dem ein Sommerkleid eingerahmt war.

»Wer rahmt denn sein Kleid ein?«, fragte sie mehr sich selbst.

Hubert sah nur kurz auf. »Was? Keine Ahnung, vielleicht ein Andenken an frühere Zeiten. Sieh mal hier, der Terminkalender.

Darin stehen Charlènes sämtliche Termine. Der Eintrag für Freitagabend lautet: *21.45 Uhr, Friedrichstraße, S. M.* Jetzt müssen wir nur noch herausfinden, wer S. M. ist.«

Katharina unterdrückte ein Grinsen. »Ich bezweifele, dass es sich bei S. M. um eine reale Person handelt. Du weißt schon, S. M. steht auch als Abkürzung für Sadomaso.«

»Verstehe.« Hubert kratzte sich verlegen am Kopf. »Ob die Abkürzung wohl etwas über den Kunden aussagt?«

»Möglich. Hast du schon die Schubladen durchsucht?«, fragte Katharina und zog gleichzeitig die erste auf. Triumphierend hielt sie ein Handy in die Höhe.

»Sehr gut, darauf finden wir hoffentlich was Interessantes.« Hubert sah sich um. »Am besten, wir nehmen das ganze Zeug hier mit – Terminkalender, Laptop, Ordner, das Handy natürlich. Wäre doch gelacht, wenn wir nichts Brauchbares finden.«

Katharina stapelte bereits alles aufeinander. »Was ist mit der Katze? Wir können sie schlecht hier lassen.«

»Vielleicht nehmen die Eltern sie oder sonst irgendein Verwandter. Ansonsten muss sie wohl ins Tierheim.«

»Das hättest du wohl gerne. Ansonsten nehme ich sie mit zu mir«, sagte Katharina kurz entschlossen.

»Jetzt fängt das wieder an. Schon als Kleinkind hast du jedes verdammte Vieh mit nach Hause gebracht, und wenn es nur ein Käfer war, der nicht mehr fliegen konnte. Deine Mutter hat mir manchmal richtig leidgetan.«

Katharina verdrehte die Augen. »Die Katze kann jedenfalls nicht hierbleiben.«

»Aber pass auf, dass du dir keine Läuse ins Haus holst.«

Katharina schmunzelte. »Wohl eher Flöhe, aber das kann ich mir nicht vorstellen. Schau dich doch hier um, Anna war sehr ordentlich. Hier könnte man vom Boden essen.«

»Vielleicht hatte sie eine Putzfrau. Lass uns mal die Nachbarn befragen, wie es mit Männern und generell Besuch aussah.«

Kapitel 6

Montag, 24. Juli

Katharina stieg aus dem Auto und sah sich um. Susanne und Max Gärtner wohnten in Oberteuringen in einem Haus, das mal wieder einen neuen Anstrich hätte vertragen können und für eine Familie mit vier Kindern zumindest von außen viel zu klein wirkte. Sie fühlte sich seltsam betroffen, weil es ihr so viel besser ging. Susanne war schon seit Längerem aus ihrem Beruf raus, zumindest hatte das Moni erzählt, und Max schien nicht besonders gut zu verdienen, aber vermutlich reichte es auch einfach nur nicht für eine sechsköpfige Familie.

Katharina stieg die drei Stufen hinauf und klingelte. Es dauerte eine Weile, bis die Haustür geöffnet wurde. Susanne wirkte überrascht und gleichermaßen peinlich berührt, ihre ehemalige Schulkameradin hier zu sehen. Sie trug eine ausgewaschene Jeans, dazu ein pinkfarbenes T-Shirt, auf dem das Baby auf ihrem Arm deutliche Spuren hinterlassen hatte. Nach dem Aufstehen hatte Susanne den wirren Haaren nach zu urteilen nicht geduscht, sondern nur schnell den Schlafanzug gegen etwas anderes getauscht. Wenn sie überhaupt geschlafen hatte, denn sie sah ziemlich übernächtigt aus.

»Kathi? Was machst du denn hier?«

»Ich hätte ein paar Fragen an dich und Max. Entschuldige, dass ich vorher nicht angerufen hab. Darf ich reinkommen?«

»Fragen? Ähm, ja, komm rein.«

Susanne ging voraus in die Küche, Katharina folgte ihr und sah sich unauffällig um. Überall lag Spielzeug herum, aus dem Wohnzimmer hörte sie zwei Jungen miteinander streiten, doch Susanne schien es entweder nicht mitzubekommen oder nicht zu stören. Die Küche sah nicht viel besser aus. Der Frühstückstisch war noch nicht abgeräumt, obwohl es längst Mittag war, und in der Spüle stapelte sich das Geschirr vom Vortag. Max saß am Küchentisch. Er schien ebenso wenig davon begeistert zu sein, dass Katharina ohne jede Vorwarnung hier aufgetaucht war. Aber auch sie war überrascht, ihn zu sehen, denn sie hatte ihn auf der Arbeit vermutet.

»Katharina?« Max strich sich die Haare glatt, was allerdings nicht viel brachte.

»Sie hat ein paar Fragen an uns«, antwortete Susanne, ohne ihren Mann anzusehen.

Katharina war sich sicher, dass die beiden sich wie schon am Samstag gestritten hatten. Es herrschte dicke Luft, und das nicht nur im wörtlichen Sinne.

»Möchtest du etwas trinken, Kathi?«

Katharina schüttelte den Kopf, obwohl sie gern ein Glas Wasser gehabt hätte. Draußen war es unerträglich heiß.

Max war irritiert. »Was denn für Fragen?«

»Tut mir leid, wenn ich unpassend komme.« Katharina setzte sich an den Küchentisch und versuchte, die Butter zu ignorieren, die bei den Temperaturen hier im Haus allmählich zu schmelzen begann.

»Nein, aber wir wären doch zu dir aufs Präsidium gekommen«, erwiderte Max.

»Ich wollte euch keine Umstände machen. Wegen der Kinder dachte ich, es ist einfacher so, und ich bin davon ausgegangen, dass du bei der Arbeit bist.« Sie blickte zu Max.

»Der Kindergarten ist schon ab heute geschlossen, deshalb hab ich Urlaub.«

»Es war sehr umsichtig von dir, herzukommen«, sagte Susanne. »Ich hätte die Kinder nur ungern mitgenommen, und auf die Schnelle hätte ich auch vermutlich keinen Babysitter gefunden. Außerdem muss ich Ben gleich von der Schule abholen. Es scheint dringend zu sein?« Ihre Stimme ging am Ende hoch.

»Ist es. Nathalie hat seit gestern Abend versucht, euch zu erreichen, aber es ist keiner ans Telefon gegangen.«

»Nathalie? Jetzt verstehe ich gar nichts mehr«, sagte Max.
»Was ist denn los?«

»Es geht um Anna. Sie wurde ermordet.«

Susanne und Max wechselten einen erschrockenen Blick,
Susanne ließ sich auf die Eckbank sinken. Das Baby auf ihrem
Arm begann zu schreien, doch sie starrte nur Katharina mit un-
natürlich großen Augen an. »Unsere Anna? Anna Maier?«

Katharina nickte. »Man hat ihre Leiche auf der Kreisstraße
zwischen Friedrichshafen und Oberteuringen in einem Maisfeld
gefunden.«

»O Gott, das ist ja schrecklich. Wer macht denn so was?«
Susanne war wirklich entsetzt, während Max überhaupt nicht
reagierte.

»Das wüssten wir auch gern, und deshalb bin ich hier. Hattet
ihr in letzter Zeit Kontakt zu Anna? Seid ihr ihr mal zufällig begegnet oder habt etwas über sie gehört?«

»Anna hat doch gar nicht mehr am See gelebt, oder?«, fragte
Max. »Susanne!« Er deutete mit dem Kopf auf das schreiende Baby.

Erst jetzt schien Susanne das Geschrei wahrzunehmen. Sie
stand sofort auf und schaukelte das Baby in einem Arm, während sie mit der freien Hand ein Fläschchen zubereitete. Das
Baby schrie nur noch lauter, doch Max kam seiner Frau nicht zu
Hilfe, er schien lediglich genervt zu sein. Die beiden hatten sich
ganz schön verändert im Laufe der letzten zwanzig Jahre. Susanne
auf den ersten Eindruck zumindest nur optisch, aber Max war
damals zuvorkommend und humorvoll gewesen. Davon schien
nicht mehr viel übrig zu sein. Katharina fragte sich, warum
Susanne noch ein viertes Kind mit ihm bekommen hatte. An
einfühlsamem Verhalten hatte es bei Daniel wenigstens nie ge-
mangelt, er hatte Katharina in Emilys ersten fünf Lebensjahren
in allem unterstützt, sei es das Füttern, das Windelnwechseln
oder das nächtliche Trösten gewesen.

Das Fläschchen kippte um, der Inhalt ergoss sich über die
Arbeitsfläche und tropfte auf den Boden. »Was für eine Sauerei«,
murmelte Max nur und goss sich frischen Kaffee ein.

Susanne stieß die Luft aus, ihre Schultern zitterten. Sie schien einem Nervenzusammenbruch nahe zu sein. Katharina sprang auf und eilte zu ihr, um sie sanft beiseite zu schieben.

»Warte, ich helfe dir.«

»Danke, Kathi«, sagte Susanne und drehte sich schnell weg, doch ihre glasigen Augen waren nicht zu übersehen. Sie lief in der Küche auf und ab und machte beruhigende Geräusche. Sofort wurde das Baby ruhig und gab schließlich sogar glucksende Laute von sich.

Katharina versuchte nicht daran zu denken, dass sie sich immer ein zweites Kind gewünscht hatte. Stattdessen konzentrierte sie sich auf die Anleitung, die auf der Milchpulverpackung stand. Es war einfach schon zu lange her, dass sie das letzte Mal ein Fläschchen zubereitet hatte. »Wie viel trinkt die Kleine inzwischen?« Aufgrund des rosafarbenen Bodys ging sie einfach mal von einem Mädchen aus.

»Hundertfünfzig«, antwortete Susanne.

Katharina goss abgekochtes Wasser in das Fläschchen und stellte es in den Flaschenwärmer. Während das Fläschchen auf die ideale Temperatur erhitzte, nahm sie einen Lappen und wischte damit die Schweinerei auf dem Boden auf. »Anna ist bereits vor sieben Jahren an den See zurückgekehrt«, nahm sie den Faden wieder auf und blickte kurz zu Max hinüber, der auf die Tageszeitung schielte. Der Tod seiner ehemaligen Mitschülerin schien ihn nicht sonderlich zu interessieren.

»Ach ja?«, fragte er beiläufig und nahm einen weiteren Schluck Kaffee.

Katharina wurde allmählich sauer. Sie warf den Lappen in die Spüle. »Was ist nur aus dir geworden?«

»Bitte?« Max runzelte die Stirn. »Was willst du, Kathi?«

»Ein bisschen mehr Anteilnahme wäre schön, immerhin ist Anna in unsere Klasse gegangen.«

»Das ist zwanzig Jahre her, und wir hatten nicht viel mit ihr zu tun. Weder damals noch heute. Ich hab sie seit Jahren nicht gesehen, und du doch auch nicht, oder, Susanne?«

Susanne schüttelte den Kopf. »Ich bin ihr mal in der Stadt begegnet, ist schon eine Weile her. Zuerst dachte ich, ich hätte sie verwechselt, aber als Nathalie und Michelle am Samstag erzählt haben, dass Anna jetzt so anders aussieht, war ich mir doch ziemlich sicher, dass sie es gewesen sein muss.«

»Warum hast du nichts davon erzählt?«, wollte Max wissen.

»Weil es nicht wichtig war. Ich hab auch nicht mit ihr geredet, sie hat mich nicht einmal bemerkt.«

Katharina beobachtete Max einen Moment. »Und du hast sie sicher seit Jahren nicht gesehen?«

»Nein, verdammt.«

Katharina war sich nicht sicher, ob er die Wahrheit sagte, aber für heute wollte sie es gut sein lassen. Sie nahm das Fläschchen aus dem Wärmer, gab fünf Löffel Milchpulver hinein und schüttelte es, bevor sie es Susanne reichte, die einen Moment unschlüssig mitten in der Küche stehen blieb. »Sollte euch doch noch etwas einfallen, was uns weiterhelfen könnte, meldet euch bitte.«

»Das machen wir, Kathi. Danke.« Susanne hielt das Fläschchen hoch.

Katharina nickte, dann drehte sie sich um und ging. Noch ehe sie die Haustür hinter sich geschlossen hatte, begannen Max und Susanne erneut zu streiten. Am liebsten wäre Katharina umgekehrt und hätte das Baby geholt, denn sie hasste es, wenn sich Eltern vor ihren Kindern stritten, obwohl sie selbst diese Erfahrung zum Glück nie gemacht hatte – weder als Kind noch als Mutter.

Während sie ihr Auto ansteuerte, überlegte sie, wie es weitergehen sollte. Aus ihrer ehemaligen Klasse verhielten sich einige seltsam und schienen etwas zu verbergen, aber hatte das etwas zu bedeuten oder waren sie mit ihren Ermittlungen im Umfeld der alten 10a auf dem völlig falschen Dampfer?

Katharina wartete vor dem Haupteingang des Klinikums. Unbehaglich sah sie sich um. Überall standen Menschen in Jogginghosen, T-Shirts und Schlappen herum und unterhielten sich mit anderen Patienten oder Besuchern. Sie mochte Krankenhäuser nicht, was natürlich zum einen an ihren eigenen Erfahrungen lag. Zu genau konnte sie sich noch daran erinnern, wie sie in dem sterilen und nach Desinfektionsmitteln riechenden Gang darauf gewartet hatte, dass die Ärzte alles taten, um das Leben ihres Vaters zu retten. Zum anderen mochte sie die Atmosphäre einfach nicht. Wenn es nach ihr gegangen wäre, wäre sie längst hineingegangen, doch Hubert wollte sie gerne begleiten.

Ein Anruf bei Anna Maiers Krankenkasse hatte ergeben, dass sie vor achtzehn Jahren wegen einiger Schürfwunden und Prellungen hier im Klinikum behandelt worden war. Es gab zwar tatsächlich keine Anzeige wegen Vergewaltigung, aber Daniel war sich aufgrund der Vernarbungen sicher, dass Anna vor Jahren vergewaltigt worden war. Annas Eltern hatten zudem erzählt, Anna habe nach zwei Jahren ihre Ausbildung abgebrochen und sei dann einfach für sieben Jahre von der Bildfläche verschwunden. Nach zwei Jahren – inzwischen war der Vorfall demnach achtzehn Jahre her. Das passte leider allzu gut zusammen. Katharina erschauerte bei dem Gedanken, was ihre ehemalige Mitschülerin durchgemacht haben musste.

»Wie war's bei den Gärtners?«, fragte Hubert, der auf einmal vor Katharina stand. Sie hatte ihn nicht kommen gehört. »Hast du was rausgefunden?«

Sie schüttelte den Kopf. »Leider nicht. Susanne ist Anna einmal zufällig über den Weg gelaufen, ihr wurde aber erst nachher klar, dass es Anna gewesen sein muss. Sie hat die Nachricht wirklich geschockt, während Max wenig feinfühlig reagiert hat.«

»Traust du ihm denn einen Mord zu?«

Katharina zog die Schultern hoch, während sie mit Hubert auf den Empfang zuging. »Ich möchte nur ungern spekulieren. Wo ist das Motiv?« Sie seufzte. »Was ist bei dir? Bist du wenigstens einen Schritt weitergekommen?«

»Insofern, als dass wir die Namen von unserer Liste streichen können. Nein, wir kommen so nicht weiter, wir brauchen Charlènes Kundenliste. Ich hoffe, die Techniker können uns nachher mehr sagen.«

»Hoffentlich bringt uns diese Liste überhaupt weiter. Die Kunden werden nur bar bezahlt haben. Wenn sie also nicht ihren richtigen Namen angegeben haben, stehen wir ganz schön blöd da. Und warum hätten sie ihren richtigen Namen nennen sollen?« Katharina und Hubert stellten sich hinter ein Ehepaar am Empfang. »Hat die Befragung von Jonas Zeitler etwas gebracht?«, fragte Katharina beiläufig. Hubert hatte darauf bestanden, die Befragung allein zu übernehmen, da Jonas Katharinas bester Freund war. Das hatte ihr zwar überhaupt nicht gepasst, aber sie hatte keine Wahl gehabt.

»Er scheint sauber zu sein«, bemerkte Hubert nur und zog seinen Ausweis aus der Tasche seiner ausgebeulten Stoffhose, um ihn der Dame am Empfang zu zeigen. »Riedmüller von der Kriminalpolizeidirektion Friedrichshafen, das ist die Kollegin Danninger. Wir bräuchten Einsicht in die Krankenakte einer gewissen Anna Maier.«

Die Frau schaute die beiden Kommissare über den Rand ihrer Brille hinweg an. »Worum geht es denn bitte?«

»Um die Ermittlung in einem Mordfall«, antwortete Hubert.

»Sie wissen, dass ich Ihnen nicht weiterhelfen kann«, sagte die Empfangsdame. »Die ärztliche Schweigepflicht gilt auch nach dem Tod eines Patienten. Oder hat derjenige vor seinem Tod seine Einwilligung gegeben? Liegt eine meldepflichtige Erkrankung vor?«

Katharina schob Hubert beiseite. »Hören Sie, es geht um eine ehemalige Mitschülerin von mir. Wie es aussieht, wurde sie vor achtzehn Jahren vergewaltigt, und diese Tat hängt vermutlich mit dem Mord zusammen. Ich will den Täter finden und zur Rechenschaft ziehen. Natürlich verstehe ich, wenn Sie uns keine Einsicht in die Akte gewähren können, aber vielleicht könnten Sie uns wenigstens sagen, wie der behandelnde Arzt hieß.«

Die Empfangsdame seufzte. »Vor achtzehn Jahren, sagen Sie?

Das ist aber ganz schön lange her. Wer weiß, ob der Arzt überhaupt noch hier tätig ist. Warten Sie, ich muss im Archiv anrufen.« Sie griff nach dem Telefonhörer. Etwa eine Viertelstunde später winkte sie Katharina und Hubert, die im Wartebereich Platz genommen hatten, wieder zu sich. »Wie ich vermutet habe. Dr. Maximilian Sprung hat inzwischen eine eigene Praxis übernommen.«

Katharina und Hubert wechselten einen Blick. Auch das noch, ausgerechnet Dr. Sprung. Seit Daniel als Experte in die Mordermittlung gezogen worden war, war der Arzt gar nicht mehr gut auf die Kriminalpolizeidirektion zu sprechen.

Das Wartezimmer der kleinen Arztpraxis war überfüllt. Einige Patienten standen sogar im Gang, da es keinen freien Sitzplatz mehr gab. Alle redeten durcheinander, ein kleiner Junge weinte und ließ sich von seiner Mutter einfach nicht beruhigen, und immer wieder klingelte das Telefon. Die Sprechstundenhilfe hatte alle Hände voll zu tun. Das waren keine guten Voraussetzungen, trotzdem hielten Katharina und Hubert direkt auf sie zu.

Die Sprechstundenhilfe, die gerade telefonierte, hob die Hand, um zu signalisieren, dass sie die beiden gesehen hatte. Nachdem sie einen Termin vergeben und aufgelegt hatte, sah sie auf. »Was kann ich für Sie tun?«, fragte sie ein wenig gehetzt.

Hubert senkte die Stimme. »Wir sind von der Kriminalpolizeidirektion und müssten dringend mit Dr. Sprung reden.«

»Ach, geht es um den Mordfall? Wo Dr. Sprung neulich Nacht zum Tatort gerufen wurde?«

Katharina wunderte sich, dass die Sprechstundenhilfe so gut Bescheid wusste. Vielleicht war die junge Frau seine Tochter? Allerdings konnte Katharina sich nicht erinnern, dass Nathalie noch eine Schwester hatte. Der Einfachheit halber antwortete sie: »Ganz genau.«

»Na schön. Sie sehen ja, was hier los ist, aber ich versuche, Sie nach dem nächsten Patienten schnell dazwischenzuschieben.«

Die Frau hielt Wort; fünf Minuten später betraten Hubert und Katharina das Behandlungszimmer. Dr. Sprung tippte gerade etwas in seinen Computer, doch er stand sofort auf und reichte beiden Kommissaren die Hand. »Setzen Sie sich.« Er deutete auf die beiden Stühle vor dem Schreibtisch. »Susi hat schon gesagt, dass es um den Mordfall geht. Wie kann ich Ihnen denn diesbezüglich helfen? Ihr Pathologe hat doch meines Wissens die Obduktion übernommen.«

»Das ist richtig«, sagte Hubert. »Im Grunde geht es auch eher um eine Sache, die inzwischen achtzehn Jahre zurückliegt.«

»Ach so?« Der Blick des Arztes wurde skeptisch.

»Sie haben damals noch am Klinikum gearbeitet.«

»Entschuldigen Sie, ist das Ihr Ernst? Was hat das denn mit dem aktuellen Mordfall zu tun? Und warum sollte ich mich an etwas erinnern, was fast zwei Jahrzehnte zurückliegt?«

»Weil es um eine Mitschülerin Ihrer Tochter Nathalie ging«, erklärte Katharina. »Anna Maier. Sie ist auch das jetzige Opfer.«

Die Miene des Arztes wurde wieder umgänglicher. »Richtig, Nathalie hat mir davon erzählt. Schreckliche Sache. Ich kann immer noch nicht glauben, dass das Opfer eine ehemalige Klassenkameradin meiner Tochter ist.« Er seufzte. »Ich nehme an, Sie sind hier, um mit mir über den Verdacht der Vergewaltigung zu reden?«

Katharina schluckte. »Sie hatten damals den Verdacht, dass Anna vergewaltigt wurde?«

Dr. Sprung nickte. »Natürlich, das arme Mädchen war ja völlig verstört, als es zu mir ins Klinikum kam. Außerdem deuteten die Prellungen an den Armen darauf hin, dass sie gewaltsam festgehalten worden war.«

Katharina spürte die Wut in sich aufsteigen. Er hatte damals – vermutlich als Einziger – einen Verdacht gehabt und nichts unternommen. Vielleicht wäre vieles anders gekommen, hätte der Arzt etwas getan. »Warum haben Sie Anna nicht geholfen?« Sie konnte die Fassungslosigkeit kaum aus ihrer Stimme heraushalten.

Der Arzt seufzte erneut. »Was hätte ich denn tun sollen? Ich habe dem Mädchen schwer ins Gewissen geredet, Anzeige zu erstatten, ich habe sogar eine Gynäkologin hinzugezogen, aber Anna hat sich geweigert. Nachdem ich ihre Wunden versorgt habe, ist sie regelrecht aus der Klinik geflohen. Was hätte ich machen sollen?«, wiederholte er. »Ärztliche Schweigepflicht, mir waren die Hände gebunden.«

»Wussten Sie denn damals, dass Anna eine Mitschülerin ihrer Tochter war?«, wollte Hubert wissen.

»Natürlich, nur deshalb kann ich mich überhaupt an den ganzen Vorfall erinnern. Ich praktiziere seit etwa fünfunddreißig Jahren, da kann ich mir nicht jeden Patienten merken, und Anna habe ich auch nur dieses eine Mal behandelt. Den Namen des Mädchens kannte ich übrigens von Nathalies Klassenliste, bevor Sie fragen. Wenn ich gewusst hätte, dass sie die tote Frau war … Aber ich habe Sie Samstagnacht wirklich nicht wiedererkannt. Als meine Tochter mir dann erzählt hat, was passiert ist, musste ich gleich an den Vorfall von vor achtzehn Jahren denken. Glauben Sie denn, das Ganze hängt irgendwie zusammen? Dass der Vergewaltiger auch der Mörder des armen Mädchens ist?«

Hubert zuckte mit den Schultern. »Möglich ist alles.«

Der Arzt senkte den Blick. Offensichtlich nahm es ihn doch mit, dass er damals nichts hatte tun können. »Aber warum hätte er sie dann erst jetzt umbringen sollen?«

»Wenn wir das wüssten, wären wir ein ganzes Stück weiter.« Hubert stand auf. »Dann wollen wir Sie nicht länger aufhalten, das Wartezimmer ist voll.«

»Ja, ich habe diese Woche zu meinen üblichen Patienten auch noch Vertretungsdienst. Mein Kollege ist im Urlaub.« Dr. Sprung erhob sich ebenfalls und reichte beiden die Hand. »Ich hoffe, Sie finden den Mörder bald. Vor allem, wenn er aus Annas damaligen Umfeld stammt.«

»Keine Sorge«, erwiderte Katharina. »Anna und Nathalie hatten nicht viel miteinander zu tun.« Sie folgte Hubert durch den Raum.

An der Tür drehte sie sich noch einmal um. »Ach, übrigens: Haben Sie Ihrer Tochter damals oder heute von der Sache mit Anna erzählt?«

Der Arzt zuckte kaum merklich zusammen. »Wo denken Sie hin?«, fragte er in deutlich schärferem Ton, aber er klang zugleich ein wenig unsicher. »Die ärztliche Schweigepflicht gilt auch für Familienmitglieder.«

»Ich glaube nicht, dass er Nathalie nichts von der Vergewaltigung erzählt hat«, sagte Katharina, als sie gemeinsam mit Hubert das Büro betrat. »Damals vielleicht nicht, aber inzwischen weiß sie es sicher.«

Hubert zuckte nur die Schultern. »Ich mag die Arzttochter auch nicht, aber selbst wenn sie es wüsste – das allein macht sie noch lange nicht zur Verdächtigen in unserem Mordfall.«

Während sich Hubert auf seinen Stuhl plumpsen ließ und seinen Computer hochfuhr, widmete Katharina sich Annas Handy. Die Kollegen fragten derzeit bei den Telefongesellschaften nach, um eine Liste mit den Namen der Anrufer zu erhalten. Katharina sah sich die ein- und ausgehenden Anrufe trotzdem noch einmal genauer an, aber natürlich brachte sie das nicht weiter. Sie ging die Textnachrichten durch, aber auch diese sahen auf den ersten Blick wenig interessant aus. Es klopfte an der Tür, und sie sah auf. Es war die Kollegin Nina Baum, die Annas Katze auf dem Arm hatte.

»Hast du Annas Eltern nicht erreicht?«, fragte Katharina.

»Doch, aber die Mutter ist allergisch, und ansonsten gibt es niemanden, der das Tier nehmen könnte. Ich hätte sie längst ins Tierheim gebracht, aber das wolltest du ja nicht.«

Katharina nickte und stand auf, um Nina die Katze abzunehmen. »Das arme Tier ist ohnehin schon ganz schön mitgenommen. Das solltest du übrigens desinfizieren.« Sie deutete auf die Kratzer an Ninas Händen und Armen. »Wie sieht es denn mit den Telefongesellschaften aus?«

»Ich bin dran.«

Nina verließ das Büro wieder, und Hubert sah auf. »Willst du das Vieh wirklich mit zu dir nehmen? Hast du nicht einen Hund?«

»Die zwei werden sich wohl hoffentlich vertragen. Ich will die Katze nicht noch mehr traumatisieren, sie muss sich erst mal wieder erholen.« Katharina schluckte. »Sag mal, was ich dich schon lange fragen wollte: Hättest du eigentlich was dagegen, wenn ich Rudi mit ins Büro bringe? Er ist fast den ganzen Tag allein zu Hause, weil Emily so lange in der Schule ist. Rudi ist das nicht gewöhnt. In Mannheim habe ich ihn immer mitgenommen.«

Hubert zog die Nase kraus. »Ungern. Tiere haben auf dem Revier nichts zu suchen, und hier im Büro wäre er doch auch viel alleine. Oder würdest du ihn etwa zu den Befragungen mitnehmen?«

»Vergiss es, war nur so eine Idee«, murmelte Katharina und kehrte an ihren Schreibtisch zurück, um sich erneut Annas Handy zu widmen. Erst jetzt entdeckte sie die beiden Nachrichten, die jemand auf dem Anrufbeantworter hinterlassen hatte und die noch nicht abgehört worden waren.

»Was Interessantes?«, fragte Hubert nach einer Weile.

»Allerdings.« Katharina nickte und ließ die Nachrichten zum zweiten Mal abspielen, dieses Mal über den Lautsprecher.

»Freitag, einundzwanzigster Juli, einundzwanzig Uhr zweiundzwanzig: *Warum gehst du nicht an dein verdammtes Handy? So lasse ich mich nicht von dir behandeln. Hast du gehört? Ruf mich gefälligst zurück.*« Die männliche Stimme klang wütend, fast drohend. Beim zweiten Anruf war die Wut verflogen, derselbe Mann klang nun betrunken. »Samstag, zweiundzwanzigster Juli, null Uhr achtundzwanzig: *Es tut mir leid, Charlène. Es tut mir so, so leid. Bitte verzeih mir. Ich wollte das nicht, ich war nur so wütend.*«

»Hoppla!« Hubert zog die Augenbrauen hoch. »Das klingt nach einem wütenden Kunden, der in der Mordnacht zwischen halb zehn und halb eins die Nerven verloren hat. Jetzt müssen wir nur noch herausfinden, wer hinter den Anrufen steckt.«

»Das kann ich dir sagen: Max Gärtner aus meinem ehemaligen Jahrgang. Ich müsste mich schon sehr täuschen, wenn das nicht seine Stimme ist.« Katharina konnte es selbst noch nicht glauben. Max hatte Charlènes Dienste in Anspruch genommen? Katharina fröstelte bei dem Gedanken, dass Max' Frau Susanne erst vor Kurzem zum vierten Mal Mutter geworden war. Ob Max gewusst hatte, wer Charlène in Wirklichkeit war?

»Etwa der Max, den du heute Mittag befragt hast?«, wollte Hubert wissen. Katharina nickte. »Ich nehme nicht an, dass er dir von der Sache erzählt hat?«

»Hat er nicht. Wobei sich die Frage stellt, ob er wusste, dass Charlène und Anna ein und dieselbe Person waren. Hast du noch etwas herausgefunden?«

»Die Techniker konnten Annas Passwörter entschlüsseln. Das heißt, wir haben endlich eine Kundenliste.«

Im nächsten Moment sprang der Drucker an und spuckte einige Seiten aus. Katharina, die näher am Drucker saß, stand auf, um die Liste zu holen. Sie überflog die Kunden, bis ihre Augen schließlich an einem der Namen hängenblieben. Sie zeigte mit dem Finger darauf. »Bingo. Max Gärtner.«

Hubert stand so schwungvoll von seinem Stuhl auf, dass dieser gegen den Aktenschrank hinter ihm knallte. »Dann weiß ich, was wir vor Feierabend noch machen.«

Kapitel 7

Montag, 24. Juli

»Katharina? Was willst du denn schon wieder hier?« Max verschränkte die Arme vor der Brust und musterte die Kommissare argwöhnisch.

»Riedmüller, mein Name. Wir hätten noch ein paar Fragen.«

»Wenn's denn sein muss. Susanne ist aber mit den Kindern auf dem Spielplatz.«

»Umso besser«, erwiderte Hubert. »Wir würden Sie gern getrennt befragen.«

»Okay.« Max warf Katharina einen skeptischen Blick zu, trat aber beiseite und führte die Kommissare in die Küche. »Kaffee?«

Hubert nickte, und Max ging hinüber zur Kaffeemaschine, um frischen Kaffee aufzusetzen, während Katharina und Hubert auf der Eckbank Platz nahmen. Die Küche sah nicht viel anders aus als am Mittag. Jemand hatte zwar den Küchentisch abgeräumt, aber nicht abgewischt. Überall lagen noch Krümel herum, und zum Geschirr in der Spüle war nun auch noch das Frühstücksgeschirr hinzugekommen.

»Sag mal, machst du eigentlich auch irgendwas im Haushalt?«, fragte Katharina, ehe sie sich bremsen konnte.

Max wirbelte zu ihr herum. »Ich wüsste nicht, was dich das angeht. Das gehört wohl kaum zum Aufgabenbereich der Polizei. Und was habt ihr schon wieder für Fragen? Ich hab dir doch erst heute Mittag gesagt, dass wir mit Anna nichts mehr zu tun hatten.«

»Ist das so?«, erwiderte Katharina. »Dann erklär mir mal, wie dein Name auf die Kundenliste von Anna Maier alias Charlène La Bouche kommt.«

84

Max lehnte sich gegen die Arbeitsfläche. »Anna ... Nein. Nein, das kann nicht sein. Charlène war nie im Leben Anna Maier.«

Immerhin gab er zu, dass er Kunde von Charlène gewesen war, doch Katharina wollte nicht so ganz glauben, dass er die Verbindung tatsächlich nicht gesehen hatte. »Ach, komm schon. Willst du mir wirklich weismachen, dass du das nicht wusstest? Okay, Anna hat sich verändert, ich hab sie auch kaum wiedererkannt. Aber ihr altes Foto in der Abgangszeitung, die Gerüchte auf dem Klassentreffen ... Spätestens da muss dir das doch klar gewesen sein.«

Max atmete tief aus. Er kehrte Katharina und Hubert erneut den Rücken zu, suchte in den Küchenschränken nach zwei sauberen Tassen und schenkte Kaffee ein. Dann schob er Hubert eine Tasse zu und setzte sich ebenfalls an den Küchentisch. Nachdem er einen Schluck genommen hatte, sagte er: »Na schön, ich geb's ja zu. Beim Klassentreffen ist mir auch der Verdacht gekommen, dass Anna Charlène war, aber zu dem Zeitpunkt war sie meines Wissens doch bereits tot, und vorher habe ich diese Verbindung wirklich nie gesehen. Bitte, Kathi, das musst du mir glauben. Ich war Anna seit dem Abschluss nicht mehr begegnet, und sie war weiß Gott nicht mehr dieselbe. Du hast sie doch auch nicht gleich erkannt.«

Das entsprach der Wahrheit. Trotzdem war Katharina sich nicht sicher, ob sie Max glauben sollte. Er war schon zu Schulzeiten nicht der Ehrlichste gewesen.

»Wusste Ihre Frau von der Sache?«, wollte Hubert wissen.

»Susanne? Sie wusste nur, dass ich eine Affäre hatte, aber nicht mit wem. Und sie hat auch keine Ahnung, dass es eine Escortdame war. Es wäre schön, wenn das so bleiben könnte.«

»Das können wir dir nicht versprechen«, antwortete Katharina. »Susanne war doch sicher wütend, dass du einer Edel-Escortdame regelmäßig Geld gezahlt hast, während sie jeden Cent zwei Mal umdrehen muss.«

Max verschränkte erneut die Arme vor der Brust. »Auch das geht dich nichts an.«

»O doch, das hier ist eine Mordermittlung, also geht uns das sehr wohl etwas an. Außerdem wäre das ein Motiv.«

»Susanne soll Anna umgebracht haben? Jetzt mach aber mal einen Punkt, Kathi. Das ist doch lächerlich.«

Katharina ließ nicht locker. »Ging es bei eurem Streit am Samstagabend um deine Affäre?«

»Ja, verdammt.« Max fuhr sich durch die Haare. »Susanne hatte es kurz vorher herausgefunden, sie kennt aber wie gesagt keine Details.« Er machte eine Pause und strich sich über die Augen. »Ich weiß auch nicht, wie das passieren konnte. Es war schon vorher mit den drei Jungs schwierig, aber seit Lena da ist … Sie können sich nicht vorstellen, wie das ist, wenn man nur noch Sex hat, um ein weiteres Kind zu zeugen.« Er hatte zu Hubert gesprochen, brach aber ab, als er Katharinas Blick auffing. Offensichtlich war es ihm unangenehm, gegenüber seiner ehemaligen Mitschülerin so offen gewesen zu sein. »Ich liebe Susanne immer noch, aber es ist einfach nicht mehr dasselbe wie vor zwanzig Jahren. Der Alltag ist uns dazwischengekommen.«

Katharinas Stimme wurde sanfter. »Das verstehe ich. Ich hab schließlich selbst eine Tochter, wie du weißt, und tatsächlich kann *ein* Kind schon anstrengend genug sein. Aber warum hast du nicht mit Susanne geredet? Es gibt so viele Wege, um das Problem zu klären. Eine Affäre sollte nicht dazugehören, aber das ist nur meine Meinung.«

»Richtig. Ich hab ganz vergessen, dass Daniel dich auch betrogen hat.« Katharina spannte sich an, doch Max schien das nicht zu bemerken. Er redete einfach weiter. »Der Daniel. Das hätte ich nie von ihm gedacht, ehrlich. Er schien mir der absolut treue Typ zu sein. Wir haben alle geglaubt, ihr würdet zusammen alt werden, und dann das … Aber ich hätte ja auch nie gedacht, dass Anna sich eines Tages so entwickelt.«

»Wir müssen davon ausgehen, dass Anna Maier im Gegensatz zu Ihnen ganz genau wusste, wer Sie waren«, fuhr Hubert unbeirrt fort. »Hat sie keinerlei versteckte Andeutungen gemacht oder etwas in der Art? Bemerkungen, die erst jetzt einen Sinn ergeben?«

»Nein, hat sie nicht.« Max trank erneut einen Schluck Kaffee. »Warum hätte sie das auch tun sollen?«

»Nun gut. Wie oft haben Sie Charlènes Dienste in Anspruch genommen, und wann haben Sie sich das letzte Mal getroffen?«

Max zuckte mit den Schultern. »Was weiß ich? Ich führe darüber nicht Buch. Etwa eine Woche vor dem Mord vielleicht. Wir haben uns auch nicht regelmäßig getroffen. Ich hab sie aufgesucht, wenn ich Dampf ablassen musste.«

Katharina straffte die Schultern. Einen Moment hatte sie nur an Daniel und an das, was er ihr damals angetan hat, denken müssen, doch dafür war hier und jetzt kein Platz. »Was hast du Susanne gesagt, wenn du das Haus verlassen hast?«

Max stöhnte. »Keine Ahnung, jedes Mal was anderes. Ich treffe mich mit einem Freund oder so. Wir führen nicht so eine Art Ehe, wo man immer Rechenschaft ablegen muss, wenn man mal alleine unterwegs ist.«

Das war wahrscheinlich einer der Gründe, warum diese Ehe nicht mehr so funktionierte, wie sie sollte, aber Katharina schwieg lieber. Die Beziehungen ihrer ehemaligen Mitschüler gingen sie tatsächlich nichts an. »Und wie hast du ihr die Sache mit dem Geld erklärt? Annas Service war sicher nicht billig.«

Max stand auf und begann, in der Küche auf und ab zu laufen. Hubert und Katharina warfen sich einen Blick zu. Max verhielt sich wie ein wildes Tier, das in die Enge getrieben worden war. Vielleicht würde er zum Gegenangriff übergehen, vielleicht würde er aber auch einen Fehler machen, wenn sie es geschickt anstellten. »Das ist immer noch mein Geld, immerhin bin ich Alleinverdiener in dieser Ehe. Da kann ich auch entscheiden, was ich mit dem Geld mache.«

Katharina zog die Augenbrauen hoch. »Ich glaube nicht, dass

Susanne das so sieht, aber wenn du meinst … Und da wunderst du dich, dass ihr Eheprobleme habt.«

Max blieb stehen und funkelte Katharina wütend an. »Katharina, ich warne dich. Misch dich nicht in unsere Ehe ein. Das geht dich nichts an.«

»Beantworten Sie doch einfach die Frage«, bat Hubert. »Wie hat sich Ihre Frau verhalten? Sie muss doch mitbekommen haben, dass Geld fehlte, immerhin geht es hier um regelmäßige Abgänge im dreistelligen Bereich.«

»Sie hat es bisher überhaupt nicht mitbekommen. Sie hat ein Haushaltskonto, auf das ich ihr jeden Monat Geld überweise. Für alles Weitere interessiert sie sich nicht, dafür hat sie mit den Kindern und dem Haushalt auch überhaupt keine Zeit.«

»Seit wann haben Sie denn nun Charlènes Dienste in Anspruch genommen?«, wollte Hubert wissen.

Max zuckte wieder mit den Schultern. »Das weiß ich wirklich nicht so genau, es muss kurz vor Lenas Geburt gewesen sein. Seit etwa fünf Monaten?«

Katharina schluckte ihre Wut hinunter. Sie wusste nur zu gut, wie es sich als Frau anfühlte, wenn der eigene Mann einen herumging, aber sie mochte sich gar nicht vorstellen, wie es war, wenn man auch noch hochschwanger war. Die arme Susanne. Ob sie wirklich erst vor Kurzem dahintergekommen war, dass ihr Mann eine Affäre gehabt hatte? »Wie hat Susanne denn von der Sache erfahren?«

»Fragt sie das bitte selbst. War es das dann?«

»Noch lange nicht. Wo waren Sie Freitagabend beziehungsweise Freitagnacht?«, fragte Hubert weiter.

»Ist das Ihr Ernst? Das wird mir langsam echt zu blöd.«

»Beantworte die Frage«, sagte Katharina scharf. »Wo warst du?«

»Ich war hier, verdammt. Zu Hause. Lasst euch das meinetwegen von Susanne bestätigen.«

»Fahren Sie immer so leicht aus der Haut?« Hubert musterte sein Gegenüber fragend.

»Bitte was? Sie haben mich noch nie wütend erlebt, und das wollen Sie auch nicht, glauben Sie mir.«

»Warum? Sind Sie dann auch zu einem Mord fähig?«

Max verschränkte zum wiederholten Male die Arme vor der Brust. »Das sind Unterstellungen. Bitte gehen Sie jetzt.«

Wortlos legte Katharina Annas Handy auf den Tisch und ließ die beiden Nachrichten erneut abspielen. Max zuckte zusammen, als er seine eigene Stimme erkannte. *Warum gehst du nicht an dein verdammtes Handy? So lasse ich mich nicht von dir behandeln. Hast du gehört? Ruf mich gefälligst zurück.* Es piepte, und die zweite Nachricht war zu hören: *Es tut mir leid, Charlène. Es tut mir so, so leid. Bitte verzeih mir. Ich wollte das nicht, ich war nur so wütend.* Max ließ sich auf seinen Stuhl fallen; von seiner Wut und Angriffslust war nichts mehr übrig.

»Die Nachrichten stammen aus der Mordnacht«, sagte Katharina. »Es wäre besser für dich, wenn du endlich reden würdest.«

»Ich hab sie nicht umgebracht.«

»Ach nein?« Hubert beugte sich über den Tisch. »Es klingt nämlich ganz so, als hätten Sie sich wegen irgendetwas mit Anna Maier gestritten, und da sie uneinsichtig war, haben Sie kurzen Prozess gemacht und sie umgebracht. Und nach ein paar Schnäpsen haben Sie Ihre Tat dann bereut.«

»Glauben Sie wirklich, ich hätte Charlène in dem Fall noch einmal angerufen und eine Nachricht – quasi ein Geständnis – auf dem Anrufbeantworter hinterlassen? So blöd ist doch niemand.«

»In betrunkenem Zustand handelt man nicht unbedingt rational. Vielleicht begeht man sogar einen Mord. Oder wie sonst erklären Sie sich, dass die Anrufe kurz vor beziehungsweise während der Tatzeit getätigt wurden?«

»So war es nicht.« Max blickte verzweifelt zu Katharina. »Ja, ich war sauer auf Charlène. Bei unserem letzten Treffen hat sie mich von oben herab behandelt, völlig grundlos.«

»Und wann war dieses letzte Treffen?«, fragte Hubert erneut.

»Wie gesagt: Ungefähr eine Woche vor dem Mord.«

»Und eine Woche später waren Sie immer noch wütend?«

»Weil Charlène mich einfach ignoriert und nicht zurückgerufen hat. Dann war auch noch Susanne sauer auf mich und hat mir eine Szene nach der anderen gemacht. Ich musste Dampf ablassen. Schließlich hab ich mich betrunken und mich bei Charlène für den ersten Anruf entschuldigt. Ich wollte nicht, dass sie mich von der Kundenliste streicht, das ist alles. Wirklich, das müssen Sie mir glauben.«

Katharina seufzte. »Worum ging es denn genau bei dem Streit zwischen dir und Anna?«

Max blickte auf den Küchentisch, der Grund für den Streit schien ihm inzwischen unangenehm zu sein. »Ich war vielleicht ein wenig anhänglich geworden. Charlène hat ziemlich deutlich gemacht, dass sie nur wegen des Geldes mit mir geschlafen hat. Ich war wütend und in meiner Ehre verletzt, aber deshalb hätte ich sie doch nie umgebracht!«

»Und du behauptest nach wie vor, Freitag den ganzen Abend über hier gewesen zu sein?«

Max nickte. Zur selben Zeit war die Haustür zu hören und kurz darauf Kindergeschrei. »Zieht euch bitte die Schuhe aus«, hallte Susannes verzweifelte Stimme durch das ganze Haus. Einen Moment später rannten drei Jungen zwischen drei und sechs Jahren in die Küche und erzählten ihrem Vater alle gleichzeitig, was sie erlebt hatten. Da es in Friedrichshafen seit einigen Tagen nicht geregnet hatte, mussten sie auf einem Wasserspielplatz gewesen sein, zumindest stand die Kleidung der Jungen vor Schlamm. Max hörte ihnen aufmerksam zu. *Wenigstens scheint er ein guter Vater zu sein,* dachte Katharina bei sich.

Susanne, das kleine Mädchen auf dem Arm, blieb in der Tür stehen und blickte irritiert von Katharina zu Hubert. Sie trug dieselbe Kleidung wie am Mittag, das pinkfarbene T-Shirt hatte inzwischen jedoch noch einige Flecken mehr abbekommen. »Die Polizei? Aber ich dachte, die Sache hätte sich erledigt.« Ihre Augen wanderten weiter zu ihrem Ehemann.

Hubert stand auf und ging zu Susanne, um ihr die Hand zu reichen. »Leider nicht. Guten Abend, Riedmüller mein Name. Die Kollegin Danninger kennen Sie ja. Wir hätten noch ein paar Fragen an Sie.«

Susanne zögerte. »Jetzt? Das ist aber ganz schlecht. Die Jungs müssen in die Wanne und noch zu Abend essen, und Lena …«

»Max kümmert sich doch sicher gerne um die Jungs«, warf Katharina ein und unterdrückte ein Grinsen.

»Max?« Susanne versuchte nicht, ihre Überraschung zu verbergen.

Max verdrehte die Augen, stand aber auf und nahm die beiden kleineren Jungen, die dem Aussehen nach Zwillinge sein mussten, an die Hand. »Na, dann mal los, ihr Rabauken. Ab in die Wanne.«

»Au ja.« Jubelnd rannte der ältere Junge voraus.

Susanne schüttelte den Kopf, doch ein Lächeln huschte über ihr Gesicht. »Ich fürchte, er wird mir mehr Arbeit machen als abnehmen.« Schnell wurde sie wieder ernst. »Was gibt es denn noch? Habt ihr den Mörder gefunden?«

»So schnell geht das leider nicht, aber wir haben herausgefunden, dass Ihr Mann eine Affäre hatte.«

Susanne senkte den Blick. Es schien ihr unangenehm zu sein, dass ihr Mann sie betrogen hatte, und Katharina konnte das nur zu gut verstehen. Sie hatte sich damals auch minderwertig gefühlt, als sei sie selbst schuld an der ganzen Sache. »Hatte?« Susanne wurde unsicher. »Und was hat das mit dem Mord an Anna zu tun?«

»Frau Gärtner, was wissen Sie über die Affäre Ihres Mannes?«, entgegnete Hubert, ohne Susannes Frage zu beantworten.

»Nicht viel. Ich weiß nicht, wer sie ist, wenn Sie das meinen. Moment mal. Nein.« Sie schüttelte den Kopf. »Etwa Anna? Nein, das glaube ich nicht.« Sie sah von Hubert zu Katharina. Die nickte. Langsam durchquerte Susanne die Küche und setzte sich auf den Stuhl, auf dem kurz zuvor noch ihr Mann gesessen hatte. Geistesabwesend starrte sie ins Leere.

»Susanne, du hast auf dem Klassentreffen doch sicher von den Gerüchten um Anna gehört«, begann Katharina. »Sie sind wahr. Anna hatte sich einigen Schönheits-OPs unterzogen und war generell nicht mehr dieselbe. Sie hat einen Escortservice betrieben und unter dem Namen Charlène La Bouche gearbeitet.«

Susanne erwachte aus ihrer Schockstarre. »Moment mal. Willst du mir etwa sagen, Max hat dieser Schlampe auch noch Geld gegeben? Geld, das wir eigentlich gar nicht haben? So ein Mistkerl!«

»Ich fürchte, ja«, antwortete Katharina, verwundert über Susannes plötzliche Wut.

Doch schnell schien diese Wut wieder zu verrauchen. Immer wieder schüttelte Susanne den Kopf. »Gott, das kann ich mir überhaupt nicht vorstellen. Anna war damals so … zurückhaltend. Ich fand sie nicht hässlich, aber auch nicht wirklich hübsch. Sie war nicht der Typ, auf den die Jungs flogen. Offenbar hat sich das geändert.« Verbitterung schwang in ihrer Stimme mit, als sie weitersprach. »Das ist wirklich nicht fair. Früher waren alle Jungen hinter mir her, weißt du noch?« Sie sah zu Katharina, und ihre Augen füllten sich mit Tränen. »Aber ich wollte ja nur Max, und dann betrügt er mich mit einer, die er vor zwanzig Jahren nicht einmal mit der Kneifzange angefasst hätte. Nur weil ich nach vier Kindern nicht mehr aussehe wie Heidi Klum.« Sie schluchzte und klammerte sich noch fester an das Mädchen auf ihrem Arm.

Hubert warf Katharina einen unbehaglichen Blick zu. Er hatte noch nie mit Tränen umgehen können. Wenn Katharina während ihrer Kindheit einmal geweint hatte – was nur selten der Fall gewesen war –, hatte er immer gesagt: »Ein Indianer kennt keinen Schmerz.«

Katharina stand auf und setzte sich auf den Stuhl direkt neben Susanne. Beruhigend strich sie ihr über den Rücken. »Es tut mir ehrlich leid. Ich weiß, wie schlimm sich so etwas anfühlt.«

»Richtig, Daniel. Ich wollte es gar nicht glauben, als Nathalie uns damals davon erzählt hat, aber das kommt wohl in den besten Ehen vor.«

Katharina schluckte. »So was kann passieren, aber es hat immer seinen Grund, wenn ein Partner den anderen betrügt. Das sollte man nicht auf die leichte Schulter nehmen. Nichtsdestotrotz liebt Max dich noch, das hat er uns gesagt. Vielleicht bekommt ihr das ja in den Griff.«

»Ich weiß gar nicht, ob ich das noch will«, sagte Susanne leise.

»Denk in Ruhe darüber nach, schon allein wegen der Kinder«, sagte Katharina und streichelte Lena über den Kopf. Dabei hätte sie es nur zu gut verstanden, wenn Susanne einen Schlussstrich gezogen hätte. Dann wäre sie zwar mit vier kleinen Kindern allein, doch Max schien ihr ohnehin keine große Hilfe zu sein. »Seit wann wusstest du von der Affäre, Susanne?«

Susanne wischte sich die Tränen aus den Augen. »Hältst du die Kleine mal kurz?«, fragte sie und drückte Katharina das Baby in die Arme, ohne eine Antwort abzuwarten. Dann ging sie hinüber zur Arbeitsfläche, um ein Fläschchen vorzubereiten. Katharina betrachtete das Mädchen auf ihrem Arm, das so wundervoll nach Baby roch. Fast hatte sie vergessen, wie schön es war, ein kleines Kind im Haus zu haben. Und anstrengend. Im einen Moment lachte die Kleine sie noch an, im nächsten begann sie plötzlich zu knatschen. Katharina stand auf, um die Kleine zu schaukeln, was ihr offensichtlich gefiel. Sie war sofort wieder ruhig.

»Ich hab vor etwa einer Woche von Max' Affäre erfahren«, sagte Susanne schließlich.

»Und wie?«, hakte Hubert nach. »Haben Sie Ihren Mann beschatten lassen?«

»Wie kommen Sie denn auf so etwas?« Susanne drehte sich kurz zu dem Kommissar um. »Nein, so was würde ich nie tun. Ich hatte zwar einen Verdacht, aber einen Privatdetektiv hätte ich mir gar nicht leisten können, und es wäre mir auch nicht richtig vorgekommen.« Sie schwieg einen kurzen Moment. »Eine Freundin hat Max zusammen mit einer Frau aus einem Hotel kommen sehen und mir davon erzählt.«

»Wie heißt die Freundin?«, fragte Hubert.

»Rosa Blum.«

»Sie wussten aber beide nicht, um wen es sich bei der Frau handelte?«

»Wie ich bereits sagte«, erwiderte Susanne und reichte Katharina das fertige Fläschchen. »Möchtest du sie ihr geben?«

Katharina zögerte, setzte sich aber schließlich mit Lena wieder hin. Gierig saugte die Kleine an der Flasche, und Katharina lächelte einen Moment. »Bei eurem Streit während des Klassentreffens ging es um die Affäre, oder?« Susanne nickte, während sie den Küchentisch und die Arbeitsflächen mit einem feuchten Lappen abwischte. »Und wie kam es zu dem Streit, wenn du nicht wusstest, dass es sich bei der Affäre deines Mannes um Anna handelte? Ich meine, du wusstest bereits seit einer Woche von der Sache, und ein Klassentreffen ist wohl kaum der richtige Zeitpunkt, um so etwas zu besprechen.«

Susanne warf ihr einen bösen Blick zu, bevor sie sich wieder ihrer Arbeit widmete. »Ich weiß ja nicht, wie das damals bei dir war, aber es gibt wohl kaum den perfekten Zeitpunkt, um sich zu streiten. Max hat mich wirklich verletzt, und ich hab mich am Anfang zurückgezogen. Seitdem streiten wir uns fast jeden Tag und wegen jeder Kleinigkeit. Und beim Klassentreffen … Er hat mit Moni geschäkert. Das hat mich in der Situation einfach wütend gemacht.«

»Hat Max die Sache denn sofort zugegeben? Ich hätte gedacht, er würde erst einmal versuchen, sich herauszureden.«

»Das hat er tatsächlich versucht, aber ich kenne ihn gut genug, um zu wissen, wann er lügt.« Aus dem oberen Stockwerk war ein lautes Rumpeln zu hören. Seufzend ließ Susanne Wasser ins Spülbecken laufen. »War es das dann?«

»Nicht ganz.« Katharina stellte das leere Fläschchen beiseite und nahm Lena über die Schulter. Sanft klopfte sie dem Baby auf den Rücken. »Wir brauchen die Anschrift deiner Freundin. Und dann müssten wir noch wissen, wo du Freitagabend warst.«

»Glaubst du wirklich, ich habe Anna umgebracht? Dass du mich dazu für fähig hältst.« Susannes Stimme klang enttäuscht.

»Darum geht es nicht. Mir macht das auch keinen Spaß, das kannst du mir glauben. Ich mache hier nur meinen Job.«

Susanne seufzte erneut. »Ich war zu Hause, wie fast immer, seit ich Mutter bin.«

»Und wo war Max? Du weißt, dass Ehepartner nicht gegeneinander aussagen müssen, aber es wäre besser, du würdest es uns sagen.«

Susanne zögerte, wenn auch nur für den Bruchteil einer Sekunde. »Der war auch hier.«

Kapitel 8

Montag, 24. Juli

Katharina musste zwei Mal laufen, um die Einkäufe ins Haus zu bringen. Nach der Arbeit war sie noch zu einem Tiergeschäft gefahren, um alles für Annas Katze zu besorgen, die sie kurzerhand Garfield taufte – nachdem ein Verkäufer sie darauf hingewiesen hatte, dass es sich bei dem Tier um einen Kater handelte. Sie füllte zwei Näpfe mit Wasser und Futter und brachte diese zusammen mit Garfield und dem neuen Katzenklo in das noch leer stehende Zimmer, in dem sich bisher nur einige Kartons befanden. Der Verkäufer hatte Katharina geraten, Rudi und Garfield erst zusammenzubringen, wenn sich das Tier einigermaßen erholt und an Katharina gewöhnt hatte. Eine Weile setzte Katharina sich noch mit Garfield auf dem Arm auf den Boden, streichelte ihn und redete ihm gut zu. Dann machte sie sich auf die Suche nach Emily, konnte sie aber nirgends finden, und am Handy sprang sofort die Mailbox an. Katharina hinterließ eine Nachricht, wohl wissend, dass ihre Tochter vermutlich nicht zurückrufen würde. Emily war immer noch sauer, und sie waren bisher noch nicht dazu gekommen, sich auszusprechen.

Völlig erschöpft ließ Katharina sich auf das Sofa im Wohnzimmer fallen. Sie hatte sich schon darauf gefreut, es sich mit Emily vor dem Fernseher gemütlich zu machen, aber wenn sie ehrlich war, hätten sie sich vermutlich ohnehin nur wieder gestritten. Vielleicht war es besser so. Es war ein langer Tag gewesen, und Katharina hatte nicht mehr die Nerven für ein Streitgespräch mit ihrer pubertierenden Tochter. Sie schaltete den Fernseher ein und zappte durchs Programm. Schließlich blieb sie bei einem Krimi hängen. Zwar hasste sie es, wie falsch die Ermittlungsarbeit zumeist dargestellt wurde, aber sie konnte einfach nicht anders, als trotzdem immer wieder Krimis zu sehen oder zu lesen. Als würde sie in ihrem Job noch nicht genug Grausamkeiten erleben. Doch sie konnte sich ohnehin kaum auf die Sendung konzentrieren. Sie bekam nicht einmal wirklich mit, wie Rudi zu ihr aufs Sofa sprang und skeptisch an ihren Händen und ihrer Kleidung schnupperte. Mit ihren Gedanken war sie bei Daniel, obwohl sie sich den ganzen Tag lang dagegen gewehrt hatte, an ihn zu denken. Die Gespräche mit Susanne und Max hatten alte Wunden wieder aufgerissen. Zehn Jahre waren seit der Scheidung vergangen, und dennoch empfand Katharina Schmerz, wenn sie daran zurückdachte, wie sie von Daniels Affäre erfahren hatte. Nie im Leben hatte sie damit gerechnet, dass Daniel sie betrügen würde, und sie hatte es auch zuerst nicht glauben wollen. Tränen traten in ihre Augen, und sie hasste sich selbst dafür, dass sie immer noch so emotional reagierte, obwohl es bereits ein ganzes Jahrzehnt her war.

Entschlossen schaltete sie den Fernseher aus und suchte Rudis Halsband. Sie würde mit dem Hund eine kleine Runde drehen, sich unterwegs eine Pizza vom Italiener besorgen und nicht weiter an Daniel denken.

»Gott, hast du mich erschreckt.« Sie legte eine Hand auf ihr Herz, als sie die Haustür öffnete und plötzlich Jonas gegenüberstand, der gerade klingeln wollte.

»Tut mir leid, das war nicht meine Absicht.« Er nahm Katharina kurz in den Arm. »Hi.«

»Hallo, Jonas. Schön, dich zu sehen. Ich wollte einen kleinen Spaziergang machen und mir eine Pizza holen. Willst du mich begleiten?«

»Gern, aber nimm eine Jacke mit. Du hast es vielleicht vergessen, aber nach Sonnenuntergang wird es am See schnell kühl.«

Ach ja, Jonas hatte sich nicht geändert. Schon früher hatte er sie immer an alles erinnert. Grinsend griff Katharina nach ihrer Jacke aus cappuccinofarbenem Kunstleder und zog die Tür hinter sich ins Schloss. »Kommst du nur so vorbei?«, fragte sie.

Jonas grinste ebenfalls. »Du kennst mich einfach viel zu gut. Dein Kollege war heute Vormittag ganz schön hart. Verdächtigt ihr mich wirklich, Anna umgebracht zu haben?«

Katharina seufzte. »Natürlich nicht, ich zumindest nicht. Hubert meint das sicher auch nicht so, die Befragung war reine Routine.«

»Denkt ihr denn tatsächlich, jemand aus unserer alten Klasse hat den Mord begangen?«

Katharina zögerte. Sie hätte gerne mit Jonas über den Mordfall gesprochen, immerhin kannte er Anna und all die anderen auch von früher, doch das ging nicht. Über laufende Ermittlungen durfte sie grundsätzlich mit niemandem sprechen, der nicht an den Ermittlungen beteiligt war. Wie sie diesen Teil ihrer Arbeit hasste! »Dass der Mord einen Tag vor dem Klassentreffen geschah, kann natürlich purer Zufall sein, aber wir müssen nun mal jeder Spur nachgehen«, antwortete sie bewusst vage. Außerdem hatten sie bisher kaum einen anderen Anhaltspunkt. Die Kollegen arbeiteten derzeit sämtliche Kunden ab, die auf Annas Liste standen, hatten bisher aber nichts Interessantes herausgefunden.

Jonas nickte, wohl wissend, dass es nichts bringen würde, weiter nachzubohren. »Und was ist mit dir los? Nimmt dich der Fall so sehr mit?«

Katharina seufzte. Auch er kannte sie viel zu gut. »Ich möchte nicht darüber sprechen.«

Jonas zuckte mit den Schultern, und Katharina wusste, dass sie ihn gekränkt hatte. Früher hatten sie immer über alles geredet, doch dann war ihr Vater gestorben, Daniel hatte sie betrogen, und sie hatte sich nach und nach zurückgezogen und begonnen, alles mit sich alleine auszumachen.

»Es tut mir leid.« Sie hakte sich bei Jonas unter und lehnte ihren Kopf kurz an seine breite Schulter. »Ich wurde heute nur an das unrühmliche Ende meiner Ehe erinnert und hab keine Lust, noch weiter darüber nachzudenken.«

»Verstehe.« Jonas drückte ihr einen Kuss auf den Scheitel,

und sie liefen eine Weile schweigend weiter. Schließlich erreichten sie den See und bekamen gerade noch mit, wie die Sonne glühend rot darin versank. »Ach, bevor ich das vergesse: Ich wollte Donnerstag mal wieder raus auf den See, Frederik und Clemens sind auch dabei. Möchtest du uns vielleicht begleiten?«

»Clemens?«

»Clemens Maurer. Er ist mit uns im Segelclub, ein netter Kerl. Du wirst ihn sicher mögen. Und, was sagst du?«

Katharina zögerte. Wenn sie mit Jonas alleine gewesen wäre, hätte sie sofort zugestimmt, aber auf Frederik hatte sie keine große Lust, und Clemens Maurer kannte sie nicht einmal, auch wenn ihr der Name merkwürdig bekannt vorkam. »Mal sehen«, sagte sie nach einer Weile. »Ich muss schauen, wie weit wir bis dahin mit unserem Fall sind und ob ich mich loseisen kann. Ich sag dir noch Bescheid.« Sie blieb stehen, um einen Moment in Ruhe den See betrachten zu können. Rudi bellte eine Möwe an, und man hörte das Geplauder oder Lachen gut gelaunter Menschen, die wie Katharina und Jonas den lauen Sommerabend genossen. Trotzdem kam es Katharina unglaublich ruhig vor. Es waren keine Autos zu hören, kein Hupkonzert und keine Pöbeleien. Hier am See war es einfach nur friedlich. Sie atmete tief die kühle Luft ein. »Ich liebe diesen Anblick. So etwas Schönes habe ich in Mannheim selten gesehen.«

»Warum bist du dann nicht längst wieder hergezogen?«, fragte Jonas.

»Wegen Emily, das weißt du doch. Ich wollte sie nicht aus ihrem Umfeld reißen, aber vielleicht wäre es besser gewesen, wenn ich es getan hätte.« Sie machte eine kurze Pause. »Ich hab sie zweimal mit einem Joint erwischt.«

Jonas sog scharf die Luft ein. »Oh. Jetzt verstehe ich.«

»Zuerst wollte ich ihr eine Chance geben, aber nach dem zweiten Mal habe ich einfach rot gesehen und alles für den Umzug in die Wege geleitet.« Katharina wandte ihren Blick von einem turtelnden Pärchen ab und blickte Jonas an. »Denkst du, ich habe überreagiert?«

»Sagt Emily das?«

»Natürlich. Ich habe ihr nie erzählt, wie ihr Großvater gestorben ist. Damals war sie ja erst fünf. Sie hat gar nicht wirklich mitbekommen, was los war, und sie hätte es auch nicht verstanden.«

»Aber inzwischen ist das Mädchen fünfzehn. Du hättest es ihr längst erzählen können. Warum hast du es ihr nicht gesagt und auf Einsicht gehofft, anstatt alle Zelte abzubrechen? Nicht, dass ich mich nicht freuen würde, dich in der Nähe zu haben.«

Katharina lächelte schwach, wurde aber sofort wieder ernst. »Ich wollte sie schützen. Außerdem habe ich schon oft genug gesehen, wie das läuft. Emily will partout nicht einsehen, wie gefährlich das Zeug ist, dabei ist es so leicht, damit abzurutschen.«

Jonas blieb stehen und legte beide Hände auf Katharinas Schultern. »Du musst ihr erzählen, was damals mit deinem Vater passiert ist.«

Tief in ihrem Herzen wusste sie das. Aber sie wusste nicht, ob sie es wirklich konnte.

Es dauerte eine Weile, bis Katharina die Tür geöffnet wurde. Neugierig sah sie sich um. Rosa Blum wohnte in einer schicken Gegend nahe des Sees. Die Männer, die auf dem Weg zur Arbeit waren, trugen fast alle Anzüge und wurden von ihren winkenden Kindern und Frauen verabschiedet. Katharina kam sich vor, als wäre sie in die Fünfzigerjahre zurückversetzt worden, und die Blums schienen keine Ausnahme zu sein.

»Ja, bitte?«

Vor Katharina stand eine Frau Anfang dreißig, und obwohl es noch sehr früh am Morgen war und die Frau einen Säugling auf dem Arm hielt und neben ihr ein Kleinkind von etwa zwei Jahren stand, wirkte die Situation völlig anders als am Vortag bei den Gärtners. Die Wohnung sah ordentlich aus – zumindest das, was Katharina davon durch die offene Tür sehen konnte –, die Kinder wirkten gut erzogen, und die Frau selbst musste bereits geduscht haben. Ihre Haare waren frisiert, die cremefarbene Bluse ohne jeden Fleck, und sie duftete dezent nach Lavendel.

»Rosa Blum?«, fragte Katharina.

Die Frau nickte. »Richtig, das bin ich. Was kann ich für Sie tun?«

»Danninger von der Kriminalpolizeidirektion Friedrichshafen.« Katharina holte ihren Ausweis hervor. »Ich würde Ihnen gerne einige Fragen stellen, aber keine Sorge. Es geht um Susanne Gärtner.«

»Susanne? Ich hoffe, es ist nichts Ernstes.« Rosa Blum trat beiseite. »Kommen Sie doch kurz rein.« Sie ging voraus in die Küche, die von oben bis unten glänzte. »Setzen Sie sich, ich bin sofort bei Ihnen. Kann ich Ihnen einen Kaffee anbieten?«

Katharina nahm am Küchentisch Platz. »Oh, sehr freundlich, aber ich trinke keinen Kaffee.«

»Dann vielleicht einen Tee?«

»Ich will Ihnen keine Umstände machen«, begann Katharina, doch Rosa winkte ab.

»Das macht keine Umstände. Ich trinke selbst keinen Kaffee. Koffein ist nicht so gut, wenn man stillt, wissen Sie?«

Rosa verfrachtete das Baby in einen Hochstuhl, strich ihrem Sohn, der sich bereits auf die Spieldecke in der Ecke zurückgezogen hatte, über den Kopf und setzte Teewasser auf. Schon kurz darauf stand eine Tasse dampfender Blutorangentee vor Katharina. Es versprach, wieder ein schöner Tag zu werden, doch noch war es kühl draußen. Katharina legte ihre Finger um die heiße Tasse.

»Sie sagten, es geht um Susanne. Es ist doch nichts Schlimmes passiert, oder?« Rosas Stimme klang besorgt.

»Nicht direkt. Wir ermitteln in einem Mordfall, und das Opfer war eine ehemalige Schulkameradin von Susanne. Wir müssen nur ein paar Dinge klären.« Katharina holte ihren Notizblock hervor. »Susanne hat uns erzählt, Sie haben Max mit einer fremden Frau aus einem Hotel kommen sehen.«

»Verdächtigen Sie etwa Susanne oder ihren Mann?«, fragte Rosa schockiert.

»Darüber darf ich leider keine Auskunft geben.«

»Nein, natürlich nicht. Verstehe.« Rosa hob das Baby aus dem Hochstuhl und legte es bäuchlings zu ihrem anderen Kind auf die Krabbeldecke. »Pass schön auf dein Brüderchen auf«, sagte sie und strich beiden Kindern über den Kopf. Dann setzte sie sich wieder zu Katharina an den Tisch. »Es stimmt, ich hab Max aus einem Hotel kommen sehen. Das war letzten Montag, mitten am Tag. Meine Mutter hat auf die Kinder aufgepasst, und ich hab ein paar Besorgungen in der Innenstadt gemacht. Zuerst dachte ich, Max hätte vielleicht einen geschäftlichen Termin, obwohl Susanne sich kurz vorher noch bei mir beschwert hatte, dass Max trotz seines Urlaubs kaum im Haushalt oder mit den Kindern hilft. Aber direkt nach ihm kam eine Frau aus dem Hotel. Max hat ihr an den Po gefasst und wollte sie küssen. Sie hat ihn zwar weggestoßen, aber das Ganze war dennoch ziemlich offensichtlich. Die beiden haben noch ein paar Worte miteinander gewechselt, bevor sie in unterschiedliche Richtungen davongegangen sind.«

Max hatte sich wohl tatsächlich mit Anna gestritten, wie er behauptet hatte. Katharina hätte nicht gedacht, dass er die Wahrheit gesagt hatte. »Und das haben Sie Susanne exakt so erzählt?«

Rosa nickte. »Inhaltlich schon, natürlich nicht genau mit den Worten.«

»Wie hat sich die Situation denn für Sie dargestellt? Wenn ich das richtig sehe, haben Sie aus Ihren Beobachtungen geschlussfolgert, dass Max eine Affäre hat.«

Rosa runzelte die Stirn. »Etwa nicht? Es sah zumindest nicht danach aus, als hätte es sich bei der Frau um seine Schwester gehandelt. Zumal er meines Wissens nach auch gar keine Schwester hat. Hab ich da etwa was falsch verstanden? Das täte mir leid.«

»Nein, nein, Max hat Susanne auf jeden Fall betrogen. Das hat er auch schon zugegeben.« Katharina trank einen Schluck Tee, um ihr Zögern zu überspielen. Sie ging zwar ohnehin davon aus, dass Susanne ihrer Freundin von der Sache mit dem Geld erzählen würde, aber sie behielt es an dieser Stelle trotzdem für sich. »Können Sie mir die Frau beschreiben?«

»Ziemlich groß, schlank, weibliche Figur, lange braune Haare. Die Augenfarbe konnte ich auf die Entfernung leider nicht sehen. Sie war elegant gekleidet, trug ein rotes Kleid und hohe Schuhe. Warten Sie.« Rosa stand auf und verließ die Küche, um nur wenige Sekunden später mit einem Handy in der Hand zurückzukehren. »Das Foto ist zwar nicht besonders gut geworden, aber man kann trotzdem was erkennen.«

Katharina wurde hellhörig und stellte ihre Teetasse zurück, ohne einen Schluck getrunken zu haben. »Sie haben ein Foto von der Frau gemacht?«

»Natürlich, ich habe es Susanne sogar weitergeleitet. Ich wollte wirklich keinen Unfrieden stiften, aber wenn mein Mann mich betrügen würde, würde ich das gerne wissen. Hat Susanne nichts davon erzählt?« Katharina schüttelte den Kopf. »Ach, das hat sie in der Aufregung sicher vergessen.«

Das bezweifelte Katharina. Sie machte ihren Job schon lange genug, um zu wissen, wann jemand etwas mit Absicht verheimlichte. Susanne hatte sich nicht verdächtig machen wollen.

Katharina nahm das Handy in die Hand und betrachtete das Foto genauer. Es war ein klein wenig unscharf und aus ziemlich weiter Entfernung aufgenommen worden. Bei dem Mann handelte es sich eindeutig um Max, die Frau hingegen war nur von der Seite zu sehen. Wer Anna seit ihrer Verwandlung nicht mehr begegnet war, würde sie auf dem Foto unmöglich erkennen. Allerdings hatte Susanne selbst gesagt, sie wäre Anna seither über den Weg gelaufen. Hatte sie das aus Dummheit oder Berechnung getan? Oder hatte sie sich einfach nur verplappert?

»Würden Sie mir das Foto schicken?«, fragte Katharina. Sie

reichte Rosa das Handy zurück und gab ihr auch ihre Karte, auf der ihre Telefonnummer stand.

»Natürlich. Moment …« Rosa tippte auf ihrem Handy, kurz darauf zeigte Katharinas eigenes Handy den Eingang einer neuen Nachricht an.

»Vielen Dank, dann will ich Sie nicht länger stören.« Katharina nahm noch einen großen Schluck aus ihrer Tasse und stand auf. »Und danke für den Tee.«

»Sehr gern. Warten Sie, ich begleite Sie noch zur Tür.«

Katharina winkte dem älteren Jungen zu, der sie neugierig beobachtete, dann folgte sie Rosa durch den Flur. An der Haustür drehte sie sich noch einmal um. »Ach, das hätte ich fast vergessen. Sie hatten erwähnt, das Hotel befände sich in der Innenstadt?«

Rosa nickte. »Ja, genau. *Friedrichshafener Hof.*«

»Schau mal, was ich hier hab.« Hubert winkte triumphierend mit einem Stapel Blätter, als Katharina das Büro betrat.

»Die Telefonliste?«

Hubert nickte. »Sowohl von Anna Maiers Privathandy als auch von dem Handy für berufliche Zwecke, das sie am Tatort bei sich trug.«

»Irgendwas Interessantes?«

»Allerdings.« Mit Schwung schob Hubert den Stapel einmal quer über den Schreibtisch. »Ich hab bereits alles mit der Kundenliste abgeglichen und die wichtigen Namen angestrichen.«

Katharina zog den Stapel zu sich heran. Obenauf lag die Telefonliste mit den beruflichen Telefonaten. »Max Gärtner hat also in den Monaten vor Annas Tod öfter mit ihr telefoniert. So weit keine Überraschung. Stefan Moosbach?« Sie sah auf. »Warum hast du den Namen markiert?«

»Stefan Moosbach ist S. M. Du erinnerst dich?«

»Sicher, Annas Date am späten Freitagabend. Kurz darauf ist sie gestorben. Moosbach hat sie demnach am Montag davor angerufen, um das Treffen für Freitag zu arrangieren. Das erste

Treffen zwischen den beiden. Kann es sein, dass er der Mörder ist?«

»Möglich. Ich hab Nina bereits auf ihn angesetzt, aber wenn Moosbach wirklich der Mörder ist, hat er wohl kaum seinen richtigen Namen angegeben. Das Ganze wird also vermutlich eine Sackgasse sein.«

»Das denke ich auch.« Katharina war enttäuscht. Das war die erste heiße Spur in dem Fall, und doch würde sie sie wahrscheinlich keinen Schritt weiterbringen. Mit dem Finger strich sie die Liste weiter entlang und blieb an einem Namen hängen, der nicht markiert war: Clemens Maurer. Trotzdem wurde sie hellhörig. Clemens Maurer? Wo hatte sie den Namen noch gleich gehört? Eine Sekunde später fiel es ihr wieder ein: Jonas wollte mit Frederik und Clemens zusammen segeln gehen. Vielleicht sollte sie die Männer doch begleiten, um Clemens unauffällig auf den Zahn fühlen zu können.

»Hast du dir schon die Liste mit den privaten Anrufen angesehen?«, fragte Hubert.

Katharina blätterte weiter. *O nein, bitte nicht,* dachte sie. Der gelb angestrichene Name fiel ihr sofort ins Auge: Oliver Fitz. Oliver hatte in der Woche vor Annas Tod mehrfach mit ihr telefoniert, zuletzt am Freitagabend kurz vor der Tatzeit. Da hatte allerdings sie ihn von ihrem Diensthandy aus angerufen. Oliver hatte also gelogen. »So ein Mist«, murmelte sie.

Hubert musterte sie skeptisch. »Und du bist sicher, dass du nicht befangen bist?«

»Ich bin nicht befangen«, erwiderte Katharina mit fester Stimme. »Ich kann mir beim besten Willen nicht vorstellen, dass Oliver der Mörder ist, aber wenn er es war, werde ich ihn hinter Gittern bringen. Das dürfte hoffentlich klar sein.«

Hubert seufzte. »Ich weiß, das hab ich dich schon mal gefragt, aber wen hältst du denn für fähig, den Mord begangen zu haben?«

»Ich möchte das nicht aus dem Bauch heraus entscheiden, außerdem glaube ich gerne an das Gute im Menschen.«

»Dann hast du aber den falschen Job, Katrinchen.«

Katharina ignorierte seinen Kommentar. »Davon einmal abgesehen: Max und Susanne haben uns ebenfalls belogen.«

»Susanne Gärtner auch? Was hast du denn bei ihrer Freundin erfahren?«

»Es gibt ein Foto von Max und seiner Affäre. Die Freundin hat es Susanne geschickt, und Susanne hat bei meiner ersten Befragung zugegeben, Anna nach ihrer Verwandlung getroffen zu haben. Zwar hat sie sie angeblich nicht erkannt, aber das lässt sich schwer überprüfen. Und Anna ist auf dem Foto durchaus zu erkennen, sofern man sie in letzter Zeit mal gesehen hat.«

»Ach. Dann wusste Susanne vielleicht doch, mit wem Max sich heimlich getroffen hat.« Hubert stand auf und schenkte sich eine neue Tasse Kaffee ein. »Wie ich diese Lügerei hasse. Ich kann ja verstehen, dass die Leute sich nicht verdächtig machen wollen, aber die ganzen Lügen machen sie doch erst recht verdächtig.«

Katharina grinste in sich hinein. Offensichtlich hatte Hubert heute Morgen noch nicht genug Kaffee getrunken, seine Laune war auf jeden Fall nicht die beste.

Es klopfte an der Tür, und Nina trat ein. »Morgen, Kathi.« Sie wedelte mit einem Ausdruck in ihrer Hand. »In Friedrichshafen und Umgebung gibt es zwei Stefan Moosbachs. Wollt ihr die beiden befragen?«

Hubert schüttelte den Kopf. »Lass sie herkommen und zeichne die Vernehmung auf. Wir fahren erst mal zu Oliver Fitz.«

»Geht in Ordnung, Chef.« Nina drehte sich um und stieß mit Daniel zusammen, der hinter ihr auftauchte. Sie geriet ins Stolpern, und er stützte sie an den Armen. »Daniel. Guten Morgen, ich hab dich gar nicht gesehen.« Nina strahlte Daniel an, ihre Stimme klang auf einmal eine Oktave höher.

»Macht nichts, war meine Schuld.«

»Ach was.« Nina strich sich eine ihrer kurzen Haarsträhnen aus dem Gesicht. »Vielleicht sieht man sich ja noch mal, bevor du wieder gehst.« Fast schwebend verließ sie das Büro.

Ob Nina ein Auge auf Daniel geworfen hatte? Fragend blickte Katharina ihn an, doch er ging nicht darauf ein. »Hab ich das richtig mitbekommen, ihr wollt Oliver noch mal befragen?«

Hubert nickte. »Der Bursche hat uns verschwiegen, dass er Kontakt zum Opfer hatte.«

»Und das macht ihn gleich zum Tatverdächtigen?«

»Nein«, erwiderte Katharina. »Aber er wird uns einiges erklären müssen. Was hast du da?« Mit dem Kopf deutete sie auf die Akte in Daniels Hand. »Neue Erkenntnisse?«

»In der Tat. Ich konnte Fasern und DNS auf dem Opfer bergen. Vielleicht vom Mörder, das lässt sich natürlich nicht sagen. Anna wird am Tag ihres Todes sicher mit mehr als einer Person Kontakt gehabt haben.«

»Das ist doch mal was.« Hubert nickte zufrieden. »Wir organisieren dir Vergleichsproben. Wir können gleich bei Oliver Fitz anfangen.«

Katharina verdrehte die Augen. »Warum hast du dich auf ihn so eingeschossen? Wir haben nichts gegen Oliver in der Hand, was eine DNS-Probe rechtfertigen würde.«

»Das nicht, aber vielleicht gibt er uns die Probe freiwillig. Immerhin könnte er sich so entlasten.«

Katharina zuckte mit den Schultern. »Dann sollten wir auch Max und Susanne um eine DNS-Probe bitten.«

»Max und Susanne?«, fragte Daniel skeptisch. »Die beiden plus Oliver sind eure Verdächtigen? Das erscheint mir aber ziemlich mau.«

Hubert schlug mit der flachen Hand auf den Tisch. »Keine Ahnung von Hirsch und Hase, aber dem Waidmann was vom Jagen erzählen wollen, das hab ich gern.« Damit stand er auf und verließ das Büro.

Daniel sah stirnrunzelnd zu Katharina. »Welche Laus ist dem denn über die Leber gelaufen?«

»Frag mich nicht, er scheint noch nicht genug Kaffee intus zu haben.«

»Vielleicht ist er auch einfach genervt, weil wir uns keinen unserer ehemaligen Mitschüler als Mörder vorstellen können.«

»Sprich nur für dich selbst«, erwiderte Katharina, grinste dabei aber. »Nee, jetzt mal ehrlich: Denkst du, Oliver, Susanne oder Max könnten einen Mord begehen? Ich mag Max nicht unbedingt, vor allem, wenn ich sehe, wie er mit Susanne umgeht, aber wir reden hier von Mord!«

Seufzend kam Daniel näher und setzte sich auf die Kante von Katharinas Schreibtisch. »Ich kenne die Fakten nicht, und ich hab in den letzten Jahren mit den meisten aus unserer alten Klasse kaum Kontakt gehabt. Jonas, klar – für den würde ich meine Hand ins Feuer legen, aber die anderen? Susanne zum Beispiel war früher eine ziemlich gute Schauspielerin.«

»Stimmt, sie hat in der Theater-AG mitgemacht. Das hatte ich ganz vergessen. Vielleicht ist sie mehr als die liebe, überforderte Hausfrau, als die sie sich gibt? Sie scheint mir zumindest ziemliche Stimmungsschwankungen zu haben.«

»Vielleicht postnatale Depression?«, mutmaßte Daniel. »Das kleinste Kind ist doch noch nicht so alt, oder?«

»Ich glaub, drei Monate.«

»Dann kann's schon sein, dass sie vielleicht im Affekt ...«

»Ich weiß nicht«, unterbrach Katharina ihren Exmann jedoch. »Anna war Freitagabend mit einem neuen Kunden verabredet, der das Treffen ein paar Tage vorher organisiert hatte. Er ist dringend tatverdächtig, und wenn er tatsächlich der Mörder war, hat er die Tat geplant.«

»Hätten Susanne und Max denn überhaupt ein Motiv?«, fragte Daniel. »Und was ist mit Oliver?«

»Oli hat bisher kein Motiv, aber die anderen beiden ... Max hat Susanne mit Anna beziehungsweise Charlène betrogen. Darum ging es auch bei ihrem Streit am Samstag.«

»Nein! Echt jetzt?«

»Wusstest du das etwa noch gar nicht?«

»Woher denn?« Daniel schüttelte den Kopf. »Der Max. So ein Schwerenöter. Das hätte ich ihm gar nicht zugetraut.«

Katharina biss sich auf die Lippe, und Daniel schien erst jetzt zu bemerken, was er gesagt hatte. »Oh. Es tut mir leid, das meine ich ganz ehrlich.«

»Was genau tut dir leid?«

»Kathi …«

»Nein, ist schon gut. Mit dem Thema bin ich durch.«

Daniel wollte noch etwas sagen, doch in dem Moment kam Hubert zurück. Seufzend stieß Daniel sich von Katharinas Tisch ab.

»Du bist ja noch hier. Gibt es sonst noch was?«, fragte Hubert.

Daniel nickte. »Die Mordwaffe. Dabei handelt es sich um einen länglichen Gegenstand aus Metall, der vorne gebogen ist. Die Spuren, die ich in der Kopfwunde gefunden hab, stammen von höherwertigem Stahl. Demnach tippe ich auf ein Werkzeug oder etwas in der Art.«

»Sehr gut.« Huberts Verstimmung war wie weggeblasen. Mit den Daumen hakte er sich unter seinen Hosenträgern ein und begann, im Büro auf und ab zu laufen. »Dann lasst uns doch mal überlegen. Ein Werkzeug in Form einer Stange, vorne gebogen. Was käme da infrage? Nageleisen, Brechstange – so was in der Art?«

»Moment.« Daniel ging zu Huberts Schreibtisch, nahm sich einen Zettel und einen Kugelschreiber und machte sich Notizen. »Okay, was noch? Wenn die Tat tatsächlich geplant war, kommt alles Mögliche infrage. Ansonsten hätte ich auf etwas getippt, was man im Auto immer dabei hat. Ein Radmutternschlüssel zum Beispiel.«

»Das ist gut, schreib das auf«, sagte Hubert. »Und Rohrzange gleich dazu.«

»Vielleicht ein Sechskantschlüssel?«, riet Katharina weiter.

»Katrinchen, ich bin beeindruckt«, meinte Hubert kopfnickend.

»Tja, ich hab in Mannheim genug Ikea-Möbel aufgebaut«, erwiderte sie.

»Das wäre der größte Inbusschlüssel aller Zeiten«, sagte Daniel, während er sich weiterhin Notizen machte. »Aber ich schreib's trotzdem mal auf. Fällt euch sonst noch was ein?« Katharina schüttelte den Kopf, und auch Hubert schien nichts mehr einzufallen. Schließlich steckte Daniel den Zettel in seine Hosentasche und stand auf. »Das reicht an sich auch erst mal. Ich mache ein paar Tests und sag euch Bescheid, wenn ich die Mordwaffe genauer eingrenzen kann.« Er sah noch einmal zu Katharina, doch sie erwiderte seinen Blick nicht, also hob er nur kurz die Hand zum Gruß, bevor er das Büro verließ.

Hubert griff nach seiner Jacke. »Und ich statte Herrn Fitz einen Besuch ab. Mal sehen, was der Bursche zu seiner Verteidigung zu sagen hat.«

Katharina sprang auf. »Warte, ich komme mit.«

»Na schön«, erwiderte Hubert wenig begeistert.

Kapitel 9

Dienstag, 25. Juli

Oliver arbeitete bei einer Versicherungsgesellschaft in der Nähe des Reviers. Eine Sekretärin führte Hubert und Katharina zu dem Großraumbüro im vierten Stock. Durch die verglaste Fensterfront hatte man eine hübsche Aussicht auf Friedrichshafen, doch Olivers Schreibtisch befand sich mitten in dem riesigen Raum. Katharina fragte sich, wie man hier arbeiten konnte. Zwar ging es bei ihnen im Büro auch hin und wieder laut zu, aber dort konnten sie immerhin die Tür hinter sich schließen. Hier hingegen gab es kein Entrinnen. Permanent klingelte irgendwo ein Telefon, und die Luft stand, obwohl die Klimaanlage viel zu kalt eingestellt war.

»Herr Fitz, die Herrschaften hier möchten Sie gerne sprechen«, sagte die Sekretärin.

Oliver drehte sich um und sprang sofort erschrocken auf, als er Katharina erblickte. »Was für eine Überraschung. Was kann ich für euch tun?«

»Wir hätten noch einige Fragen, Herr Fitz«, begann Hubert.

»Soll ich Ihnen einen Kaffee bringen?«, fragte die Sekretärin, bevor Hubert fortfahren konnte.

»Nicht nötig«, wiegelte Oliver ab und sah erst Hubert, dann Katharina an. »Wir gehen in den Pausenraum, oder?«

Katharina nickte. Es war mehr als offensichtlich, dass ihm die Situation unangenehm war und dass er die Fragen nicht hier vor seinen Kollegen beantworten wollte. Das konnte sie jedoch verstehen.

Oliver drehte sich noch einmal kurz um und sagte zu niemand Bestimmten: »Ich bin kurz in der Pause.« Neugierige Blicke folgten ihnen, als Oliver die beiden Kommissare zurück in den ersten Stock führte, wo es eine kleine Kantine gab. Während sich Hubert und Katharina an einem Stehtisch in der Ecke platzierten, holte Oliver die Getränke. Unwohl blickte er von einem zum anderen. »Was gibt es denn? Ich dachte, die Sache hätte sich erledigt?« Seine Stimme ging am Ende hoch. Er wirkte extrem aufgeregt, und Katharina fragte sich, warum.

»Das dachten wir auch, Herr Fitz, aber da wussten wir noch nicht, dass Sie uns nicht die Wahrheit gesagt haben.«

»Aber … Geht es etwa um das Pokerspiel? Meine Frau hat Ihnen doch bestätigt, dass ich jeden Freitagabend zum Pokern gehe.«

»Das hat sie. Wir hätten trotzdem gerne die Namen Ihrer Freunde, um uns das auch noch einmal von denen bestätigen zu lassen.«

»Okay.« Oliver fuhr sich über die Stirn. »Wenn Sie mir einen Stift und Zettel geben, schreibe ich Ihnen die Namen gleich auf.«

Katharina schob ihm beides zu. »Sehr gut. Was für eine Automarke fahrt ihr?«

»Einen Opel Zafira. Meine Frau hat das Auto tagsüber meistens, ich nehme den Bus zur Arbeit.«

Katharina machte sich eine Notiz und sah dann wieder auf. »Oli, es geht um deinen Kontakt zu Anna.«

»Sie haben behauptet, Sie hätten das Mädchen seit Jahren nicht mehr gesehen«, fuhr Hubert fort. »Wie kommt es dann, dass Sie in der letzten Woche mehrfach mit Anna Maier telefoniert haben? Zuletzt kurz vor ihrem Tod?«

»Oh. Ach das meinen Sie.« Oliver gab einen Löffel Zucker nach dem anderen in seine winzige Espressotasse. »Es tut mir leid, ich wollte nicht lügen. Ich hatte nur Angst, mich verdächtig zu machen, aber natürlich war es blöd, Ihnen das zu verschweigen. Es stimmt, ich bin Anna genau eine Woche vor ihrem Tod in einem Café begegnet. Sie hat *mich* angesprochen, ich hätte sie gar nicht wiedererkannt.«

»Welches Café war das?«, wollte Hubert wissen.

»Das war im *Kaffeehaus*. Ich gehe regelmäßig dorthin, das wird Ihnen Frida hinter der Theke sicher gern bestätigen. Wir haben schon des Öfteren nett miteinander geplaudert, wenn nicht so viel los war. Allerdings wird sie sich wohl kaum an jenen Tag erinnern, da war es extrem voll im *Kaffeehaus*.« Hubert bedeutete ihm mit einer Geste, fortzufahren. »Ähm, ja ... Wir sind uns also wieder begegnet. Es war fast so wie früher, obwohl Anna inzwischen ganz anders war. Wir waren damals sehr gut befreundet, und die alte Verbundenheit war sofort wieder da. Leider hatten wir beide nicht viel Zeit, aber wir haben unsere Nummern ausgetauscht und wollten uns verabreden.«

»Habt ihr euch denn noch mal getroffen?«, fragte Katharina.

Oliver schüttelte den Kopf, er wirkte mit einem Mal traurig. »Leider nicht. Ich hab noch versucht, sie zu überreden, zum Klassentreffen zu kommen. Ich dachte, es wäre doch eine gute Gelegenheit, den anderen zu zeigen, was aus ihr geworden ist. Aschenputtel hat sich endlich in eine Prinzessin verwandelt, und es war Zeit, auf ihren Ball zu gehen. Aber sie wollte partout nicht kommen, und ich hatte dann auch keine Lust mehr.«

»Du wusstest, was Anna inzwischen beruflich gemacht hat?« Oliver nickte nach kurzem Zögern. Katharina nahm an, dass sie den Grund für Annas Ablehnung kannte, immerhin wäre sie Max auf dem Klassentreffen begegnet. Trotzdem fragte sie: »Hat sie gesagt, warum sie am Samstag nicht kommen wollte?«

Oliver trank einen Schluck von seinem Espresso. »Hat sie. Sie hat mir erzählt, dass Max einer ihrer Kunden war. Sie hatte Angst, er könnte sie wiedererkennen. Genau darum ging es auch in unserem letzten Telefonat kurz vor ihrem Tod.«

»Wovor genau hatte sie Angst?«, hakte Katharina nach und verkniff es sich, Oliver darauf hinzuweisen, dass er ihnen das mit Max hätte erzählen müssen.

Er zuckte mit den Schultern, doch schließlich sagte er: »Max kann wohl ziemlich aufbrausend sein, und Anna wusste, dass er ausflippt, wenn er erfährt, dass Charlène und sie ein und dieselbe Person sind.«

Der *Friedrichshafener Hof* lag mitten in der Innenstadt und war top ausgestattet. Die große Eingangshalle funkelte nur so vor lauter Kristall, Glas und Spiegeln. Überall befanden sich Sitzecken aus teuren Sofagarnituren, auf denen Geschäftsmänner saßen, um Zeitung zu lesen und einen Espresso zu trinken. Ein roter Teppich führte von der Drehtür zum Empfang.

»Nicht unbedingt das, was man sich so landläufig unter einem Stundenhotel vorstellt«, murmelte Hubert, während sie auf den Empfang zugingen.

»Annas Erscheinung nach habe ich nichts anderes erwartet«, erwiderte Katharina. »Ob das Personal davon wusste?«

»Das werden wir gleich herausfinden.«

Der Herr am Empfang begrüßte sie mit einem Lächeln. Seine Erscheinung passte perfekt zum Ambiente des Hotels: Er hatte manikürte Hände, trug einen Armani-Anzug und ein unaufdringliches Rasierwasser. »Was kann ich für Sie tun?«, fragte er in perfektem Hochdeutsch, was in Oberschwaben eher selten der Fall war.

Hubert zeigte seinen Ausweis. »Riedmüller und Danninger von der Kriminalpolizeidirektion Friedrichshafen. Wir hätten ein paar Fragen.«

»Oh, verstehe.« Der Concierge schien während seiner Arbeit das erste Mal mit der Polizei zu tun zu haben. »Wenn Sie erlauben, werde ich kurz den Manager benachrichtigen.«

»Das können Sie gerne tun, allerdings wird der uns nicht weiterhelfen können«, meinte Hubert und legte ein Foto von Anna Maier auf den Tresen. Katharina zog die Abgangszeitung aus ihrer Handtasche und schlug sie auf der Seite auf, wo das aktuelle Foto von Max Gärtner abgedruckt war. »Haben Sie den Mann und die Frau schon einmal als Gäste in diesem Hotel begrüßt, vielleicht sogar zusammen?«

Der Concierge sah sich die Fotos genauer an und zog die Nase kraus. »Die Dame ist in der Tat regelmäßiger Gast in unserem Hause.«

Katharina unterdrückte ein Grinsen. Der Concierge schien

von ihrem Beruf zu wissen und es alles andere als gutzuheißen.

»Dann wissen Sie, warum Sie in dieses Hotel kam?«

Der Concierge räusperte sich. »Nun ja, ich persönlich hätte sie längst des Hauses verwiesen, immerhin hat der *Friedrichshafener Hof* einen sehr guten Ruf zu verlieren, aber wir haben Anweisung von oben, sie zu dulden, solange sie sich diskret verhält.«

Katharina verwandelte ihr Lachen in ein Husten. Der Hotelmanager oder ein anderes hohes Tier im *Friedrichshafener Hof* schien Charlènes Dienste selbst in Anspruch genommen zu haben. »Was ist mit diesem Mann hier?« Sie zeigte auf das Foto von Max.

»Ein ungehobelter Kerl. Er war des Öfteren mit Frau La Bouche zu Gast.«

»Erinnern Sie sich, wann die beiden zuletzt gemeinsam hier waren?«, fragte Hubert.

»Natürlich. Er war in Jogginghosen unterwegs und hat das Personal angepöbelt, als er gegangen ist. Er war ziemlich ungehalten.«

Katharina wurde hellhörig. »Wann war das?«

»Lassen Sie mich überlegen. Letzten Freitag, genau. Ich hatte gerade mit meinem Dienst begonnen, als er von oben zornig in die Eingangshalle stürmte.«

Katharina ergriff Aufregung. »Wann hat er das Hotel genau verlassen?«

»Um kurz nach einundzwanzig Uhr. Zehn nach neun, würde ich sagen.«

»Und das wissen Sie sicher?«

»Selbstverständlich, denn um Punkt neun Uhr war Dienstwechsel.«

»Wann ist die Frau gegangen?«, wollte Hubert wissen.

»Etwa eine halbe Stunde später, so gegen zwanzig vor zehn. Sie schien es sehr eilig zu haben. Sagen Sie«, er beugte sich nach vorne, »warum wollen Sie das überhaupt so genau wissen?«

»Anna Maier wurde an jenem Abend ermordet«, antwortete

Hubert. »Deshalb bräuchten wir auch die Videoaufzeichnungen von Freitagabend, sofern Sie welche haben.«

Der Concierge wurde blass. »Verstehe. Nun muss ich allerdings doch den Manager informieren.«

»Tun Sie das«, erwiderte Hubert gelassen. »Wir warten dort drüben und bestellen uns derweil einen Kaffee.«

Katharina wollte gerade auf die Klingel drücken, als von drinnen Schreie zu hören waren, gefolgt von einem Knallen und Klirren. Hubert und Katharina wechselten einen Blick und zogen fast gleichzeitig ihre Dienstwaffen. Katharina klingelte und hämmerte gegen die Tür. »Aufmachen, Polizei.« Doch es tat sich nichts, stattdessen waren nur noch mehr Schreie zu hören. »Ich gehe hintenrum, vielleicht steht die Terrassentür offen«, sagte sie und folgte dem Weg um das Haus herum in den Garten. Tatsächlich stand die Tür offen. Vorsichtig pirschte sie sich heran, als sie plötzlich Stimmen hörte.

»Ich will die Scheidung«, schrie eine Frau, gefolgt von einem weiteren Knall. Vermutlich hatte die Frau etwas gegen die Wand geworfen.

Nun wurde Katharina einiges klar. Hier war keine Gefahr im Verzug, sie wurde lediglich Zeugin eines heftigen Ehestreits. Sie steckte die Dienstwaffe wieder weg und spähte durch die offene Tür. Max und Susanne standen sich angriffslustig im Wohnzimmer gegenüber, der Boden war mit blau-weißen Scherben übersät. Wahrscheinlich das Porzellan, das die beiden einst zur Hochzeit geschenkt bekommen hatten.

»Du kannst dir ja nicht vorstellen, wie das ist!«, schrie Susanne, so laut sie konnte. »Ich betreue vier Kinder, darunter drei hyperaktive Jungs, und kümmere mich zusätzlich um den Haushalt. Aber das interessiert dich ja alles nicht. Stattdessen fährst du mich an, weil ich mich abends nicht noch in sexy Unterwäsche werfe. Ich bin froh, wenn ich es mal in Ruhe aufs Klo schaffe.« Sie griff nach einer weiteren Tasse und warf sie direkt in Max' Richtung, bevor Katharina sie daran hindern konnte.

Max ging gerade noch rechtzeitig in Deckung. Er lief rot an und ballte die Hände an seiner Seite zu Fäusten. Er schien sich schwer zusammenreißen zu müssen, um sich nicht auf seine Frau zu stürzen. »Du Miststück. Wenn ich gewusst hätte, dass das so endet, hätte ich ganz bestimmt kein viertes Kind mehr mit dir bekommen.«

Susanne schüttelte den Kopf. Einen Moment schien die Wut purer Verzweiflung zu weichen. »Warst du schon immer so ein egoistisches Arschloch? Hau ab, und lass dich hier nie wieder blicken!« Sie streckte die Hand nach dem Hochzeitsfoto aus, das in einem schweren Silberrahmen steckte.

Katharina räusperte sich laut. »Susanne, das bringt doch nichts ...«

Susanne zuckte zusammen und ließ vor Schreck den Rahmen fallen. Mit einem dumpfen Knall landete er auf dem Boden, das Glas blieb jedoch wie durch ein Wunder heil. Max wirbelte zu Katharina herum. »Ich glaub das einfach nicht, was willst *du* denn schon wieder hier?«, schrie er. »Verschwinde!«

»Den Gefallen kann ich dir leider nicht tun«, erwiderte Katharina ruhig. Sie wandte sich kurz an Susanne, die den Eindruck machte, als würde sie jeden Moment zusammenklappen. »Würdest du bitte meinen Kollegen hereinlassen? Danke.«

Es sah nicht so aus, als wären die Worte überhaupt zu Susanne durchgedrungen, aber schließlich ging sie doch. Auch in Max kam Bewegung, er stürzte sich auf Katharina. »Ich hab gesagt, du sollst verschwinden. Lass uns endlich in Ruhe!«

Mit einem gekonnten Griff setzte Katharina Max außer Gefecht, indem sie seinen Arm auf den Rücken drehte. »Und wir beruhigen uns jetzt erst mal.«

»Du elendes ...«

»Vorsicht!«, sagte Katharina scharf. »Du hast schon genug am Hals. Soll jetzt auch noch Beamtenbeleidigung dazukommen?«
Max presste seine Lippen aufeinander und schluckte die Beleidigung hinunter.

Hubert betrat das Wohnzimmer und sah sich mit großen Augen um. »Ach du lieber Himmel, was ist denn hier passiert?«

»Schön, dass du auch mal kommst«, sagte Katharina.

Doch Hubert zuckte nur mit den Schultern. »Als das Wort *Scheidung* fiel, dachte ich, dass unser Eingreifen nicht vonnöten ist.«

»Sehr richtig«, sagte Max, nun deutlich ruhiger. »Gehen Sie doch bitte einfach.«

»Das wird nicht möglich sein, denn Sie haben uns einiges zu erklären.«

»Ich sehe mal kurz nach Susanne«, sagte Katharina. Sie bugsierte Max aufs Sofa, bevor sie in Richtung Küche ging. Susanne saß mit dem Rücken zu ihr auf einem Stuhl, am ganzen Körper zitternd. »Wo sind die Kinder?«

»Mit meiner Mutter auf dem Affenberg«, antwortete Susanne kaum hörbar. »Ich würde doch nie …« Schluchzend legte sie den Kopf auf ihre Arme.

Katharina atmete erleichtert auf. Nicht auszudenken, wenn die Kinder alles mitbekommen hätten. »Soll ich dir einen Tee kochen?«, fragte sie und strich Susanne sanft über den Rücken, doch diese gab keine Antwort. Katharina zögerte. Sie wusste nicht, wie sie ihrer ehemaligen Schulkameradin am besten helfen konnte, also ließ sie sie erst einmal in Ruhe und kehrte ins Wohnzimmer zurück, wo Hubert bereits dabei war, Max erneut zu vernehmen.

»Lügen Sie uns nicht an«, sagte er in diesem Moment. »Wir wissen, dass Sie vergangenen Freitagabend mit Anna Maier zusammen waren. Der Concierge hat Sie eindeutig identifiziert.«

»Tja, du solltest lernen, dich besser unter Kontrolle zu haben«, konnte es sich Katharina nicht verkneifen zu sagen.

Max warf ihr einen bösen Blick zu. »Na schön, meinetwegen. Ich geb's zu. Susanne und ich haben uns gestritten. Sie sehen doch, wie das hier läuft.« Er machte eine ausholende Geste. »Ich musste raus hier, also hab ich Charlène angerufen. Sie hat mich als Notfall dazwischengeschoben. Das war's.«

»Das war's ganz offensichtlich nicht«, erwiderte Katharina und setzte sich auf den freien Sessel. »Du hast dich doch auch mit Anna gestritten, oder willst du das etwa leugnen? Der Concierge meinte, du seiest ziemlich wütend gewesen.«

»Na und? Darf man jetzt nicht mal mehr wütend sein, oder was? Dann war ich eben wütend auf Charlène. Deshalb hab ich sie noch lange nicht umgebracht.«

Hubert schlug wie schon am Morgen mit der flachen Hand auf den Wohnzimmertisch. »Jetzt hab ich aber die Faxen dicke. Sie stecken ganz schön tief in der Scheiße, ist Ihnen das eigentlich klar? Sie waren vielleicht die letzte Person, die Anna Maier lebend gesehen hat. Sie hatten die Gelegenheit und ein Motiv. Ein Zeuge hat ausgesagt, dass Anna Maier Angst vor Ihnen hatte. Am Abend ihres Todes. Also antworten Sie bitte auf unsere Fragen.« Hubert holte tief Luft. »Worüber haben Sie sich mit Anna am Freitag gestritten?«

Max atmete ebenfalls tief aus. »Es ist ziemlich genauso abgelaufen, wie ich es Ihnen beim letzten Mal geschildert hab. Ich wollte nicht nach Hause und habe Charlène gebeten, dem nächsten Kunden abzusagen. Sie meinte nur, dass sie das bei neuen Kunden grundsätzlich nicht tut, und hat mir deutlich gemacht, dass wir keine Liebesbeziehung haben. Dann hat sie mich mehr oder weniger rausgeworfen.« Max fuhr sich durch die Haare. »Ich hab Ihnen verschwiegen, dass das am Freitag war, weil mir klar war, dass Sie mich dann sofort des Mordes an Charlène verdächtigen.«

Katharina schüttelte den Kopf. »Warum weigerst du dich stur, sie Anna zu nennen?«

Max zuckte mit den Schultern. »Psychologie, was weiß ich. Ich hätte doch niemals mit ihr geschlafen, wenn ich gewusst hätte, dass es sich bei Charlène um Anna handelte. Anna, die zu Schulzeiten hässlich war wie die Nacht. Wenn ich nur an ihre nervige Piepsstimme zurückdenke …«

»Sind Sie dahintergekommen und dann ausgeflippt, weil Anna Sie all die Monate zum Narren gehalten hat? Hat sie Sie

vielleicht sogar erpresst, sie würde Ihrer Frau alles erzählen?«
Hubert durchbohrte Max mit seinem Blick.

Max presste die Lippen für einen Moment aufeinander, bevor er antwortete. Er schien sich erneut zusammenreißen zu müssen, um nichts Falsches zu sagen. »Nein. Ich hab sie nicht erkannt. Am Samstag, als alle von Annas wundersamer Verwandlung gesprochen haben, ist mir allmählich der Verdacht gekommen, aber ich hatte keine Gelegenheit mehr, sie darauf anzusprechen. Da war sie doch schon tot, oder nicht? So oder so, ich hätte sie nicht umgebracht. Ich hätte sie angeschrien, mein Geld zurückverlangt, sie vielleicht sogar geschlagen, aber ich hätte sie nicht umgebracht.«

»Okay.« Katharina seufzte. »Wo warst du nach deinem Treffen mit Anna? Bist du wieder nach Hause gefahren?«

Max schüttelte den Kopf. »Hier wär mir die Decke auf den Kopf gefallen, ich hatte aber auch keine Lust, allein zu sein. Ich hab Charlène noch mal angerufen und gehofft, sie würde ihre Meinung ändern, aber sie ist nicht mal mehr ans Telefon gegangen. Also hab ich mich mit einem Freund verabredet und ziemlich viel getrunken.«

»Wie heißt der Freund, und wann war das?«

»Gregor Schlaghäuser. Keine Ahnung, wann das war.« Max zuckte mit den Schultern. »So um zehn vielleicht. Und gegen zwei Uhr nachts war ich, glaube ich, wieder zu Hause. Das weiß ich nicht mehr so genau. Ich hab mir ein Taxi gerufen.«

Katharina zog die Augenbrauen hoch. »Und dein Auto? Ich nehme doch an, dass du nicht mit dem Bus in die Innenstadt gefahren bist.«

»Das Auto hab ich in der Stadt im Parkhaus stehen lassen und am nächsten Tag abgeholt.«

»Etwa im Parkhaus an der Seepromenade?« Katharina erinnerte sich daran, was allein die paar Stunden gekostet hatten, als sie mit Daniel auf dem Klassentreffen gewesen war. »Hast du die Quittung zufällig noch?« Max schüttelte den Kopf. Wäre ja auch zu schön gewesen.

»Was für ein Auto fahren Sie?«, wollte Hubert wissen.

»Einen uralten Toyota.«

»Und Sie haben nur ein Auto?«

»In der Tat, mehr können wir uns nicht leisten.«

Katharina verkniff sich den Kommentar, der ihr auf der Zunge lag. »Na schön, wir werden das alles überprüfen. Der Concierge vom *Friedrichshafener Hof* erwähnte einen Jogginganzug, den du bei deinem Treffen mit Anna getragen hast. Den würden wir gerne mitnehmen.«

Hubert zückte ein Röhrchen und reichte es Max. »Und dann brauchen wir noch eine DNS-Probe von Ihnen.«

Susanne hockte immer noch zusammengesunken am Küchentisch, als Hubert sich zu ihr setzte. »Frau Gärtner? Wir müssten Ihnen noch einige Fragen stellen.« Doch Susanne reagierte nicht. Er warf Katharina einen hilfesuchenden Blick zu.

Katharina kochte Teewasser, öffnete ein paar Schranktüren, um eine Tasse und Tee zu suchen, und stellte schließlich die dampfende Tasse vor Susanne. »Wir müssen dein Alibi für Freitagabend noch mal überprüfen, Susanne. Das ist wichtig. Max hat uns erzählt, dass ihr euch gestritten habt und dass er dich alleine zurückgelassen hat.« Susanne reagierte immer noch nicht, und Katharina überlegte schon, Dr. Sprung um Hilfe zu bitten, als ihre ehemalige Schulkameradin endlich aufsah.

»Ich kann mir schon denken, wo er war. Es ist einfach nur widerlich. Zum Glück sind die Kinder noch zu klein, um zu verstehen, was ihr Vater da treibt.« Wut kehrte in ihre Augen zurück.

Diese Frau wechselte ihre Emotionen so schnell wie ein Säugling. Ob Daniel doch richtig lag mit seiner Vermutung, sie leide an postnataler Depression und hätte den Mord im Affekt begehen können? Bis vor Kurzem hätte Katharina nie auch nur in Betracht gezogen, Susanne sei zu solch einer Tat fähig, doch im Moment war sie sich da nicht mehr so sicher. Susannes Wut kannte keine Grenzen, und hatte sie nicht vergangene Woche

Montag erfahren, dass Max ihr untreu war? Am Montag hatte Charlènes neuer Kunde mit dem Alias Stefan Moosbach auch das erste Treffen für Freitagabend ausgemacht. Zufall? Susanne war zwar eine Frau, aber mithilfe der Technik war heutzutage viel möglich. Vielleicht war es aber auch wirklich nur Zufall gewesen, und der neue Kunde hatte überhaupt nichts mit dem Mord an Anna zu tun. Katharina wollte sich auf jeden Fall nicht darauf versteifen, dass die Tat geplant gewesen war, denn in dem Fall stand auch der Verdacht gegen Max auf wackeligen Füßen. Es sei denn, er hatte tatsächlich gewusst, wer Charlène wirklich gewesen war. Allerdings hätte er sich dann nicht als neuer Kunde ausgeben müssen ... Katharina rieb sich die Schläfen. Es gab Tage, da machten sie diese vielen Wenns und Abers regelrecht verrückt.

»Was haben Sie gemacht, nachdem Ihr Mann gegangen war?«, übernahm Hubert die Befragung.

»Ich habe die Kinder ins Bett gebracht und mich mit einer Kanne Tee, Pralinen und Eiscreme vor den Fernseher gesetzt. Irgendwann hab ich es nicht mehr ausgehalten und Max angerufen, aber er hat es nicht einmal für nötig gehalten, dranzugehen. Weggedrückt hat er mich, einfach so. Mir war klar, dass er bei ihr war, wer auch immer *sie* war. Wenn ich gewusst hätte, dass er auch noch Geld dafür zum Fenster hinauswirft ... Jedenfalls war ich echt sauer und musste einfach raus hier.«

»Und die Kinder?«, fragte Katharina.

Susanne brachte ein halbes Lächeln zustande. »Du musst dir keine Sorgen machen, Kathi. Ich würde nie etwas tun, was meinen Kindern schadet. Sie haben auch von dem Streit nichts mitbekommen. Ich habe eine Nachbarin gebeten, kurz aufzupassen. Die Jungs schlafen inzwischen zum Glück meistens durch, und Lena verlangt nie vor drei Uhr nachts nach ihrer Flasche.«

Im Wohnzimmer hörte man, wie die Scherben zusammengefegt wurden. Kurz darauf sprang der Staubsauger an. Max schien tatsächlich die Spuren des Streits zu beseitigen.

»Wie viel Uhr war es, als Sie die Nachbarin um Hilfe gebeten haben, und wo sind Sie hingegangen?«, fragte Hubert.

»Es war ungefähr halb zehn. Ich hatte kein Ziel vor Augen, ich wollte einfach nur ein bisschen frische Luft schnappen. Schlussendlich bin ich bei meiner Freundin Rosa gelandet, aber die war leider nicht zu Hause.«

»Um diese Uhrzeit?«, fragte Katharina skeptisch. »Sie hat doch auch zwei kleine Kinder.«

»Das schon, aber ihre Mutter holt die Kinder mindestens einmal im Monat für eine Nacht zu sich, damit Rosa und ihr Mann etwas Zeit für sich haben.« Susanne sah hinunter auf ihre Hände. Leise fuhr sie fort: »Vielleicht hätten Max und ich uns auch regelmäßig solche Auszeiten nehmen sollen, aber Max' Mutter lebt nicht mehr, und meine ist meistens überfordert mit den Jungs.«

»Was hast du gemacht, als du gemerkt hast, dass Rosa nicht zu Hause war?«, fragte Katharina, bevor Susanne wieder in ihre traurige Stimmung abdriften konnte.

Susanne zuckte mit den Schultern. »Nichts, ich bin einfach weitergelaufen. Um halb zwölf war ich wieder daheim. Das kann dir meine Nachbarin bestätigen.«

Damit hatte auch Susanne die Gelegenheit und ein Motiv gehabt, Anna umzubringen. Katharina sah sie eindringlich an. »Susanne, das ist jetzt wirklich wichtig: Hat dich irgendjemand gesehen? Kann irgendwer bezeugen, wo du zwischen halb zehn und halb zwölf am Freitag warst?«

Langsam schüttelte Susanne den Kopf. »Das fällt in die Tatzeit, oder? Mist.« Erst jetzt schien ihr der Ernst der Lage bewusst zu werden. »Nein, da ist niemand. Ich bin zwar vielen Menschen begegnet, aber niemandem, den ich kenne.«

»Hast du dir vielleicht eine Kugel Eis gekauft oder etwas anderes?«

»Nein. Ich hab tatsächlich darüber nachgedacht, aber ich hatte doch zu Hause schon so viel Eis gegessen, und weil Max mich ohnehin schon zu dick findet ... Hätte ich doch nur keine

Rücksicht darauf genommen. Als ob diese eine Kugel meine Ehe retten könnte.« Ihre Augen schwammen in Tränen.

»Wann ist denn Ihr Mann am Freitag nach Hause gekommen?«, fragte Hubert.

»Das weiß ich nicht genau«, antwortete Susanne. »Als ich gegen drei Uhr aufgestanden bin, um Lena ihre Flasche zu machen, lag er schnarchend auf dem Sofa.«

»Ist Ihnen etwas an ihm aufgefallen, in dieser Nacht oder am Morgen danach?«

»Er war sturzbetrunken, wenn Sie das meinen. Er stank nach Bier und schwerem Parfum.«

Einen Moment breitete sich Schweigen aus, nur aus dem Wohnzimmer war hin und wieder ein Rumpeln zu hören. Schließlich zog Katharina ihr Handy aus der Tasche, öffnete das Foto von Max und Anna und schob das Telefon über den Tisch zu Susanne. Sie warf nur einen kurzen Blick darauf und schluckte.

»Richtig, das hätte ich euch erzählen sollen«, sagte sie leise. »Es tut mir leid, in der Aufregung hab ich das ganz vergessen.«

»Vergessen?«, wiederholte Hubert. Sein Ton machte deutlich, dass er ihr kein Wort glaubte.

»Ja, vergessen.« Susanne reagierte trotzig. »Sie haben keine Ahnung, was hier den ganzen Tag los ist. Dass ich noch meinen eigenen Namen weiß, grenzt an ein Wunder.«

»Das ist ein Foto von deinem Mann und seiner Geliebten«, sagte Katharina. »Ich bezweifle, dass du dieses Bild je wieder aus deinem Kopf bekommst.« Hubert warf ihr einen Blick zu, doch sie erwiderte ihn nicht. Ja, sie sprach aus eigener Erfahrung. Zehn Jahre waren inzwischen vergangen, doch anstatt die Sache endlich abhaken zu können, wurde sie dieser Tage mehr denn je an die schlimmste Zeit in ihrem Leben erinnert.

»Bin ich jetzt verdächtig?«, fragte Susanne kaum hörbar.

»In der Tat.« Hubert holte ein weiteres Röhrchen hervor. »Und das haben Sie sich selbst zuzuschreiben. Würden Sie bitte ...?«

»Ein DNS-Test?« Susanne sah hilfesuchend zu Katharina, doch die zuckte mit den Schultern.

Keine fünf Minuten später stand Hubert auf, um sich zu verabschieden. Katharina bat ihn, schon einmal vorzugehen. Vielleicht hätte sie sich wirklich raushalten sollen, aber das konnte sie nicht. Es ging um ihre ehemalige Schulkameradin, und auch wenn sie sich nie sehr nahegestanden hatten, so wollte sie doch helfen. Außerdem waren Kinder involviert.

»Susanne, ich will dir nicht zu nahe treten, aber hast du schon mal über eine Therapie nachgedacht?«

Susanne erwiderte Katharinas Blick etwas irritiert. »Du meinst eine Eheberatung?«

Katharina schüttelte den Kopf. »Nein, wobei diese auch nicht schaden könnte. Aber ich hatte eigentlich an eine richtige Therapie gedacht. Sie würde dir sicher helfen, deine innere Ruhe und Ausgeglichenheit zurückzuerlangen.«

Doch Susanne gab keine Antwort.

Kapitel 10

Dienstag, 25. Juli

»Was nun?«, fragte Katharina, als sie das Haus der Gärtners verließ. »Hast du schon mit der Nachbarin gesprochen?« Sie gesellte sich zu Hubert, der gegen seinen klapprigen Golf lehnte
und in diesem Moment sein Handy wegsteckte. Es war spät am
Nachmittag, Katharina hatte Hunger und hätte sich auf einen
frühen Feierabend gefreut, allerdings wusste sie auch, dass sie
diesen bis zur Aufklärung des Mordfalls vermutlich nicht haben
würde.

»Ich hab mit Nina telefoniert«, erzählte Hubert. »Beide Stefan
Moosbachs sind, wie vermutet, eine Sackgasse. Sie haben ein
hieb- und stichfestes Alibi und scheinen tatsächlich noch nie etwas von Charlène La Bouche beziehungsweise Anna Maier gehört zu haben. Nina überprüft jetzt die Alibis von Oliver Fitz
und Max Gärtner.«

»In Ordnung, dann reden wir noch schnell mit der Nachbarin, wenn wir einmal hier sind.«

»Das kriegst du auch alleine hin, ich will noch was nachse-
hen. Mir geht die Aussage von Oliver Fitz nicht aus dem
Kopf.«

»Was meinst du?«, fragte Katharina, doch Hubert saß bereits
in seinem Golf und wühlte in der Kopie der Akte Maier, die er
immer dabei hatte. Seufzend machte Katharina sich auf den
Weg.

»Wo warst du denn so lange?«, wollte Hubert wissen, als Katharina
sich auf den Beifahrersitz fallen ließ. Er startete bereits den Wagen, noch ehe sie sich angeschnallt hatte.

»Nun ja, die Nachbarin war eine von der älteren Sorte, die

jede Gelegenheit zum Plaudern nutzt. Sie hat mich quasi dazu genötigt, ihren frisch gebackenen Kirschkuchen zu probieren.«

»Wie bitte? Du hast Kuchen gegessen, ohne mich?«

»Du wolltest ja nicht mitkommen«, erwiderte Katharina, doch dann zeigte sie ihm schmunzelnd das kleine in Alupapier gewickelte Päckchen. »Sie hat mir ein Stück für dich mitgegeben.«

»Sehr gut, ich hab nämlich einen Mordshunger. Und was ist mit Susanne Gärtners Aussage?«

»Da passt alles. Die Nachbarin hat am Freitag von etwa halb zehn bis halb zwölf auf die Kinder aufgepasst.«

»Hast du sie auch nach Susannes Verhalten gefragt, als diese von ihrem Spaziergang zurückkam?«

Katharina verdrehte die Augen. Warum traute Hubert ihr eigentlich immer noch nichts zu? Hatte sie nicht in den letzten Tagen oft genug bewiesen, dass sie wusste, was sie tat? »Natürlich hab ich das, aber ihr ist nichts Besonderes aufgefallen. Susanne wirkte müde und traurig, aber nicht verstört.« Katharina blickte aus dem Fenster. »Sag mal, wo fahren wir eigentlich hin? Und was genau hat dich an Olivers Aussage so irritiert?«

»Fitz hat behauptet, er und Anna wären sich genau vor einer Woche in diesem Café begegnet, du erinnerst dich?«

»Sicher, aber ich verstehe trotzdem nicht, worauf du hinauswillst.«

Hubert trat aufs Gas, um die Ampel, die gerade auf Gelb umschaltete, noch zu erwischen. »Ich hab noch mal Annas Terminkalender durchgeblättert, weil ich meinte, so etwas im Kopf zu haben, und tatsächlich hatte sie den ganzen Tag für einen gewissen Benjamin Becker reserviert. Außerdem hat Fitz uns quasi mit der Nase darauf gestoßen, dass die Cafédame sich garantiert nicht an sein dortiges Treffen mit Anna erinnern würde. Das ist doch merkwürdig, oder?« Katharina legte den Kuchen auf die Rückbank und griff nach dem Terminkalender, um selbst einen erneuten Blick hineinzuwerfen. »Glaubst du mir nicht?«

»Doch, ich will nur sehen, was genau Anna sich für diesen

Tag notiert hatte.« Sie blätterte zum 14. Juli: *10 Uhr Champag-nerfrühstück, danach Wellness. 19 Uhr Varieté, Konstanz.* Und um alles hatte sie eine Klammer gemacht, hinter der B. B. stand.

»Hör mal, Fräulein, allmählich reicht es mir.«

Katharina zuckte zusammen. »Bitte? Was hab ich deiner Meinung nach falsch gemacht?«

»Ich versuche hier, einen Mordfall aufzuklären und kann es gar nicht gebrauchen, dass du permanent die Verdächtigen in Schutz nimmst.«

»Ach, und du glaubst, ich nehme Oli in Schutz, weil ich selbst noch einmal einen Blick in Annas Terminkalender werfe? Was für ein Blödsinn.«

»Gib doch zu, dass du Fitz zumindest gedanklich längst von der Verdächtigenliste gestrichen hast.«

Katharina schüttelte den Kopf. »Ich glaube nicht, dass er es war, das weißt du bereits. Trotzdem werde ich jedem Hinweis nachgehen. Ich verstehe nur nicht, was Annas Eintrag von jenem Tag mit Oli zu tun hat.«

»Lenk jetzt nicht vom Thema ab.«

Katharina stöhnte. »Ich lenke nicht ab, ich will, dass du mich einweihst und nicht behandelst, als wäre ich immer noch fünf Jahre alt.«

»Momentan verhältst du dich aber so.«

Sie schluckte ihren Ärger hinunter, wohl wissend, dass sie überhaupt nichts erreichen würde, wenn sie jetzt ausflippte. Bilder vergangener Tage ploppten vor ihrem geistigen Auge auf. Es war ein herrlicher Sonntagmorgen im Sommer, und ihre Mutter hatte sie und ihre Schwester in genau gleiche gelbe Sommerkleider gesteckt. Katharina hatte das Teil im Gegensatz zu Katja bereits im Laden gehasst. Sie musste damals ungefähr sechs Jahre alt gewesen sein. Schon damals trug sie viel lieber Latzhosen als Röcke und Kleider, denn damit konnte man nicht so gut auf Bäume klettern oder mit den Jungs Fußball spielen. Aber auch das hatte ihre Mutter nicht gern gesehen. Maria hatte seit jeher aus ihren Mädchen kleine Schönheiten machen wollen, sie zum Ballett angemeldet, obwohl Katharina viel mehr Spaß am Kampfsport gehabt hatte. An jenem Morgen im Sommer spielte sie vor der Kirche noch mit Jonas und Daniel im Garten und ruinierte natürlich prompt ihr Kleid. Ihre Mutter redete den ganzen Tag kein Wort mehr mit ihr, ihr Vater und Hubert hingegen fanden es erfrischend, dass Katharina so anders war als ihre Schwester Katja. Sie war ein Wildfang gewesen, und das hatte bis auf ihre Mutter nie jemand in Frage gestellt. Warum akzeptierte Hubert sie heute nicht mehr so, wie sie war? Gut, Katharina war inzwischen eine erwachsene Frau geworden, aber trotzdem sah sie sich lieber nach wie vor mit den Männern die Übertragung des Champions-League-Finales an, als mit den Frauen Cocktails zu schlürfen.

»Ich wünschte nur, du würdest mich als Polizistin ernst nehmen«, sagte Katharina ruhig. »Wie dem auch sei: Nur weil Anna an jenem Freitag seit zehn Uhr mit Benjamin Becker unterwegs war, heißt das noch lange nicht, dass sie Oliver nicht über den Weg gelaufen sein kann.« Hubert warf ihr einen entsprechenden Blick zu, und sie ruderte zurück. »Okay, meinetwegen. Es ist unwahrscheinlich, dass sie in dem Café war. Also fahren wir jetzt noch mal zu Oli, oder befragen wir Becker?«

Hubert schüttelte den Kopf. »Die lügen doch ohnehin alle, dass sich die Balken biegen, und auf Becker habe ich Nina angesetzt. Nein, wir bringen schnell die DNS-Proben und Gärtners Jogginganzug zu Daniel und fahren dann nach Konstanz. Dank Annas Kreditkartenabrechnung wissen wir, wo sie und Becker an jenem Freitagabend waren.«

Katharina zog die Augenbrauen hoch. »Du meinst diese Varieté-Show? Was versprichst du dir davon?«

»Es ist nur so ein Gefühl, und ich glaube, dass uns die Varieté-Show weiter bringt als der Wellnesstempel, in dem sie den Mittag über waren. Mit allen anderen Kunden hat Anna immer nur Hotels aufgesucht, höchstens mal ein Restaurant, aber mit Becker war sie öfter an solchen öffentlichen Orten. Wir haben doch nichts zu verlieren, oder?«

Sie würden einige Stunden verlieren, wenn das eine Sackgasse war. Immerhin mussten sie einmal um den halben See herumfahren, und selbst wenn sie die Fähre nehmen würden, kämen sie mit Sicherheit in den Feierabendverkehr. Aber Katharina schüttelte den Kopf und verkniff sich jeden Kommentar über Huberts Gefühl, auch wenn sie sich fragte, warum sein Bauchgefühl mehr wert sein sollte als ihres.

Das *Sugar & Spice* sah von außen fast ein wenig heruntergekommen aus: bröckelnder Putz, abgeblätterte Farbe, schmierige Fenster. Der Name des Ladens hätte Katharina stutzig machen müssen; in roten Leuchtbuchstaben prangte er über der verglasten Eingangstür. Aber da eine Varieté-Show an sich nichts Besonderes war, dachte sie sich nichts dabei, als Hubert die Tür öffnete. Sie landeten in einem Windfang, der nur durch das Tageslicht von draußen erhellt wurde. Ein lilafarbener Vorhang aus schwerem Samt hing vor der nächsten Tür, doch auch jetzt dachte Katharina sich noch nicht viel dabei. Bis sie Hubert durch den Spalt in der Mitte des Vorhangs in den nächsten Raum folgte. Sie blieb stehen und sah sich fasziniert um. Von innen war das *Sugar & Spice* eine Mischung aus Moulin Rouge und einer verrauchten Kneipe zu Zeiten der Prohibition. Es gab keine Fenster, dafür umso mehr Kronleuchter und Neonlicht, außerdem Samt und Leder in einem kräftigen Rot, wohin das Auge auch blickte. Eine Bar mit gemütlich aussehenden Lederhockern lud zum Verweilen ein, ebenso die unzähligen Sofas, die überall in dem riesigen Raum verteilt waren. Hier gab es keine unbequemen Stühle, alles in diesem Raum strahlte Luxus aus. Wirklich faszinierend war jedoch die Bühne oder besser gesagt das, was sich auf der Bühne abspielte: Ein Mann im Frack saß am Klavier, ein anderer spielte Saxophon und eine Frau übernahm den Gesangspart. Sie steckte in einem langen silbernen Glitzerkleid und hohen Schuhen, was ihre schmale Figur betonte. Eine Federboa lag um ihre Schultern, und sie wiegte ihre Hüften zu einer Nummer von Billie Holiday, während sie die braunen Haare nach hinten warf. Katharina zögerte, sah noch mal hin und musste feststellen, dass es sich bei der Sängerin um einen Mann in Frauenkleidern handelte.

»Achtunddreißig Euro«, sagte eine Stimme neben ihnen. Erst jetzt bemerkte Katharina die Frau mittleren Alters, die einige Kilo zu viel auf den Rippen hatte. Sie saß neben dem Vorhang an einem kleinen Holztisch und hielt die Hand auf.

»Kriminalpolizeidirektion Friedrichshafen«, entgegnete Hubert und zeigte seinen Ausweis hervor. »Wir hätten nur ein paar Fragen, aber vielleicht können Sie uns auch schon weiterhelfen.«

»Friedrichshafen?« Die Frau zog die Stirn kraus. »Die Polizei lässt uns normalerweise in Ruhe. Das hat hier alles seine Richtigkeit, das können Sie mir glauben.«

»Keine Sorge, wir ermitteln in einem Mordfall, der sich in Friedrichshafen ereignet hat.« Katharina zog das Foto von Anna aus ihrer Tasche und legte es auf den Tisch. »Haben Sie die Frau schon mal gesehen?«

»Das Opfer, was?« Die Frau sah sich das Foto genauer an. »Nein, tut mir leid, aber ich hab auch kein sehr gutes Gedächtnis für solche Dinge. Fragen Sie lieber Sugar, sie steht hinter der Bar.«

»Ich mach das schon«, sagte Katharina zu Hubert, während sie vorausging.

»Du traust mir wohl gar kein Feingefühl zu«, murmelte Hubert.

Katharina ersparte sich und ihm die Antwort. Hubert war vieles, aber nicht feinfühlig. Er war ein Typ zum Pferdestehlen, ein Freund fürs Leben, wenn man erst einmal seine anfängliche Verschlossenheit geknackt hatte. Aber er war bärbeißig und redete, wie ihm der Schnabel gewachsen war. Das kam bei dem einen oder anderen falsch rüber, und das konnten sie hier und jetzt gar nicht gebrauchen.

Sugar stand hinter der Bar und spülte Gläser. Katharina sah ihre Beine nicht, aber vermutlich trug sie hohe Schuhe. Auf jeden Fall war sie mindestens ein Meter neunzig groß. Auch sie steckte in einem Kleid, das aus lilafarbenen und roten Pailletten bestand.

Katharina setzte sich auf einen der Hocker an der Bar. »Sugar?«, fragte sie.

»Zu einhundert Prozent«, antwortete die Blondine mit tiefer Stimme. »Ich steh auf deine roten Locken, dafür würde ich glatt einen Mord begehen.«

»Oh, danke. Tolle Farbe.« Katharina deutete mit dem Kopf auf Sugars rot lackierte Nägel. »Dior?« Sie riet bloß, denn von Make-up hatte sie trotz ihres kurzen Ausflugs ins Modelbusiness nicht viel Ahnung.

»Chanel. Was kann ich für euch tun, Liebes?«

Katharina beugte sich vor. »Wir brauchen deine Hilfe. Ich bin Kathi, das ist Hubert. Wir ermitteln in einem Mordfall, und hier passiert doch sicher nichts, ohne dass du es mitbekommst.«

»Da kannst du dich drauf verlassen, an mir kommt keiner vorbei. Ach, und natürlich würde ich keinen Mord für deine Locken begehen. Das war nur ein Scherz.«

Sie lachte, und Katharina stimmte mit ein. Dann schob sie das Foto von Anna über den Tresen. »Hast du die Frau schon mal gesehen? Sie muss vor etwa einer Woche hier gewesen sein.«

»Hübsches Ding.« Sugar hob das Foto auf und betrachtete es genauer. »Ja, die war Freitag vor zwei Wochen hier, mit einem Kerl. Nicht unbedingt mein Geschmack, aber ganz okay. Haben sich die Show angesehen und ziemlich viel Champagner getrunken.«

»Und das wissen Sie noch so genau?«, fragte Hubert.

Sugar hob die perfekt nachgezogenen Augenbrauen. »Natürlich. Was das angeht, hab ich ein Elefantengedächtnis. Außerdem kann ich mich noch genau erinnern, dass sie nach der Show hinter die Bühne zu Luna wollte. Sie war bestimmt eine halbe Stunde weg, während der Mann sich hier an der Bar gelangweilt hat. Eine Spaßbremse erster Güte, sag ich euch. Das hab ich sofort gesehen. Keine Ahnung, was so ein nettes Mädchen mit so einem Typen will.«

»Luna?«, fragte Katharina.

»Ein absolutes Goldstück. Sie tritt jeden Freitagabend hier auf und hat eine Stimme wie Butter. Ich kenne niemanden, der Edith Piaf so gut imitieren kann.«

»Ist Luna auch ein Mann?«, fragte Hubert. Sugar stemmte die Hände in die Hüften. »Also, ich meine …« Hilfesuchend sah Hubert zu Katharina.

Sugar lachte ein kehliges Lachen. »Ein Travestiekünstler, richtig. Und zwar die Beste von uns allen.«

»Ist sie heute Abend zufällig hier?«, fragte Katharina. »Wir würden gern mit ihr sprechen.«

Sugar schüttelte den Kopf. »Tut mir leid. Ich würde sie auch gerne Vollzeit engagieren, aber die untreue Tomate hat leider nur freitags Zeit für mich.«

»Ist sie in dem Flyer?«, fragte Katharina und griff gleichzeitig danach.

»Natürlich, sie ist unsere Hauptattraktion. Freitags ist der Laden immer voll.« Sugar deutete auf eine Blondine im Flyer.

Katharina sah sich die Frau in dem smaragdgrünen Paillettenkleid genauer an. Sie war groß und hatte eine tolle Figur, aber vor allem die Augen fielen sofort auf: grünbraun, warm und freundlich. Und irgendwie kamen sie Katharina bekannt vor.

»Können wir den richtigen Namen von Luna erfahren?«, bat Hubert. »Wir müssten dringend mit ihm sprechen. Ich meine, mit ihr.«

Sugar schnalzte mit der Zunge. »Ihr bringt mich hier wirklich in die Bredouille, ihr Süßen. Ich will euch helfen, immerhin seid ihr die Guten, aber Luna ist meine Freundin. Die meisten von uns gehen offen mit ihrer Gesinnung um, aber Luna ist da ein bisschen eigen. Ich möchte das zumindest vorher mit ihr besprechen.«

Katharina ging näher an das Foto heran. Diese Augen – wo hatte sie die schon mal gesehen? Das konnte noch nicht lange her sein. Und da fiel es ihr plötzlich ein. *O mein Gott, das kann nicht sein.* Doch gleichzeitig war sie sich sicher.

Hubert setzte an, um Sugar eine Standpauke zu halten, aber Katharina kam ihm zuvor. »Wann fängt Lunas Show immer an?«, wollte sie wissen.

»Um sieben. Warum fragst du, Schätzchen?«

»Ach, ich dachte, ich schaue sie mir vielleicht am Freitag mal an.« Katharina faltete den Flyer und schob ihn in ihre Jeanstasche. »Das klingt wirklich interessant. Wie lange dauert die Show?«

»Drei Stunden, mit einer kurzen Pause zwischendrin. Wenn du Freitag kommst, stelle ich dir Luna gern vor. Du wirst sie mögen.«

»Da bin ich sicher.« Katharina schob sich vom Hocker. »Ach, was ich noch fragen wollte: Letzten Freitag fand die Show auch statt, oder?«

»Jeden Freitag, Schätzchen. Das hab ich doch gesagt.«

»Und ist Luna letzten Freitag nach ihrem Auftritt länger geblieben?«

Sugar runzelte die Stirn. »Nicht lange«, antwortete sie zögerlich. »Nur ein paar Minuten. Warum fragst du?«

»Nur so, ist wirklich nicht wichtig. Danke, Sugar. Dann vielleicht bis Freitag.« Katharina zog den verdutzten Hubert mit sich Richtung Ausgang.

»Was soll das?«, fragte er und folgte ihr nur widerstrebend.

»Wir sollten mit Luna reden, und ich habe keine Lust, bis Freitag zu warten. Ich hätte diese Sugar sicher umstimmen können.«

Das bezweifelte Katharina, aber sie sagte nur: »Nicht nötig. Ich weiß, wer Luna ist.«

Kapitel 11

Dienstag, 25. Juli

Die Sonne ging schon unter, als Katharina die andere Seeseite wieder erreichte. Sie war zugleich müde und aufgedreht. Am liebsten wäre sie nach Hause gefahren, aber sie wusste auch, dass sie dort nicht zur Ruhe kommen würde. Nun stand sie vor einem Einfamilienhaus in derselben Wohnsiedlung, in der auch Rosa Blum wohnte, und klingelte an der Tür. Durch die verglaste Haustür fiel warmes Licht nach draußen, und von drinnen hörte sie Kinder schreien. Aber es klang nicht wie bei den Gärtners nach überforderten Eltern. Es klang nach Spaß. Verschwommen nahm sie den Mann durch das Glas wahr, der ihr kurz darauf die Tür öffnete. Es roch herrlich nach Lasagne, und ihr Magen knurrte.

»Kathi.«

»Hallo, Oli.« Einen Moment standen sie sich schweigend gegenüber.

Katharina hatte alles auffahren müssen, damit Hubert sie allein zu dieser Vernehmung gehen ließ. Er hatte es kaum erwarten können, Oliver zu befragen, und hätte ihn am liebsten sofort in Untersuchungshaft genommen. Er wäre zu hart gewesen, aber auch hier war Feingefühl gefragt. Katharina hoffte nur, sie würde nicht zu weichherzig sein, auch wenn sie sich vorher geschworen hatte, es nicht zu sein. Immerhin ging es hier um einen Mordfall, und egal, wer der Mörder war – sie würde ihn hinter Gitter bringen. Das war ihr Job.

»Wer ist das, Schatz?«, rief eine weibliche Stimme. Kurz darauf trat eine Frau zu ihnen an die Tür. Sie hatte lange blonde Haare, freundliche blaue Augen und war extrem hübsch. Oliver legte beschützend einen Arm um sie.

»Das ist eine alte Schulfreundin von mir, Katharina Danninger. Kathi, das ist meine Frau Elena.«

»Freut mich.« Katharina streckte die Hand aus.

»Die Polizistin?« Elena sah kurz zu ihrem Mann, bevor sie sich wieder an Katharina wandte und ihre Hand ergriff. »Ich hab schon von der Sache gehört. Schrecklich, ich kann es immer noch nicht fassen.«

»Das ist auch schwer zu begreifen«, erwiderte Katharina. »Es geht mir jedes Mal aufs Neue so.«

»Wie können Sie es in diesem Job nur aushalten?«

Katharina lächelte traurig. »Das frage ich mich manchmal auch.«

Elena erwiderte das Lächeln. »Wie können wir Ihnen denn helfen?« Sie klang freundlich, obwohl es schon spät war und sie sich sicher auf einen ruhigen Abend mit ihrem Mann gefreut hatte.

Im Hintergrund bemerkte Katharina zwei Kinder, die barfuß und in Schlafanzügen durch den Flur und dann eine Treppe hoch flitzten. Ein Junge und ein Mädchen, beide blond und höchstens acht Jahre alt. »Es tut mir leid, dass ich um diese Uhrzeit noch störe. Ich hatte gehofft, mich ein bisschen mit Oliver unterhalten zu können. Er kannte Anna gut und kann mir vielleicht helfen.«

»Natürlich. Ich lasse euch allein und sehe nach den Kindern. Es hat mich gefreut, Katharina.« Elena reichte Katharina erneut die Hand, gab ihrem Mann einen Kuss und stieg dann die Stufen in den ersten Stock hinauf.

Oliver griff nach seiner dunklen Lederjacke und zog sie an. »Wollen wir einen kleinen Spaziergang machen?«

Katharina nickte. Sie hatte keine Jacke dabei, da sie nicht damit gerechnet hatte, bis zum Sonnenuntergang fort zu sein, also schlang sie die Arme fester um sich.

»Willst du meine haben?«, bot Oliver ihr an.

Sie schüttelte den Kopf und schluckte das schlechte Gewissen hinunter. Oliver war unglaublich nett, obwohl er zu wissen schien, warum sie hier war. Sie konnte sich einfach nicht vorstellen, dass er einen Mord begangen haben sollte. Trotzdem musste sie ihm einige Fragen stellen. Doch obwohl sie so viel wissen wollte, schwiegen sie eine ganze Weile und spazierten einfach nur die Straßen entlang. Katharina spähte in die beleuchteten Fenster und genoss den Anblick von glücklichen Familien, die beim späten Abendbrot saßen, sich unterhielten oder gemeinsam einen Film sahen. Unwillkürlich musste sie an Emily denken. Gut, dass das Mädchen so schnell Anschluss gefunden und ihre Großmutter sowie ihren Vater in der Nähe hatte, sonst wäre sie ziemlich einsam gewesen. Katharina nahm sich fest vor, künftig mehr Zeit mit ihrer Tochter zu verbringen. Sie unterdrückte ein Seufzen. Das hatte sie sich schon oft vorgenommen, aber wenn sie mitten in einem Mordfall steckte, hatte sie nicht immer freie Hand über die Gestaltung ihrer Freizeit. Sie hasste die Langeweile, wenn es gerade keinen Fall gab, aber mitten in einem Fall zu stecken bedeutete zumeist puren Stress. Dann hieß es schnell sein, bevor der Täter Spuren vernichten oder verschwinden konnte.

»Du weißt es«, sagte Oliver ziemlich unvermittelt.

»Hat Sugar dich angerufen?«, fragte Katharina zurück. Oliver nickte. Das hatte sie sich fast schon gedacht. Sugars skeptischer Blick hatte Bände gesprochen, als Katharina die vielen Fragen gestellt hatte, aber sie hatte gleich Olivers Alibi abklären wollen. Und so, wie es aussah, schien er keines zu haben. Sie sah ihn von der Seite an, doch er erwiderte ihren Blick nicht. Er hatte die Hände in die Taschen seiner Jeans vergraben und starrte stur geradeaus. Ob er sich schämte? Sie hakte sich bei ihm ein und lehnte ihren Kopf gegen seine Schulter. Zwar waren sie nie so vertraut miteinander gewesen, aber in diesem Moment fühlte es sich richtig an. »Es ist in Ordnung, Oli.«

»Ist es das?« Er riskierte einen Blick. »Du hältst mich doch jetzt bestimmt für pervers.«

Ob er diese Worte schon einmal von jemandem hatte hören müssen? Katharinas Herz krampfte sich alleine bei der Vorstellung zusammen. »Das tue ich nicht. Ich hatte zwar noch nicht viel mit Travestiekünstlern zu tun, aber ich mag sie. Sie sind so ganz anders, aber auf eine gute Art. Lustig und offen.«

»Und das sagst du nicht nur, damit ich mich besser fühle?«

Wenn sie ehrlich war, hatte sie bis heute Abend tatsächlich noch nie mit Travestiekünstlern zu tun gehabt, trotzdem meinte sie ihre Worte ehrlich. Sie fand es immer sehr amüsant, wenn sie in Filmen oder in Reality-Shows einen Einblick in diese Welt bekam, und Sugar hatte sie auf Anhieb gemocht. »Wir haben uns zwar ewig nicht gesehen, aber du kennst mich gut genug, um zu wissen, dass ich das nicht einfach nur so sagen würde.«

Oliver entspannte sich ein wenig, er brachte sogar ein halbes Lächeln zustande. »Das stimmt allerdings.«

»Darf ich dich etwas fragen?«

»Du willst wissen, wie ich darauf gekommen bin, richtig? Wie ich ein ganz normales Leben führen kann, um dann freitagabends in diese völlig andere Rolle zu schlüpfen?«

Sie nickte, das traf es ziemlich genau. Oliver Fitz führte von Samstagmorgen bis Freitagnachmittag ein ganz normales Leben. Er ging einem Bürojob nach, trug Anzug und Krawatte, hatte eine Frau und zwei hinreißende Kinder und wohnte in einem Einfamilienhaus in einer spießigen Gegend. Aber am Freitagabend, wenn er die Seeseite wechselte, wechselte er auch für einige Stunden sein Leben.

»Es ist tatsächlich nur eine Rolle«, antwortete Oliver und zuckte die Schultern. »Ich bin nicht schwul oder so, und ich liebe meine Frau.« Er machte eine kurze Pause, bevor er fortfuhr: »Ich bin nur zufällig in diese Welt gerutscht. Sugars Cousin ist ein Freund von mir. Er hat mich mal mitgenommen, ohne mir wirklich zu sagen, wohin wir fuhren. Im ersten Moment war ich geschockt, das kannst du dir vorstellen.« Er lachte. »Aber dann habe ich Sugar kennengelernt. Mal ehrlich: Wie kann man sie nicht mögen?«

»Sie ist super, ich mochte sie auch sofort. Und dann bist du immer wieder hingegangen?«, fragte Katharina vorsichtig nach.

»Es ist eine faszinierende Welt, der ich mich nicht entziehen konnte. Sie sind alle so herzensgute Menschen und so offen. Na ja, und dann steckte Sugar eines Abends in der Klemme. Destiny ist ausgefallen, Magen-Darm, und Sugar hat auf die Schnelle keinen Ersatz finden können. Ich war zufällig da, und sie hat mich regelrecht bekniet. Der Laden war an jenem Abend seltsamerweise voll, denn anfangs lief das *Sugar & Spice* nicht so gut. Sie wollte die Gäste nicht enttäuschen, denn wer weiß, ob sie jemals wiedergekommen wären.« Oliver seufzte. »Glaub mir, wenn du Sugars verzweifeltes Gesicht gesehen hättest, dann hättest du dich auch überreden lassen. Ich hatte Angst, aber ich war auch neugierig.« Wieder zuckte er die Schultern. »Wie sich herausstellte, mochten die Leute mich, obwohl mein Auftritt wenig professionell war. Ich meine, es dauert ewig, sich zu verwandeln, wenn es gut aussehen soll. Irgendwie ist dann eine wöchentliche Sache daraus geworden, ohne dass ich genau erklären könnte, wie es passiert ist.«

Katharina nickte, sie konnte das nur zu gut verstehen. »Deine Frau weiß nichts davon, nehme ich an.«

Oliver sah sie an, und seine Augen nahmen einen flehenden Ausdruck an. »Elena weiß es nicht, und sie darf es auch nicht erfahren. Bitte, Kathi, sie würde es nicht verstehen. Sie stammt aus einer konservativen Familie. Ihr Vater ist Richter, ihr Bruder Staatsanwalt, sie selbst hat auch Jura studiert.«

»Von mir wird sie es nicht erfahren.« Und bevor Oliver sie darum bitten konnte, fügte sie hinzu: »Und von Hubert auch nicht. Ich rede mit ihm.«

»Danke, Kathi.«

»Aber du weißt, dass du damit ein Mordmotiv hast, oder? Ich nehme an, Anna hat es herausbekommen?«

Seufzend fuhr Oliver sich durch die Haare und nickte. Sie waren ein ganzes Stück gelaufen und hatten inzwischen die

139

spießige Wohngegend hinter sich gelassen. »Ich brauche jetzt einen Döner. Darf ich dich einladen?«

»Ich bin dabei, aber ich zahle selbst.« Katharina hatte einen Bärenhunger, aber sie wollte sich nicht nachsagen lassen, sich von Oliver bestochen lassen zu haben. Das war der Nachteil, wenn man den ganzen Tag im Dienst war. Man bekam zu wenig zu essen oder ernährte sich nur von ungesundem Zeug. Dennoch nahm Katharina zu dieser Zeit meistens ein paar Pfund ab. Sie betraten den Dönerladen, der ziemlich voll war. Trotzdem mussten sie nicht lange warten. Sie atmete den köstlichen Duft ein, während Oliver für sie beide bestellte. Anschließend stellten sie sich an einen der Stehtische und aßen eine Weile schweigend. Katharina lauschte den Gesprächsfetzen der türkischen Gäste und verstand sogar das eine oder andere Wort. In Mannheim hatte sie öfter mit türkischen Zeugen zu tun gehabt, da hatte sie einiges aufgeschnappt.

»Erzähl mir von deinem Aufeinandertreffen mit Anna«, bat sie Oliver schließlich.

»Ich hab gedacht, ich sehe nicht richtig, als ich sie plötzlich in der Menge entdeckt hab.«

»Es war aber das erste Mal seit ihrem Wegzug, dass ihr euch wieder begegnet seid?«, hakte Katharina nach.

Er nickte. »Ganz ehrlich, und ich weiß wirklich nicht, warum sie damals fortgegangen ist. Glaub mir, ich hab sie mehrfach darauf angesprochen, aber Anna hat dann immer nur gesagt, dieser Teil ihres Lebens läge hinter ihr und sie wolle nie wieder daran zurückdenken.«

»Hast du denn eine Vermutung?« Oliver zögerte. Zwar gab er vor, seinen Döner zu essen, aber Katharina kannte sich mit menschlichem Verhalten aus. Es gehörte zu ihrem Job, in Menschen wie in Büchern zu lesen. »Du kannst es mir anvertrauen, Oli, das weißt du.«

»Damals hab ich mir tatsächlich nichts dabei gedacht, dass sie einfach verschwunden ist und nicht mal mehr mit ihrer Familie Kontakt hatte. Natürlich hatte ich nach Annas Weggang mit ihrer Mutter gesprochen, aber die konnte mir auch nicht sagen, wo ihre Tochter war. Aber als ich sie dann wieder traf und sie sich dermaßen verändert hatte … Nicht nur äußerlich, sie war ein völlig anderer Mensch geworden. Wir hatten immer noch einen Draht zueinander, aber es war nicht mehr dasselbe wie früher. Ich wollte ihr helfen, aber sie war nicht mehr der Typ, der sich helfen lassen wollte. Wenn du mich fragst, hatte sie ein Vertrauensproblem.«

»Und was, denkst du, hat das ausgelöst?«, fragte Katharina noch einmal nach.

»Ich bin mir nicht sicher, es ist wirklich nur eine Vermutung, und ich will auch niemanden in Schwierigkeiten bringen, aber ich hatte das Gefühl, Anna könnte damals vielleicht … missbraucht worden sein. Von ihrem Vater. Ich mochte ihn nie besonders gern, wenn ich ehrlich bin, aber das hat überhaupt nichts zu bedeuten. Meine Menschenkenntnis ist nicht immer die beste. Ich fand es einfach nur seltsam, dass sie sämtliche Brücken hinter sich abgebrochen hat, und ihr Verhältnis zu ihren Eltern schien sich ja auch nach ihrer Rückkehr nicht wirklich gebessert zu haben.«

Katharina zuckte zusammen. Diese Möglichkeit hatten sie bisher noch gar nicht in Betracht gezogen. Was, wenn sich tatsächlich der eigene Vater an seiner Tochter vergangen hatte? Katharina erschauerte bei dem Gedanken. Vielleicht hatte sogar Magdalena Maier davon gewusst und ihre Tochter angefleht, ihren Vater nicht anzuzeigen? Und Anna war geflohen, weil sie es zu Hause einfach nicht mehr ausgehalten hatte? Annas Vater machte zwar nicht den Eindruck, als wäre er zu so etwas fähig, aber Katharina hatte während ihrer Laufbahn als Polizistin mehr als einmal die Erfahrung machen müssen, dass es oft die Menschen waren, denen man es nicht zutraute. Einen kurzen Augenblick überlegte sie, ob sie Oliver von der vermeintlichen Vergewaltigung erzählen sollte, aber dann entschied sie sich dagegen. Immerhin war er nach wie vor ein Verdächtiger.

»Warum sagst du nichts?«, fragte Oliver zögerlich. »Du wirst Annas Vater aber nicht verraten, dass ich …«

»Keine Sorge«, unterbrach sie ihn sofort. »Ich werde deine Aussage vertraulich behandeln.«

»Das ist gut. Es ist ja auch wirklich nur eine Vermutung. Ich hoffe sehr, dass ich mich irre und es einen ganz anderen Grund hatte, dass Anna damals so überstürzt verschwunden ist.«

»Das hoffe ich auch.« Katharina holte tief Luft. Leider musste sie mit dem Wissen leben, dass Anna tatsächlich sexuell missbraucht worden war, aber sie konnte wenigstens hoffen, dass ihr Vater mit der ganzen Sache nichts zu tun hatte. »Okay, zurück zu jenem Abend im *Sugar & Spice*. Du hast Anna also wiedererkannt, obwohl sie inzwischen völlig verändert war?«

Oliver nahm den letzten Bissen seines Döners und nickte. »Sie sah anders aus und war auch sonst nicht mehr dieselbe, aber ihre Gestik und Mimik hatten sich nicht verändert. Und dann hat sie mich während der Show plötzlich so angestarrt. Mir war gleich klar, dass sie mich erkannt hat, auch wenn ich bis zuletzt gehofft hab, dass ich mich irre. Davor hatte ich mich immer gefürchtet: auf der Bühne als Oliver erkannt zu werden. Es ist unwahrscheinlich, das *Sugar & Spice* liegt in Konstanz und ist nicht unbedingt der Laden, den meine Verwandten und Freunde besuchen, aber es ist nicht unmöglich.«

»Was ist dann passiert?«, fragte Katharina.

»Nach der Show bin ich sofort in meiner Garderobe verschwunden, aber keine fünf Minuten später stand Anna plötzlich vor der Tür. Es war seltsam. Einerseits waren wir beide peinlich berührt. Sie war mit einem Mann, der ganz offensichtlich nicht ihr Freund war, in einem ungewöhnlichen Laden, ich stand in Frauenkleidern auf der Bühne. Andererseits war es wirklich schön, sie wiederzusehen. Die alte Vertrautheit kam recht schnell zurück. Wir haben uns lange unterhalten, Nummern ausgetauscht und in den darauffolgenden Tagen oft telefoniert.«

Katharina nahm den letzten Schluck ihres Eistees, wischte

sich die Finger an einer Serviette sauber und legte sie auf ihren leeren Teller. »Sollen wir wieder?«, fragte sie, und Oliver nickte. Gemeinsam verließen sie den Dönerladen. Jetzt kam der unangenehme Teil des Gesprächs: Sie musste Oliver nach seinem Alibi fragen. Er war vielleicht kein eindeutiger Verdächtiger wie Max, aber er hatte ein Motiv. Anna hatte von seinem Doppelleben gewusst, und vielleicht hatte sie ihn damit erpresst. Oliver tat alles, um sein Leben als Luna geheimzuhalten, und er würde sicher auch einiges dafür tun, um dieses Geheimnis weiterhin zu hüten. Und Anna war nicht mehr dieselbe, das hatte er selbst zugegeben. So war es immerhin denkbar, dass Oliver Katharina belogen hatte und er und Anna sich eben nicht so gut verstanden hatten wie früher. »Worum ging es in euren Telefonaten?« Oliver hielt Katharina die Tür auf. Kalte Luft empfing sie, und nun zog er doch seine Lederjacke aus, um sie ihr zu reichen.

»Bist du sicher?«, fragte sie zögerlich.

Er nickte. »Ich friere nicht so schnell.«

»Okay, danke.« Katharina schlüpfte in die Jacke. Sie gingen in die Richtung zurück, aus der sie vorher gekommen waren. »Also?«

»Ach, wir haben uns über alles Mögliche unterhalten«, erwiderte Oliver. »Ich meine, wir hatten inzwischen beide einen recht ungewöhnlichen Weg eingeschlagen, da gab es viel zu besprechen.«

»Was zum Beispiel?« Ob er einfach nur nicht darüber reden wollte, oder ob er etwas vor ihr verheimlichte?

»Das kannst du dir doch denken. Anna wollte natürlich wie du ganz genau wissen, wie ich im *Sugar & Spice* gelandet bin. Und mich hat interessiert, warum sie plötzlich als Escortdame unterwegs war. Das passte ja nun gar nicht zu der Anna von früher.«

»Was hat sie dazu gesagt?« Katharina hoffte, endlich eine Antwort auf diese Frage zu bekommen, doch Oliver seufzte.

»Sie wollte es mir nicht verraten. Sie hat etwas von Geld und Unabhängigkeit erzählt, aber mir war klar, dass das nur vorgeschoben war. Meiner Meinung nach muss es einen Grund geben, wenn jemand plötzlich solch einen Weg einschlägt. Wobei …«

»Ja?«

»Meine Begründung, warum ich als Travestiekünstler auftrete, ist wohl auch nicht das, was man erwartet. Jedenfalls habe ich ihr geraten, das Ganze aufzugeben. Ich fand das zu gefährlich. Mit was man sich alles anstecken kann, und es laufen so viele Idioten herum. Aber Anna wollte davon nichts hören. Sie würde mir ja auch nicht in mein Leben hineinreden, sagte sie nur.«

Olivers Stimme klang mit einem Mal ein wenig bitter, und Katharina wurde hellhörig. »Habt ihr euch deswegen gestritten?«

Olivers Mund verzog sich zu einem Lächeln, bevor er ein Seufzen ausstieß. »Immer auf der Suche nach einem Motiv. Nein, Anna und ich haben uns nicht gestritten. Wir waren nicht einer Meinung, aber das ist kein Grund, jemanden umzubringen.«

»Oli …«

»Ja, ich weiß. Du musst diese Fragen stellen. Es tut mir leid.«

Katharina schüttelte den Kopf. »Nein, es muss dir nicht leidtun. Ich kann dich verstehen, und ich will dich auch nicht verdächtigen. Es ist nur … Wir haben uns ewig nicht gesehen.«

»Warum eigentlich nicht? Wir haben uns doch immer gut verstanden. Ich hab mich nicht verändert, Kathi. Ich wünschte, du würdest mir glauben und mich nicht verdächtigen.«

Nun musste auch Katharina seufzen. »Und ich wünschte, du hättest uns gleich die Wahrheit gesagt. Du hättest dich damit entlastet.«

»Das sagst du jetzt, aber wir wissen beide, dass das nicht stimmt. Sei doch ehrlich: Ihr hättet mich trotzdem verdächtigt. Immerhin hab ich ein Motiv, das sagst du selbst.« Er schwieg einen Moment. »Ich will nicht, dass jemand von Luna erfährt, deshalb hab ich nichts gesagt. Dein Kollege mochte mich doch von Anfang an nicht. Und es war mir auch unangenehm.«

»Hubert hat halt gleich gespürt, dass du uns etwas verheimlichst. Das kommt nicht gut, aber mach dir keinen Kopf deswegen. Ich lege ein gutes Wort für dich ein, immerhin kann ich nachvollziehen, warum du nichts gesagt hast. Vielleicht hättest du es getan, wenn ich nicht die ermittelnde Kommissarin wäre.« Sie holte tief Luft. »Also, ich muss dich das fragen: Wo warst du letzten Freitag? Denn das mit dem Pokerspiel ist wohl eine Ausrede für deine Frau.«

Oliver nickte. »Sie weiß, dass ich nach Konstanz fahre, aber sie denkt, ich pokere mit Freunden. Irgendetwas muss ich ihr erzählen, wenn ich jeden Freitagabend fort bin.«

»Die Show ging bis um zweiundzwanzig Uhr?«, fragte Katharina nach.

»Genau. Gegen viertel nach zehn hab ich das *Sugar & Spice* verlassen, zu Hause war ich aber erst um halb eins.«

»Und wo warst du in den zwei Stunden zwischendrin?«

»Hier und da. Ich bin durch Konstanz gelaufen, so wie ich das fast jede Woche mache. Nach der Show kann ich einfach nicht sofort zurück zu Elena und den Kindern. Das käme mir irgendwie falsch vor.«

Katharina seufzte; das hatte sie befürchtet. Natürlich hatte er kein Alibi für die eigentliche Tatzeit. »Wo genau bist du denn gewesen? Hat dich irgendwer gesehen? Hast du etwas gekauft oder irgendwo was getrunken?«

»Ich bin an der Promenade entlang und durch den Stadtgarten gelaufen. An einem Kiosk habe ich mir eine Bratwurst und eine Cola gekauft, aber ich bezweifle, dass sich der Besitzer an mich erinnern wird. Ich bin niemand Besonderes, und er verkauft im Sommer jeden Tag Hunderte von Würstchen. Du weißt, wie das ist. An lauen Sommerabenden ist es voll an den Seepromenaden, und man geht in der Masse unter. Es tut mir leid, aber ihr werdet vermutlich keinen Zeugen finden, der bestätigen kann, dass ich Freitagnacht noch in Konstanz unterwegs war.«

»Mir tut es leid«, sagte Katharina. »Du hast kein Alibi und ein Motiv, und du hast uns angelogen. Ich will ehrlich sein, Oli – das sieht nicht gut aus.«

Er nickte traurig. »Ich weiß.«

Kapitel 12

Mittwoch, 26. Juli

Der Wecker riss Katharina aus dem Tiefschlaf. Sie fühlte sich wie gerädert und hätte sich am liebsten auf die andere Seite gedreht, aber ein weiterer Arbeitstag wartete. Also schwang sie sich aus dem Bett und unter die Dusche. Als sie in die Küche kam, saß Emily bereits am Frühstückstisch und schlang eine Schüssel Müsli hinunter. Vor ihr stand eine Tasse Kaffee. Katharina konnte sich immer noch nicht mit dem Gedanken anfreunden, dass ihre Tochter neuerdings Kaffee trank. Es schien ihr, als sei das Mädchen gerade erst eingeschult worden, und auf einmal wirkte sie so erwachsen, obwohl sie erst fünfzehn Jahre alt war. Ihre tägliche Dosis Koffein brauchte sie, seit sie Markus kannte, und der Umzug hatte wohl nichts daran geändert.

»Guten Morgen«, begrüßte Katharina ihre Tochter. Sie setzte Teewasser auf, wusch einige Aprikosen und einen Apfel ab und legte sie zusammen mit einer Banane und einem Schneidebrett auf den Tisch. Dann nahm sie Emily gegenüber Platz und begann, das Obst kleinzuschneiden.

»Bleibt die Katze jetzt für immer hier?«, fragte Emily mit einem Kopfnicken zu Garfield, der am Futternapf die Reste vom Vorabend fraß. Rudi beobachtete ihn dabei, ließ ihn aber in Ruhe. Er schien sein Frühstück bereits von Emily bekommen zu haben und sah zumindest halbwegs zufrieden aus. Sein Napf war leer.

»Garfield ist ein Kater«, erwiderte Katharina automatisch, und Emily verdrehte die Augen. »Ich denke schon. Es gibt niemanden, der ihn nehmen könnte, und wir wollten doch schon immer eine Katze.« Emily sagte nichts, und Katharina unterdrückte ein Seufzen. »Er stört doch niemanden, und er versteht sich mit Rudi.« Gestern Abend waren die beiden das erste Mal aufeinander getroffen. Es hatte skeptische Blicke gegeben, Fauchen und aufgeregtes Bellen, doch schlussendlich schienen der Kater und der Hund tatsächlich gut miteinander auszukommen. »Oder willst du ihn nicht hier haben?«

Emily zuckte mit den Schultern. »Mach, wie du meinst. Wenn du denkst, dass du Zeit für das Tier hast.«

Katharina spürte einen Stich im Herzen. Emily fühlte sich vernachlässigt, und sie konnte ihrer Tochter keinen Vorwurf machen. Inzwischen wohnten sie seit über einer Woche hier am See, und obwohl Katharina ihr vorher versprochen hatte, ihr die Lieblingsorte aus ihrer Kindheit zu zeigen, war sie noch nicht dazu gekommen. In der ersten Woche war sie mit Auspacken beschäftigt gewesen, und seit Sonntag nahm sie der Mordfall in Anspruch. *Es wird besser werden, das verspreche ich dir,* wollte Katharina gerade sagen, doch da stand Emily auf und stellte ihre leere Müslischüssel in die Spüle. »Wohin gehst du? Ich dachte, wir unterhalten uns noch ein bisschen.«

»Ich muss zur Schule«, erwiderte Emily gereizt. »Gestern Abend war ich da, aber da hast du ja noch gearbeitet.«

»Es tut mir leid, Emmi, ich hätte dich anrufen sollen. Was hältst du denn davon? Heute komme ich früher nach Hause. Wir feiern den Start in die Sommerferien, so wie früher, und machen was Schönes zusammen. Nur du und ich. Du kannst dir was aussuchen, oder ich zeige dir …«

»Heute Abend gehe ich mit Franzi ins Kino.« Emily angelte sich einen Apfel aus dem Obstkorb und verschwand aus der Küche. Kurz darauf fiel die Haustür ins Schloss. Rudi bellte.

»Gleich, Rudi. Lass mich erst noch was essen.« Seufzend stand Katharina auf, um sich eine Schüssel und Besteck, die Flocken und den Joghurt zu holen. Früher hatte Emily ihr immer alles stehen lassen beziehungsweise bereitgestellt, doch seit dem Umzug nach Friedrichshafen war es damit vorbei. Katharina drehte sich wieder um – und ließ vor Schreck die Schüssel fallen. Das Porzellan zersprang in winzig kleine Teile, und Garfield flitzte so schnell aus der Küche, dass er nur noch als Schatten zu sehen war. Daniel stand in der Tür, und Katharina hatte ihn nicht kommen gehört. Sie legte eine Hand auf ihr schnell klopfendes Herz. »Gott, hast du mich erschreckt. Kannst du nicht anklopfen?« Daniel wirkte zerknirscht. »Tut mir leid. Emily hat mich reingelassen. Ich wollte dich nicht erschrecken.«

»Schon gut.« Ausatmend holte Katharina den Kehrwisch unter der Spüle hervor.

»Lass, ich mach das schon.«

Daniel nahm ihr den Kehrwisch aus der Hand. Einen Moment beobachtete Katharina ihn dabei, wie er die Scherben zusammenfegte. Dann holte sie sich eine neue Schüssel aus dem Schrank und setzte sich zurück an den Küchentisch. Sie gab das kleingeschnittene Obst zusammen mit Müsli und Joghurt in die Schüssel und begann zu essen. Daniel warf die Scherben in den Mülleimer, legte den Handfeger zurück unter die Spüle und lehnte sich mit dem Rücken gegen die Arbeitsplatte. Einen Moment lang trafen sich ihre Blicke.

»Möchtest du auch was essen?«, fragte Katharina.

»Danke, ich hatte schon ein Brot.« Er deutete mit dem Kopf zu ihrer Schüssel. »Kaum zu glauben, dass du immer noch jeden Morgen eine Viertelstunde früher aufstehst, um dir dein Müsli zu machen.«

Sie zuckte mit den Schultern. »Wenn ich schon tagsüber keine Zeit habe, gesund zu essen, will ich wenigstens ein ordentliches Frühstück.«

Daniel nickte und sah sich um. »Ich denke, du trinkst keinen Kaffee mehr«, sagte er, als er die Kaffeemaschine mit der noch halb vollen Kanne entdeckte.

»Ich nicht, aber Emily. Willst du eine Tasse?« Katharina wartete seine Antwort nicht ab, sondern stand kurz auf, um ihm etwas einzuschenken und sich die Tasse Tee zu machen, die sie in der Aufregung ganz vergessen hatte.

»Unsere Tochter trinkt Kaffee?«, fragte Daniel überrascht.

»Seit sie Markus kennt, ja.«

»Markus ist ihr Freund, richtig?« Daniel verzog den Mund. »Oder war ihr Freund?«

Katharina zuckte mit den Schultern und stellte die Kaffeetasse auf dem Tisch ab. »Keine Ahnung. Wir reden gerade kaum miteinander. Die Arbeit nimmt viel Zeit in Anspruch, und Emily scheint wegen des Umzugs immer noch sauer auf mich zu sein. Aber wenigstens hat sie sich eingelebt und bereits Anschluss gefunden. Heute Abend geht sie mit Franzi ins Kino.«

»Immerhin.« Daniel setzte sich zu Katharina an den Tisch und nahm einen Schluck Kaffee. »Soll ich mal mit ihr reden?«

»Über Markus?« Katharina lachte. Alleine der Gedanke daran schien Daniel bereits Bauchschmerzen zu bereiten, aber es war nett, dass er es anbot. »Gern. Wenn du denkst, dass sie mit dir über ihre Jungengeschichten redet.«

Wobei es gar nicht so abwegig ist, dachte Katharina, während sie an ihrem Tee nippte. Zu Jugendzeiten hatte sie sich auch eher an ihren Vater als an ihre Mutter gewandt, wenn irgendetwas gewesen war. Sie wusste noch ganz genau, wie sie sich mit ihrem Vater über Daniel unterhalten hatte. Daniel und sie kannten sich, seit sie denken konnte. Ihr Vater hatte sich dafür eingesetzt, dass sie im Kindergarten beide in die Elefantengruppe gehen durften und auch später in der Schule in dieselbe Klasse kamen. Katharina und Daniel waren zusammen aufgewachsen. Sie hatten zusammen das Leben kennengelernt – und die Liebe. Katharina konnte sich noch ganz genau an den Tag erinnern, als ihr klar geworden war, dass sie sich in Daniel verliebt hatte. Es war im Sommer gewesen, kurz nach ihrem fünfzehnten Geburtstag. Bei Nacht und Nebel waren sie in ein Tierversuchslabor eingebrochen und hatten die Tiere dort befreit. Es war Katharinas Idee gewesen, und Daniel hatte ohne zu zögern mitgemacht, obwohl ihr Vater und auch ihr Patenonkel Polizisten waren. Bis heute hüteten sie dieses Geheimnis. Nur Jonas wusste davon, und Jonas vertrauten sie beide blind. Daniel hatte überhaupt immer bei allem mitgemacht, was Katharina vorgeschlagen hatte. Eines Tages hatten sie wie so oft bäuch-

lings auf der Matratze im Baumhaus gelegen, beide in ein Buch
vertieft. Nach reiflichen Überlegungen und nach einem Gespräch mit ihrem Vater, bei dem sie ihn um Rat gefragt hatte,
war sie sich sicher gewesen. Sie hatte ihr Buch beiseitegelegt
und Daniel angeschaut, bis er ihren Blick erwidert hatte.

»Was hältst du davon, wenn du mich küssen würdest?«, hatte
sie leise gefragt.

Daniel hatte gelächelt. »Ich dachte schon, du bittest mich nie
darum«, war seine Antwort gewesen.

Dann hatte er sich auf sie gerollt und sie geküsst. Und wie er
sie geküsst hatte. Ihr stieg heute noch das Blut in die Wangen,
wenn sie daran zurückdachte. Sie hatte ihn wirklich geliebt.
Nur gut, dass ihr Vater nicht mehr mitbekommen hatte, was
aus dieser Liebe geworden war.

»Du hast doch mit deinem Vater auch über alles reden können«, erwiderte Daniel nun, als hätte er dieselben Gedanken gehabt wie sie. »Ich wünsche mir, dass Emily zu mir ein ebenso
gutes Verhältnis hat.«

»Das wäre schön«, sagte Katharina leise. Sie hatte ihrer Tochter nie den Vater vorenthalten wollen, aber da sie nach der Trennung nach Mannheim gezogen war, war es nicht leicht für
Daniel gewesen, ein gutes Verhältnis zu seiner Tochter aufzu-
bauen. Emily war praktisch ohne ihren Papa groß geworden.
Hin und wieder hatte Katharina deshalb ein schlechtes Gewissen gehabt, aber dann hatte sie sich ins Gedächtnis gerufen, warum sie nach Mannheim gezogen war, und das schlechte Gewissen war wieder verflogen. »Was machst du eigentlich hier?«,
fragte sie. »Du bist doch sicher nicht hier, um mit mir über
unsere Tochter zu reden. Hast du neue Ergebnisse für uns? Vielleicht die DNS-Ergebnisse von Max und Susanne?«

»So schnell geht das nicht«, antwortete Daniel. »Hubert wird
sich schon noch ein wenig in Geduld üben müssen. Es war gestern schon spät, als ihr die Proben vorbeigebracht habt, und ich
hatte noch etwas vor und keine Zeit, um eine Nachtschicht ein-
zulegen.«

Ob er wohl eine Verabredung gehabt hatte? Und warum gefiel ihr dieser Gedanke nicht? Daniel und sie hatten bis auf Emily nichts mehr gemein. Er konnte machen, was er wollte, sein Leben ging sie nichts mehr an. Sie hatte es damals so gewollt, und daran hatte sich nichts geändert. »Ach, übrigens – ich hab noch was für dich.« Katharina stand auf, verließ die Küche und kehrte nur wenige Sekunden später mit einem Röhrchen zurück, das sie Daniel reichte. »Die DNS-Probe von Oliver.« Bei der Befragung am Mittag hatten sie und Hubert noch auf die DNS-Probe verzichtet, da Oliver im Gegensatz zu Max oder Susanne tatsächlich wenig verdächtig gewirkt hatte. Aber nachdem am Abend herausgekommen war, dass Oliver ebenfalls ein Motiv für den Mord an Anna Maier hatte, hatte Katharina ihn doch um eine Probe gebeten. Sie musste ihm zugutehalten, dass er sie ihr daraufhin freiwillig gegeben hatte.

»Wie? Nun doch?«, fragte Daniel stirnrunzelnd. »Ich dachte, Oli steht nicht unter Verdacht.«

Katharina zögerte. Sollte sie Daniel von Luna erzählen? Aber sie hatte Oliver versprochen, es nicht zu tun, und er und Daniel kannten sich. Vielleicht hätte sie es getan, wenn die beiden nichts miteinander zu tun gehabt hätten, aber so sagte Katharina nur: »Wir haben neue Erkenntnisse gewonnen. Ich glaube nach wie vor nicht, dass Oli Anna umgebracht hat, aber wir müssen auf Nummer sicher gehen.«

Daniel runzelte nach wie vor die Stirn. Es war offensichtlich, dass sie ihm etwas verheimlichte, er hakte aber nicht nach. Stattdessen trank er einen Schluck Kaffee, sah zur Uhr an der Wand und holte tief Luft. »Also, warum ich hier bin, Kathi …«

»Warte«, unterbrach sie ihn, auch wenn sie neugierig war und spürte, dass es ihn Überwindung gekostet hatte, darauf zu sprechen zu kommen. »Ich muss noch mit Rudi eine Runde drehen. Wenn du mit mir reden willst, musst du uns begleiten.«

»Okay.«

Katharina stellte die leeren Tassen und die Müslischüssel in die Spüle. »Ich muss nur noch schnell nach Garfield sehen. Hast du mitbekommen, wo er hingelaufen ist?«

»Ich glaube, unters Sofa.« Daniel folgte ihr ins Wohnzimmer. »Seit wann hast du eigentlich eine Katze?«

»Das ist Annas Kater. Wir haben ihn ausgehungert bei ihr in der Wohnung gefunden, und da ihn niemand nehmen wollte …«

Lächelnd schüttelte Daniel den Kopf. Sie kniete sich auf den Boden, um unter das Sofa zu spähen, und musste ebenfalls lächeln. Ihr war klar, was Daniel dachte. Er dachte wie sie zuvor an jene Nacht zurück, in der sie in das Tierversuchslabor eingebrochen waren. Sie hatte schon immer ein Herz für Tiere gehabt, und das hatte sich bis heute nicht geändert. Mordfälle aufzuklären war kein Thema für sie, aber wenn in Filmen ein Tier gequält wurde, brach sie in Tränen aus.

»Weißt du eigentlich, dass ich mich damals in dich verliebt habe?«, fragte Daniel. »Oder lass es mich anders ausdrücken: Ich schätze, ich war schon länger in dich verliebt, aber an jenem Abend, als ich dir geholfen habe, die Tiere aus diesem grauenvollen Labor zu befreien, ist es mir erst so richtig bewusst geworden.«

Katharina schluckte und blieb etwas länger als nötig unter dem Sofa. Mit Garfield auf dem Arm tauchte sie schließlich wieder hervor. Daniels Blick war auf sie gerichtet, und sie pustete sich eine Locke aus dem Gesicht.

»Wann hast *du* dich in mich verliebt?« Er klang beiläufig, doch Katharina war sich sicher, dass ihm das Thema ebenso wie ihr zu schaffen machte. »War es damals, als wir in dem Baumhaus gelegen und gelesen haben?«

Sie schüttelte den Kopf und überlegte, ob sie ihm die Wahrheit sagen sollte. Aber warum sollte sie ihn anlügen? Es gab keinen Grund dazu. »Auch an jenem Abend im Labor«, antwortete sie also, konnte ihn dabei aber nicht ansehen. Schweigen breitete sich zwischen ihnen aus, und nach einer ganzen Weile, in der sie unablässig über Garfields Kopf streichelte, sah sie doch auf.

153

Daniels Blick traf sie wie ein Pfeil mitten ins Herz. Er empfand noch etwas für sie, und plötzlich war sie sich auch ziemlich sicher, worüber er mit ihr reden wollte.

Daniel sah schnell weg, er täuschte ein Lachen vor. »Verdammt. Warum sind wir dann erst fünf Wochen später zusammengekommen?«

Er wusste sogar noch, wie viele Wochen von jenem Abend bis zu ihrem ersten Kuss vergangen waren? Nicht, dass sie es selbst nicht mehr wüsste. Sie riss ihren Blick von Daniel los, brachte Garfield in die Küche zurück zu seinem Napf und holte Rudis Leine. In Mannheim hatte Rudi immer ohne Leine neben ihr herlaufen dürfen, doch Katharina wollte erst einmal die neue Wohngegend und die Leute hier besser kennenlernen. Rudi konnte hin und wieder reichlich ungestüm sein, wenn es um kleine Kinder oder andere Hunde ging. Das mochte nicht jeder.

Daniel folgte ihr aus der Haustür, und Katharina überlegte verzweifelt, wie sie ihn loswerden konnte. Sie hatte jetzt absolut keinen Kopf für ein klärendes Gespräch mit ihm.

»Daniel?«

Katharinas Mutter Maria hockte in ihrem Geranienbeet und jätete Unkraut. Sie sah aus, als wollte sie gleich in die Kirche. Katharina kannte niemanden, der in beigefarbenen Hosen und einer weißen Bluse seiner Gartenarbeit nachging, und das noch vor acht Uhr morgens. Doch aus Erfahrung wusste sie, dass ihre Mutter auch nach getaner Arbeit noch perfekt gestylt sein würde. Das war schon früher ein Problem gewesen, denn seit jeher hatte Maria von ihren Töchtern erwartet, dass auch sie in eine Pfütze fallen könnten, ohne dabei dreckig zu werden. Nun blickte sie überrascht von ihrem ehemaligen Schwiegersohn zu ihrer Tochter. Katharina wusste, was in Marias Kopf vor sich ging. Sie fragte sich, ob Daniel und Katharina die Nacht zusammen verbracht hatten, und sie hätte garantiert nichts dagegen gehabt. Wie Hubert hatte sie nie verstanden, warum Katharina damals gleich die Scheidung eingereicht hatte.

»Menschen machen Fehler, mein Kind, und es ist an uns, ihnen zu vergeben«, hatte sie gesagt.

Doch Katharina fand, dass es Dinge gab, die man nicht verzeihen konnte, und Untreue gehörte für sie dazu. Tatsächlich hatte sie versucht, Daniel zu vergeben – Emily zuliebe, und weil sie nach dem Tod ihres Vaters nicht auch noch Daniel hatte verlieren wollen. Doch sie hatte es nicht gekonnt. In der schwersten Stunde ihres Lebens wollte sie ihren Mann an ihrer Seite haben, ohne immerzu daran denken zu müssen, wie er mit einer anderen Frau geschlafen hatte. Sie hatte diese Bilder einfach nicht aus ihrem Kopf verbannen können. Immer und immer wieder waren sie an ihrem geistigen Auge vorbeigezogen, daran hatten auch die dreihundert Kilometer Entfernung zwischen ihnen nichts geändert, und noch heute ploppte die Erinnerung manchmal ohne jede Vorwarnung auf.

»Morgen, Maria«, begrüßte Daniel seine ehemalige Schwiegermutter. »Ich wollte noch etwas mit Katharina besprechen, deshalb dachte ich, ich schaue mal vorbei.«

Maria klopfte sich die Erde von den behandschuhten Händen und erhob sich. »Ihr braucht euch vor mir nicht zu rechtfertigen. Inzwischen seid ihr alt genug und wisst, was ihr tut.«

Daniel lachte leise, und Katharina stieg das Blut in die Wangen. O Gott, war das peinlich! Sie hatte ganz verdrängt, wie Maria ihr und Daniel an dem Abend, als er das erste Mal bei ihr hatte übernachten dürfen, einen Vortrag über Sex vor der Ehe gehalten hatte. Sie hatte sogar den Pfarrer zum Abendessen eingeladen.

In diesem Moment klingelte Katharinas Handy, und sie nahm den Anruf dankbar entgegen.

»Ich hoffe, du hast dich von Oliver Fitz alias Luna alias Lügner und Betrüger nicht einlullen lassen«, sagte Hubert am anderen Ende der Leitung wie so oft ohne jede Begrüßung.

»Wir treffen uns bei den Maiers, ich mache mich sofort auf den Weg«, antwortete Katharina und legte auf. Das war die Gelegenheit, Daniel und einem Gespräch mit ihm aus dem Weg zu gehen. Zumindest vorerst, denn sie kannte ihn gut genug, um zu wissen, dass er nicht so schnell aufgab. Sie drückte ihrer Mutter Rudis Leine in die Hand, obwohl sie wusste, dass diese nicht viel für Hunde übrig hatte. Schließlich stanken sie hin und wieder, sabberten und ließen sich nie zu hundert Prozent unter Kontrolle bringen. »Würdest du ausnahmsweise eine kleine Runde mit ihm drehen? Du würdest mir einen großen Gefallen tun, ich muss dringend zur Arbeit.« Sie wartete die Antwort nicht ab, sondern hastete über die Straße und auf ihr Auto zu.

»Kathi, warte doch mal«, rief Daniel ihr hinterher.

»Später, Daniel, ich muss wirklich los«, rief sie zurück. Ohne sich noch einmal umzudrehen, sprang sie in ihr Auto.

Kapitel 13

Mittwoch, 26. Juli

Vor dem Haus der Maiers stieg Katharina aus ihrem Fiat. Erleichtert stellte sie fest, dass Hubert tatsächlich an seinen alten Golf gelehnt auf sie wartete, denn sie war sich nicht so sicher gewesen, ihn wirklich hier vorzufinden, nachdem sie ihn ohne jede Art von Erklärung hergebeten hatte. Genüsslich zog er an seiner Pfeife. Der Geruch wehte zu ihr herüber und erinnerte sie an früher.

»Was sollte das denn?«, fragte Hubert. »Mich kommentarlos hierher zu bestellen. Brauchtest du einen Grund, um vor deinem neuen Lover fliehen zu können, oder was?«

Katharina verzog den Mund. Das war nichts, worüber sie gerne mit ihrem Patenonkel sprechen wollte. Ganz falsch lag er mit seiner Vermutung allerdings nicht. »Meine Mutter«, antwortete sie nur.

»Sei froh, dass du sie hast«, meinte Hubert und blies Rauchwolken in die Luft.

Katharina nickte, er hatte recht. Sie und ihre Mutter hatten nicht das beste Verhältnis, aber die Familie war ihr wichtig. Sie sollte wirklich mehr Zeit mit ihren Liebsten verbringen, und sie sollte dringend mal wieder mit ihrer Schwester telefonieren. Sie hatte schon ewig nicht mehr mit Katja gesprochen. »Ich hab meinen Einstand noch gar nicht gefeiert, außerdem hab ich demnächst Geburtstag«, sagte sie spontan. »Emily und ich kochen was Leckeres. Du bist herzlich eingeladen, wenn du vorbeikommen magst.«

»Warum nicht? Ich hab vermutlich eh nichts Besseres vor«, antwortete Hubert mit einem Schulterzucken.

Doch Katharina wusste trotz seiner Worte, dass er sich über

die Einladung freute. Hubert fühlte sich einsam, seit seine Frau vor fünf Jahren gestorben war. Zu ihrer Schande musste Katharina gestehen, dass sie in Mannheim nicht viel Kontakt mit ihrem Patenonkel gehabt hatte. Nur durch ihre Mutter war sie auf dem Laufenden geblieben.

»Wie geht es eigentlich Philipp?«, fragte sie jetzt. Philipp war Huberts Sohn und nur eineinhalb Jahre jünger als sie. Früher hatten sie oft zusammen gespielt, aber als sie auf unterschiedliche Schulen gegangen waren, hatten sie sich aus den Augen verloren und nur noch bei Familienfesten getroffen. Philipp lebte inzwischen mit seinem eigenen Sohn und seiner Frau in Berlin und arbeitete beim Bundeskriminalamt. Hubert war unglaublich stolz auf Philipp. Das spürte man mit jedem Wort, das er über ihn sprach, aber andererseits fehlte er ihm auch.

»Philipp geht es bestens. Sie haben gerade viel zu tun beim BKA, aber er hat demnächst Urlaub. Dann kommen sie wahrscheinlich mal wieder in den Süden. Paul läuft inzwischen schon wie ein Weltmeister.«

Katharina zuckte zusammen. *Paul.* Sie konnte sich immer noch nicht daran gewöhnen, dass Philipps Sohn wie ihr Vater hieß. »Das ist schön. Dann drücke ich die Daumen, dass das mit dem Familienurlaub klappt.«

Hubert zog an seiner Pfeife. »Also, reden wir jetzt über Fitz?«

»Da gibt es nicht viel zu reden. Er hat kein Alibi und ein Motiv, ja. Ich glaube trotzdem nicht, dass er es war. Aber …«, fügte sie hinzu, bevor Hubert sich wieder aufregen konnte, »ich habe mir dennoch eine DNS-Probe geben lassen. Daniel untersucht sie bereits, dann wissen wir hoffentlich bald mehr.«

»Das ging aber fix«, bemerkte Hubert und grinste plötzlich. »Ah, verstehe. Dann lag ich mit meiner Vermutung wohl doch nicht so daneben. Hat er dich heute Morgen schon besucht? Oder war er womöglich die ganze Nacht da?« Er zwinkerte ihr zu.

»Hubert …«

Ihr Patenonkel lachte. »Jetzt mal nicht so prüde, Katrinchen.

Ich mag vielleicht seit einigen Jahren Single sein, aber ich weiß trotzdem noch, wie das ist.« Er hatte seinen Schmerz schon immer überspielt, indem er darüber scherzte. »Aber jetzt mal im Ernst«, fuhr er fort. »Der Junge mag dich noch, das ist mehr als offensichtlich. Er hat damals einen kapitalen Bock geschossen, okay, aber er hat sich geändert. Willst du ihm nicht noch eine Chance geben?«

Katharina seufzte. Bis sie wieder zurück an den See gezogen war, hatte sie kaum einen Gedanken an Daniel verschwendet, und plötzlich tauchte er wieder ständig in ihrem Leben auf. Okay, das entsprach nicht ganz der Wahrheit. Natürlich hatte sie auch vorher über ihn nachgedacht, aber sie hatte kein einziges Mal die Möglichkeit in Betracht gezogen, es ein zweites Mal mit ihm zu versuchen. Nun schien sie sich diese Frage stellen zu müssen. Aber nicht heute. Nicht jetzt. »Willst du wirklich über Daniel reden?«, fragte sie stattdessen. »Lass uns lieber mit den Maiers sprechen.«

Hubert stieß sich vom Wagen ab und machte seine Pfeife aus, indem er sie gegen seinen Schuh klopfte. »Richtig, was machen wir eigentlich hier?«

Katharina spürte die wachsende Anspannung. »Oli hat gestern Abend einen Verdacht geäußert, und ich finde, wir hätten dem längst nachgehen sollen. Er hat davon geredet, dass Annas Vater seine Tochter vielleicht missbraucht hat.«

»Hast du ihm etwa von der Vergewaltigung erzählt?«, fragte er aufgebracht.

»Für wie dumm hältst du mich?«, fragte Katharina ebenso aufgebracht zurück. »Das sind Ermittlungsinterna, und Oli ist ein Verdächtiger, auch wenn ich ihn nicht für schuldig halte. Ich bin professionell genug, um das auseinanderzuhalten.«

»Und du glaubst nicht, dass Fitz uns bloß auf diese Spur stößt, um von sich selbst abzulenken?«

»Du versteifst dich zu sehr auf Oliver«, sagte Katharina mit leichtem Vorwurf in der Stimme. »Ich hoffe auch, dass Franz Maier unschuldig ist, aber wir sollten jeder Spur nachgehen.

Und jetzt lass uns lieber klingeln, die Nachbarn beobachten uns schon.«

Katharina nickte zu der alten Frau hinüber, die mit Lockenwicklern in den Haaren und einem Zwergpudel auf dem Arm im Erdgeschoss ihres Hauses am Fenster stand. Gemeinsam gingen sie auf das Haus der Maiers zu, doch noch ehe sie klingeln konnten, öffnete Magdalena Maier ihnen die Tür. Sie wirkte nervös. Normalerweise war das ein Zeichen dafür, dass jemand etwas zu verbergen hatte, aber in diesem Fall ging Katharina davon aus, dass sie einfach nur nicht erneut von der Polizei befragt werden wollte.

»Guten Morgen, Frau ... Entschuldigen Sie bitte, ich habe mir Ihre Namen nicht merken können.« Annas Mutter lächelte entschuldigend und zugleich traurig.

»Kein Problem, Sie hatten andere Sorgen. Danninger und der Kollege Riedmüller. Hätten Sie ein paar Minuten Zeit für uns?«

»Natürlich. Wenn es Sie nicht stört, dass wir gerade gefrühstückt haben.« Sie trat beiseite, um die Kommissare hereinzulassen. »Was gibt es denn? Wissen Sie inzwischen, wer ... wer der Täter ist?«

»Leider nicht«, antwortete Hubert, der voraus Richtung Wohnzimmer ging. »So schnell geht das nicht, aber wir haben einige Spuren, denen wir bereits nachgehen.«

Sie betraten das Wohnzimmer, und Franz Maier, der wie schon bei ihrem letzten Besuch in weißem Feinrippunterhemd zu Baumwollhosen auf dem Sofa saß, stand auf. Der Wohnzimmertisch war mit gutem Porzellan gedeckt, es roch nach Kaffee und gebratenem Speck. Im Fernsehen lief die Wiederholung einer Quizshow aus dem Vorabendprogramm. Katharina sah sich um. Die altmodische Einrichtung war überhaupt nicht ihr Stil, aber es war alles ordentlich und glänzte. Nirgendwo lag Staub, und selbst die hellen Vorhänge schienen gerade erst gewaschen worden zu sein.

Magdalena Maier folgte Katharinas Blick. »Es muss Ihnen

seltsam vorkommen, aber ich putze, um mich abzulenken. Nachdem Sie vergangenen Sonntag hier waren … Ich musste einfach irgendwas tun.« Sie riss sich zusammen, um nicht wie beim letzten Mal in Tränen auszubrechen.

»Das kann ich sehr gut verstehen«, erwiderte Katharina sanft. »Als mein Vater gestorben ist, habe ich mich auch in die Arbeit gestürzt.« Bis sie kurz darauf erfahren hatte, dass ihr Ehemann sie betrogen hatte. Von diesem Moment an hatte sie nichts mehr von dem Schmerz ablenken können. Wenn sie Emily nicht gehabt hätte, wäre sie vermutlich an dieser schweren Zeit zerbrochen, aber sie hatte ja für ihre fünfjährige Tochter da sein müssen.

»Was ist denn los?«, fragte Franz Maier verwirrt und schaltete den Fernseher aus. »Haben Sie den Mörder gefunden?«

»Noch nicht«, antwortete Hubert geduldig, was eigentlich nicht seine Stärke war, »aber das werden wir. Dazu müssten Sie uns noch einige Fragen beantworten.« Er sah zu Katharina, um ihr das Wort zu überlassen.

Sie unterdrückte ein Seufzen. Na super. Nun hatte sie die unliebsame Aufgabe, den trauernden Vater zu fragen, ob er sich einst an seiner Tochter vergangen hatte. Aber sie hatte es vermutlich nicht anders verdient. Als er jetzt hier vor ihr stand, überkam sie alleine bei dem Gedanken daran eine Gänsehaut. Er war vielleicht nicht besonders groß, aber er wirkte kräftig. Wenn er wütend wurde, war mit ihm sicher nicht gut Kirschen essen, das konnte sie an seinem Gesicht ablesen.

»Setzen Sie sich. Darf ich Ihnen einen Kaffee oder etwas anderes anbieten?«, fragte Magdalena Maier, dieses Mal ganz die Vorzeigehausfrau.

»Gern«, antwortete Katharina, dankbar für den kurzen Aufschub. Hubert warf ihr einen fragenden Blick zu, doch sie ignorierte ihn und nahm auf dem angebotenen Sessel Platz.

Auch Hubert setzte sich, und Franz Maier nahm ebenfalls wieder Platz. Schweigend sahen sie einander an, bis Annas Mutter kurz darauf mit zwei sauberen Tassen und einer Packung

161

Spritzgebäck aus der Küche zurückkehrte. Sie schenkte Kaffee ein und reichte beiden Kommissaren jeweils eine Tasse, bevor sie sich zu ihrem Mann auf das Sofa setzte. Alle Augen waren auf Katharina gerichtet.

»Nun denn«, sagte sie langsam, während sie etwas Milch in ihren Kaffee gab und anschließend einen Schluck trank. »Hatte Anna irgendwelche Feinde oder Probleme?«

»Feinde? Was für Feinde?«, fragte Magdalena Maier.

Ihr Mann hingegen antwortete: »Wir haben Ihnen doch schon gesagt, dass unsere Tochter uns kaum mehr an ihrem Leben teilhaben ließ. Sie kam etwa zweimal im Monat her, aber wir haben uns so gut wie nie über Persönliches unterhalten.«

Katharina nahm erneut einen Schluck Kaffee. »Es hätte ja sein können, dass sie mal etwas in der Art erwähnt hat. Vielleicht unabsichtlich oder mehr nebenbei.« Annas Eltern schwiegen, und Katharina sah zu Hubert, doch der nahm sich ein Plätzchen und begann genüsslich zu essen. Es war mehr als deutlich, dass sie die Befragung alleine durchführen musste.

»Frau Maier, hat Ihr Mann Ihnen berichtet, wie Anna inzwischen ihr Geld verdient hat?«

Annas Mutter sah auf ihre Hände und nickte. »Ich verstehe es nur nicht. Haben Sie nicht gesagt, sie wurde … dass unsere Anna …«

»Vergewaltigt wurde?«, half Katharina ihr auf die Sprünge. Sie konnte verstehen, dass Annas Mutter Probleme hatte, die Worte laut auszusprechen. Das machte die schreckliche Tat beklemmend real.

Sie nickte erneut. »Das ergibt doch keinen Sinn. Ich würde nie wieder einen Mann auch nur ansehen. Wie konnte Anna da …?« Ihre Stimme brach.

Katharina konnte es sich auch nicht wirklich erklären. Sie nahm an, dass es um Macht und Entscheidungsfreiheit gegangen war. Es klang paradox, denn Prostitution war demütigend. Andererseits konnte sie sich vorstellen, dass sich die Frauen, wenn sie es denn aus freien Stücken taten, den Männern überlegen fühlten. Die Männer mussten dafür zahlen, im wahrsten Sinne des Wortes, doch die Frauen entschieden, was sie taten und mit wem sie es taten. Doch Katharina sagte nur: »Das wird wohl Annas Geheimnis bleiben. Aber ihr Geschäft wirkte alles andere als billig, wir können also davon ausgehen, dass sie es freiwillig tat. Zumindest darüber brauchen Sie sich nicht den Kopf zu zerbrechen.«

»Das sagen Sie so einfach«, murmelte Annas Mutter. »Seit mein Mann mir davon erzählt hat, kann ich an nichts anderes mehr denken. Wenn ich das gewusst hätte …« Sie seufzte und sah zu ihrem Mann. »Vielleicht hätten wir Anna doch mal auf die Vergangenheit ansprechen sollen, Franz. Sie war schließlich unsere Tochter. Ich mache mir schreckliche Vorwürfe. Vielleicht wäre alles anders gekommen, wenn wir für sie da gewesen wären.«

»Wir waren für sie da, Magda. Anna wusste, dass sie jederzeit mit uns hätte reden können. Außerdem hast du dich dagegen gesträubt.«

Annas Mutter schluchzte auf und zog schnell ein Taschentuch aus der Tasche ihrer Strickjacke, um sich die Tränen von der Wange zu tupfen.

»Machen Sie sich keine Vorwürfe, Frau Maier«, sagte Katharina. Sie fand zwar selbst, dass Annas Eltern zumindest hätten versuchen müssen, mit ihrer Tochter zu reden, aber die Mutter hatte im Moment genug Sorgen und Dinge, an denen sie zu knabbern hatte. Selbstvorwürfe mussten da nicht auch noch sein. »Anna hätte vermutlich nichts gesagt, wenn Sie sie angesprochen hätten. Ein alter Schulfreund hatte kurz vor ihrem Tod wieder Kontakt zu Anna. Er hat sie mehrfach gefragt, aber keine Antwort erhalten, obwohl sie sich damals wirklich sehr gut verstanden haben.«

»Meinen Sie Oliver Fitz?«, fragte Magdalena Maier.

Nun wurde Hubert hellhörig. Schnell schluckte er den Keks herunter, auf dem er gerade kaute. »Hat Anna erwähnt, dass sie wieder Kontakt hatten? Hat sie in letzter Zeit mal seinen Namen fallen lassen?«

»Das nicht, aber ich erinnere mich gut an ihn. Er war ein netter Junge. Schön, dass die beiden sich wiedergefunden haben.«

»Sehen Sie das auch so?«, fragte Katharina Franz Maier. Sie hatte ihn ganz genau beobachtet, und er schien über diese Entwicklung nicht so glücklich zu sein wie seine Frau.

Er zuckte mit den Schultern. »In Annas Freundschaften habe ich mich nie eingemischt. Das Mädchen hätte auch nicht auf mich gehört, aber ich persönlich war nie ein Fan von diesem Fitz.«

Die Abneigung beruhte also auf Gegenseitigkeit. Katharina zögerte. Sollte sie Franz Maier wirklich auf ihren Verdacht ansprechen? Ja, es gab gute Gründe, das zu tun. Sie straffte die Schultern. »Hatten Sie denn damals wirklich keine Vermutung, was mit Anna passiert sein könnte? Es ging immerhin um eine Vergewaltigung. Anna muss doch total verstört gewesen sein. Wenn ich mir vorstelle, dass meine Tochter …« Sie schluckte. »Solch eine Veränderung muss man doch mitbekommen.«

Magdalena Maier spannte sich an. »O Gott, Franz! Weißt du noch, damals? Dieser Abend kurz vor Annas achtzehntem Geburtstag? Sie kam völlig aufgelöst nach Hause, hatte Kratzer an Armen und Beinen. Ihr Kleid war zerrissen. Sie hat behauptet, sie hätte einen Unfall mit ihrem Fahrrad gehabt und wäre in eine Dornenhecke gefallen. O mein Gott!«

»Jetzt mal ganz ruhig«, sagte ihr Mann. »Vielleicht ist sie wirklich nur vom Fahrrad gefallen.«

»Kam oder kommt Ihnen das nicht merkwürdig vor?« Katharina schüttelte den Kopf. »Haben Sie Anna nicht näher darauf angesprochen? Wenn sie so aufgelöst war, ist sie doch bestimmt nicht nur vom Fahrrad gefallen.«

Franz Maier verschränkte die Arme vor der Brust. »Wollen Sie uns vorwerfen, wir seien unserer Sorgfaltspflicht nicht nachgekommen? Sie kannten Anna doch. Das Mädchen konnte stur und schweigsam sein. Außerdem geht jedes Kind anders mit Problemen um.«

»Sie hat sich sicher geschämt«, vermutete Annas Mutter.

Katharina spürte Wut in sich aufsteigen. »Geschämt? Ich bitte Sie! Das ist nichts, wofür man sich schämen sollte. Und wenn Anna das getan hat, dann würde ich mich an Ihrer Stelle fragen, warum das so war.«

»Jetzt ist es aber gut«, brüllte Franz Maier. »So etwas müssen wir uns nicht bieten lassen, in unserem eigenen Haus. Unsere Tochter ist gerade gestorben, verdammt.«

»Und wir versuchen, den Mörder zu finden«, bemerkte Hubert. Der plötzliche Wutausbruch des Befragten schien ihn kalt zu lassen. »Aber wenn Ihnen das lieber ist, können wir die Befragung gerne auf dem Präsidium fortsetzen.«

»Das wird nicht nötig sein«, erwiderte Annas Mutter leise und legte ihrem Mann eine Hand auf sein Bein, um ihn zu beruhigen.

»Hören Sie: Nehmen Sie das bitte nicht persönlich, aber wir müssen jeder Spur nachgehen«, sagte Katharina bestimmt. Sie wusste es zu schätzen, dass Hubert für sie in die Bresche gesprungen war, aber sie würde das alleine schaffen. Das war ihre Chance, zu beweisen, dass sie als Polizistin etwas auf dem Kasten hatte. »Es ist schon ein wenig merkwürdig, dass Anna nie mit Ihnen darüber gesprochen hat, was ihr passiert ist, und dann einfach von der Bildfläche verschwand. Ganz abgesehen davon, dass Sie nach ihrer Rückkehr kein besonders gutes Verhältnis zueinander hatten.«

»Ich verstehe nicht … Was wollen Sie damit sagen?«, fragte Magdalena Maier verwirrt.

Doch Franz Maier schien zu verstehen. Seine Haut nahm einen unnatürlichen Farbton an. »Ist das Ihr Ernst?«, fragte er mit vor Wut zitternder Stimme. »Sie verdächtigen mich, mich an meiner eigenen Tochter vergangen zu haben?«

Magdalena Maier schnappte erschrocken nach Luft. Schockiert sah sie zwischen ihrem Mann und den Kommissaren hin und her. Ihrer Reaktion nach zu urteilen schien sie zumindest nichts davon gewusst zu haben, wenn es denn etwas zu wissen gegeben hatte.

»Wie gesagt, wir müssen jeder Spur nachgehen«, erwiderte Katharina ruhig.

»Das höre ich mir nicht länger an.« Franz Maier stand auf und stürmte aus dem Wohnzimmer. Keine Minute später hörte man die Haustür ins Schloss knallen.

»Es tut mir leid«, sagte Katharina an Frau Maier gewandt, auch wenn sie auf der Polizeischule gelernt hatte, sich niemals bei Zeugen für die Fragen zu entschuldigen.

Diese schüttelte den Kopf. »Ich verstehe das nicht. Warum stellen Sie meinem Mann diese Fragen? Haben Sie einen Verdacht?«

»Keinen konkreten, aber Sie müssen zugeben, dass die Umstände von Annas Verschwinden recht merkwürdig sind«, mischte sich Hubert nun wieder ins Gespräch.

Annas Mutter straffte die Schultern. Als sie nun sprach, wirkte sie mit einem Mal sehr entschlossen. »Glauben Sie mir, mein Mann wäre niemals zu so etwas fähig.«

»Sie glauben ja gar nicht, wozu Menschen fähig sind«, bemerkte Hubert und erhob sich. »Ach, Frau Maier, bevor wir das vergessen: Was für ein Auto fahren Sie und Ihr Mann?«

»Was für …? Einen Passat. Warum wollen Sie das wissen?«

Doch Hubert gab keine Antwort. »Vielen Dank für den Kaffee, und entschuldigen Sie bitte die Störung«, sagte er nur.

Katharina und Hubert saßen zusammen mit Nina und den anderen Kollegen, die an dem Mordfall Anna Maier arbeiteten, im Besprechungsraum im ersten Stock. Es war stickig in dem Zimmer. Mehrere Computer liefen, und die Klimaanlage funktionierte nicht. Nina hatte bereits das Fenster geöffnet, doch das brachte keine Besserung. Die Hitze von draußen schien noch zusätzlich hereinzuströmen, außerdem störte der Verkehrslärm.

»Wie sieht es mit den Alibis aus?«, fragte Hubert gerade.

»Becker hat ein hieb- und stichfestes Alibi«, antwortete Nina und blätterte in ihren Notizen. »Das Alibi von Max Gärtner passt soweit auch. Von halb elf bis Mitternacht war er mit einem Freund in einer Kneipe, der Wirt kann sich an die beiden erinnern.«

»Moment mal. Nur von halb elf bis Mitternacht?«, hakte Katharina nach. »Und anschließend sind sie noch woanders hingegangen, oder was?«

Nina sah erneut auf ihre Notizen und schüttelte den Kopf. »Nein. Der Freund hat sich vor der Kneipe von Gärtner verabschiedet und ein Taxi genommen. Was Gärtner dann noch gemacht hat, weiß er nicht.«

»Okay, das ist mehr als seltsam«, sagte Katharina. »Wer verabredet sich denn bitte für eineinhalb Stunden mit einem Freund zu einer Sauftour? Das sieht ja fast so aus, als hätte Max sich das Alibi extra besorgt.«

»Aber warum hat er seinen Freund nicht gebeten, für ihn zu lügen?«, überlegte Nina.

»Vielleicht hat er das. Manche Menschen lügen halt nicht gern, auch nicht für einen Freund.« Hubert schenkte sich bereits zum dritten Mal Kaffee nach. »Also, was haben wir bisher? Von den ehemaligen Klassenkameraden sind vor allem die Gärtners und Oliver Fitz verdächtig. Keiner von ihnen hat ein ernstzunehmendes Alibi, dafür aber ein Motiv und die Gelegenheit. Die Eltern des Opfers sind raus, oder siehst du das anders, Katrinchen?«

Katharina zuckte zusammen. Sie hasste es, wenn er sie so nannte, noch dazu vor der gesamten Mannschaft. Wie sollte sie da jemand ernst nehmen? Trotzdem nickte sie. »Sehe ich ebenso. Maiers Reaktion nach zu urteilen, glaube ich nicht, dass er sich an seiner Tochter vergangen hat. Und selbst wenn: Wo ist das Motiv, sie heute umzubringen? Und die Mutter war es ganz sicher auch nicht.«

»Wenn sie dahintergekommen wäre, dass Maier einst seine Tochter missbraucht hat, hätte sie wohl auch eher ihn umgebracht«, bemerkte Mario Neuer, der schon zu Zeiten von Katharinas Vater die Recherchearbeit übernommen hatte. Einige Kollegen lachten.

»Was ist mit den Kunden von Charlènes Liste?«, wollte Hubert wissen. »Wurden die inzwischen alle überprüft?«

Neuer klopfte rhythmisch mit einem Kugelschreiber auf die Tischplatte vor sich. »Bisher noch nicht, Chef. Es sind einfach zu viele, und die wenigstens haben ihren richtigen Namen angegeben.«

»Einen von der Liste treffe ich morgen«, sagte Katharina. »Er ist mit einem Freund bekannt. Ich werde die Gelegenheit nutzen, ihm in ungezwungener Atmosphäre ein paar Fragen zu stellen.«

»Einverstanden. Dann zur Aufgabenverteilung.« Hubert sah in die Runde, aber in diesem Moment klopfte es an der Tür. Er stöhnte. »Wer stört?«

Im nächsten Augenblick trat Daniel herein. Sein Blick wanderte nur für den Bruchteil einer Sekunde zu Katharina. »Entschuldigung, ich wollte nicht stören, aber die Ergebnisse der DNS-Untersuchung sind da. Du wolltest sie doch gleich haben.« Er betrat den Raum und schob Hubert eine Akte zu. »Von Oliver Fitz und Susanne Gärtner wurden keine DNS-Spuren auf dem Opfer gefunden, dafür aber von Max Gärtner. Außerdem konnten wir Fasern seines Jogginganzugs auf Anna Maier feststellen.«

»Das ist nicht weiter verwunderlich«, gab Katharina zu bedenken. »Immerhin war er kurz vor dem Mord mit dem Opfer zusammen. Das hat er inzwischen selbst zugegeben.«

»Wie sieht es mit Blutspuren aus?«, wollte Hubert wissen.

Daniel schüttelte den Kopf. »Kein Blut auf dem Jogginganzug.«

»Ich finde trotzdem, wir haben mehr als genug gegen Gärtner in der Hand. Habt ihr denn noch DNS oder Fasern auf dem Opfer gefunden, die nicht zu Gärtner passen?«

»Nein, aber nach einigen Tests konnte ich die Mordwaffe näher bestimmen. Es war ein Radmutternschlüssel.«

Hubert rieb sich die Hände. »Sehr gut, wir kommen voran. Von den Verdächtigen fährt zwar keiner eine S-Klasse, trotzdem sammeln Sie bitte alle Radmutternschlüssel ein, Glattauer. Auch von den Eltern, sicher ist sicher. Bringen Sie die Dinger zur KTU, sie sollen auf Blutspuren untersucht werden. Neuer, Sie besorgen uns die Aufnahmen der Überwachungskamera im Parkhaus an der Seepromenade. Gärtner hat behauptet, er hätte seinen Toyota dort geparkt und erst am nächsten Tag abgeholt. Außerdem suchen Sie bitte weiter nach Überwachungskameras in der Nähe der Friedrichstraße. Das Opfer war vorher im *Friedrichshafener Hof* und ist zu Fuß gelaufen, der Treffpunkt mit dem potenziellen Mörder kann also nicht weit vom Hotel entfernt gewesen sein. Halten Sie zum einen Ausschau nach den Autos der Verdächtigen, zum anderen nach einer S-Klasse.« Hubert hakte einen Punkt nach dem anderen auf seiner Liste ab, während er die Aufgaben weiter an die Kollegen delegierte. »Nina, du klapperst sämtliche Autovermietungen im Umkreis von einhundert Kilometern von Friedrichshafen ab. Erkundige dich, ob in der vergangenen Woche eine S-Klasse vermietet wurde. Und dann finde bitte heraus, ob es hier am See so etwas wie Car Sharing gibt und ob die dort S-Klassen führen. Wenn irgendwo in der näheren Umgebung eine S-Klasse verliehen wurde, schickst du die KTU hin. Häberle, Sie fahren noch mal zu Anna Maiers Wohnung. Ich kann mir einfach nicht vorstellen, dass es niemanden in Annas Leben gegeben haben soll. Freunde, ein Mann. Reden Sie erneut mit den Nachbarn. Und überprüfen Sie bitte, was es zu erben gibt und wer erbt.« Er holte tief Luft. »Noch was vergessen?«

»Das Kleid in Annas Wohnung«, sagte Katharina. »Ich hab mich gleich gewundert, dass jemand ein Kleid einrahmt. Vielleicht stammt es aus der Nacht, in der Anna vergewaltigt wurde. Wir sollten es auf DNS untersuchen.«

Hubert nickte anerkennend. »Sehr gut. Häberle, haben Sie gehört? Sie bringen das Kleid in die Pathologie zu unserem Kollegen Danninger.« Er zeigte auf Daniel. »Los, bis morgen will ich die ersten Ergebnisse. Ich will handfeste Beweise, dass Gärtner am Abend des Mordes nicht nur mit dem Opfer zusammen war,

169

sondern dass er am Tatort war.« Die Kollegen schwärmten bereits in sämtliche Richtungen aus. Auch Katharina wollte gehen, bevor Daniel sie ansprechen konnte, aber Hubert hielt sie zurück. »Moment noch. Du setzt dich bitte mit dem Staatsanwalt in Verbindung und organisierst uns einen Haftbefehl für Gärtner, außerdem einen Durchsuchungsbeschluss für sein Haus und sein Auto. Lass deinen Charme spielen, wir können keine zwei Wochen auf die Beschlüsse warten. In zwei Stunden treffen wir uns vor dem Haus der Gärtners.«

»Geht klar.« Katharina nickte. Es widerstrebte ihr zwar, Max zu verhaften, aber es sprach einfach zu viel gegen ihn. Außerdem traute sie ihm durchaus zu, Frau und Kinder zurückzulassen. Sie hoffte nur, dass die Kinder später nicht zu Hause sein würden.

»In Ordnung. Bis später.« Hubert trank seinen Kaffee aus, klemmte die Akten unter den Arm und verließ den Raum.

Nun waren Katharina und Daniel doch alleine. Sie standen sich gegenüber und blickten sich an. Obwohl Daniel bisher mit keinem Wort erwähnt hatte, worüber er heute Morgen mit ihr hatte reden wollen, hing dieses Wissen zwischen ihnen in der Luft. Kurz überlegte sie, sich ihm jetzt zu stellen. Sie könnte das Ganze schnell abhaken, denn schließlich musste sie sich danach noch um den Haftbefehl kümmern. Aber sie hatte jetzt einfach nicht den Nerv dafür.

»Kann ich kurz mit dir reden, Kathi?«, fragte Daniel jedoch, bevor sie fliehen konnte.

Sie seufzte leise. »Es tut mir leid, Daniel, aber ich muss los. Du hast Hubert gehört.« Sie hastete aus dem Raum und ließ ihn zurück.

Kapitel 14

Mittwoch, 26. Juli

Katharina klopfte an die Tür und wartete, bis sie ein deutliches »Herein« von innen vernahm. Statt zum Telefonhörer zu greifen, hatte sie sich persönlich auf den Weg gemacht, um den Haftbefehl beziehungsweise den Durchsuchungsbeschluss für Max möglichst schnell zu bekommen. Nun öffnete sie die Tür und trat in den angenehm kühlen Raum.

Linus Reuter saß hinter seinem Schreibtisch am Computer. Wie schon bei ihrem letzten Aufeinandertreffen in der Pathologie trug er einen Anzug, allerdings hatte er das Jackett ausgezogen und den obersten Knopf seines Hemdes geöffnet. Das Legere stand ihm gut, wie Katharina fand. Als er sie erblickte, erhob er sich und kam auf sie zu. Mit seinen blauen Augen strahlte er sie an. Unabhängig davon, dass sie ihm bereits begegnet war, kamen ihr diese Augen irgendwie bekannt vor.

»Katharina Danninger, was für eine Freude, Sie wiederzusehen.«

Er erinnerte sich also an ihren Namen. Sie schüttelte seine ausgestreckte Hand. »Hallo, Herr Reuter.«

»Sagen Sie doch bitte Linus. Möchten Sie etwas trinken? Es ist ganz schön heiß heute.«

»Ein Wasser nehme ich gern.«

Linus deutete mit der Hand auf die Sitzecke und öffnete eine Tür seines Aktenschranks, der aus schwerem Eichenholz gefertigt war. Überrascht stellte Katharina fest, dass sich dahinter eine Art Minibar befand.

»Nicht schlecht«, sagte sie und nahm auf einem Sessel Platz.

»Tja, das ist der Luxus, wenn die Familie seit Generationen in ein und derselben Branche unterwegs ist.« Er nahm eine Flasche Wasser aus dem Kühlschrank und schenkte je eine Hälfte in die zwei Gläser, die auf dem Tisch bei der Sitzecke standen. Dann setzte er sich Katharina gegenüber auf das Sofa.

Sie nahm einen großen Schluck. »Haben Sie ein Glück. Unsere Klimaanlage ist kaputt.«

»Sie sind jederzeit herzlich willkommen, mich zu besuchen.« Er lächelte ihr zu. »Was verschafft mir denn die Ehre?«

»Wir brauchen einen Durchsuchungsbeschluss und einen Haftbefehl, ausgestellt auf einen Max Gärtner.«

»Dann konnten Sie den Mord an der Escortlady endlich aufklären? Wissen Sie, das beruhigt mich schon ein wenig. Meine Schwester hat mir erzählt, Sie haben meinen Schwager vernommen. Das macht einen ja doch stutzig, auch wenn ich nie an seiner Unschuld gezweifelt habe.« Linus lachte, wurde aber gleich wieder ernst. »Das mit Ihrer ehemaligen Schulkameradin tut mir übrigens sehr leid. Ich hoffe, Sie standen sich nicht allzu nahe.«

Katharina dachte angestrengt nach. Sein Schwager? Doch dann fiel der Groschen: Elena Fitz musste Linus' Schwester sein. Natürlich, sie hatten beide die gleichen blauen Augen, und jetzt erinnerte Katharina sich auch, dass Oliver erzählt hatte, sein Schwager sei Staatsanwalt. Wie klein die Welt doch war. »Oli ist ein feiner Kerl«, sagte sie. »Aber ich muss sie leider enttäuschen: Der Mord ist noch nicht abschließend geklärt.«

Linus runzelte die Stirn. »Aber sagten Sie nicht etwas von einem Haftbefehl?«

Katharina seufzte. »Max Gärtner ist dringend tatverdächtig. Unser Pathologe hat DNS-Spuren und Fasern von ihm auf dem Opfer gefunden. Gärtner hatte die Gelegenheit und ein Motiv, und sein Alibi gilt nur für einen Teil der Mordzeit. Er hatte Streit mit dem Opfer, und er ist sehr aufbrausend. Außerdem besteht Fluchtgefahr.«

»Verstehe«, murmelte Linus. »Dann brauche ich mir um meinen Schwager keine Sorgen zu machen? Soweit ich weiß, hat er auch ein Alibi. Elena hat mal erwähnt, dass er freitags immer mit Freunden pokert.«

Katharina unterdrückte ein erneutes Seufzen. Sie wollte Linus weder die Wahrheit sagen noch ihn anlügen. Schließlich erwiderte sie: »Ich habe Oli nie ernsthaft für verdächtig gehalten. Er stand dem Opfer zumindest zu Schulzeiten sehr nahe, deshalb habe ich ihn befragt. Das habe ich Ihrer Schwester auch so gesagt. Elena ist übrigens sehr nett.«

»Vielen Dank, das hört man gern. Und wie geht es Ihrem Mann bei der Sache? Er ging doch auch in dieselbe Klasse wie Sie, oder? Wirklich schrecklich das Ganze.«

»Wir sind schon lange geschieden«, antwortete Katharina. Ob Linus es darauf angelegt hatte, es sie erneut sagen zu hören? Ihre Gedanken wanderten weiter zu Daniel, und sie fühlte sich mies. Sie hatte keinen einzigen Gedanken daran verschwendet, wie es ihm ging. Sie selbst ermittelte nur, was schon schlimm genug war, aber Daniel hatte Anna auf dem Tisch gehabt, auch wenn sie ihre Identität zu dem Zeitpunkt noch nicht gekannt hatten. Das war zumindest für Daniel wohl auch besser so gewesen. »Daniel ist ein Vollprofi«, fuhr sie an Linus gewandt fort. »Er kann damit umgehen.« Das hoffte sie wenigstens.

Linus nickte. »Sehr gut. Ansonsten können Sie natürlich jederzeit die Gerichtsmediziner in Ulm um Hilfe bitten. Und keine Sorge, Sie bekommen den Haftbefehl und den Durchsuchungsbeschluss. Ich rufe gleich den Richter an und besorge Ihnen eine mündliche Anordnung.« Er räusperte sich. »In Anbetracht der Umstände scheint meine Frage vielleicht ein wenig unpassend zu sein, aber würden Sie mal mit mir ausgehen?«

Katharinas Augen weiteten sich. Damit hatte sie nun wirklich nicht gerechnet. Okay, unter Umständen hatte er ein wenig mit ihr geflirtet, aber trotzdem überraschte sie seine Frage. Was sollte sie darauf antworten? Er sah gut aus, war charmant und sympathisch, aber er war der ermittelnde Staatsanwalt und Olivers Schwager. Und sollte sie nicht erst einmal mit Daniel reden und ihm sagen, dass er sich eine Fortsetzung ihrer gemeinsamen Geschichte abschminken konnte? Außerdem wollte sie sich mehr um ihre Tochter kümmern, und sie litt ohnehin schon an chronischem Zeitmangel. Aber Linus war wirklich nett, und wie er sie in diesem Moment ansah … »Solange ich mitten in den Ermittlungen stecke, ist es immer schwierig vorauszuplanen«, begann sie.

»Verstehe«, erwiderte Linus und versuchte, seine Enttäuschung zu verbergen. Er rutschte auf dem Sofa nach vorne. »War auch nur eine Frage. Bitte verzeihen Sie, ich wollte Sie keineswegs in Verlegenheit bringen.«

Katharina lächelte. »Da kommt noch ein Aber.«

Nun lächelte Linus ebenfalls. »Wenn das so ist, lassen Sie hören.«

»Aber ich werde spätestens nach Abschluss des Falls ein kleines Fest geben, um meinen Einstand hier am See und meinen Geburtstag zu feiern. Nur eine kleine Runde, die engsten Freunde und Familie. Ich würde mich freuen, wenn Sie kommen.«

»Abgemacht. Und danach werde ich Sie erneut um eine Verabredung bitten.«

Dieses Mal widersprach Katharina nicht.

Katharina hatte Schwierigkeiten, einen Parkplatz zu finden, als sie vor dem Haus der Gärtners ankam. Die Kavallerie war bereits angerückt und schien nur noch auf sie beziehungsweise den Haftbefehl zu warten. Neugierige Nachbarn standen an den Fenstern und beobachteten die Szene. Hoffentlich hatte Max noch nichts davon mitbekommen und war getürmt; allerdings vermutete Katharina, dass die Kollegen das Haus von allen Seiten im Blick hatten. Sie warf einen Blick auf die Uhr am Armaturenbrett, aber sie war pünktlich. Schließlich parkte sie ihren Wagen in einer Seitenstraße und eilte zurück.

Hubert erwartete sie bereits ungeduldig. »Da bist du ja endlich. Inzwischen hat die gesamte Nachbarschaft mitbekommen, dass wir hier sind.«

Wenn man sich auch dermaßen auffällig verhält, dachte Katharina, sagte aber nichts. Stattdessen reichte sie ihm die beiden Zettel, die Linus ihr mitgegeben hatte. »Du hast gesagt, in zwei Stunden.«

»Hach, ja.« Er warf einen Blick auf die Zettel und faltete sie wieder zusammen. »Sehr gut, dann mal los.« Er gab dem Einsatzleiter ein Zeichen und ging voraus.

»Sind die Kinder zu Hause?«, fragte Katharina, die Mühe hatte, ihm zu folgen.

»Keine Ahnung, woher soll ich das wissen? Darauf können wir auch keine Rücksicht nehmen.«

Katharina unterdrückte ein Stöhnen. »Lass Susanne sie wenigstens schnell zur Nachbarin bringen«, bat sie und klingelte.

Es dauerte nicht lange, und Susanne öffnete die Tür. Der leicht panische Blick in ihren Augen machte deutlich, dass sie die Ankunft der Polizei längst mitbekommen hatte. Das Baby auf ihrem Arm schrie, und die drei Jungen, die sich hinter ihr versteckten, wirkten verängstigt. Die Kinder verstanden sicher noch nicht, was hier gerade passierte, dafür waren sie noch zu klein, aber die Panik der Mutter schien sich auf sie übertragen zu haben.

»Bitte nicht«, flüsterte Susanne.

»Es tut mir leid«, erwiderte Katharina leise und streckte dann die Hand aus, um das Baby zu nehmen. »Komm, mach die Jungs schnell fertig, ich bringe sie zur Nachbarin.«

»Zieh dir Schuhe an«, bat Susanne ihren ältesten Sohn und hockte sich hin, um den Zwillingen zu helfen.

»Wo ist Ihr Mann, Frau Gärtner?«, wollte Hubert wissen.

»In der Küche«, antwortete sie, ohne aufzusehen, und richtete ihren Blick auf die Kinder. »Geht bitte mit der Frau mit, Mami kommt gleich nach.« Katharina flüsterte sie ein »Danke« zu.

Die Kollegen warteten, bis Katharina mit den Kindern im Schlepptau das Haus verlassen hatte, dann folgten sie Hubert hinein. Susanne blieb wie angewurzelt stehen und sah ihren Kindern mit leeren Augen nach. Als Katharina fünf Minuten später zurückkehrte, stand sie immer noch dort.

»Geht es ihnen gut? Haben sie geweint?«, fragte sie.

Seufzend legte Katharina ihr einen Arm um die Schulter und führte sie ins Haus. »Den Jungs geht es gut. Deine Nachbarin hat ihre alte Spielesammlung herausgesucht und Kakao gekocht. Na komm, trink auch erst mal was Warmes, dann geht es dir gleich viel besser.«

Susanne widersprach nicht, auch wenn sie beide wussten, dass die Worte nicht der Wahrheit entsprachen. »Nehmt ihr Max mit?« Ihre Stimme zitterte leicht, als sie das fragte.

»Wir haben leider keine Wahl.«

Sie gingen in die Küche, wo Hubert und Max saßen. Max war bereits in Handschellen, und die Kollegen hatten sich inzwischen im ganzen Haus verteilt und suchten nach der Mordwaffe oder nach einem handfesten Beweis, dass Max oder vielleicht sogar Susanne tatsächlich am Tatort gewesen war.

Max sah Katharina mit hasserfüllten Augen entgegen. »Das gefällt dir, oder? Mit anzusehen, wie ein Unschuldiger eingebuchtet wird.«

»Wenn du wirklich unschuldig bist, brauchst du dir keine Sorgen zu machen«, erwiderte Katharina ruhig, auch wenn es in ihr alles andere als ruhig zuging. Ihre Sympathie für Max war in den vergangenen Tagen deutlich zurückgegangen, dennoch machte ihr die Situation keinen Spaß. Susanne und die Kinder taten ihr leid, außerdem hielt sie die Festnahme für verfrüht. Ihrer Meinung nach hatten sie bisher nur Indizien und keine Beweise, dass Max wirklich schuldig war. Aber die Fluchtgefahr war zu groß. Zwar hatte Max Frau und Kinder, doch Katharina zweifelte nicht daran, dass er sie zurücklassen würde, um seine Haut zu retten.

»Das glaubst du doch selbst nicht, du falsche Schlange«, zischte Max.

Bevor Katharina ihm einen Rüffel erteilen konnte, sagte Susanne mit einer Schärfe in der Stimme, die Katharina ihr nicht zugetraut hätte: »Ach, halt doch die Klappe. Wir wären überhaupt nicht erst in der Lage, wenn du deine Hormone im Griff gehabt hättest.«

Katharina war fix und fertig, als sie am Abend nach Hause kam. Es war noch nicht allzu spät, trotzdem war es ein langer Tag gewesen. Stundenlang hatten sie das Haus der Gärtners durchsucht, ohne etwas zu finden. Entweder war Max tatsächlich unschuldig, oder er hatte jede Spur, die ihn als Mörder hätte überführen können, beseitigt. Katharina zweifelte jedoch daran. Jeder hinterließ Spuren, und um alle zu beseitigen, musste man fast schon Profi sein. Max war vielleicht cholerisch und unsympathisch, aber er erschien ihr nicht so berechnend.

Nach der Hausdurchsuchung war sie noch bei Susanne geblieben, bis diese die Kinder abgeholt und ins Bett gebracht hatte. Wenn Katharina ehrlich war, machte sie sich ein wenig Sorgen, dass Susanne sich womöglich betrinken könnte, auch wenn diese ihr versichert hatte, dass sie ihren Kindern zuliebe so etwas niemals tun würde. Katharina hatte auf dem Nachhauseweg trotzdem vorsichtshalber bei Rosa Blum angerufen und sie gebeten, am Abend mal bei der Freundin nach dem Rechten zu sehen.

Ihr Haus war leer, Emily schien sich wirklich mit Franzi verabredet zu haben. Nur Rudi und Garfield begrüßten sie und bettelten um ihr Abendessen. Katharina war fast ein wenig froh, denn heute stand ihr überhaupt nicht mehr der Sinn danach, noch groß etwas zu unternehmen. Doch sofort überkam sie das schlechte Gewissen. Sie war Mutter, sie trug Verantwortung. Emily war fünfzehn, aber sie war immer noch ein Kind und brauchte die Liebe und Zuwendung ihrer Mutter. Egal, wie müde Katharina sich manchmal am Abend fühlte, sie musste für ihre Tochter da sein.

Seufzend öffnete sie die Terrassentür, um frische Luft herein- und Rudi hinauszulassen. Seinen abendlichen Rundgang verschob sie auf später, erst einmal brauchte sie etwas zu essen. Sie ging in die Küche, um Rudis und Garfields Näpfe aufzufüllen und bei ihrer Lieblingspizzeria anzurufen. Weil sie ein schlechtes Gewissen darüber verspürte, dass es heute abermals nichts Vernünftiges zu essen geben würde, bestellte sie noch einen Salat zu ihrer Pizza Hawaii. Anschließend schaltete sie den Fernseher ein und ließ sich aufs Sofa fallen.

Sie hatte sich erst zur Hälfte durchs Programm geklickt, als ihr Handy klingelte. Sie war versucht, es zu ignorieren. Das konnte nur Hubert oder Daniel sein, und mit beiden wollte sie jetzt nicht reden. Doch ihr Pflichtbewusstsein siegte, und sie nahm den Anruf entgegen. Zu ihrer Erleichterung war es weder Hubert noch Daniel, sondern Jonas.

»Hi, Jonas. Was gibt's?«

»Hallo, Kathi. Ich hab gehört, ihr habt Max festgenommen?«

Seufzend nahm Katharina das Telefon in die andere Hand. »Woher weißt du denn das schon wieder?«

»Ich hab Moni beim Joggen am See getroffen, und sie weiß es von Nathalie. Aber frag mich nicht, woher die ihre Informationen hat.«

Es war zwar ärgerlich, aber irgendwie wunderte es Katharina nicht im Geringsten, dass offenbar bereits ihre gesamte alte Klasse von Max' Verhaftung wusste. Nathalie hatte ihre »Spitzel« überall. »Es ist leider wahr, wir hatten keine Wahl.«

»Ist Max denn der Mörder?«, wollte Jonas wissen.

»Das wird sich zeigen. Auf jeden Fall hat er sich sehr verdächtig gemacht«, sagte Katharina nur. Gern hätte sie mit Jonas über die Sache gesprochen, aber das ging nach wie vor nicht.

»Okay. Sag mal, bleibt es bei morgen Nachmittag? Du kommst doch mit raus auf den See, oder?«

»Klar, ich hab's dir versprochen, und meine Versprechen halte ich. Frederik und dieser Clemens sind auch mit dabei, ja?«

»Sind sie. Warum fragst du?«

»Nur so«, behalf Katharina sich mit einer Notlüge. »Ich wundere mich nur, schließlich ist morgen erst Donnerstag. Frederik arbeitet doch in Stuttgart, oder nicht?«

»Langes Wochenende, soweit ich weiß. Und Clemens macht früh Feierabend. Wir treffen uns um fünfzehn Uhr. Wenn du willst, hole ich dich ab, oder du kommst direkt zum See.«

»Wahrscheinlich komme ich direkt dorthin. Ich muss mal sehen, wie es morgen auf der Arbeit läuft, ansonsten rufe ich dich noch mal an.«

»Super, so machen wir das. Ich freue mich, dass du endlich mal mit an Bord bist.«

»Ich mich auch, Jonas. Mach's gut, bis morgen.«

Katharina legte auf und fragte sich, ob sie ein schlechter Mensch war, weil sie Jonas nur begleitete, um Clemens ein paar Fragen stellen zu können. Aber das war die perfekte Gelegenheit, und sie tröstete sich damit, dass sie ansonsten nur wegen Frederik abgesagt hätte. Sie nahm die Fernbedienung in die Hand, um sich weiter durchs Fernsehprogramm zu klicken, als es an der Tür klingelte. Rudi bellte und lief voraus, seine Pfoten tapsten über den Parkettboden. Katharina holte ihr Portemonnaie aus der Handtasche und öffnete die Tür. Überrascht und fast ein bisschen erschrocken ließ sie die Hand mit der Geldbörse sinken. Vor ihr stand nicht der Pizzabote, sondern Daniel. Allerdings hielt er ihre Pizza und den Salat in seinen Händen. Es roch herrlich nach Käse und Ananas, doch Katharinas Appetit war wie weggeblasen.

»Hallo, Katharina. Ich war so frei und hab einfach mal deine Lieferung abgefangen. Ist das okay?«

Was sollte sie dazu sagen? »Klar. Was schulde ich dir?«

»Gar nichts. Ist Emily da?«

»Du weißt doch, dass sie mit Franzi ins Kino wollte.«

»Ach richtig, das hatte ich ganz vergessen.« Er reichte ihr das Essen. »Ja, dann …«

Katharina seufzte. »Nun komm schon rein, Daniel.« Er strich Rudi über den Kopf und folgte ihr ins Haus. Sie schaltete den Fernseher aus, dann holte sie zwei Teller und Besteck aus der Küche und stellte sie zusammen mit dem Essen auf den Esstisch im Wohnzimmer. »Was willst du trinken?«

»Ich scheine dich zu stören. Besser, ich gehe wieder.«

Erneut seufzte Katharina. »Du störst nicht, es war nur ein harter Tag.«

»Ihr habt Max verhaftet?«, fragte Daniel.

Sie nickte. »Cola? Wein?«

»Gern eine Cola.«

Katharina holte eine Flasche und zwei Gläser und schenkte ein. Dann schnitt sie die Pizza in Stücke und legte je ein Stück auf die beiden Teller. Erst jetzt setzte Daniel sich an den Tisch, und sie nahm ebenfalls Platz.

»Wie geht es Susanne und den Kindern?«, fragte Daniel und nahm einen Bissen von der Pizza.

»Ich hab die Kinder aus der Schusslinie gebracht, bevor wir ihren Vater mitgenommen haben. Und Susanne? Sie war mal wieder gefangen zwischen ihrer Verzweiflung und ihrer Wut auf Max.«

»Sie sollte unbedingt zum Arzt gehen. Natürlich kann ich verstehen, dass sie in dieser Situation sowohl Verzweiflung als auch Wut empfindet, aber das, was du beschreibst, ist nicht normal.«

»Ich hab ihr bereits geraten, eine Therapie zu machen«, sagte Katharina, »aber ich bezweifle, dass sie auf mich hört.« Sie nahm ebenfalls ein paar Bissen, doch dann legte sie das Besteck wieder beiseite. »Daniel, geht es dir gut?«

»Ob es mir gut geht?« Überrascht erwiderte er ihren Blick. »Wie meinst du das?«

»Na ja, du hast Annas Leiche obduziert. Das muss hart gewesen sein, und ich hab dich gar nicht gefragt, wie du dich fühlst. Das tut mir sehr leid.«

»Ich hab dich auch nicht gefragt, wie es für dich ist, in ihrer Vergangenheit und ihrem Leben zu stochern. Schätzungsweise ist es für uns beide nicht leicht, aber das ist unser Job. Es muss sein.« Daniel lächelte. »Danke, dass du jetzt fragst. Ich komme damit klar. Und was ist mit dir?«

»Wie du sagst – es muss sein. Und wenn wir am Ende den Mörder überführen können, ist es die ganze Mühe wert.«

»Du glaubst nicht, dass Max es war«, sagte er ihr auf den Kopf zu. Er kannte sie immer noch viel zu gut.

»Es ist nur so ein Gefühl. Klar, wann ist es schon wie im

Lehrbuch – die Beweise liegen auf der Hand, und der Mörder sieht aus wie jemand, dem man die Tat auch zutraut? Max hat mit Sicherheit Mist gebaut, aber Mord?«

»Hör auf dein Gefühl, damit bist du bisher noch immer gut gefahren.«

Katharina schnaubte. »Hubert verlangt etwas mehr als ein vages Bauchgefühl.«

»Apropos, wie läuft es denn mit euch beiden?«

Sie zuckte mit den Schultern. Das war keine Frage, die sich so einfach mit *gut* oder *schlecht* beantworten ließ. »Ganz okay, aber ich hab immer noch das Gefühl, dass er mich als Polizistin nicht ernst nimmt und mir nichts zutraut.«

»Na ja, er hat dir die Windeln gewechselt, und deine Wahl zur Miss Oberschwaben …«

»Herrgott, das ist doch ewig her«, fuhr Katharina ihn an, doch Daniel grinste nur. Er wusste ganz genau, wie sehr sie es hasste, darauf angesprochen zu werden. »Ich hab doch damals nicht als Model gearbeitet, weil es mir gefallen hat. Es war einfach praktisch, um sich neben der Ausbildung etwas dazuzuverdienen. Wir hatten immerhin ein Kind. Weißt du, wie lange ich hätte kellnern müssen, um so viel Geld zu verdienen?«

»Du brauchst dich vor mir nicht zu rechtfertigen, Kathi.«

Doch sie hatte sich bereits in Rage geredet. »Das Aussehen wurde mir in die Wiege gelegt, es macht mich nicht als Person aus. Ich hab mit den Jungs gerauft und bin auf Bäume geklettert, ich hab mit meinem Vater Modellschiffe auf dem Bodensee fahren lassen und ihm beim Schnitzen geholfen, anstatt mit Freundinnen zum Shoppen zu gehen. *Das* macht mich aus. Und ich bin eine gute Polizistin.«

»Dann rede mit Hubert.«

Katharina schüttelte den Kopf. »Hubert zählt auf Taten, nicht auf Worte.« Sie zögerte und fügte etwas leiser hinzu: »Vermutlich war es nicht hilfreich, Annas Katze zu adoptieren und Susannes Kinder in Sicherheit zu bringen, um sein Bild von mir zu ändern.« Generell war es wenig hilfreich, dass es in ihrem ersten Fall mit Hubert an ihrer Seite um den Tod an einer ehemaligen Klassenkameradin ging. Wenn sie jemanden für unschuldig hielt, schob Hubert das sofort auf ihre Sympathie für den Betreffenden.

Daniel legte sein Besteck beiseite. »Sag so etwas nicht, das will ich nicht hören. Deine Liebe zu Tieren und Kindern macht dich ebenso aus. Sie macht dich zu einem guten Menschen. Zu einem besseren Menschen als uns alle zusammen. Also hör auf, dich dafür zu entschuldigen.«

Katharina schluckte und nickte, weil sie nicht wusste, was sie sagen sollte. Daniel hatte schon immer eine hohe Meinung von ihr gehabt und sie bis aufs Äußerste verteidigt. Er hatte sie geliebt, ihr vertraut und alles für sie getan. Es hatte überhaupt nicht zu seiner Art gepasst, sie zu betrügen. Vielleicht hatte es sie deshalb umso härter getroffen. Im ersten Moment hatte sie ungläubig reagiert, schockiert. Erst nach und nach waren Wut und Traurigkeit hinzugekommen. Sie spürte, dass Daniel sie ansah, doch sie wich seinem Blick aus und aß schweigend weiter, und schließlich widmete auch er sich wieder seiner Pizza.

»Soll *ich* mal mit Hubert reden?«, fragte er irgendwann. »Oder vielleicht könnte deine Mutter …«

»Das würde es nur noch schlimmer machen«, unterbrach Katharina ihn.

»Vermutlich hast du recht.«

»Glaub mir, ich weiß es. Mach dir keinen Kopf, wahrscheinlich ist alles nur eine Frage der Zeit. Ich werde Hubert schon noch beweisen, dass ich eine gute neue Partnerin bin. Im Grunde ergänzen wir uns hervorragend, das wird er auch noch einsehen.«

»Das wird er. Er wäre dumm, wenn nicht.« Daniel trank einen großen Schluck Cola. »Kathi, ich wollte schon den ganzen Tag mit dir reden. Es gibt da etwas, was ich dir unbedingt sagen wollte.« Er holte tief Luft. »Es tut mir leid.«

»Ich weiß.«

Schweigend betrachtete er sie einen Moment, als wartete er

darauf, dass sie noch etwas hinzufügen würde. »Ist das alles?«, fragte er schließlich.

Katharina atmete geräuschvoll aus. »Was willst du denn hören, Daniel? Dass ich dir verzeihe?«

Er schluckte. »Ich weiß nicht … Nein, warte. Es ist wahr, ich würde mir wünschen, dass du mir verzeihst. Mir ist klar, dass ich richtig Mist gebaut hab. Ich kann es mir selbst nicht erklären. Ich hab dich wirklich geliebt und wollte dir nicht wehtun.«

»Das hast du aber, Daniel, und zwar so richtig.« Es tat immer noch weh, auch wenn es das vermutlich nicht sollte. Immerhin war es zehn Jahre her. Sie hätte darüber hinweg sein sollen, aber der Vorfall nagte nach wie vor an ihr und ihrem Selbstbewusstsein, auch wenn sie das nicht gern zugab.

»Glaub mir, das weiß ich«, sagte Daniel leise. »Du hast keine Ahnung, was ich mir seitdem für Vorwürfe mache. Ich wünschte, ich könnte es ungeschehen machen, aber das kann ich nicht. Ich kann nur hoffen, dass du mir vielleicht doch eines Tages verzeihen wirst.«

Sie schüttelte langsam den Kopf. »Ich hab das Vertrauen in dich verloren, Daniel. Ich hab dich so sehr geliebt, das weißt du. Du kannst dir gar nicht vorstellen, wie das ist. Im einen Moment ist deine Welt noch in Ordnung, im nächsten fegt ein Orkan darüber hinweg, und nichts ist mehr so, wie es war. Als ich meinen Vater verloren hab, hätte ich dich gebraucht. Ich hab dich gebraucht, Daniel. Stattdessen musste ich erfahren, dass du mich hintergehst.« Sie schüttelte erneut den Kopf. Nie würde sie vergessen, wie er vor ihr gestanden und ihr alles gebeichtet hatte. Allein der Gedanke daran brachte ihr Herz zum Bluten. »Warum?«, fragte sie.

»Warum was?«, fragte Daniel leise zurück. »Warum ich dich betrogen hab?«

»Zum Beispiel. Ich dachte, wir wären glücklich. Wir hatten eine Familie. Warum hast du es getan? Und warum hast du es mir so kurz nach Papas Tod gebeichtet?« Manchmal wünschte sie, er hätte gar nichts gesagt oder zumindest noch etwas gewartet, bis der Verlust ihres Vaters ihr nicht mehr die Luft zum Atmen geraubt hatte.

»Wir *waren* glücklich, Kathi, red dir nichts anderes ein. Und ich weiß nicht, warum ich es getan hab. Das macht es nicht besser, ist schon klar.« Er fuhr sich durch die hellbraunen Haare. »Es war nur dieses eine Mal. Ein Ausrutscher, und ich hasse mich jeden Tag dafür. Deshalb habe ich es dir auch gesagt. Ich konnte so nicht weiterleben. Du hast dich an mich geklammert, als dein Vater gestorben ist, und ich war es nicht wert, nicht einmal ansatzweise. Du hattest die Wahrheit verdient. Und ich …« Er brach ab.

»Was?«

Er holte tief Luft und sah sie nicht an, als er kaum hörbar sagte: »Ich hab deinem Vater versprochen, es dir zu sagen.«

Was? In Katharinas Ohren begann es zu pfeifen, und alles um sie herum drehte sich. »Mein Vater … Er wusste davon?«

Daniel nickte. »Ich hab ihm davon erzählt, kurz vor seinem Tod. Er war der Mensch, der dich neben mir am besten kannte. Ich wollte es dir sagen, aber ich hatte Angst, dich zu verlieren. Deshalb hab ich ihn um Rat gefragt.«

Katharina konnte nicht glauben, was sie da hörte. Ihr Vater hatte davon gewusst? Das konnte nicht wahr sein, das hätte er ihr gesagt. Er hatte Lügen gehasst, genau wie sie.

»Kathi, bitte denk jetzt nicht schlecht von deinem Vater«, sagte Daniel, als hätte er ihre Gedanken erraten. »Ich hab ihn angefleht, es für sich zu behalten. Ich wollte es dir selbst sagen. Mir war klar, dass du mir niemals verzeihen würdest, wenn du es von jemand anderem erfährst. Er … er hat mir eine Frist gesetzt. Ich hab den Moment hinausgezögert, ich wollte nicht alles kaputtmachen. Und dann ist das mit deinem Vater passiert. Ich war es ihm schuldig, dir die Wahrheit zu sagen. Ich war es *uns* schuldig.«

Katharina stand so abrupt auf, dass er zusammenzuckte. Sie spürte die Tränen in ihren Augen brennen, aber sie würde sich nicht die Blöße geben und vor ihm weinen. »Bitte geh.«

»Kathi, bitte. Lass uns darüber reden.«

»Ich will jetzt aber nicht darüber reden. Geh einfach.«

Daniel zögerte, doch schließlich nickte er und durchquerte das Wohnzimmer. An der Haustür drehte er sich noch einmal um. »Es tut mir leid.«

Doch Katharina blickte nicht in seine Richtung. Mit den Fingern krallte sie sich an die Tischplatte. Leise fiel die Tür hinter Daniel ins Schloss. Fast gleichzeitig ließ sie sich auf den Stuhl sinken und begann zu weinen.

Kapitel 15

Donnerstag, 27. Juli

»Wie war dein Tag?«, fragte Jonas und nahm Katharina zur Begrüßung in den Arm.

»Frag nicht.«

Obwohl inzwischen ein Verdächtiger festgenommen worden war, schienen sie im Mordfall Anna Maier festzustecken. Die Recherchen hatten keine weiteren Erkenntnisse gebracht und Max nicht als Mörder überführen können. Die Radmutternschlüssel sämtlicher Verdächtiger waren eingesammelt und auf Blutspuren untersucht worden, jedoch ohne Erfolg. Max und Susanne hatten in ihrem Toyota nicht einmal einen Radmutternschlüssel. Das war zwar einerseits verdächtig, aber andererseits gab es keine Mordwaffe, die sie dem Richter präsentieren konnten. So hatte der zuständige Richter beim Amtsgericht Max auch im Laufe des Tages wieder auf freien Fuß gesetzt. Die Beweislast war ihm zu dünn gewesen.

Max hatte seinen Toyota tatsächlich über Nacht im Parkhaus am See gelassen, was die Überwachungskamera im Parkhaus bewies, aber das brachte Katharina und Hubert weder einen Schritt vor noch zurück. Das Auto am Tatort war eine S-Klasse gewesen, aber die Recherche bezüglich der Überwachungskameras und der Autovermietungen hatte bisher nichts Brauchbares ergeben. Zudem bestand die Wahrscheinlichkeit, dass sich der Mörder das Auto von einem Bekannten ausgeliehen hatte, und dann hatten sie kaum eine Gelegenheit, das Auto zu finden und auf DNS-Spuren von Anna untersuchen zu lassen.

Häberle war noch einmal in Anna Maiers Wohnung gewesen und hatte sich auch wegen des Erbes erkundigt. Die Eltern erbten alles, übrigens nicht wenig, aber das lieferte ihnen kein

Mordmotiv. Und die Nachbarn hatten nach wie vor nichts ausgesagt, was die Ermittlungen vorantreiben konnte. Einzig das Kleid aus Annas Schlafzimmer war ein Erfolg gewesen. Es war zerrissen und zum Teil blutverschmiert. Nun bestand kein Zweifel mehr, dass Anna vergewaltigt worden war, und das Kleid stammte ziemlich sicher aus jener Nacht. Anna schien es nie gewaschen zu haben, zumindest fand Daniel auf dem Kleid DNS-Spuren von Anna und von einer zweiten Person – vermutlich von dem Vergewaltiger. Daniel hatte die DNS bereits mit den Proben der Verdächtigen verglichen, doch sie stimmten nicht überein. Und es gab bisher keinen Beweis dafür, dass der einstige Vergewaltiger auch der Mörder war. Was hatte er auch für ein Motiv, Anna jetzt, so viele Jahre später, umzubringen? Hatte Anna es sich überlegt und wollte nun doch Anzeige erstatten? Noch war die Tat nicht verjährt. Aber wie hatte der Täter davon erfahren? Hatte sie ihn kontaktiert, ihn vielleicht sogar erpresst? Fragen über Fragen.

Katharina fühlte sich müde, obwohl sie den ganzen Tag im Büro verbracht hatte. Aber vielleicht kam die Müdigkeit auch gerade daher, denn es war wie schon am Tag zuvor extrem stickig gewesen. Ein Ausflug auf dem See war jetzt sicher genau das Richtige. Sie sah sich um. Das Segelboot, das vor ihr am Ufer des Sees schaukelte, war schon etwas ganz Besonderes. Es war kein kleines Boot, auf dem nur gerade einmal zwei Personen Platz hatten, sondern fast schon ein Schiff mit einem Sonnendeck vorne, einer Kajüte und einem Sonnensegel hinten.

»Dein Boot? Nicht schlecht.« Katharina nickte Jonas anerkennend zu. »Das war bestimmt nicht billig.«

»Nee, das gehört Frederik. So was könnte ich mir gar nicht leisten.«

Im selben Moment kam Frederik aus der Kajüte. Er trug ein Polohemd zu einer Stoffhose und teuer aussehenden Segelschuhen, außerdem eine Armani-Sonnenbrille. Katharina musterte ihn. Irgendwie sah er anders aus als vor einer knappen Woche beim Klassentreffen.

»Hallo, Kathi.« Er winkte ihr zu und nahm sie sogar kurz in den Arm, als er das Boot verlassen hatte. »Schön, dass du uns begleitest.«

Er verhielt sich auch anders. Überrascht erwiderte sie seine Umarmung. Er hatte sie noch nie umarmt, und er hatte sie auch noch nie Kathi genannt. Es fühlte sich seltsam an, wenn jemand, den sie weder sonderlich gut kannte noch mochte, sie bei ihrem Kosenamen nannte. »Danke für die Einladung. Ein wirklich schönes Boot. Deine Freundin?« Sie deutete mit dem Kopf auf die Seite des Bootes, auf der in geschwungenen Lettern *Victoria* stand.

»Lateinisch für *der Sieg.*«

Natürlich, dachte Katharina. Frederik blieb sich treu.

Doch dann sagte er: »Heute würde ich sie ja anders nennen, aber nun heißt sie halt Victoria. Man benennt sein Boot nicht um, das bringt angeblich Unglück.«

»Seit wann bist du abergläubisch?«, fragte Jonas lachend.

»Ich nicht, aber meine Freundin.«

»Also doch eine Freundin«, sagte Katharina. »Warum ist sie nicht mit an Bord? Ist sie in Stuttgart?«

Frederik schüttelte den Kopf. »Sie lebt hier am See, hatte aber heute keine Zeit. Kann ich dir was abnehmen?«, fragte er mit Blick auf Katharinas Taschen.

Neben ihrer Handtasche hatte sie einen Picknickkorb dabei, den ihre Mutter gepackt hatte. Katharina hatte nur einen kurzen Blick hineingeworfen, aber der Inhalt sah gut aus: Baguette, Käse, Weintrauben, eine Flasche Wein, Pralinen. *Tauche niemals mit leeren Händen zu einer Einladung auf,* war die Devise ihrer Mutter. »Danke. Das ist nur ein bisschen Proviant.« Sie reichte Frederik den Korb.

»Sehr gut, verhungern werden wir schon mal nicht. Ich hab auch jede Menge zu essen besorgt.« Er lächelte ihr zu.

Er war wirklich ganz anders als auf dem Klassentreffen. Irgendwie lockerer, nicht so verbissen und angeberisch. Katharina musste zugeben, dass sie positiv überrascht war. Sie dachte an

Jonas' Worte, dass Frederik auch charmant sein könne. Offensichtlich hatte er damit recht gehabt. Ihre Freude auf den Ausflug wuchs von Minute zu Minute.

»Komm, ich helfe dir«, sagte Jonas und reichte Katharina die Hand, um ihr aufs Boot zu helfen.

»Was soll ich machen?«, fragte sie.

Frederik sah kurz von seiner Arbeit auf. »Mach's dir gemütlich, es kann gleich losgehen. Wir warten nur noch auf Clemens.«

Clemens schien seine Freunde also nicht versetzt zu haben. Katharina hatte sich schon gewundert. Sie setzte sich auf einen Stuhl unter dem Sonnensegel. Während sie auf Gesicht, Armen und Dekolleté Sonnencreme verteilte, beobachtete sie die beiden Männer, die gekonnt alles vorbereiteten. Sie sahen wirklich nicht schlecht aus, beide nicht: großgewachsen, gebräunt, guter Körperbau. Jonas glich vom Typ her Daniel. Er hatte ebenfalls hellbraune Haare, vielleicht einen Ticken dunkler als Daniel. Seine Augenfarbe war eine interessante Mischung aus Braun und Blau. Frederik war lässiger, obwohl er einen exquisiteren Geschmack besaß.

Jetzt fiel Katharina auch auf, was sich an Frederik seit dem Klassentreffen zumindest rein äußerlich verändert hatte. »Hattest du nicht am Samstag noch einen Bart?«, fragte sie in seine Richtung.

»Stimmt«, sagte nun auch Jonas. »Warum hast du dich so schnell wieder davon getrennt? Hat wohl deiner Freundin nicht gefallen, was?« Er grinste.

Frederik grinste ebenfalls. »Zum einen das, zum anderen ist es als Anlageberater besser, rasiert zu sein. Dann wirkt man seriöser auf die Klienten. Keine Ahnung, warum.«

»Ach, ich verstehe das schon«, erwiderte Katharina. »Mit Bart und Holzfällerhemd kann ich mir dich auch sehr gut in Kanada beim Baumfällen oder Bärenjagen vorstellen.«

Frederik lachte. »Na, vielen Dank. Aber ich denke, als Kriminalkommissarin geht es dir doch sicher ähnlich. Dich nehmen doch viele Zeugen aufgrund deines hübschen Äußeren auch nicht ernst, oder? Und du beurteilst deine Verdächtigen garantiert auch nach dem Äußeren. Das ist nur normal, auch wenn es vielleicht nicht immer der richtige Weg ist.«

»Hi, Leute. Entschuldigt die Verspätung.« Ein dritter Mann betrat das Boot und reichte erst Frederik, dann Jonas die Hand. Er trug eine Brille, hatte helle Haare und helle Augen, die fast schon verwaschen wirkten. Jetzt wandte er sich Katharina zu. »Hi, ich bin Clemens. Kriminalkommissarin? Wie spannend.«

Katharina ergriff seine ausgestreckte Hand. »Das ist es hin und wieder. Hallo, ich bin Katharina. Schön, dass wir uns kennenlernen.«

»Ganz meine Meinung. Also, was soll ich machen?« Clemens stellte seine Aktentasche beiseite und zog sein Jackett aus. Wie es aussah, war er direkt von der Arbeit hergekommen.

»Ich könnte noch Hilfe bei den Segeln gebrauchen«, sagte Jonas.

Frederik warf den Motor an, um das Boot zuerst sicher aus dem Hafen zu bringen. Als sie ein gutes Stück vom Ufer entfernt waren, hissten Jonas und Clemens die Segel. Langsam glitt das Boot über den Bodensee. Katharina warf die Ballerinas beiseite, schob sich ihre Sonnenbrille auf die Nase und streckte die Füße aus. Bewusst atmete sie ein paar Mal tief ein und aus. Wenn sie gewusst hätte, dass es auf dem See so wunderschön und entspannend war, hätte sie Jonas längst einmal begleitet. Die Luft war herrlich, von der Aussicht ganz zu schweigen: Auf der einen Seite lag Friedrichshafen mit seiner Uferpromenade, auf der anderen Seite wirkte der Bodensee offen und weit und schien nur von den Alpen im Hintergrund begrenzt zu sein. Katharina sah die Schlosskirche, das Wahrzeichen der Stadt, und weiter vorne, direkt am Ufer, den historischen Schlosssteg, der in den See hineinragte und an ein römisches Viadukt erinnerte. In ihrer Jugend hatten Katharina und Daniel ganze Tage dort zugebracht, vor allem in den Sommerferien. Sie hatten am Strand gesessen oder etwas verborgener im Schatten der Gemäuer. Dort hatten sie stundenlang geknutscht. Heute konnte

190

sie sich das kaum noch vorstellen, aber damals war es eine wunderschöne Zeit gewesen. Hin und wieder hatte Jonas sie begleitet, aber so gerne Katharina ihn auch damals schon gemocht hatte, war sie lieber mit Daniel allein gewesen. Schmerzlich dachte sie an den vergangenen Abend zurück, doch sie schüttelte die Erinnerung daran sofort ab. Die Zeiten hatten sich geändert; es würde nie wieder so unbeschwert sein wie früher. Damit musste sie sich abfinden, und es war nicht nur Daniels Schuld. Es lag am Alter, an ihrem Beruf, an den Verlusten, die sie hatte hinnehmen müssen, und natürlich auch an ihrer Rolle als Mutter. Sie seufzte. Heute wollte sie nur den Moment genießen und weder an die Vergangenheit noch an die Zukunft denken.

Das Boot wurde langsamer, und die Männer holten die Segel ein. Frederik stieg die Stufen zur Kajüte hinab und kehrte wenig später mit einem Korb voller Besteck, Essen und Getränke zurück. Katharina stand auf, um ihm zu helfen. Gemeinsam machten sie es sich auf einer Decke auf dem Sonnendeck gemütlich und genossen das Essen. Die Männer unterhielten sich hauptsächlich über Schiffe und das Segeln, und obwohl Katharina nicht viel verstand und auch kaum mitreden konnte, fühlte sie sich wohl, was fast an ein Wunder grenzte. Nie hätte sie gedacht, dass sie sich in Frederiks Gegenwart wohlfühlen könnte, aber vielleicht hatte sie sich in ihm getäuscht. Vielleicht hatte auch er sich wie so viele andere aus ihrer alten Klasse geändert. Für eine Weile vergaß sie sogar die Arbeit und den Mord an der armen Anna.

Irgendwann hisste Frederik die Segel erneut, und Clemens verschwand in der Kajüte. Jonas rutschte etwas näher an Katharina heran und legte einen Arm um sie.

»Ist alles okay bei dir?«

Ein Blick in seine Augen sagte alles. Seufzend lehnte sie sich an seine Schulter. »Er hat es dir erzählt.«

Jonas lächelte. »Natürlich hat er das, Daniel ist unser gemeinsamer Freund. Er hat mich gebeten, nach dir zu sehen.«

»Natürlich hat er das«, wiederholte Katharina. »Sei mir nicht böse, aber ich will jetzt nicht darüber sprechen. Später vielleicht.« Denn wenn sie das jetzt tat, konnte sie womöglich nicht mehr aufhören, und sie hatten nicht ewig Zeit. Bald würden sich Frederik und Clemens wieder zu ihnen gesellen, und sie wollte vor den beiden keinesfalls Schwäche zeigen.

Jonas nickte. »Das kann ich verstehen, aber ich bin für dich da, Kleines. Jederzeit.«

»Das weiß ich, und ich danke dir dafür.« Sie gab ihm einen Kuss auf die Wange.

»Ich hab nie verstanden, warum ihr zwei nichts miteinander angefangen habt«, sagte Frederik und setzte sich wieder auf seinen alten Platz.

Katharina und Jonas wechselten einen Blick. »Tja, sie war leider schon vergeben, und ich wildere nicht im Revier eines Freundes«, war Jonas' Antwort.

Katharina knuffte ihn in die Seite, doch in ihrem Bauch breitete sich ein leichtes Kribbeln aus. Sie fragte sich, ob er nur scherzte oder es ernst meinte. Wenn Daniel nicht gewesen wäre, hätte sie es vielleicht sogar mit Jonas versucht. Er war einer der nettesten Jungen gewesen, die sie gekannt hatte. Er war immer an ihrer Seite gewesen, unterstützte sie bis heute. *Vielleicht ist es wirklich an der Zeit, mich wieder auf einen Mann einzulassen,* dachte Katharina. Seit der Trennung von Daniel hatte sie keine ernsthafte Beziehung mehr geführt. Als alleinerziehende Mutter in einer fremden Stadt war es nicht leicht gewesen, neue Freunde, geschweige denn einen Mann zu finden, auch wenn Katharina für gewöhnlich nie Probleme damit gehabt hatte. Aber ihr Job und ihre Tochter waren ihr wichtig, und sie hatte Emily nach der Trennung auch keinen neuen Mann zumuten wollen. Das wäre ihr nicht fair vorgekommen. Aber inzwischen war Emily alt genug, und Katharina durfte auch mal wieder an sich denken. Jonas zog sie allerdings nicht in Betracht, die Freundschaft mit ihm war ihr zu wertvoll. Ihre Gedanken wanderten weiter zu Linus Reuter. Ob sie seine Einladung zu einer

Verabredung doch annehmen sollte? Sie hatte ja noch ein paar Tage Zeit, sich das zu überlegen, aber im Grunde sprach nichts dagegen. Er war sehr nett und schien sie zu mögen.

»Und welche Ausrede habt ihr heute?«, bohrte Frederik weiter.

»Du willst uns wohl unbedingt verkuppeln, was?«

Jonas grinste wieder, und Katharina hatte keine Ahnung, wie ernst er seine Antworten meinte. Aber sie konnte sich nicht vorstellen, dass er sich mehr von ihr wünschte als Freundschaft. Dann hätte er doch sicher mal etwas gesagt. Oder? Clemens kehrte zu ihnen zurück, und Katharina nutzte die Gelegenheit, um das Thema zu wechseln. Nicht, dass Frederik noch auf die Idee kam, sie auf Daniel anzusprechen. »Was machst du eigentlich beruflich?«, fragte sie an Clemens gewandt.

»Ich arbeite als Manager bei einer Versicherungsgesellschaft.«

»Ach. Du kennst nicht zufällig einen Oliver Fitz?«, fragte Katharina.

»Klar. Zwar nicht besonders gut, aber wir arbeiten in derselben Abteilung. Warum fragst du?«

»Nur so. Wir hatten am Samstag Klassentreffen, und Oliver ist ein alter Freund.«

Clemens nickte. »Richtig, ihr seid alle in eine Klasse gegangen, nicht wahr? Schon lustig, wenn man Jahre später noch Kontakt hat.«

»Wir haben uns in den letzten zwanzig Jahren eigentlich nicht sehr häufig gesehen«, meinte Frederik und blickte zu Katharina. »Dabei hab ich dich eigentlich immer gemocht.«

»Wenn ich ehrlich bin, hab ich dich immer für einen Angeber gehalten«, erwiderte sie.

Die anderen lachten; sogar Frederik konnte sich ein Schmunzeln nicht verkneifen. »Tja, das hab ich wohl verdient.«

»Aber ich muss zugeben, dass du heute viel umgänglicher bist. Sogar richtig nett.«

Frederik schüttelte amüsiert den Kopf. »Vielleicht liegt's am Wetter oder am Segeln. Auf dem See bin ich immer gut drauf.

Jedenfalls schätze ich deine Ehrlichkeit. Das ist ein guter Charakterzug, den du unbedingt beibehalten solltest.«

Katharina zuckte mit den Schultern. »Ich hasse Unehrlichkeit. Hängt wahrscheinlich mit meinem Job zusammen.«

»Du bist also Kriminalkommissarin«, sagte Clemens. Er stützte sich hinter dem Rücken auf seinen Händen ab. »Ich kann mir nicht helfen, aber ich finde das wirklich interessant. Das muss doch ein unglaublich spannender Job sein, und vermutlich auch irrsinnig anstrengend. Was man da alles mitansehen muss …«

Katharina seufzte. »Ja, das stimmt. Es ist wirklich nicht immer leicht, in menschliche Abgründe zu schauen. Und man hat wenig Freizeit, wenn es gerade einen Fall gibt. Da kann es schon mal vorkommen, dass man seine Freunde versetzen muss.«

»Wie mutig von dir, uns zu begleiten«, scherzte Jonas. »Stell dich gut mit Frederik, sonst lässt er dich nachher zurückschwimmen, sollte dein Kollege dich brauchen.«

»Ihr arbeitet gerade an einem aktuellen Mordfall?«, hakte Clemens nach.

Katharina kannte diese morbide Faszination. Die meisten Menschen reagierten so, wenn sie erfuhren, was sie beruflich machte, doch die wenigsten würden es auch nur einen Tag in ihrem Beruf aushalten. Sie fragte sich manchmal selbst, wie sie das schaffte.

»Sie wurde vom Klassentreffen weggerufen«, erzählte Jonas, bevor Katharina antworten konnte.

»Und wie läuft es?«, fragte Frederik. »Seit ihr in euren Ermittlungen weitergekommen? Ich hab gehört, ihr habt Max festgenommen.«

Normalerweise hasste Katharina es, wenn sie auf aktuelle Fälle angesprochen wurde, und sie durfte auch eigentlich nicht darüber sprechen. Aber in diesem speziellen Fall war sie sogar dankbar für das Interesse der anderen. So hatte sie die Möglichkeit, Clemens auf den Zahn zu fühlen, ohne dass es auffallen würde. »Lass mich raten: Nathalie?«

Frederik grinste. »Ja, ja, die Nathalie. Was würde sie nur den lieben langen Tag tun, wenn es keine Gerüchte zu verbreiten gäbe?«

»In dem Fall ist es aber leider kein Gerücht, allerdings mussten wir Max aus Mangel an Beweisen wieder freilassen.« Diese Neuigkeit würde sich ohnehin ebenso wie Max' Festnahme wie ein Lauffeuer unter den ehemaligen Schulkameraden verbreiten, also musste sie damit auch nicht hinter dem Berg halten.

»Max? Nathalie?« Clemens sah neugierig in die Runde. »Sind die auch in eure Klasse gegangen?«

Katharina nickte. »Ebenso wie das Mordopfer.«

»Oh! Scheiße, das tut mir leid«, sagte Clemens. »Das muss doch dann besonders hart sein, in dem Fall zu ermitteln.«

»Schon, wobei ich Charlène, wie sie sich inzwischen nannte, zum Glück nicht so nahestand. Ich hab sie seit zwanzig Jahren nicht gesehen. Das macht es etwas einfacher. Aber du hast natürlich recht: Wenn es Jonas eines Tages erwischen sollte, wäre das extrem hart für mich.«

»Oh, vielen Dank auch.« Jonas tat so, als würde er Katharina in den Schwitzkasten nehmen, und sie lachten beide, doch insgeheim beobachtete sie Clemens, der mit einem Mal sehr nachdenklich wirkte. In dem Moment war Katharina sehr dankbar dafür, dass Anna sich als Künstlernamen für die ungewöhnliche Variante entschieden hatte.

»Charlène?«, fragte Clemens da auch schon beiläufig. »Interessanter Name, klingt nicht unbedingt deutsch.«

»Ein Künstlername«, erwiderte Katharina. »Dummerweise stand die Geschichte in sämtlichen Zeitungen. Irgendwie hat sich die Nachricht verbreitet, das passiert manchmal leider. Na, jedenfalls kann ich es dir deshalb auch verraten: Charlène La Bouche. Sie hat als Escortdame gearbeitet.«

»Charlène La Bouche?« Clemens schluckte und wurde mit einem Schlag leichenblass.

»Kennst du sie?«, fragte Katharina.

»Ich? Nein, natürlich nicht. Ich hab zwar derzeit keine Freundin, aber so was hab ich auch wieder nicht nötig.« Er lachte gekünstelt und wischte sich unauffällig den Schweiß von der Stirn.

Es war mehr als offensichtlich, dass Clemens log. Und es war auch mehr als offensichtlich, dass ihn der Mord an Charlène ganz schön mitnahm. Die Frage war nur, warum das so war.

Kapitel 16

Donnerstag, 27. Juli

»Hast du Lust, noch was trinken zu gehen?«, fragte Jonas.

Katharina sah auf ihre Uhr. Es war noch nicht einmal halb sieben, und sie hatte heute nichts mehr vor. Die Luft war herrlich, die Temperaturen inzwischen angenehm, und sie wollte noch nicht nach Hause. Emily würde auch unterwegs sein, wie sie ihr beim Frühstück kurz angebunden mitgeteilt hatte. Sie wollte den ersten Ferientag mit Franzi im Schwimmbad verbringen, und Rudi war ohnehin bei ihrer Mutter, da sie im Vorfeld nicht hatte wissen können, wie lange die Bootstour dauern würde. »Klar, gern. Wie sieht's mit euch aus? Frederik? Clemens? Kommt ihr auch noch mit was trinken?«

»Meine Freundin wartet leider auf mich«, rief Frederik vom Boot herunter, wo er noch Sachen verstaute.

»Warte, ich helfe dir«, sagte Jonas und stieg noch mal zurück aufs Boot.

»Ich kann leider auch nicht«, antwortete Clemens. »Vielleicht ein anderes Mal.«

So ein Mist, dachte Katharina. Sie hatte gehofft, er würde mitkommen, auch wenn sie mit einer Absage gerechnet hatte. Clemens hatte den Rest der Bootsfahrt abwesend gewirkt, fast schon verstört. Katharina hatte unauffällig versucht, mit ihm über den Mord an Anna zu sprechen, doch sie war nicht mehr an ihn herangekommen. Die ganze Zeit waren Frederik oder Jonas in der Nähe gewesen. »Wie schade. Es war wirklich schön, dich kennenzulernen. Das sollten wir unbedingt mal wiederholen.«

»Klar, warum nicht?«

Clemens reichte ihr die Hand, doch sie zog ihn spontan in

197

die Arme, um ihm unbemerkt etwas ins Ohr flüstern zu können. »Wenn du mit mir reden willst, Clemens, ich bin da. Jederzeit, Tag und Nacht. Ich werde dich auch nicht verurteilen, das verspreche ich dir.« Sie spürte, wie er schluckte. Er war zögerlich, als sie ihn wieder losließ, sah sie einfach nur an. Er hatte etwas auf dem Herzen, traute sich aber nicht, mit ihr zu reden. Lag es vielleicht daran, dass die anderen beiden noch in der Nähe waren? Und natürlich schauten Frederik und Jonas immer wieder in ihre Richtung, auch wenn sie aus der Entfernung kein Wort verstehen konnten. Dafür war es einfach zu laut mit den anderen Booten, die in den Yachthafen einfuhren oder ihn verließen. »Sollen wir vielleicht noch zusammen was trinken gehen?«, fragte Katharina trotzdem leise. »Nur wir beide? Ich kann Jonas absagen, das ist überhaupt kein Problem.«

Clemens schien ganz offensichtlich mit sich zu ringen. Er wollte mit ihr reden, doch etwas hielt ihn zurück. »Ich kann nicht«, sagte er schließlich. »Nicht jetzt, ich muss noch was erledigen. Aber vielleicht können wir das nachholen.«

Katharina nickte und steckte ihm unauffällig ihre Karte zu. »Sehr gern. Da steht auch meine Privatnummer drauf. Ruf mich an, jederzeit.«

Clemens nickte ebenfalls. Er zögerte erneut, doch schließlich wandte er sich ab und den beiden Männern auf dem Boot zu. »Ciao, ihr beiden. Bis zum nächsten Mal«, rief er und klang dabei fast so ungezwungen, wie er vermutlich wollte.

Katharina sah ihm nachdenklich hinterher. Hoffentlich würde er sie anrufen, aber für alle Fälle sollte sie sich von Jonas Clemens' Telefonnummer besorgen.

Es war laut und voll, trotzdem genoss Katharina es, noch zusammen mit Jonas in einem Lokal direkt am Ufer zu sitzen. Sie nippte an ihrer Johannisbeerschorle und sah hinaus auf den See. Es kam nicht oft vor, dass man die Alpen sehen konnte, doch heute zeichneten sie sich ganz eindeutig am Horizont ab.

»Vermisst du Mannheim?«, fragte Jonas und nahm einen Schluck von seinem Malzbier.

»Nicht die Bohne«, antwortete sie, ohne auch nur eine Sekunde darüber nachdenken zu müssen. »Du hast mich doch dort ein paar Mal besucht. Würdest du die Stadt etwa vermissen, wenn du das hier haben kannst?«

Jonas schmunzelte. »Das hast jetzt du gesagt. Wobei ich Heidelberg ganz hübsch fand. Aber gab es denn da niemand Speziellen, der dir fehlt? Keinen Mann?«

»Das weißt du doch.«

Jonas rutschte auf seinem Stuhl etwas weiter nach vorne. »Kathi, ich will dich jetzt mal was fragen, und ich erwarte eine ehrliche Antwort von dir. Das bist du mir schuldig, immerhin sind wir seit Jahren beste Freunde. Gab es eigentlich überhaupt mal jemanden nach Daniel?«

Womit sie wieder beim Thema waren. Katharina seufzte. »Nicht wirklich.«

»Aber du hast seit der Scheidung schon mal wieder …?«

»Jonas!« Sie schlug ihm auf den Arm und sah sich um. Gott, war das peinlich. Zum Glück schienen die anderen Gäste um sie herum in ihre eigenen Gespräche vertieft zu sein.

Jonas grinste. »Hast du oder nicht?«

»Jaha«, raunte sie. Das war nichts, worüber sie unbedingt mit ihm sprechen wollte. Dieses Thema hatten sie in ihrer Freundschaft meistens ausgeklammert. *Warum eigentlich?*, fragte sie sich jetzt.

»Dann ist es ja gut.«

Katharina schüttelte den Kopf, musste aber ebenfalls grinsen. »Was ist mit dir? Du hattest doch auch schon länger keine Freundin mehr.«

»Mach dir mal um mich keine Sorgen, diesbezüglich habe ich keinen Notstand.« Katharina lief ein wenig rot an, und Jonas lachte. »Entschuldige, das konnte ich mir nicht verkneifen. Nein, im Moment gibt es niemanden. Leider. Aber sag mal, was ist eigentlich mit dir und Clemens? Habt ihr etwa vorhin miteinander geflirtet?«

Katharina verschluckte sich an ihrer Saftschorle. »Gott, nein. Er ist überhaupt nicht mein Typ.« Jonas sah sie weiterhin an, und sie zögerte. Aber schließlich fügte sie hinzu: »Es ging quasi um den Fall. Hast du nicht bemerkt, wie merkwürdig er sich verhalten hat, als er von Annas Tod erfahren hat? Ich bin mir sicher, dass er sie kannte.«

Jonas überlegte einen Moment. »Stimmt, du könntest recht haben. Jetzt, wo du es sagst. Aber deshalb bist du auch Kriminalkommissarin, und ich arbeite als Mechaniker.«

»Du hast doch bestimmt Clemens' Nummer, oder? Würdest du sie mir vielleicht geben?«

Jonas zückte sein Handy und tippte darauf herum. Dann steckte er es wieder weg. »Erledigt.«

»Super, danke dir. Sag mal …«

Er grinste. »Geh ruhig, ich lauf nicht weg.«

Katharina nickte und entfernte sich einige Schritte, dann wählte sie Clemens' Nummer. Leider sprang nur die Mailbox an. Sie überlegte, entschied sich aber dafür, keine Nachricht zu hinterlassen. Sie würde es einfach später noch mal versuchen. Seufzend kehrte sie zu Jonas und an ihren Tisch zurück.

Jonas blickte hinaus auf den See. »Wenn ich den historischen Schlosssteg sehe, muss ich immer an früher denken. Bist du mal wieder dort gewesen, seit du hergezogen bist?«

»Leider nicht, bisher hatte ich keine Zeit dazu.«

Er sah zu ihr. »Nun denn, sollen wir noch eine Runde laufen?«

»Gern.«

Sie tranken ihre Getränke leer, und Jonas winkte der hübschen Kellnerin, um für sie beide zu bezahlen. Dann schlenderten sie Arm in Arm die Promenade entlang. Obwohl es mitten unter der Woche war, war es voll am See. Verliebte Pärchen, Eltern mit Kindern, Hundebesitzer, Jugendliche – hier waren alle Schichten und alle Generationen vertreten. Jeder, der hier wohnte, nutzte so oft wie möglich die Gelegenheit, nach getaner Arbeit noch einmal an den See zu fahren, um abzuschalten. Und es funktionierte. Auch Katharina fühlte sich viel entspannter. Das sollte sie öfter machen, wenn sie in ihren Fällen nicht weiterkam. Schon früher war sie gerne in die Natur gegangen, wenn sie über etwas nachdenken musste, allerdings war sie da noch mit Vorliebe auf einen Baum geklettert. Die Zeiten waren allerdings vorbei, wobei es ja noch das Baumhaus gab, das ihr Vater einst gebaut hatte und das sie keinesfalls vergammeln lassen würde.

»Du bist doch handwerklich begabt«, begann Katharina.

»Wobei soll ich dir helfen?«, fragte Jonas mit einem Seitenblick.

»Das alte Baumhaus, das mein Vater für mich gebaut hat. Es ist an einigen Stellen ein bisschen morsch und bräuchte dringend einen neuen Anstrich.«

»Kein Problem. Wann soll ich vorbeikommen?«

Katharina lächelte. Das war Jonas – immer zur Stelle, wenn man ihn brauchte. Daniel würde ihr allerdings auch jederzeit helfen. Sie bekam sofort ein schlechtes Gewissen, weil sie nicht ihn darum bat. Irgendwie erschien es ihr nicht fair, doch nun war es zu spät. »Nicht so schnell. Lass mich erst mal den Mord an Anna aufklären, dann machen wir uns an das Baumhaus. Vorher kann ich schlecht planen. Womöglich sitzt du sonst mit der Farbe alleine da.«

»Ach, das würde mir nichts ausmachen. Du weißt, dass ich immer für dich da bin. Ich würde das Haus sogar eigenständig für dich restaurieren und in Pink streichen.«

Sie verzog das Gesicht. »Seit wann mag ich Pink?«

Jonas lachte. »Darum ging es jetzt gar nicht.« Doch er wurde sofort wieder ernst. »Hast du inzwischen mit Emily geredet?«

Katharina brauchte nicht zu fragen, worüber sie mit ihrer Tochter geredet haben sollte. »Bisher noch nicht.«

»Kathi.« Jonas seufzte.

»Ja, ich weiß. Du hast absolut recht, wenn du sagst, dass ich ihr erzählen sollte, wie ihr Großvater gestorben ist, aber ich traue mich nicht. Ich will keine alten Wunden aufreißen, und ich wüsste auch gar nicht, wo ich anfangen soll.«

»Bei der Wahrheit. Aber gut, du wirst schon wissen, was du tust.« Er grüßte ein älteres Pärchen, das an ihnen vorbeilief, und erklärte: »Kunden von mir, die kommen regelmäßig in die Werkstatt mit ihrem dreißig Jahre alten Mercedes. Können sich einfach nicht von dem Wagen trennen.«

»Magst du deine Arbeit?«, fragte Katharina, froh darüber, das Thema wechseln zu können.

»Meistens. Ich hab schon früher gern an etwas herumgebastelt, wie du weißt. Das Problem ist nur, dass die neuen Autos immer mehr so gebaut werden, dass kein freier Mechaniker mehr an das Innenleben herankommt.« Er stieß ein tiefes Seufzen aus. »Tja, irgendwann in nicht allzu ferner Zukunft werde ich wohl meine Werkstatt dichtmachen und mir eine Stelle bei einer Vertragswerkstatt suchen müssen.«

»Das tut mir leid.« Ohne nachzudenken fügte sie hinzu: »Da geht es dir ähnlich wie Daniel. Die Stellen in der Gerichtsmedizin werden auch weniger. Oder glaubst du, er arbeitet freiwillig in der Pathologie? Da habe ich es besser. Die Leute werden das Morden nie lassen, so traurig das ist.«

»Wie läuft denn die Zusammenarbeit zwischen dir und Daniel?«

»Er macht seine Sache gut«, erwiderte Katharina nur. Sie hätte nicht auf Daniel zu sprechen kommen dürfen. So war sie auch selbst schuld, als Jonas stehen blieb, sie an beiden Schultern griff und sie eindringlich ansah.

»Können wir jetzt über Daniel reden?«

Sie machte sich von ihm los. »Da gibt es nichts zu reden.«

»Das sehe ich aber anders. Kathi …« Er nahm ihre Hand, damit sie ebenfalls stehen blieb. Inzwischen hatten sie den Schlosssteg erreicht. »Es ist zehn Jahre her. Gib ihm wenigstens die Chance, sich bei dir zu entschuldigen.«

»Ernsthaft? Er hat sich bei mir entschuldigt, das macht es aber nicht besser. Er hat mich betrogen.«

»Denkst du, das weiß ich nicht? Ich hätte ihn damals am liebsten in Stücke gerissen, und ich habe es nur deshalb nicht getan, weil er auch mein Freund ist. Aber er bereut es zutiefst.

Du hast keine Ahnung, wie sehr er in den letzten zehn Jahren gelitten hat. Jeden verdammten Tag seit eurer Trennung hat er sich Vorwürfe gemacht, weil er dir das angetan hat.«

»Und was glaubst du, wie ich mich gefühlt habe? Du hast keine Vorstellung, wie es ist, betrogen zu werden. Du musstest das zum Glück noch nie durchmachen.«

»Das nicht, aber …«

»Nein, Jonas. Du hast keine Ahnung.« Sie riss sich los und umklammerte mit beiden Händen so fest den Zaun, der neben dem Schlosssteg das Ufer umzäunte, dass ihre Fingerknöchel weiß hervortraten. Sie zitterte am ganzen Körper, so sehr versuchte sie, die Tränen zurückzuhalten. Was war nur los mit ihr? Sie weinte selten, sie hasste es eigentlich. Vor allem, wenn Frauen ihre Tränen einsetzten, um ihre Ziele zu erreichen. Wie oft hatte sie das schon in Verhören erlebt? Und nun war sie schon das zweite Mal innerhalb von zwei Tagen kurz davor, zu weinen. Jonas legte ihr eine Hand auf den Rücken, und das war der Moment, in dem sie den Kampf gegen die Tränen verlor.

»Du hast keine Ahnung«, wiederholte sie leise. »Du liebst jemanden so sehr, dass es fast wehtut, und dann steht derjenige plötzlich vor dir und gesteht dir, dass er mit jemand anderem geschlafen hat. Mit einer fremden Frau, die ihm angeblich überhaupt nichts bedeutet hat oder je bedeuten wird. In dem einen Moment verstehst du die Worte überhaupt nicht, klammerst dich an die Hoffnung, dass du dich verhört hast. Im nächsten Moment kannst du es nicht mehr leugnen. Traurigkeit, Wut, Verzweiflung greifen nach einem, und man weiß überhaupt nicht, was man machen soll, wie man reagieren soll.« Langsam schüttelte sie den Kopf. »Ich kann Susanne verstehen. Sie hat vier Kinder mit Max, Lena ist erst drei Monate alt. Wir hatten damals nur Emily, und sie war schon fünf Jahre alt, aber das machte es nicht leichter. Du weißt, dass sie von klein an ein Papakind war. Noch nie habe ich mich so hilflos gefühlt. Ich hatte gerade erst meinen Vater verloren und stand plötzlich alleine mit einem Kleinkind da, das mich jeden Tag mindestens einmal gefragt hat, wann Papa endlich wieder nach Hause kommt. Du willst dich einfach nur in deinem Bett verstecken und nie wieder aufstehen, aber du musst stark sein, denn du willst ja das Kind nicht mit in den Abgrund reißen. Ich hatte niemanden mehr, Jonas. Keine Eltern, keinen Mann, keine Freunde.«

»Kathi …« Jonas schmiegte sich von hinten an ihren Rücken.

Sie holte tief Luft und wischte sich die Tränen aus dem Gesicht, doch es kamen immer mehr nach. Jetzt war es ihr auch schon egal, dass sie in aller Öffentlichkeit stand und weinend einem Mann ihr Herz ausschüttete. »Ja, ich weiß. Ich war selbst schuld, schließlich habe ich alle Brücken hinter mir abgebrochen und bin nach Mannheim gegangen. Aber ich konnte nicht anders. Alles hier hat mich an Daniel erinnert, und jeder schien Bescheid zu wissen. Das ist auch so etwas. Das Mitleid, die Es-geschieht-ihr-ganz-recht-Blicke. *Ich hab nie verstanden, was er mit ihr wollte. Sie mag vielleicht hübsch sein, aber trotzdem rennt ihr der Mann davon.* Das Selbstvertrauen ist dahin, und wenn du Pech hast, erlangst du es nie wieder.«

»Ach, Kathi.« Jonas drehte sie zu sich herum und zog sie ganz fest in seine Arme. Er vergrub sein Kinn in ihren dichten Locken. »Du warst und bist eine tolle Frau: intelligent, süß, liebenswert, noch dazu bildschön. Lass dir von niemandem etwas anderes einreden.«

»Danke, Jonas. Und wehe, du sagst ihm, dass ich seinetwegen geweint hab.« Jonas lachte, und sie schmiegte sich noch etwas enger an ihn. Es war schön, einem Mann mal wieder so nahe zu kommen, auch wenn es nur ein Freund war. Eine ganze Weile standen sie so da, doch schließlich nahm er sie an den Schultern und schob sie ein Stückchen von sich weg, um sie ansehen zu können. Trotzdem standen sie noch immer ganz dicht voreinander. Sie spürte seinen Atem an ihrer Wange.

»Ich hätte dich sofort genommen, wenn Daniel nicht gewesen wäre. Aber du hast dich für ihn entschieden, und das ist okay.«

»Ich …« Katharina schluckte. »Ich hatte keine Ahnung.«

Jonas lachte leise. Seine Hände wanderten weiter nach oben, zu ihrem Gesicht. Zärtlich schob er ihr eine Locke hinters Ohr, die von der leichten Brise sofort wieder zurückgeweht wurde. »O doch, Kathi, die hattest du. Du wusstest, wie vernarrt ich in dich war. Von dem Moment an in der fünften Klasse, wo du mir gesagt hast, ich solle mich zum Teufel scheren, war ich in dich vernarrt. Und das … Ach, scheiß drauf, ja, das bin ich immer noch.«

Katharina schluckte erneut. Sie versuchte sich einzureden, dass sie sich verhört hatte, doch seine Augen sagten etwas ganz anderes. Er war verrückt nach ihr, schon immer gewesen, und tief in ihrem Herzen hatte sie das tatsächlich gewusst. Sie war nur zu feige gewesen, um es zuzugeben. Oder zu verliebt in einen anderen. Jetzt war sie frei, ebenso wie er. Am besten wäre es gewesen, wenn sie sich von ihm abgewandt hätte, um über alles in Ruhe nachdenken zu können, doch das tat sie nicht. Regungslos blieb sie vor ihm stehen und erwiderte seinen Blick, der ganz langsam nach unten zu ihrem Mund wanderte. Er sah ihr erneut in die Augen, doch als sie nicht reagierte, trat er so nah an sie heran, dass kaum mehr als ein Blatt Papier zwischen ihnen gepasst hätte. Und dann küsste er sie. Seine Lippen waren weich und warm, sanft und zugleich fordernd. Nach einer ersten Schrecksekunde erwiderte Katharina den Kuss. Ihr war nicht einmal ansatzweise klar gewesen, wie sehr sie sich nach Nähe und Liebe gesehnt hatte. In den letzten Jahren war sie mit anderen Dingen beschäftigt gewesen, anstatt sich das zu nehmen, was sie brauchte. Doch schließlich siegte die Vernunft, und sie trat einen Schritt zurück. Der Kuss war unglaublich schön gewesen, und sie konnte und wollte auch gar nicht leugnen, dass sie eine gewisse Anziehung für Jonas empfand, aber sie musste das Tempo rausnehmen und sich erst einmal überlegen, was sie wollte.

»Es tut mir leid, Kathi.« Er lächelte. »Nein, vergiss das. Es tut mir nicht leid. Dafür wollte ich es schon zu lange. Aber ich hätte dir mehr Zeit geben sollen, um das alles zu verdauen.«

»Jonas.« Sie nahm seine Hand. »Ich mag dich wirklich sehr, sonst wäre ich nicht seit so langer Zeit mit dir befreundet. Aber ...« Sie seufzte. »Ich weiß nicht, wie ich das sagen soll.«

»Ich verstehe schon.«

»Nein, du verstehst überhaupt nicht. Ich brauche dich als Freund, außerdem hast du vielleicht recht. Bevor ich etwas Neues anfange, sollte ich die Sache mit Daniel klären.« Denn wenn er sie nach zehn Jahren immer noch zum Weinen bringen konnte, hatte sie die Trennung offensichtlich noch nicht so gut verarbeitet, wie ihr das recht gewesen wäre. Außerdem gab es da noch den Staatsanwalt.

»Tu das«, sagte Jonas. »Aber nicht meinetwegen. Tu's für dich, um endlich Klarheit zu haben. Und was unsere Freundschaft angeht: Egal, wie das mit uns weitergeht oder irgendwann mal ausgehen sollte – ich werde immer für dich da sein. Das verspreche ich dir.«

Katharina nickte nur, weil sie nicht wusste, was sie sagen sollte.

Jonas legte einen Arm um sie. »Na komm, lass uns umkehren.«

Katharina parkte den Wagen vor der Haustür und griff nach ihrem Handy. Erst jetzt fiel ihr auf, dass sie innerhalb der letzten Stunde einige Anrufe von Daniel verpasst hatte. Ob er sich erneut für den gestrigen Abend bei ihr entschuldigen wollte? Aber das glaubte sie nicht, dann hätte er nicht so penetrant oft versucht, sie anzurufen. Oder hatte Jonas vielleicht ...? Nein, Katharina schüttelte den Kopf. Jonas würde Daniel nie von dem Kuss erzählen, ohne es vorher mit ihr besprochen zu haben. Doch da sah sie, dass ihre Mutter ebenfalls mehrfach versucht hatte, sie zu erreichen, ebenso wie eine ihr unbekannte Nummer. Sofort schrillten sämtliche Alarmglocken in ihrem Kopf. Etwas musste passiert sein. Warum hatte sie das Handy nicht gehört? Während sie ausstieg, bemerkte sie Daniels Mustang und ihre Mutter, die mit verschränkten Armen in der offenen Haustür stand.

»Was ist los?«, fragte Katharina und eilte auf sie zu.

»Wo warst du denn?«, rief Maria. »Ich hab dich mindestens sechs Mal angerufen.«

»Tut mir leid, ich hab das Handy nicht gehört. Am See war es extrem laut.« Flüchtig dachte sie an den Kuss. Gott, sie würde es sich nie verzeihen, wenn ausgerechnet während ihrer schwachen Minute etwas Schlimmes passiert war. »Was ist denn los? Nichts Schlimmes, oder?«

»Ich finde schon. Deine Tochter wurde auf dem Schulhof mit einem Joint erwischt. Vom Schuldirektor, der heute noch einige Dinge zu erledigen hatte.«

»Bitte was?«

Katharina ignorierte Rudi und Garfield, die beide auf ihr Begrüßungsleckerli warteten, und lief direkt ins Wohnzimmer. Ihre Tochter saß auf dem Sessel, die Beine angezogen und mit ihren Armen umschlungen, die Unterlippe nach vorn geschoben. Ihr gegenüber auf dem Sofa saß Pfarrer Peters und redete beruhigend auf Emily ein, sie schien ihm jedoch nicht zuzuhören. Zumindest starrte sie stur auf ihre Hände und vermied es, den Pfarrer anzusehen. Daniel stand am Fenster, er wirkte hilflos und verloren. Es war seltsam, ihn hier zu sehen, nach allem, was am Vortag mit ihm und gerade eben erst zwischen Jonas und ihr passiert war, aber er tat ihr dennoch leid. Zudem spürte sie, wie das schlechte Gewissen von ihr Besitz ergriff. Für sie selbst war die Situation leider nicht neu, aber Daniel war bisher nicht mit ihren Schwierigkeiten konfrontiert gewesen. Sie hätte ihn schon längst informieren müssen. Vielleicht hätte es etwas gebracht, wenn er mal mit Emily geredet hätte. Doch im Moment hatte sie nur Augen für ihre Tochter.

»Ist das dein Ernst, Fräulein?« Katharina bemühte sich angesichts des Pfarrers um einen ruhigen Ton, was ihr wirklich nicht leichtfiel. Sie war aufgebracht und wütend, doch als sie den bockigen Blick ihrer Tochter auffing, fühlte sie sich einfach nur noch müde. »Und ich hab wirklich geglaubt, du hättest dich hier eingelebt.« Sie ließ sich auf das Sofa sinken. »Hallo, Herr Pfarrer.«

»Katharina.« Er nickte ihr freundlich zu.

Dieser Mann hatte Katharina und auch später ihre Tochter getauft, er hatte sie gefirmt und getraut und mit ihr über die Scheidung gesprochen, und er hatte ihren Vater beerdigt. Er war beinahe ein Familienmitglied, und es war Katharina ein wenig unangenehm, dass er auch diese Episode ihres Lebens mitbekam.

»Eingelebt, nach so kurzer Zeit?«, fragte Emily wütend.

»Na ja, du triffst dich so oft mit Franzi und …«

»Weil sie die einzige ist, mit der ich hier was anfangen kann. Ich vermisse Markus, meine Freunde, sogar die Lehrer in Mannheim.« Emily wischte sich schnell eine Träne von der Wange. Das hatte sie von ihrer Mutter geerbt, auch sie wollte keine Schwäche zeigen. »Aber wie sollst du das auch mitbekommen? Du siehst ja immerzu nur deine Arbeit.«

Maria, die frischen Kaffee aus der Küche geholt hatte und dem Pfarrer nachschenkte, warf Katharina einen bösen Blick zu. Katharina schluckte; sie wusste nicht, was sie sagen sollte. Traurigkeit übermannte sie, doch sie musste sich zusammenreißen und stark sein für ihre Tochter. »Es tut mir leid, Kleines, wirklich, aber was soll ich denn machen? Wir müssen einen Mord aufklären.«

»Du musst immer einen Mord aufklären. Ich hab gedacht … Ach, vergiss es.«

»Was hast du gedacht, Süße?«, fragte Daniel. Er setzte sich auf die Sessellehne und legte einen Arm um Emilys Schulter.

Sie zögerte, doch dann sagte sie leise, mit Blick auf ihre Finger gerichtet: »Ich hab gedacht, es würde besser werden, hier in Friedrichshafen. Hier ist doch eigentlich nichts los. Aber selbst Papa hat keine Zeit für mich.«

»Ach, Emily, Kleines. Ich verspreche dir, es *wird* besser. Wir müssen uns hier erst mal alle zurechtfinden, dann wird das schon, ganz sicher. Aber das ist kein Grund zu kiffen, noch dazu auf dem Schulhof. Wo hast du das Zeug überhaupt her?«

»Spielt das wirklich eine Rolle?« Emily sprang auf und rannte die Treppe hinauf in ihr Zimmer.

Katharina wollte ihr nachlaufen, doch Daniel schüttelte den Kopf. »Lass sie, du erreichst jetzt gar nichts.«

»Aber ...«

»Ich weiß, es ist hart, sein eigenes Kind so verzweifelt und weinend zu sehen«, sagte Pfarrer Peters, »aber gib ihr ein wenig Zeit, Katharina. Und sei nicht so streng mit ihr. Du bist auf Drogen gar nicht gut zu sprechen, das ist auch mehr als verständlich, aber schlussendlich war es nur ein Joint. Wer von uns hat das Zeug in seiner Jugend denn nicht probiert?«

Maria schnappte nach Luft. »Ich bitte Sie, Pfarrer Peters. So etwas können Sie doch nicht sagen!«

»Es war aber nicht das erste Mal, dass sie gekifft hat«, sagte Katharina leise. Sie fing Daniels Blick auf. Bis eben hatte er noch über den Kommentar des Pfarrers gegrinst, nun sah er sie ungläubig an.

»Das ist natürlich etwas anderes«, murmelte Pfarrer Peters.

»Wie meinst du das, nicht das erste Mal?«, wollte Maria wissen.

Bevor Katharina irgendetwas erklären konnte, klingelte ihr Handy. Sie holte es aus ihrer Tasche.

»Du willst telefonieren? Jetzt?«, fragte ihre Mutter.

»Es ist vielleicht wichtig«, antwortete Katharina, die hoffte, Clemens würde sie anrufen. Aber es war nur Hubert. Seufzend nahm sie das Gespräch entgegen. »Ist es sehr dringend? Ich hab hier gerade einen Familiennotfall.« Sie musste unbedingt mit Emily reden und ihr endlich erzählen, wie ihr Opa gestorben war. Sie wurde das Gefühl nicht los, dass sie zu streng war. Emily war weit davon entfernt, ein Drogenproblem zu haben, zumindest hoffte sie das. Sie schien nur zu rebellieren, aber in erster Linie ging es hier um etwas ganz anderes.

»Tut mir leid, ich brauche dich«, antwortete Hubert. »Wir haben eine zweite Leiche.«

»Mord?«, fragte Katharina, und ihre Mutter und der Pfarrer zuckten zusammen.

»Das wird sich zeigen. Wir sind an der Uferpromenade, auf

Höhe des historischen Schlossstegs. Sagst du deinem Ex Bescheid? Ich kann ihn nicht erreichen, aber wir können den Herrn Gerichtsmediziner sicher gut gebrauchen.«

»Das wird nicht nötig sein«, hörte sie Dr. Sprung noch im Hintergrund sagen, doch Hubert hatte bereits aufgelegt.

»Ein weiterer Mord?«, fragte Pfarrer Peters.

»Ich fürchte ja. Hubert hätte gerne, dass du mich begleitest, Daniel«, sagte Katharina, ohne ihn anzusehen.

»In Ordnung.« Er stand auf und wandte sich an Maria. »Danke für den Kaffee.«

»Ihr wollt jetzt wirklich arbeiten?«, fragte Maria.

»Von Wollen kann überhaupt nicht die Rede sein. Sag Emily, ich hab sie lieb.«

»Das solltest du ihr selbst sagen«, rief Maria ihr hinterher.

»Genau aus diesem Grund sind wir jetzt in dieser Lage.«

Kapitel 17

Donnerstag, 27. Juli

Daniel bestand darauf, Katharina in seinem Auto mitzunehmen. Er schob vor, dass sie müde und unkonzentriert aussah, aber sie wusste, dass er mit ihr reden wollte. Doch als sie nun nebeneinander in dem Mustang saßen und Daniel Richtung Bodensee fuhr, sagte keiner von ihnen ein Wort. Katharina sah aus dem Fenster in die dunkle Nacht hinaus. Seltsam, dass das Mordopfer am historischen Schlosssteg gefunden worden war, wo sie erst kurz zuvor mit Jonas gewesen war. Ob das Universum ihr etwas mitteilen wollte? Normalerweise war sie nicht abergläubisch, aber sie wurde dieses seltsame Gefühl einfach nicht los. Außerdem konnte sie nicht aufhören, an Clemens zu denken. Schließlich holte sie das Handy aus ihrer Tasche und wählte erneut seine Nummer. Sie unterdrückte ein Fluchen, als wieder nur die Mailbox ranging. Irgendetwas stimmte da nicht. Je mehr sie darüber nachdachte, desto sicherer war sie sich, dass Clemens etwas wusste. Dieses Mal zögerte sie nicht und hinterließ eine Nachricht.

»Clemens, hier spricht Katharina. Katharina Danninger. Ich möchte dich nicht stören, aber ich würde wirklich gern mit dir reden. Ich sichere dir auch Verschwiegenheit zu. Ruf mich doch bitte zurück, jederzeit.« Sie klappte ihr Handy wieder zu und steckte es weg.

Daniel sah sie einen Moment von der Seite an. »Wer ist Clemens? Ein neuer Verdächtiger?«

Katharina schüttelte den Kopf. »Kein Verdächtiger, obwohl er auf Annas Kundenliste steht. Ich hab ihn heute Mittag auf Frederiks Boot kennengelernt. Er hat ganz seltsam auf die Nachricht von Annas Tod reagiert, deshalb will ich noch mal mit ihm reden.«

»Du warst auf Frederiks Boot?«

»Zusammen mit Jonas. Er wollte mich schon lange mal auf eine Bootsfahrt mitnehmen, und als ich gehört hab, dass ein Mann von Annas Kundenliste dabei ist, hab ich sofort zugestimmt. Hab ich dir das nicht erzählt?«

»Hast du nicht. Ebenso wenig wie die Tatsache, dass unsere Tochter heute offenbar nicht das erste Mal mit Drogen in Kontakt gekommen ist.«

Daniel klang verärgert, und Katharina konnte es ihm nicht verdenken. Trotzdem unterdrückte sie ein Seufzen. Sie bekam allmählich Kopfschmerzen, und sie hatte jetzt überhaupt keine Lust auf diese Unterhaltung. Warum war sie nicht mit ihrem eigenen Auto gefahren? »Es tut mir leid, Daniel. Ich hätte dir davon erzählen müssen. Okay?«

»Okay? Ich glaube, ich spinne. Es geht hier um unsere Tochter. Ist dir nie in den Sinn gekommen, dass ich wissen will, was in ihrem Leben passiert?«

»Na ja, die letzten Jahre hast du dich nicht unbedingt viel um sie gekümmert.«

»Weil du nicht weit genug von mir wegkommen konntest.« Daniels Stimme zitterte vor unterdrückter Wut. »Du hast Emily ja damals einfach genommen und bist mit ihr dreihundert Kilometer weit weggezogen.«

»Und warum hab ich das getan?«, fragte Katharina ebenso wütend. »Ich bin sicher nicht nach Mannheim gezogen, weil ich so scharf auf diese Stadt war.«

»Ja ja, ich weiß schon«, erwiderte Daniel und klang mit einem Mal nicht mehr wütend, sondern traurig. »Da leistet man sich einen Fehler in zehn Jahren und wird sein Leben lang dafür bestraft. Nicht, dass ich es nicht verstehen könnte, Katharina. Ich verstehe, dass du mich hassen musstest. Ich hab mich selbst dafür gehasst. Aber ich war Emily immer ein guter Vater, ich habe vom Tag ihrer Geburt an alles für sie getan.«

Katharina schluckte. Es stimmte, Daniel war von Anfang an vernarrt in das Mädchen gewesen. Schon im Krankenhaus hatte er sich rührend um Emily gekümmert. Viele Mütter auf der Station hatten Katharina für diesen tollen Mann beneidet. »Du hast recht, es tut mir leid. Ich hätte an Emily und auch an dich denken müssen. Es war nur … Ich hab es damals einfach nicht mehr in deiner Nähe ausgehalten.«

»Glaub mir, das kann ich sehr gut verstehen.«

Lange betrachtete Katharina ihn von der Seite, und obwohl Daniel ihren Blick spüren musste, starrte er stur geradeaus durch die Windschutzscheibe. Irgendwann sagte sie: »Hast du dich nie gefragt, warum ich wieder zurück nach Friedrichshafen gezogen bin?«

»Doch, natürlich. Ich dachte …« Er brach ab und atmete tief ein. »Stimmt, ich hätte dich fragen sollen. War es wegen Emily?« Als er an der nächsten roten Ampel halten musste, warf er ihr einen Seitenblick zu.

Sie nickte. »Ich hab sie zweimal mit einem Joint erwischt. Das erste Mal habe ich meine Wut hinuntergeschluckt. Ich wollte nicht überreagieren, und ich hab mir gesagt, dass sie jung ist. Pfarrer Peters hat recht, wer probiert das Zeug in seiner Jugend denn nicht aus? Wir waren da die absolute Ausnahme. Aber als es dann ein zweites Mal passiert ist … Ich wusste mir nicht anders zu helfen. Da ich sie schlecht ins Kloster stecken konnte, hab ich sie einfach ihrem Umfeld entrissen. Aber offensichtlich liegt das Problem ganz woanders.« Sie schüttelte den Kopf. Wie hatte sie nicht mitbekommen können, dass Emily sich nach ihrer Mutter, nach einer Familie, nach Zuwendung sehnte? Gerade weil Katharina alleinerziehend und eine Frau war, hatte sie immer besonders hart arbeiten müssen, um dieselbe Anerkennung wie ein Mann zu bekommen. Doch in Anbetracht der Tatsache, dass Emily sich vernachlässigt fühlte, spielte das alles überhaupt keine Rolle mehr.

»Mach dir keine Vorwürfe«, sagte Daniel ruhig. In den Seitenstraßen um die Schlosskirche herum fuhr er nur noch dreißig, sie hatten ihr Ziel fast erreicht. »Du warst schon immer eine gute Mutter für Emily, und ich habe keine Zweifel daran, dass es in den vergangenen Jahren genauso war.«

»Wie kannst du so etwas sagen?« Nach allem, was passiert war, fühlte sich Katharina grauenhaft. Mit einem Mal hatte sie das Gefühl, in ihrem Leben alles falsch gemacht zu haben. Eigentlich war sie immer zufrieden gewesen, sie hatte sich stark gefühlt, weil sie alles im Griff gehabt hatte. Sie hatte alle Bälle sicher in der Luft gehabt. Aber so wie es aussah, hatte sie sich getäuscht. Ihre Tochter fühlte sich vernachlässigt, entfremdete sich von ihr. Ganz offensichtlich konnte man eben doch nicht beides haben – Kinder und Karriere. Katharina hatte es geglaubt, aber während ihres Umzugs von Mannheim nach Friedrichshafen hatte sie unterwegs irgendwo einen Ball verloren, und jetzt geriet alles ins Wanken. Tatsächlich fragte sie sich in diesem Moment sogar, ob es nicht besser gewesen wäre, Daniel noch eine Chance zu geben. Sie hatte immer geglaubt, jemandem, der einen einmal betrogen hatte, nicht mehr vertrauen zu können, aber Daniel schien seine Tat wirklich zutiefst zu bereuen. War sie auch zu ihm zu hart gewesen? Menschen machten Fehler. Sie selbst bemühte sich zwar, stets alles richtig zu machen, aber auch sie war weiß Gott nicht unfehlbar. Das hatte sich ja gerade eben erst wieder gezeigt.

»Weil ich dich kenne«, antwortete Daniel. Er parkte seinen Mustang auf dem Parkplatz links neben dem historischen Schlosssteg und zog den Schlüssel aus dem Zündschloss. »Na komm, wir reden später weiter.«

Katharina nickte und stieg aus. Sie hasste es, wenn sie sich so schwach und weinerlich fühlte. Das war sie nicht. Oder sie wollte es zumindest nicht sein.

Im Vergleich zu vorhin war es deutlich kühler geworden, der Wind hatte aufgefrischt. Katharina zog ihre Jacke enger um sich und sah bewusst nicht zu der Stelle, wo sie vor wenigen Stunden mit Jonas gestanden hatte. Das Flutlicht der Spurensicherung und Kriminaltechniker am Ufer war schon von Weitem zu sehen. Überall wuselten Männer in weißen Anzügen herum, sogar auf einem Boot, das ein ganzes Stück entfernt mitten auf dem Bodensee schaukelte. Ein zweites Boot ankerte daneben. Die Leiche lag am Ufer auf dem Kies, die Wellen mussten sie angespült haben. Sie war bereits mit einer Plane bedeckt. Dr. Sprung, der neben dem Opfer hockte, packte in diesem Moment seine Arzttasche zusammen.

»Das ging aber schnell.« Hubert kam ihnen ein paar Schritte entgegen. »Sag mal, was ist denn los bei dir zu Hause?«

»Frag nicht. Emily wurde mit Drogen auf dem Schulhof erwischt.«

»Verstehe. Alles okay?«

Bevor Katharina antworten konnte, stand Dr. Sprung auf und kam ebenfalls auf die beiden Neuankömmlinge zu. »Die Mühe hätten Sie sich sparen können. Meiner Meinung nach handelt es sich hier um Ertrinken als Folge von zu viel Alkoholkonsum. Klassischer Fall.«

»Offensichtlich siehst du das anders, sonst hättest du nicht die Spusi anrücken lassen«, meinte Katharina.

»Lieber einmal zu viel als einmal zu wenig«, war Huberts Antwort. »Zumindest hier an Land sind die Kollegen gerade fertig.«

Katharina schüttelte den Kopf. Nur gut, dass sie die Ausgaben nicht würde rechtfertigen müssen. »Was haben wir denn bisher?«

»Soll ich mal nach dem Opfer schauen?«, fragte Daniel fast gleichzeitig.

»Ja, bitte. Deshalb bist du hier«, erwiderte Hubert und wandte sich dann an Katharina. »Männlich, Mitte dreißig, unverheiratet. Er scheint Brillenträger zu sein, aber die Brille wird wohl irgendwo auf dem Grund liegen. Wohnhaft hier in Friedrichshafen, geboren in Biberach.«

»Woher wisst ihr das alles?«, fragte Katharina.

»Er hatte noch seine Brieftasche samt Personalausweis bei sich, Raubmord können wir also ausschließen. Warte, ich hab hier irgendwo den Namen notiert.« Hubert sah seine Notizen durch.

»Das Opfer ist noch nicht lange tot, höchstens ein paar Stunden«, fügte Dr. Sprung hinzu. »Da das Wasser im See so kalt ist und die Körpertemperatur dadurch viel schneller als üblich gesunken ist, lässt sich das nur noch schwer sagen.«

»Das stimmt so nicht ganz«, bemerkte Daniel. »Man muss diese Parameter lediglich bei der Berechnung mit einbeziehen.«

Dr. Sprung presste die Lippen aufeinander. Er war vielleicht ein guter Arzt, aber definitiv kein guter Gerichtsmediziner. Das zeigte sich nicht zum ersten Mal. Katharina schmunzelte, doch dann fiel ihr Blick auf die Leiche, die Daniel inzwischen aufgedeckt hatte. Er untersuchte sie wie schon Anna gründlich von allen Seiten, doch das nahm sie kaum wahr. Ihr Herz schlug schneller, sie schluckte. Das durfte nicht wahr sein.

»Das Opfer ist …«

»Clemens Maurer«, sagte Katharina leise.

Hubert sah von seinen Notizen auf. »Richtig. Kennst du ihn? Sag bloß, er ging auch in deine alte Klasse.«

»Er ging nicht in unsere Klasse«, antwortete Daniel und sah zu Katharina. »Clemens? Etwa der Clemens, den du vorhin angerufen hast?«

Sie nickte, brachte aber nach wie vor keinen Ton heraus. Wie konnte es sein, dass er hier tot vor ihr lag? Erst vor wenigen Stunden waren sie noch zusammen auf Frederiks Boot gewesen. Sie hätte ihn nicht allein lassen dürfen. Sie hatte doch gesehen, dass ihn etwas bedrückte, was mit dem Mord an Anna in Zusammenhang stehen musste. Warum hatte sie ihn einfach so gehen lassen?

Daniel wandte sich noch einmal der Leiche zu. »Also, auf den ersten Blick sieht es tatsächlich nach Tod durch Ertrinken aus.«

»Sag ich doch«, erwiderte Dr. Sprung fast schon selbstgefällig. »Das war …«

»Nein«, fiel ihm Katharina scharf ins Wort. »Das war auf keinen Fall ein Unfall.«

»Und wie kommst du darauf?«, fragte Hubert, der allmählich ungeduldig wurde. »Könnt ihr mich mal einweihen?«

»Clemens Maurer war Kunde von Charlène La Bouche. Ich hab dir doch erzählt, dass ich mich mit einem von Annas Kunden auf dem Boot eines Freundes treffen wollte. Als Clemens heute Nachmittag von Annas Tod erfuhr, hat er ganz seltsam reagiert. Er war nahezu schockiert, und ich bin sicher, dass er mit mir geredet hätte, wenn die anderen nicht dabei gewesen wären.« Katharina schüttelte den Kopf. »Das war kein Unfall. Clemens Maurer wurde ermordet, weil er etwas über den Mord an Anna Maier wusste.«

»Bist du sicher?« Hubert steckte seine Notizen weg und hielt sich mit beiden Händen an seinen Hosenträgern fest. »Und du hattest keine Gelegenheit, mit Maurer zu reden?«

Katharina schüttelte den Kopf. »Leider nicht. Er hat behauptet, dass er noch etwas erledigen müsse, aber er hat sich meine Karte geben lassen. Ich hab zweimal versucht, ihn anzurufen, aber es ging beide Male nur die Mailbox ran. Beim zweiten Mal habe ich ihm eine Nachricht hinterlassen, aber … da muss er schon tot gewesen sein.«

»So ein Mist«, fluchte Hubert.

»Das kannst du laut sagen.« Katharina warf die Hände in die Luft. »Ich fasse es einfach nicht. Da haben wir endlich eine heiße Spur, und ich gehe ihr nicht nach.« Sie schüttelte den Kopf. »Ich hätte Clemens nicht gehen lassen dürfen.«

»Mach dir keine Vorwürfe, das hätte niemand voraussehen können«, sagte Daniel und erhob sich. »Wenn das in Ordnung ist, würde ich die Leiche mit in die Pathologie nehmen und obduzieren. Nur so kann ich herausfinden, ob es sich wirklich um Mord handelt.«

»Tu das bitte«, sagte Hubert. »Am besten so schnell wie möglich.«

Dr. Sprung wandte sich ab. »Dann brauchen Sie mich ja nicht mehr. Habe die Ehre.«

Daniel wartete, bis der Arzt außer Hörweite war. »Den habt ihr jetzt endgültig verprellt. Tut mir echt leid, aber …«

»Papperlapapp.« Hubert winkte ab. »Wenn er sich dermaßen inkompetent verhält. Das kommt davon, wenn man einen Vegetarier mit auf den Hochsitz nimmt. Er hat nun mal nicht die entsprechende Ausbildung, will das jedoch nicht wahrhaben. Wie dem auch sei.« Er wandte sich an Katharina. »Wer waren denn die anderen beiden auf dem Boot, die du erwähnt hast?«

»Frederik Bartsch und Jonas Zeitler, beides ehemalige Klassenkameraden.«

»Ach nee. Na, das ist schon ein seltsamer Zufall.«

»Nicht zwingend«, meinte Katharina. »Ich bin das verbindende Glied. Jonas ist ein guter Freund von mir, wie du weißt, und die Männer kennen sich seit Jahren aus dem Segelverein. Das kann wirklich bloß Zufall sein. Dennoch glaube ich, dass Clemens etwas über den Mord an Anna wusste und deshalb sterben musste.«

»Trotzdem überprüfen wir morgen erst mal die Alibis von Bartsch und Zeitler für diese Nacht und für die Nacht, in der Anna Maier starb. Wann habt ihr euch denn nach der Bootstour getrennt?«

»Ungefähr um viertel nach sechs. Jonas hat allerdings bis etwa halb zehn ein Alibi. Wir sind danach noch zusammen was trinken gegangen.« Katharina warf Daniel einen Seitenblick zu, doch der schien sich nichts dabei zu denken. Warum auch? Im Grunde war nichts dabei. Katharina und Jonas waren seit Jahren miteinander befreundet und nicht das erste Mal alleine unterwegs.

»Und Bartsch?«, wollte Hubert wissen.

»Der war noch auf dem Boot, als wir gegangen sind. Er war mit seiner Freundin verabredet und wollte uns deshalb nicht begleiten.« Katharina zögerte, doch dann fügte sie hinzu: »Clemens hat übrigens bei derselben Versicherungsgesellschaft gearbeitet wie Oliver Fitz. Angeblich kannten sie sich nicht gut, aber sie kannten sich.«

Hubert bekam strahlende Augen. »Ach nee«, sagte er wieder. »Allmählich kommt Fahrt in die ganze Sache. Vielleicht hätten wir doch Fitz verhaften sollen.«

»Das würde allerdings nicht so einfach«, erwiderte Katharina. »Oli ist Linus Reuters Schwager.«

»Wirklich? Das wusste ich gar nicht. Aber ich schätze Reuter professionell ein. Wenn wir Beweise haben, wird er uns auch einen Haftbefehl besorgen. Na ja, mal sehen, wer von euren alten Klassenkameraden noch eine Verbindung zu Maurer hatte.«

Und ein Motiv, fügte Katharina im Stillen hinzu. Ihre Gedanken wanderten immer wieder zu Jonas. Sie wollte es nicht glauben, aber sie musste realistisch bleiben: Gab es einen Grund, warum er sich noch mit Katharina getroffen und sie ausgerechnet heute geküsst hatte? Hatte er sich – zumindest für einen Teil des Abends – ein Alibi besorgen wollen?

Daniel parkte den Mustang hinter Katharinas Fiat und schaltete den Motor sowie das Licht aus. Stille trat ein, hin und wieder war nur aus der Ferne das Geräusch eines vorbeifahrenden Autos zu hören. Katharinas Haus und auch das Haus ihrer Mutter lagen im Dunkeln. Emilys Zimmer ging jedoch nach hinten raus. Ob sie bereits schlief? Es war zwar schon weit nach Mitternacht, aber das Kind hatte Sommerferien. Katharina wollte aussteigen, doch aus ihr unerfindlichen Gründen blieb sie sitzen.

»Ist alles in Ordnung bei dir?«, fragte Daniel.

Sie wollte Ja sagen, doch sie schüttelte den Kopf. »Ich mache mir Vorwürfe. Wegen Emily, wegen Clemens. Wenn ich ihn nicht hätte gehen lassen, würde er vielleicht noch leben.« Stattdessen hatte sie mit Jonas etwas getrunken und ihn auch noch geküsst oder sich zumindest von ihm küssen lassen. Sie fühlte sich schrecklich.

»Wenn, wenn, wenn. Wie ich dieses Wort hasse. Wenn ich dich damals nicht betrogen hätte, wären wir heute noch glücklich. Glaubst du das?«

Katharina dachte einen Moment darüber nach, während sie ihn von der Seite betrachtete. Es war dunkel, aber der Mond und die Straßenlaterne schienen hell genug, um sein Profil erkennen zu können. »Ich denke schon. Du nicht?«

Er seufzte. »Doch, das macht mich ja so fertig. Wenn ich nicht alles kaputt gemacht hätte ...«

»Wenn, wenn, wenn«, wiederholte Katharina, und sie mussten beide lächeln. Doch sie wurde schnell wieder ernst. »Traust du Jonas einen Mord zu?«

»Auf keinen Fall«, antwortete Daniel, ohne überlegen zu müssen.

»Wie kannst du dir da so sicher sein?«

»Gegenfrage: Traust *du* Jonas einen Mord zu?«

»Nein«, antwortete Katharina leise, »aber ...«

»Kein Aber. Jonas ist unser Freund, und wir besitzen beide eine gute Menschenkenntnis. Vertrau darauf.« Einen Moment herrschte Schweigen zwischen ihnen, doch schließlich fragte Daniel: »Soll ich noch mit reinkommen? Wir könnten zusammen mit Emily reden.«

»Das ist lieb, aber ich glaube, es ist besser, wenn ich das erst mal allein mache. Außerdem bin ich nicht sicher, ob sie überhaupt noch wach ist.«

Katharina schnallte sich ab. Daniel beugte sich zu ihr hinüber, und für einen Augenblick befürchtete sie, er könnte versuchen, sie zu küssen, doch stattdessen öffnete er das Handschuhfach und holte einen Umschlag heraus, den er ihr reichte.

»Gibst du das bitte Emily?«

»Was ist das?« Katharina drehte den Umschlag in ihrer Hand, doch von außen konnte sie nichts erkennen.

»Konzertkarten für Ed Sheeran. Ich hab sie schon besorgt, als ich erfahren habe, dass ihr wieder herzieht, und hab nur noch auf den passenden Zeitpunkt gewartet, um sie ihr zu geben.«

»Und du hältst das wirklich für den passenden Zeitpunkt?«, fragte Katharina.

Daniel nickte. »Sie soll wissen, dass sie mir wichtig ist, und wenn sie das Datum auf den Karten sieht, glaubt sie mir das vielleicht. Eigentlich wollte ich mit ihr hingehen, aber sie kann auch mit dir gehen oder mit wem auch immer sie will. Oder wir gehen zu dritt, als Familie? Ich glaube, Emily ist das wichtig. Vielleicht kann ich noch eine dritte Karte besorgen.«

»Das Konzert ist sicher längst ausverkauft. Nein, geh du mit ihr. Das war eine tolle Idee, danke.« Daniel wirkte trotz allem enttäuscht, bis Katharina hinzufügte: »Aber ich glaube, du hast recht. Für Emily ist es wichtig, dass wir auch mal wieder was zusammen machen, als Familie. Vielleicht schaffen wir es dieses oder nächstes Wochenende zusammen ins Kino?« Es würde sich komisch anfühlen, aber das war ihr egal. In diesem Fall zählte einzig und allein Emily. Katharina hatte ihr bereits lange genug den Vater vorenthalten, auch wenn sie dies tatsächlich nie mit Absicht getan hatte.

»Sehr, sehr gern«, antwortete Daniel, und nun beugte er sich doch zu ihr, um ihr einen Kuss auf die Wange zu geben. »Danke, das bedeutet mir viel. Und sag Bescheid, wenn du Hilfe mit Emily brauchst.«

Katharina nickte und stieg aus. An der Haustür drehte sie sich noch einmal um. Daniel hatte den Mustang bereits gewendet und winkte ihr zu, bevor er aus Rücksicht auf die Nachbarn mit Tempo dreißig wegfuhr. Katharina schüttelte langsam den Kopf, doch ein Lächeln stahl sich auf ihre Lippen. Sie wusste selbst nicht so recht, wie es passiert war, doch sie schien ihrem Exmann tatsächlich verziehen zu haben. Und sie konnte nicht sagen, dass es sich schlecht oder falsch anfühlte.

Durch den Spalt in Emilys Zimmertür fiel schwaches Licht nach draußen auf den Flur. Katharina zögerte, doch dann klopfte sie leise an und öffnete die Tür. Emily war noch wach. Sie lag auf dem Bett und starrte an die Decke. Ihre Augen waren gerötet. Immerhin drehte sie sich nicht weg, sondern setzte sich auf, als ihre Mutter das Zimmer betrat. Katharina setzte sich zu ihrer Tochter aufs Bett. Es gab so vieles zu sagen, und trotzdem herrschte eine ganze Weile Schweigen zwischen den beiden. Emily kamen erneut die Tränen, und dieses Mal wischte sie sie nicht fort.

221

»Ach, Emily.« Katharina rutschte näher an ihre Tochter heran und schloss sie fest in ihre Arme. »Ich hab dich so lieb.«

»Dann bist du nicht böse auf mich?«, fragte Emily schniefend.

Katharina hielt sie auf Armeslänge von sich, um ihr in die Augen sehen zu können. Ihre Tochter war vielleicht schon fünfzehn, aber trotzdem wirkte sie hin und wieder wie ein kleines Kind. »Ein kleines bisschen, aber ich möchte es nicht sein. Weil ich dich verstehen kann. Zumindest glaube ich das. Du fühlst dich vernachlässigt und hast das Gefühl, alles andere sei wichtiger als du. Trifft es das in etwa?« Emily nickte zerknirscht, und Katharina nahm sie erneut in den Arm. »Ach, Kleines. Nichts könnte wichtiger sein als du, und es tut mir leid, dass ich dir Anlass gegeben habe, daran zu zweifeln. Die Arbeit ist … Nein, ich will mich nicht rechtfertigen, denn du hast recht. Ich verspreche dir, dass ich ab sofort wenigstens zwischen den Mordfällen pünktlich nach Hause kommen und mehr Zeit für dich haben werde. Vor allem in den Ferien.«

»Aber nur, wenn …«

»Wenn ich es will?« Katharina lachte und strich ihrer Tochter zärtlich über den Rücken. »Natürlich will ich das. Dein Vater und ich haben uns überlegt, dass wir alle zusammen ins Kino gehen könnten. Was hältst du davon? Du darfst den Film aussuchen, und wenn du willst, können wir anschließend noch chinesisch essen gehen. Das magst du doch so gerne. Ach, und das hier soll ich dir noch von deinem Vater geben.«

Emily wischte sich die letzten Tränen aus den Augen, nahm den Umschlag entgegen und holte die Karten heraus. Einen Moment starrte sie ungläubig darauf, dann quietschte sie laut. »Ed Sheeran? Wahnsinn. Ich wollte schon lange auf ein Konzert von ihm gehen.«

Katharina lächelte. Sie unterdrückte das schlechte Gefühl, das in ihr hochstieg, weil Daniel das gewusst hatte und sie nicht. Oder hatte er nur gut geraten? »Papa geht mit dir hin, wenn du magst, aber du kannst natürlich mitnehmen, wen du willst.«

»Was ist mit dir? Kommst du auch mit?«

»Wenn du das möchtest und wir noch eine Karte kriegen, komme ich gern mit.«

Emily schüttelte den Kopf. »Ich glaub das nicht. Du und Papa?«

Katharina zuckte mit den Schultern. »Warum nicht? Er ist dein Vater, und er war lange genug kein Teil deines Lebens mehr, was mir sehr leidtut. Das war euch beiden gegenüber nicht fair.«

»Warum habt ihr euch damals überhaupt getrennt? Das wolltest du mir nie verraten.«

»Weil du noch zu klein warst, und ich will nicht, dass du schlecht über deinen Vater denkst. Das war eine Sache zwischen mir und ihm und hatte absolut nichts mit dir zu tun.« Emily sah sie weiterhin mit diesem bohrenden Blick an, sodass Katharina schließlich hinzufügte: »Sagen wir einfach, ich habe geglaubt, er würde mich nicht mehr lieben.«

Emily schnaubte und stand auf, um die Konzertkarten in das Tagebuch auf ihrem Schreibtisch zu legen. »Dass ich nicht lache. Papa ist heute noch in dich verknallt, wenn du mich fragst.«

Katharina zuckte zusammen. »Was für ein Blödsinn. Du hast eine blühende Phantasie, mein Kind.«

Emily lachte. »Red dir das nur ein. Ich geh dann mal Zähneputzen.«

»Emily, warte.« Das Mädchen blieb im Türrahmen stehen und blickte Katharina fragend an. Sie schluckte. »Setz dich doch bitte noch mal kurz her. Ich muss dir was erzählen.«

»Okay.« Emily kehrte um und setzte sich ihrer Mutter gegenüber. Das Bett quietschte ganz leicht. »Was ist denn?«

»Versprichst du mir, dass du nie wieder Drogen nimmst?«

Emily verdrehte die Augen. »Mama, ich nehme keine Drogen. Ich habe nur ein paar Mal Gras geraucht. Ich hab gehört, wie Pfarrer Peters sagte, dass ihr das früher auch gemacht habt.«

»Ich nie und dein Vater auch nicht.«

»Wirklich nicht?«

Katharina nickte. »Marihuana wird auch als Anfangsdroge beschrieben, weil sie den Einstieg erleichtert. Also nimm das bitte nicht auf die leichte Schulter.«

»Das werde ich nicht, okay?«

»Das ist noch nicht alles. Ich hab dir nie erzählt, wie Opa Paul gestorben ist.«

Nun wurde Emily hellhörig. Sie setzte sich aufrechter hin. »Du hast gesagt, er ist im Dienst gestorben. Dass er erschossen wurde.«

»Das stimmt auch, aber du kennst nicht die genauen Umstände.« Katharina schluckte erneut. Es tat immer noch weh, darüber zu sprechen. Sie vermisste ihren Vater so sehr. Gerade in den vergangenen Tagen hätte sie oft seinen Rat benötigt. »Mein Vater wurde von einem Junkie erschossen. Im Grunde war es eine Lappalie, dein Opa hatte viel gefährlichere Situationen gemeistert. Aber wenn Drogen im Spiel sind … Der Drogenabhängige wurde nie zur Rechenschaft gezogen.«

»Oh.« Das war alles, was Emily herausbekam, doch ihr Blick sprach Bände.

Katharina nickte. »Genau. Deshalb bin ich auch mit dir hierhergezogen. Ich weiß, dass es nicht fair war, dich einfach von heute auf morgen aus deinem Umfeld zu reißen und dich dann quasi dir selbst zu überlassen, weil ich einen Mordfall aufklären muss, aber wenn Drogen im Spiel sind, sehe ich rot. Als ich dich das zweite Mal mit einem Joint erwischt hab … Ich hatte einfach Angst, ich …«

»Schon gut.« Nun war Emily diejenige, die ihre Mutter in den Arm nahm. »Ich verspreche dir, dass ich so ein Zeug nie wieder anrühren werde.«

Kapitel 18

Freitag, 28. Juli

Katharina schluckte, als sie die Leiche von Clemens Maurer auf dem Tisch aus Edelstahl liegen sah. Immer wieder empfand sie es als unwürdig, dass jemand, der mal gelebt hatte, nun so dalag. Aber es war nun einmal nötig, um den Mörder finden zu können.

Sie stutzte. In der Dunkelheit musste sie Clemens' blaues Auge übersehen haben. »Das Veilchen hat er aber nicht post mortem bekommen, oder?« Sie sah zu Daniel, der wie schon beim letzten Mal das Besteck für die Obduktion bereitlegte.

»Das muss er sich zwischen achtzehn und einundzwanzig Uhr dreißig geholt haben.«

»Einundzwanzig Uhr dreißig?«, hakte Katharina nach.

Daniel nickte. »Clemens wurde gegen dreiundzwanzig Uhr gefunden, da war er aber noch nicht lange tot. Ich würde sagen, irgendwo zwischen einundzwanzig Uhr dreißig und dreiundzwanzig Uhr ist er gestorben.«

»Ein knappes Zeitfenster. Gott, ich kann immer noch nicht glauben, dass er tot ist. Wenn ich ihn doch nur gezwungen hätte, mit mir zu reden.«

»Ach, Kathi.«

»Schon gut.« Sie winkte ab. »Übrigens hat Emily sich riesig über die Konzertkarten gefreut. Woher wusstest du, dass sie auf Ed Sheeran steht?«

Daniel grinste. »Welches Mädchen in dem Alter steht denn nicht auf den?«

»Ich weiß zwar nicht, um welches Alter es sich handelt, aber meine Nichte fährt total auf Justin Bieber ab.« Linus Reuter, der die Pathologie mit zügigen Schritten und im Anzug gekleidet betrat, verzog den Mund. »Nicht mein Geschmack, aber über Geschmack lässt sich bekanntlich nicht streiten. Hallo, Katharina. Herr Danninger.« Linus reichte erst ihr, dann ihm die Hand.

»Welche Musik hören Sie denn gern?«, fragte Katharina, ehe sie sich bremsen konnte. Das gehörte nun wirklich nicht hierher.

»Ganz klar Rockklassiker. AC/DC und so was. Meine Schwester sagt immer, ich hätte einen Musikgeschmack wie ein alter Mann.« Er lachte.

Katharina lachte mit. »Dann bin ich auch alt, ich höre nämlich hin und wieder auch ganz gerne Rockmusik. Oder klassische Musik, je nach Laune.«

»Wie wär's mit David Garrett? Da hätten Sie beides«, schlug Linus vor.

»Zufällig habe ich alle seine CDs.«

Daniel räusperte sich. »Können wir dann?«

»Ja, bitte.« Linus zwinkerte Katharina noch einmal zu und stellte sich auf die andere Seite des Tisches.

Eine Weile herrschte Schweigen, während Daniel die Leiche ganz genau untersuchte und schließlich den Y-Schnitt ansetzte. Katharina versuchte, nicht so genau hinzusehen. Der Geruch des menschlichen Innenlebens verursachte ihr wie schon beim letzten Mal Übelkeit. Es war noch viel zu früh für so etwas. Sie hatte kaum geschlafen, doch Hubert hatte Druck gemacht. Das Wochenende stand vor der Tür, und das war aus ermittlungstechnischen Gründen gar nicht gut.

Linus lächelte ihr zu, als er ihren Blick auffing. »Wann haben Sie denn eigentlich Geburtstag?«

»Morgen«, antwortete Daniel, ohne von seiner Arbeit aufzusehen.

»Und Sie feiern morgen nicht? Das würde sich doch anbieten, wo der Geburtstag auf einen Samstag fällt.«

Katharina schüttelte den Kopf. »Wir haben zwei Mordfälle aufzuklären, da wird nicht viel Zeit zum Feiern bleiben. Aber ich hoffe, dass ich die Party am Wochenende darauf nachholen kann. Ich gebe Ihnen noch rechtzeitig Bescheid.«

»Du willst eine Party feiern?«, fragte Daniel und sah nun doch kurz auf. Die Verwunderung darüber, dass Linus Reuter im Gegensatz zu ihm Bescheid darüber wusste, konnte er nicht ganz aus seiner Stimme heraushalten.

»Ich dachte, das wäre ganz nett. Nicht nur wegen meines Geburtstags, sondern auch zum Einstand.« Katharina zögerte, doch in dieser Situation konnte sie Daniel nicht *nicht* einladen. Auch wenn es komisch sein würde. »Möchtest du kommen? Emily würde sich sicher freuen.«

Schulterzuckend meinte er: »Klar, ich komme gern.« Und an Linus gewandt fügte er hinzu: »Emily ist unsere gemeinsame Tochter, wissen Sie?«

Katharina unterdrückte ein Stöhnen. Das hatte er sich wohl nicht verkneifen können. Bevor das Ganze ausarten konnte, sagte sie: »Zurück zu unserem Opfer. Was hast du für uns?«

Eigentlich hätte Katharina nach der Obduktion sofort zurück ins Präsidium fahren müssen, denn Hubert hatte eine Lagebesprechung anberaumt, doch sie konnte nicht. Sie musste vorher unbedingt etwas erledigen. Als sie ihren Wagen auf einem ölbeschmierten Parkplatz abstellte, tröstete sie sich damit, dass es erstens quasi dienstlich und zweitens kein großer Umweg war. Katharina ging auf das flache Gebäude zu. Es war noch nicht einmal neun Uhr, doch durch das große Tor war bereits das laute Geräusch eines Motors zu hören, das sich mit dem Gedudel aus dem Radio vermischte. Der Geruch von Abgasen stieg Katharina in die Nase, als sie durch das Tor trat. Sie sah sich um.

»Jonas?«, rief sie, um den Motorenlärm zu übertönen.

»Kathi.« Hinter der offenen Motorhaube eines alten Ford Fiestas hatte sie ihn nicht gesehen, doch nun lief Jonas um das Auto herum. Er schaltete den Motor aus und wischte sich die dreckigen Hände an seinem Blaumann ab, während er auf sie zueilte. Ohne Vorwarnung und ohne Rücksicht auf die dunklen Flecken auf seiner Arbeitskleidung schloss er sie in die Arme.

»Kathi«, sagte er erneut. »Geht es dir gut? Ich kann es immer noch nicht glauben. Zuerst Anna und jetzt Clemens. Was ist nur los?«

Jonas roch nach Öl, aber auch nach Kaffee und ganz dezent nach Duschgel. »Dann waren meine Kollegen schon hier?«, fragte Katharina und löste sich aus Jonas' Umarmung.

»Vor etwa einer halben Stunde. Sie wollten wissen, wo ich letzten Freitag war und was ich letzte Nacht nach unserem Treffen gemacht hab. Einfach lächerlich, das Ganze.«

Er blickte sie an, als warte er darauf, dass sie ihm bestätigte, wie lächerlich es war, doch stattdessen fragte sie: »Und wo warst du?«

»Ist das dein Ernst? Du traust mir einen Mord zu?« Kopfschüttelnd startete Jonas erneut den Motor des aufgebockten Fords, um sich anschließend über die offene Motorhaube zu beugen.

Katharina folgte ihm um das Auto herum. »Nein, aber wir müssen das fragen, Jonas. Frederiks Alibi wurde beziehungsweise wird ebenfalls überprüft. Du und Frederik, ihr kanntet beide Mordopfer. Das ist vielleicht Zufall, vielleicht aber auch nicht.«

»Und was ist mit Oli?«, fragte Jonas wütend. »Wenn ich mich nicht irre, hat er mit Clemens in derselben Firma gearbeitet.«

»Oli werden wir auch noch befragen, keine Sorge. Das ist reine Routine. Wir machen nur unsere Arbeit, und irgendwo müssen wir anfangen.«

»Na, dann will ich dich nicht länger von der Arbeit abhalten.«

»Jonas …« Doch er reagierte nicht mehr und war stattdessen voll und ganz auf das Auto konzentriert. Zumindest wollte er den Anschein erwecken, das war mehr als deutlich. Seufzend verließ Katharina die Werkstatt.

»Was hat Daniel bei der Obduktion herausgefunden?«, fragte Hubert, als Katharina den Besprechungsraum betrat. Das ganze Team war bereits versammelt, schien aber noch nicht mit der Lagebesprechung angefangen zu haben.

Katharina ließ sich auf den Stuhl neben Hubert fallen. In dem Zimmer war es mal wieder unerträglich stickig, obwohl es noch früh am Vormittag war. »Tod durch Ertrinken, aber«, sie machte eine extralange Pause, »Clemens Maurer wurde tatsächlich umgebracht. Der Mörder wollte es wie einen Unfall aussehen lassen, deshalb wahrscheinlich der viele Alkohol, aber Daniel konnte K.O.-Tropfen in Clemens' Blut nachweisen.«

Hubert fuhr sich über den grauen Drei-Tage-Bart, was ein kratziges Geräusch verursachte. Er blickte zu Nina. »Das Boot, das herrenlos auf dem See schaukelte, gehörte aber schon zu Maurer, richtig?«

Nina nickte. »Ohne Zweifel, ja. Ich hab mir das auch noch mal vom Segelverein bestätigen lassen.«

»Irgendwelche Zeugen, die gesehen haben, wie Maurer spät abends noch rausfuhr?«

Nun schüttelte Nina den Kopf. »Leider nicht. Beim Segelverein war nichts mehr los. Wenn es zu dämmern beginnt, kehren die meisten in den Hafen zurück, und es war ja auch mitten unter der Woche. Wobei es mit Sicherheit viele Leute gab, die dort einen Spaziergang gemacht haben. Gestern war ja sehr schönes Wetter. Aber wie sollen wir im Nachhinein einen Zeugen ausfindig machen? Wir können höchstens die Presse um Hilfe bitten.«

Hubert wackelte abwägend mit dem Kopf. »Das wäre eine Option. Gut, wenn es kein Unfall war, müssen wir davon ausgehen, dass Maurer nicht allein unterwegs war. Häberle, was sagt denn die Spusi?«

Häberle stellte seine Kaffeetasse zurück auf den Tisch. »Auf Maurers Boot wurden keine Blutspuren oder sonst irgendwas gefunden, das auf einen Mord hinweisen würde. Dafür jede Menge DNS fremder Personen. Es würde allerdings Wochen dauern, diese auszuwerten und wäre dennoch kein Beweis, denn im Laufe seiner Segelkarriere wird Maurer unzählige Gäste an Bord gehabt haben.«

»Hat Daniel denn noch DNS-Spuren auf der Leiche gefunden?«, wollte Hubert wissen.

Katharina schüttelte den Kopf. »Wenn es welche gab, sind sie dem Wasser zum Opfer gefallen. Sonst hat Daniel auch nichts Interessantes mehr gefunden. Clemens hat sich allerdings kurz vor seinem Tod ein blaues Auge geholt, was mir letzte Nacht völlig entgangen ist.«

»Das hab ich auch im Dunkeln übersehen, aber das ist doch mal ein Hinweis«, sagte Hubert. »Demnach hatte er Streit. Vielleicht mit dem Mörder.«

»Aber was ist mit dem Mörder?«, fragte Nina. »Also, um auf den Tatort zurückzukommen: Wie ist der Mörder von Maurers Boot wieder weggekommen?«

»Ganz genau«, sagte Hubert und zeigte mit dem Kugelschreiber in seiner Hand auf Nina. »Ist er zurückgeschwommen? Wobei das vermutlich zu viel Aufsehen erregt hätte. Es mag schon dunkel gewesen sein, aber so etwas fällt auf, und am See war bestimmt einiges los, oder, Katrinchen? Du warst doch nach deinem Segeltörn noch dort unterwegs.«

Katharina bemerkte, wie Häberle verstohlen grinste. Sie musste Hubert unbedingt abgewöhnen, sie so zu nennen. »An der Uferpromenade waren bis kurz nach neun viele Spaziergänger unterwegs. Wie es danach aussah, kann ich nicht sagen. Vielleicht hatte der Mörder ein Schlauchboot oder etwas in der Art? Oder einen Komplizen? Allerdings kann ich mir das nicht vorstellen.«

»Ob er mit seinem eigenen Boot rausgefahren ist?«, warf Nina zaghaft in die Runde.

»Ich weiß nicht«, meinte Katharina. »Er und das Opfer haben was zusammen getrunken. Wie soll das gehen? Außerdem würde das voraussetzen, dass der Mörder ein eigenes Boot hat.«

»Hat dein Freund nicht ein eigenes Boot? Jonas Zeitler?« Hubert sah Katharina fragend an.

Sie nickte. »Hat er, aber wir waren bis etwa halb zehn zusammen.«

»Das weiß ich. Was ist mit dem Todeszeitpunkt? Hat der Herr Gerichtsmediziner sich inzwischen festlegen können?«

Katharina unterdrückte ein Seufzen. »Der Todeszeitpunkt liegt laut Daniel zwischen einundzwanzig Uhr dreißig und dreiundzwanzig Uhr.«

Hubert nickte nachdenklich. »Wenn du mit Zeitler am See warst, hatte er es nicht weit. Könnte also zeitlich passen. Oder hat er ein Alibi für nach halb zehn?«

Neuer schüttelte den Kopf. »Er behauptet, er ist nach Hause gefahren. Von den Nachbarn hat ihn wohl niemand gesehen, es sei denn, jemand hing am Fenster. Das haben wir noch nicht überprüft.«

Hubert verdrehte die Augen. »Dann machen Sie das bitte. Was ist mit letztem Freitag? Wie sieht es da mit Zeitlers Alibi aus?«

»Er hat keines. Angeblich war er bis spätabends in seiner Werkstatt und ist anschließend nach Hause gefahren. Er wohnt allein, das kann also niemand bestätigen.«

»Und was ist mit dem Alibi von Bartsch?«, fragte Hubert.

»Bartsch ist gestern ab etwa neunzehn Uhr bei seiner Freundin zu Hause gewesen. Sie haben zusammen ferngesehen und sind gegen Mitternacht ins Bett gegangen. Ähnlich war es letzten Freitag. Die Freundin bestätigt das«, berichtete Neuer.

»Aber wo ist das Motiv?«, fragte Katharina.

»Das Motiv?«, fragte Hubert zurück.

»Ja. Jonas hatte überhaupt kein Motiv, Clemens umzubringen.« Mal ganz davon abgesehen, dass sie es einfach nicht glauben konnte. Oder wollte sie es nur nicht glauben? Jonas hatte sich vorhin seltsam verhalten, aber das konnte sie ihm nicht verdenken. Natürlich war er sauer, wenn sie ihn nach so langer Freundschaft des Mordes verdächtigte.

»Du behauptest doch steif und fest, Maurer hätte etwas über den Tod von Anna Maier gewusst. Gehen wir davon aus, dem war tatsächlich so. Und gehen wir weiter davon aus, Maiers Mörder hat auch Maurer umgebracht, um ihn zum Schweigen zu bringen. Voilà, dann hätten wir ein Motiv.«

»Okay. Jonas hatte jedoch keinen Grund, Anna umzubringen.«

»Zumindest keines, von dem wir wüssten.« Katharina stöhnte, und Hubert winkte ab. »Ja, ich weiß. Zeitler ist dein bester Freund. Also, wir beide befragen erst einmal Fitz. Häberle, Neuer, Sie nehmen sich Maurers Wohnung vor. Das Opfer hatte kein Handy bei sich, also halten Sie vor allem die Augen danach offen. Ich will wissen, ob und mit wem Maurer kurz vor seinem Tod telefoniert hat.«

Katharina war sich nicht sicher, ob die Morde an Anna und Clemens wirklich von ein und derselben Person begangen worden waren. Was, wenn sie auf dem völlig falschen Dampfer waren und die beiden Mordfälle überhaupt nichts miteinander zu tun hatten? Andererseits passte Clemens' Reaktion auf Annas Tod zu gut mit dem ersten Mord zusammen. Nur, *wie* passte das alles zusammen? Diese Frage ließ Katharina nicht los, während sie mit Hubert erneut zu Olivers Arbeitsstelle fuhr. Wie schon bei ihrem ersten Besuch dort führte Oliver sie in den Pausenraum.

»Was ist denn jetzt schon wieder?«, fragte er genervt, nachdem er ihnen drei Limonaden besorgt hatte.

»Wie gut sind Sie mit Clemens Maurer bekannt?«, fragte Hubert.

Oliver runzelte die Stirn. »Clemens Maurer? Er arbeitet in derselben Abteilung wie ich, aber wir haben kaum etwas miteinander zu tun. Man grüßt sich, wenn man sich sieht, und hat hin und wieder mal ein berufliches Anliegen, das war's. Dabei fällt mir ein: Er ist heute nicht zur Arbeit gekommen. Ist etwas passiert?«

»Maurer wurde letzte Nacht ermordet«, antwortete Hubert.

»Ermordet? Aber …« In Ermangelung eines Stuhls lehnte Oliver sich mit dem Rücken gegen die Wand. Er wurde blass. »Aber warum? Von wem?«

»Das wüssten wir auch gern. Wo waren Sie letzte Nacht, Herr Fitz?«

»Was?« Olivers Augen wurden immer größer und glitten hilfesuchend zu Katharina. »Ihr glaubt doch nicht, dass ich das war. Warum hätte ich das denn tun sollen?«

Hubert blieb hart. »Sagen *Sie* es uns.«

»Ich war zu Hause, bei meiner Frau. Fragen Sie sie. Wenn Sie wollen, sofort.« Er zog sein Handy aus seiner Hosentasche und legte es auf den Tisch, doch weder Hubert noch Katharina griffen danach.

»Und das kann nur Ihre Frau bezeugen?«

»Ich verstehe nicht.« Oliver blickte zwischen den beiden Kommissaren hin und her. »Reicht das denn nicht?«

»Ehefrauen geben ihren Männern gerne mal ein Alibi, vor allem, wenn Kinder im Spiel sind.«

»Jetzt reicht es aber«, sagte Katharina. Sie trat näher an Oliver heran und legte ihm eine Hand auf den Arm. »Oli, die Lage ist ernst. Clemens war ein Kunde von Anna. Hat sie dir vielleicht davon erzählt? Oder weißt du sonst irgendetwas, was uns weiterhelfen könnte?«

»Nein, verdammt. Ich habe keine Ahnung, was Clemens in seiner Freizeit getrieben hat, und Anna hat mir auch nichts davon erzählt. Warum hätte sie das auch tun sollen? Wir haben nicht über jeden ihrer Kunden gesprochen.«

»Ist gut, Sie hören wieder von uns«, sagte Hubert. Katharina hatte Mühe, ihm zu folgen. Erst draußen, im gleißenden Sonnenlicht, blieb er stehen und wirbelte zu ihr herum. »Was sollte das denn? Ich bin dein Chef, Katharina, und ich erwarte, dass du mich vor Kollegen und Zeugen mit Respekt behandelst und nicht wie ein kleines Kind maßregelst.«

Sie wusste, dass sie sich einfach nur hätte entschuldigen müssen, und die Sache wäre vom Tisch gewesen. Stattdessen sagte sie: »Und ich fände es sehr nett, wenn du mich vor Kollegen und Zeugen nicht Katrinchen nennen würdest.«

»Bitte? Was hat denn jetzt das eine mit dem anderen zu tun?«

»Sehr viel. Du willst ernst genommen werden, und das will ich auch. Ich habe keine Lust, dass mich die Leute nach meinem Aussehen beurteilen. *Oh, die ist hübsch. Die hat garantiert nichts in der Birne.* Du hast keine Ahnung, wie sich das anfühlt. Und der Spitzname Katrinchen setzt dem Ganzen noch die Krone auf. Ich mache meine Arbeit gut, und ich will, dass das anerkannt wird.« Sie widerstand dem Drang, wegzusehen. Hubert erwiderte nichts, und sie hatte keine Ahnung, was er dachte. Warum hatte sie sich nicht bremsen können? Sie hatte viel zu viel gesagt. Schließlich räusperte sie sich. »Es tut mir leid, Hubert, es war wirklich nicht meine Absicht, dich zu maßregeln. Es ärgert mich bloß, wie du immer auf Oli losgehst. Wir haben absolut nichts gegen ihn in der Hand, was diesen zweiten Mordfall angeht. Und nur weil er freitags …«

»Nein, das hat überhaupt nichts mit seinem Doppelleben zu tun«, unterbrach Hubert sie. »Ich kann mir einfach nicht vorstellen, dass das alles nur Zufall sein soll. Das müsste schon mit dem Teufel zugehen. Irgendwie gehören diese Fälle zusammen.«

Katharina seufzte. »Wenigstens hier sind wir einer Meinung.«

»Siehst du?« Hubert ging voran Richtung Auto, nun wieder besserer Laune. »Außerdem – was hast du gegen die Methode guter Bulle/böser Bulle einzuwenden? Das hat schon oft funktioniert.«

»Wenn du meinst«, murmelte Katharina und folgte ihm.

»Häberle und Neuer sind durch mit Maurers Wohnung. Sie haben euch die Unterlagen ins Büro gelegt beziehungsweise per Mail geschickt«, sagte Nina, die Hubert und Katharina auf dem Flur des Präsidiums entgegenkam. Dann bog sie ab Richtung Toiletten.

»Danke, Nina«, rief Katharina ihr noch hinterher und wandte sich an Hubert. »Möchtest du auch etwas Kaltes zu trinken?«

»Ich bleibe bei Kaffee«, antwortete er.

»Wie kannst du bei dem Wetter nur Kaffee trinken?«, fragte sie.

»Heiße Getränke sind gut«, sagte Hubert, ohne stehen zu bleiben oder sich umzudrehen. »Die Beduinen trinken auch bei jedem Wetter Tee.«

Katharina schüttelte nur den Kopf und ging weiter Richtung Büroküche. Sie holte sich einen Eistee aus dem Kühlschrank sowie die Tupperdose mit dem Tomaten-Mozzarella-Salat, den sie in der Früh schnell zubereitet hatte. Allmählich konnte sie kein Fast Food mehr sehen. In den letzten Tagen hatte sie entschieden zu oft Pizza, Döner oder Pommes gegessen. Nur gut, dass Emily bis jetzt in der Schulkantine hatte essen können. Katharina zog die Besteckschublade auf und nahm sich eine Gabel. Doch bevor sie in ihr Büro verschwinden konnte, tauchte Nina in der Küche auf und lächelte Katharina zu.

»Schön, dass ich dich mal allein erwische. Ich wollte dir schon lange sagen, wie toll ich es finde, dass du hier arbeitest.«

Überrascht erwiderte Katharina Ninas Lächeln. »Oh, danke, lieb von dir. Ich find's auch schön, hier wenigstens ein wenig weibliche Unterstützung zu haben.« In der Abteilung arbeiteten hauptsächlich Männer, und die meisten von ihnen waren auch noch in Huberts Alter. »Also dann …«

»Warte, Kathi, hast du noch eine Minute? Ich wollte dich was fragen.« Nina klang mit einem Mal schüchtern.

»Ähm, klar. Worum geht's denn?«

»Es geht um …« Nina steckte den Kopf zur Tür heraus und spähte in den Flur, um zu prüfen, dass sie niemand belauschen konnte. Trotzdem sprach sie noch leiser, als sie es ohnehin schon tat. »Es geht um Daniel.« Sie wartete ab, als wollte sie sichergehen, dass sie Katharina eine Frage zu diesem Thema stellen durfte.

Also sagte Katharina: »Was ist mit ihm?«

»Weißt du zufällig, ob … ob er eine Freundin oder etwas in der Art hat?«

Hatte sie also doch richtig gelegen mit ihrem Verdacht, dass Nina ein Auge auf Daniel geworfen hatte. »Oh. Ähm, tja, das ist eine gute Frage.« Sie hatte keine Ahnung, und sie war sich auch nicht sicher, ob sie es wissen wollte. Sie hatte zwar nie mit Daniel darüber gesprochen, aber sie ging davon aus, dass sie es wüsste, wenn dem so wäre. »Ich glaube nicht.«

»Oh, okay. Und das zwischen euch …?«

»Nein, Gott. Das zwischen uns ist lange vorbei.« Katharina lachte, aber sie musste an ihre Unterhaltung mit Emily denken. *Papa ist heute noch in dich verknallt.* Er empfand sicher noch etwas für sie, aber ob es wirklich Liebe war? Zumindest reagierte Daniel irgendwie eifersüchtig, wenn der Staatsanwalt in der Nähe war, das ließ sich nicht leugnen. War das einfach nur altes territoriales Verhalten, oder steckte mehr dahinter? Sie dachte daran, dass Daniel all die Jahre das Baumhaus in Schuss gehalten hatte. Hatte er das wirklich nur getan, weil auch Emily dort gespielt hatte?

»Kathi?«

Katharina zuckte zusammen. Jetzt hatte sie tatsächlich nicht mitbekommen, was Nina noch von ihr hatte wissen wollen. »Entschuldige bitte. Was hast du gesagt?«

»Du kennst Daniel doch sehr gut. Denkst du, dass ich …« Sie räusperte sich und flüsterte jetzt fast. »… dass ich eine Chance bei ihm haben könnte?«

Katharina musterte Nina, ohne es zu wollen. Ihre Kollegin war Ende zwanzig, soweit sie das wusste, sie wirkte aufgrund ihres Äußeren und auch aufgrund ihres Verhaltens aber meistens viel jünger. Doch sie war intelligent und vor allem nett, und das war schlussendlich alles, was zählte. »Warum denn nicht? Daniel steht auf keinen bestimmten Typ Frau. Sie muss nett sein, und das bist du.« Wobei – sie hatte keine Ahnung, ob Daniel auf Blondinen oder Brünette stand, auf kurvige oder schlanke Frauen. Vor ihr hatte er keine ernst zu nehmende Beziehung gehabt, sie waren ja schon mit fünfzehn Jahren ein Paar geworden. Und von den Frauengeschichten, die er nach ihr gehabt hatte, wusste sie nichts. Wenn sie ehrlich war, wollte sie darüber auch nichts wissen. Sie hatte Daniel zwar verlassen, aber das hatte nicht bedeutet, dass sie ihn nicht mehr geliebt hatte. Es hatte lange gedauert, bis ihre Gefühle für ihn schwächer geworden waren, und zu wissen, dass er wieder neue Beziehungen eingegangen war, hätte nur noch mehr wehgetan. Sie schluckte und lächelte Nina aufmunternd zu, weil sie das Gefühl hatte, dass Nina noch auf etwas wartete. »Selbstvertrauen heißt das Zauberwort. Trau dich einfach, dann wird das schon. Das gilt übrigens in allen Lebenslagen. Männer mögen starke Frauen, solange sie sie trotzdem hin und wieder beschützen dürfen.«

»Wo warst du denn so lange?«, fragte Hubert, als Katharina ihr gemeinsames Büro betrat.

»Tut mir leid, Nina hat mich aufgehalten.« Sie ließ sich auf ihren Stuhl fallen und nahm einen großen Schluck Eistee. Warum drehte sich eigentlich auf einmal alles um irgendwelche Männergeschichten? Jonas hatte sie geküsst, Linus wollte mit ihr ausgehen, und was Daniel wollte, war noch nicht so ganz klar. Und nun zeigte auch noch Nina deutliches Interesse an Daniel. Wobei Katharina nicht leugnen konnte, dass sie das nicht längst geahnt hatte.

Dabei war das im Moment alles gar nicht wichtig. Es gab zwei Leichen, ein oder vielleicht sogar zwei Mörder liefen frei in Friedrichshafen herum. Es wurde Zeit, dass sie den oder die Mörder für die Taten zur Rechenschaft zogen.

Hubert sah von seinem Stapel Papier auf. »Noch irgendwas zu Maurers Wohnung?«

Katharina schüttelte den Kopf. »Nur eine private Frage. Also, was haben Häberle und Neuer zu berichten? Und hast du schon was Interessantes entdeckt?«

»Wie man's nimmt, es ist auf jeden Fall nicht uninteressant. Unsere werten Kollegen haben auf Maurers Rechner eine Liste mit Namen gefunden.«

»Eine Liste mit Namen?«, fragte Katharina zweifelnd und stand kurz auf, um die Jalousie weiter herunterzulassen. Die Mittagssonne schien direkt in das Büro herein und heizte es unerträglich auf. »Mehr nicht?«

»Wart's ab.« Hubert schob ihr die Liste über den Schreibtisch zu. Einer der Namen war gelb markiert: Max Gärtner.

»Ach nee, der Max schon wieder. Wofür diese Liste steht weißt du aber nicht?« Hubert schüttelte den Kopf, und Katharina warf erneut einen Blick darauf. Ein weiterer Name war unterstrichen, der ihr bisher nichts sagte. »Thorsten Späth?«

»Laut Maurers Terminkalender hat Maurer sich in letzter Zeit ziemlich oft mit diesem Späth getroffen. Vielleicht kann der uns weiterhelfen oder uns zumindest erklären, was das für eine Liste ist. Maurers Handy haben Häberle und Neuer leider nicht gefunden. Ich fürchte, das liegt auf dem Grund des Sees.«

Katharina zog die Stirn kraus. »Das ist aber seltsam, sein Portemonnaie hatte Clemens ja noch bei sich. Was ist denn mit den Nachbarn? Haben die was erzählt? Vielleicht eine eifersüchtige Freundin oder so was? Mir gegenüber hat Clemens zwar behauptet, er hätte keine Freundin, aber er kann durchaus gelogen haben.«

Hubert schüttelte den Kopf. »Bisher hab ich nichts dergleichen gehört, aber um diese Uhrzeit waren auch nicht alle Nachbarn zu Hause. Häberle und Neuer sollen heute Abend noch mal losziehen, hoffentlich haben sie dann mehr Erfolg.«

Katharina seufzte. »Das ist ja nicht gerade viel, aber besser als gar nichts. Dann würde ich sagen, Nina soll Max herbestellen, und wir statten Thorsten Späth einen Besuch ab.« Sie zögerte. »Oder siehst du das anders, Chef?«

Er grinste. »Ausnahmsweise einmal nicht.«

Kapitel 19

Freitag, 28. Juli

Thorsten Späth wohnte in einer weniger schönen Gegend von Friedrichshafen. Katharina und Hubert waren zusammen mit einem Nachbarn ins Haus gekommen, doch nun standen sie vor Späths Wohnungstür und klingelten bereits zum dritten Mal, als sich in der Wohnung endlich etwas tat. Im Hausflur roch es nach Müll und altem Essen, und es hätte dringend wieder mal durchgewischt werden müssen. Die Tür zu Späths Wohnung öffnete sich, und ein ziemlich großer Mann blickte ihnen fragend entgegen. Er schien gerade aus dem Bett gekommen zu sein, denn er trug ein weißes Feinrippunterhemd zu einer Jogginghose, und seine dunklen, fast schwarzen Haare standen in sämtliche Richtungen. Verschlafen blinzelte er gegen die Sonne an, die durch das dreckige Fenster im Hausflur direkt in sein Gesicht schien. Er trat einen Schritt zurück.

»Was wollen Sie?«

»Riedmüller und die Kollegin Danninger von der Kriminalpolizeidirektion Friedrichshafen.« Hubert zeigte wie so oft in diesen Tagen seinen Ausweis vor. »Dürfen wir kurz reinkommen? Wir wollen Sie nicht lange aufhalten, aber wir hätten ein paar Fragen, und die würden wir Ihnen ungern im Hausflur stellen.«

»Worum geht es denn?«

»Wollen Sie das wirklich hier besprechen?« Hubert deutete mit dem Kopf dezent hinter sich, wo eine ältere Frau neugierig durch den offenen Spalt ihrer Tür spähte.

Thorsten Späth zögerte, ging dann aber schließlich voran ins Wohnzimmer. Späth schien keine Freundin zu haben, denn so, wie es in der Wohnung aussah, machte das keine Frau mit. Es war ewig nicht mehr gesaugt worden, und auf dem Wohnzimmertisch stapelten sich die leeren bis halbleeren Kartons und Plastikbehälter von irgendwelchen Lieferservices sowie dreckige Kaffeetassen. Außerdem mischte sich der Gestank von kaltem Zigarettenqualm mit abgestandener Luft. Katharina versuchte nicht zu atmen, als Späth sich eine Zigarette anzündete und in einen Sessel fallen ließ.

»Entschuldigen Sie meinen Aufzug. Nachtschicht«, erklärte er und zog an seiner Zigarette. »Ach so, wollen Sie was trinken?«

»Nein, danke.« Katharina hatte zwar tatsächlich Durst, aber so, wie es hier aussah, verzichtete sie lieber. »Sagen Sie, es macht Ihnen nichts aus, wenn ich ein Fenster aufmache, oder?« Sie wartete seine Antwort nicht ab, sondern ging einfach hinüber zum Fenster, um es zu öffnen. Sie nahm ein paar tiefe Atemzüge von der warmen Luft, die hereinströmte, dann wandte sie sich wieder Thorsten Späth zu. »Sie haben also letzte Nacht gearbeitet?«

Er nickte. »Genau. Warum wollen Sie das denn wissen? Können Sie mir jetzt endlich erklären, was Sie hier wollen?«

»Clemens Maurer wurde letzte Nacht ermordet.«

Späths Augen weiteten sich, er fuhr sich durch die Haare. »Der Clemens? Ermordet? Scheiße. Warum das denn?«

»Wenn wir das wüssten, wären wir vermutlich nicht hier.« Hubert setzte sich auf das Sofa an der Wand und holte seine Pfeife hervor. »Stört Sie doch nicht, oder?« Späth bedeutete ihm mit der Hand, dass es ihm egal war, woraufhin Hubert seine Pfeife anzündete.

Katharina verdrehte die Augen. Das hatte ihr gerade noch gefehlt. »Wann hat denn Ihre Nachtschicht begonnen?«

»Um zweiundzwanzig Uhr, und bevor Sie fragen: Es gibt reichlich Zeugen für meine Anwesenheit, und ich hab die Firma auch in der kurzen Pause nicht verlassen. Die Schicht ging bis um sechs.«

»Woher kannten Sie und Maurer sich?«, wollte Hubert wissen.

Späth zog ein letztes Mal an seiner Zigarette und drückte sie dann im übervollen Aschenbecher aus. »Er war ein Kumpel von früher. Wir sind in derselben Straße aufgewachsen.«

»Und warum haben Sie sich in letzter Zeit so oft getroffen?«

Späth zog die Augenbrauen hoch. »Woher wissen Sie das denn?«

»Ist das wichtig?«, erwiderte Katharina. »Beantworten Sie bitte die Frage.«

Späth grinste. »Ah, lassen Sie mich raten: Terminkalender?« Er schüttelte den Kopf. »Clemens hatte komische Marotten. Er war schon damals der einzige Junge aus unserer Clique, der Tagebuch geschrieben hat. Ich meine, welcher Kerl schreibt bitte Tagebuch?«

Katharina und Hubert wechselten einen Blick. Vielleicht hatte Clemens bis zu seinem Tod Tagebuch geführt und dort seine Gedanken aufgeschrieben. Dummerweise schienen Häberle und Neuer kein Tagebuch gefunden zu haben. »Zurück zu Ihren Treffen mit Clemens«, bat Katharina. »Waren die rein freundschaftlicher Natur?«

»Mehr oder weniger.« Späth zuckte mit den Schultern. »Clemens hatte einen Tipp für mich, wie man gut Geld anlegen kann. Das war's.«

»Und dafür haben Sie mehrere Treffen gebraucht?« Katharina zog die Augenbrauen hoch.

»Was wollen Sie? Wir haben uns halt hin und wieder getroffen und ein Bier zusammen getrunken. Ist das verboten?« Er angelte seine Zigarettenpackung vom Tisch, um sich eine neue Kippe anzustecken.

»Und dann haben Sie sich geprügelt?« Katharina deutete mit dem Kopf auf seine rechte Hand, die einen Kratzer hatte und angeschwollen war.

»Ich bin gegen eine Tür gerannt, mein Gott.«

»Und Clemens Maurer ist wohl gegen dieselbe Tür gerannt, was? Oder wie erklären Sie sich, dass er sich kurz vor seinem Tod ein blaues Auge geholt hat?«

»Sie sind aber ganz schön hartnäckig. Sind Sie anderswo auch so?« Sein lüsterner Blick machte deutlich, worauf er hinauswollte.

»Passen Sie auf, was Sie sagen, oder ich finde einen Grund, Sie mitzunehmen.«

Späth hob abwehrend die Hände. »Schon gut, schon gut. Wir haben uns gestritten, aber im Grunde ging es um eine Lappalie.«

»Und worum ging es genau?«, bohrte Hubert nach. »Lassen Sie sich doch nicht jedes Wort einzeln aus der Nase ziehen.«

Späth stöhnte. »Es ging um eine Frau, okay? Um genau zu sein, um Clemens' Schwester. Er wollte nicht, dass ich mit ihr ...« Grinsend machte er eine entsprechende Geste mit den Händen. »Sie wissen schon.«

»Wie das bloß kommt«, murmelte Katharina. »Und wann haben Sie sich mit Clemens getroffen?«

»Keine Ahnung. So gegen fünf?«

»Gegen fünf, ja? Allmählich reißt mir der Geduldsfaden.« Katharina machte einen drohenden Schritt auf Späth zu. »Zufälligerweise war ich gestern bis kurz nach sechs mit Clemens zusammen unterwegs, also sagen Sie jetzt verdammt noch mal die Wahrheit, oder Sie kommen in Teufels Küche. Vielleicht waren Sie der Letzte, der Clemens lebend gesehen hat.«

»Okay, okay, ist ja gut.« Späth fuhr sich mit einer Hand durch die Haare. »Clemens stand gestern aus heiterem Himmel vor meiner Tür. Das muss so um sieben gewesen sein, vielleicht auch halb acht. Er hat einen riesen Terz gemacht, bis ich ihm schließlich eine reingehauen hab. Das war's, danach ist er abgezogen.«

Katharina glaubte ihm kein Wort, ließ die Sache aber erst einmal auf sich beruhen. »Und wohin wollte er danach?«

»Das hat er mir nicht gesagt. Sind wir hier jetzt endlich fertig? Ich brauch was zu futtern.« Er drückte seine Zigarette erneut aus und kratzte sich im Schritt.

Katharina schüttelte es innerlich. Der Kerl war einfach nur

widerlich. »Wir sind hier fertig, wenn wir fertig sind. Charlène La Bouche. Sagt Ihnen der Name was?«

Späths Grinsen sprach Bände. »Ein wildes Weib. Für ein bisschen Knete macht die alles. Wollen Sie ihre Nummer?«

Katharina atmete tief aus und ballte die Hände zu Fäusten. Sie war gegen Gewalt, aber es gab Tage und Menschen, da hätte selbst sie am liebsten zugeschlagen. Ihr war unbegreiflich, dass Anna Thorsten Späth als Kunden akzeptiert haben sollte. »Können Sie sich so eine Frau wie Charlène überhaupt leisten?« Demonstrativ blickte sie zu einem der vielen Kuckucke, die überall klebten. Zuerst waren ihr die Pfandsiegel gar nicht aufgefallen, aber von ihrem Standort aus sah sie den altmodischen Aufkleber auf der Seite des Fernsehers ganz deutlich.

Hubert warf ihr einen fragenden Blick zu und stand schließlich auf, um ihrem Blick zu folgen. »Wenn sich da die Wildsau nicht vor Freude am Baum wetzt.« Er drehte sich zu Späth um. »Und Sie haben uns sonst nichts zu sagen?«

»Ich sag gleich gar nichts mehr.« Späth verschränkte die Arme vor der Brust. »Ich bin vielleicht gerade ein bisschen knapp bei Kasse, aber ich wüsste nicht, was Sie das angeht.«

»Und da wollten Sie von Clemens einen Tipp zum Thema Geldanlage haben?«, fragte Katharina zweifelnd. »Sind Sie sicher, dass Sie Ihre Aussage nicht korrigieren wollen?« Doch Späth schwieg. »Herr Späth, Ihr Name steht auf einer Liste, die Clemens bei sich auf dem Computer hatte. Haben Sie eine Idee, was das für eine Liste ist?«

»Woher soll ich das wissen?«, erwiderte er wütend. »Keine Ahnung, was Clemens für Listen geführt hat. So dicke waren wir nun auch wieder nicht.«

Hubert, der immer wieder genüsslich an seiner Pfeife zog, spazierte durchs Wohnzimmer, um nach weiteren Pfandsiegeln zu suchen. Wie nebenbei fragte er: »Kann es sein, dass Sie Streit mit Charlène hatten? Konnten Sie sie nicht bezahlen?«

»Was? Jetzt reicht's aber.« Späth stand auf.

»Charlène La Bouche wurde ermordet«, sagte Katharina.

»Was?« Späth ließ sich zurück auf seinen Sessel fallen. »Nein, Sie verarschen mich.« Er blickte von Katharina zu Hubert und fuhr sich erneut durch die Haare. »Scheiße. Hören Sie, ich hab damit nichts zu tun. Weder mit dem Mord an Clemens noch mit dem Mord an Charlène.«

»Wo waren Sie denn letztes Wochenende in der Nacht von Freitag auf Samstag?«, wollte Hubert wissen.

»Wo ich …? Das weiß ich doch jetzt nicht mehr!«

»Dann wäre es besser, es fällt Ihnen ganz schnell wieder ein«, sagte Katharina scharf.

»Ich … Warten Sie.« Späth dachte einen Moment angestrengt nach. »Ich hatte Mittagsschicht bis um zehn. Anschließend bin ich noch in eine Kneipe gegangen. Allein. Irgendwen trifft man dort immer.«

»Schreiben Sie uns bitte den Namen Ihres Arbeitgebers und der Kneipe auf und wen Sie dort getroffen haben. Wenn möglich mit Kontaktdaten.«

»Jetzt?«, fragte Späth, doch als Katharina geräuschvoll ausatmete, sprang er auf. »Ich mach ja schon.« Er verließ das Zimmer und kehrte nur wenige Sekunden später mit einem Zettel und einem Kugelschreiber zurück. Als er fertig war, reichte er Hubert den Zettel.

Der warf einen kurzen Blick darauf und steckte ihn in die Hosentasche. »Na ja, man kann's gerade noch lesen. Gut, wir überprüfen Ihre Alibis und melden uns wieder.« Hubert war im Begriff zu gehen, drehte sich aber noch einmal um. »Ach, Herr Späth, eine Frage noch: Was fahren Sie für ein Auto?«

»Einen alten Honda Civic. Warum?«

»Ich sag dir, das stinkt zum Himmel«, sagte Hubert, während sie das Wohnhaus verließen. Die Nachbarin von gegenüber, die sie eigentlich als nächste hatten befragen wollen, öffnete die Tür nicht, sodass sie die Befragung auf später verschieben mussten.

»Im wahrsten Sinne des Wortes«, erwiderte Katharina und roch am Ärmel ihres T-Shirts. Tief atmete sie die frische, wenn auch warme Luft ein. »Absolut widerlich. Ich brauche dringend eine Dusche.«

»Das wird warten müssen. Lass uns mal ins Blaue hinein raten, was für eine Liste das auf Maurers Rechner sein könnte. Vielleicht Namen von Charlènes Kunden, von denen Maurer wusste? Womöglich hat er sie erpresst.«

Katharina bewegte ihren Kopf abwägend hin und her. »Aber wo hat er die Namen her? Privatdetektiv? Dass Anna sie ihm gegeben hat, glaube ich nämlich nicht, und sie hatte ihre Kundenliste nicht offen herumliegen. Vielleicht sind es auch die Namen derer, denen Clemens Tipps zur Geldanlage gegeben hat. Ob er sich da irgendwie bereichert hat?«

Hubert nickte. »Gut möglich. Späth hat auf jeden Fall Geldprobleme. Da kommt einiges an Arbeit auf Nina zu. Sie muss unbedingt die Finanzen von Maurer und Späth überprüfen, am besten auch noch von Gärtner. Außerdem soll sie bei der Telefongesellschaft eine Liste mit Maurers ein- und ausgehenden Anrufen besorgen, falls sie das noch nicht gemacht hat. Und wir brauchen auch eine Liste von Späths Anrufen. Der Kerl hat irgendwas zu verbergen, und vielleicht bringt uns das weiter. Ich will die Infos bis heute Nachmittag. Das Wochenende steht vor der Tür, und der Mörder läuft immer noch frei herum. Wenn die Bank oder die Telefongesellschaften Zicken machen, soll Nina Bescheid sagen. Und Späths Alibis müssen überprüft werden. Das kann Häberle machen. Er soll außerdem Kontakt zu Maurers Schwester aufnehmen und sie nach Thorsten Späth fragen. Rufst du Nina und Häberle an und instruierst sie? Ach, und falls Nina Gärtner noch nicht erreicht hat, soll sie damit erst mal warten, bis wir die Info zu seinen Finanzen haben. So.« Hubert holte tief Luft und steuerte auf ein italienisches Restaurant auf der gegenüberliegenden Straßenseite zu. »Ich brauche jetzt erst mal was zu essen. Was ist mit dir?«

»Ich könnte auch was vertragen. Pasta, bitte. Irgendwas mit Gemüse. Ich kann keine Pizza mehr sehen.«

Hubert nickte. »In Ordnung.« Nach einer kurzen Pause fügte er hinzu: »Du hast dich übrigens gut gemacht bei Späth.«

Katharina wollte gerade das Handy aus ihrer Tasche ziehen, um zuerst Nina anzurufen, hielt aber mitten in der Bewegung inne. Verwundert blickte sie Hubert hinterher, der in der Pizzeria verschwand.

»Elfriede Leutkirch?«, fragte Katharina.

Skeptisch betrachtete die Frau die beiden Kommissare durch den Türspalt. Sie war nicht sehr groß, trug einen Bademantel und ausgetretene Hausschuhe. Aus ihrer Wohnung stank es nach Qualm. Sie schien nicht so alt zu sein, wie Katharina auf den ersten Blick vermutet hatte. Vielleicht Ende vierzig, Mitte fünfzig. Durch die Falten im Gesicht wirkte sie verlebt.

»Dürfen wir Ihnen ein paar Fragen stellen? Es dauert sicher nicht lange. Wir sind von der Kriminalpolizeidirektion Friedrichshafen, es geht um Ihren Nachbarn von gegenüber. Thorsten Späth.« Katharina deutete auf die Tür hinter sich.

Die Frau zog die Tür auf. Sie schloss den Bademantel fester um sich und verschränkte die Arme vor der Brust. »Hat mal wieder Ärger, was? Wundert mich gar nicht.«

»Wie meinen Sie das?«, hakte Katharina nach.

»Ach, der hat doch Schulden bis zum Gehtnichtmehr. Wissen Sie ...« Sie senkte die Stimme. »Ich schwimme auch nicht gerade in Geld, sonst würde ich direkt am See leben, mit Swimmingpool und Sauna. Aber der Späth übertrifft uns alle. Hier schlagen dauernd irgendwelche Typen vom Amt auf, und gestern Abend war auch so ein komischer Kerl hier. Der war ziemlich sauer.«

»Wissen Sie noch, wann das war?«, fragte Hubert.

»Um zehn nach sieben. Ich wollte in Ruhe meine Gameshow gucken, aber die haben so einen Krach gemacht, und die Wände hier sind ja auch nicht viel dicker als Esspapier.«

»Wie sah denn der andere Mann aus, Frau Leutkirch?«

»Mein Typ wär er nicht. Blond, Brille. Er trug einen Anzug und passte überhaupt nicht hierher.«

Katharina nickte, das klang ganz nach Clemens. »Worum ging es denn bei dem Streit?«

»Wollen Sie mir etwa unterstellen, dass ich meine Nachbarn belausche?«, fuhr die Frau sie an.

Katharina hob beschwichtigend die Hände. »Um Gottes willen, nein. Aber es kann doch sein, dass Sie ganz zufällig etwas aufgeschnappt haben. Sie wären uns wirklich eine große Hilfe.«

»Wissen Sie, ich hab tatsächlich was gehört.« Erneut senkte sie die Stimme. »Es ging um Geld, worum sonst? Aber eines war seltsam.«

»Ja?«

»Ich hätte jetzt gedacht, dass der Späth dem Typen Geld schuldet, aber es scheint gerade andersrum zu sein. Späth war total sauer, hat irgendwas von Betrug gefaselt und dem Kerl schließlich eine reingehauen. War's das dann? Meine Sendung geht weiter.«

Kapitel 20

Freitag, 28. Juli

Es dauerte bis zum späten Nachmittag, bis Nina die angeforderten Finanzunterlagen und Anruflisten organisieren konnte. Hubert hatte zwischenzeitlich Druck bei der Bank machen müssen, weil der Bankdirektor gerade ins frühe Wochenende gehen wollte, als der Anruf von Nina gekommen war. Katharina und Hubert sichteten die Unterlagen, als Häberle das Büro betrat.

»Darf ich kurz?«, fragte er und fuhr einfach fort. »Es geht um Späths Alibis. Letzte Woche Freitag hat er seine Arbeitsstelle um Punkt zweiundzwanzig Uhr verlassen und ist danach in die Kneipe gegangen, die er Ihnen genannt hat. Der Wirt und seine angeblichen Bekannten bestätigen, dass er bis etwa halb zwei geblieben ist. Allerdings war dort so viel los, dass niemand so genau sagen kann, ob er wirklich die ganze Zeit vor Ort war.«

»Kein sonderlich gutes Alibi«, sagte Hubert. »Und was ist mit letzter Nacht?«

»Späths Schicht hat um zweiundzwanzig Uhr begonnen«, antwortete Häberle und blickte triumphierend von seinen Notizen auf. »Aber er kam eine gute halbe Stunde zu spät.«

»Das reicht. Wenn er von halb zehn bis halb elf kein Alibi hat, kann er den Mord begangen haben. Haben Sie Maurers Schwester schon erreicht?«

Häberle nickte. »Die hat seit ihrer Kindheit nie wieder etwas von Thorsten Späth gehört und ihn seitdem auch nicht mehr gesehen.«

Hubert grinste. »Sehr gut. Schicken Sie Nina her.«

»Die ist in der Pause, Chef.«

»Dann rufen Sie doch bitte selbst Späth an und bestellen ihn her«, bat Hubert. »Und danach machen Sie sich zusammen mit Neuer noch einmal auf zu Maurers Wohnung. Schauen Sie dort, ob Sie irgendetwas finden, was wie ein Tagebuch aussieht, und befragen Sie die Nachbarn.«

»Ach, und Häberle?«, rief Katharina ihm hinterher.

»Ja?« Er drehte sich noch einmal zu ihr um. Er schien genervt, wofür sie vollstes Verständnis hatte. Es war schon spät am Freitagnachmittag, das Wochenende stand vor der Tür, allerdings sah es nicht so aus, als könnte das Team bald Feierabend machen.

»Bestellen Sie doch bitte auch Max und Susanne Gärtner her. Danke.«

Häberle nickte und verschwand blitzschnell, bevor man ihm noch mehr Aufgaben übertragen konnte. Hubert sah von dem Blätterchaos auf seinem Schreibtisch auf. »Hast du was gefunden?«, fragte er Katharina und stand auf, um sich Kaffee nachzuschenken.

Sie drehte sich auf ihrem Schreibtischstuhl zu ihm herum. »In der Tat. Max hat vor nicht allzu langer Zeit ziemlich viel Bargeld abgehoben.«

Hubert nickte. »An deiner Theorie könnte also was dran sein. Vielleicht hat Maurer den Leuten auf der Liste tatsächlich Geld abgeknöpft und es angeblich idiotensicher für sie angelegt, sich insgeheim aber selbst bereichert. Zumindest hatte er regelmäßige vierstellige Bareinzahlungen auf sein Konto.«

Katharina nickte ebenfalls. »Das klingt nach einer heißen Spur, aber ich sehe die Verbindung zu dem Mord an Anna noch nicht. Ob die Fälle doch nicht zusammenhängen?« Sie stieß einen Seufzer aus. »Vielleicht habe ich mich geirrt, und Clemens wusste doch nichts über den Mord an Anna. Vielleicht war er einfach nur schockiert über die Nachricht von ihrem Tod. Oder was meinst du?«

Hubert ließ sich zurück auf seinen Schreibtischstuhl fallen. »Ich weiß es nicht, Katrinchen. Oh, Entschuldigung. Ich soll dich ja nicht mehr so nennen, Katharina.« Sie lächelte amüsiert, doch Hubert schien das alles andere als lustig zu finden. Er warf die Arme in die Luft und stieß dabei fast seine volle Kaffeetasse um. »Herrgott, das ist doch nicht abfällig gemeint, wenn ich Katrinchen zu dir sage. Ich hab dich immer schon so genannt.« Er schüttelte den Kopf. »Egal, zurück zum Fall: Es ist erstaunlich, dass wir in beiden Fällen dieselben Verdächtigen haben beziehungsweise dieselben Personen auftauchen. Aber bisher sehe ich auch keine Verbindung zwischen den beiden Fällen.« Er zuckte mit den Schultern. »Das Ganze ist mehr als merkwürdig.«

Katharina starrte noch einen Moment ins Leere, bevor sie sich wieder auf die Unterlagen auf ihrem Schreibtisch konzentrierte. Sie schob die Bankauskünfte beiseite und zog noch einmal die Liste mit den ein- und ausgehenden Anrufen von Späth und Maurer hervor. Da fiel ihr ein Name auf, der auf beiden Listen auftauchte, auf der einen öfter als auf der anderen. Ob das etwas zu bedeuten hatte? Und das brachte sie zu einer weiteren Frage: Warum bat man ausgerechnet Clemens um Investitionstipps? Er war bei einer Versicherungsgesellschaft angestellt gewesen und hatte dort tagaus, tagein mit Lebensversicherungen, Rentenversicherungen und Sparplänen jongliert. Trotzdem hatte er auf Katharina nicht wie jemand gewirkt, der wusste, wie man Geld am gewinnbringendsten anlegen konnte. Ihm hatte der Biss gefehlt. Was war wirklich am gestrigen Abend passiert? Warum war Clemens ermordet worden? Und wie hing das alles mit dem Mord an Anna zusammen? Konnte es sein, dass er mehr für Anna empfunden hatte? Das erklärte zumindest seine Reaktion auf die Nachricht von ihrem Tod, aber es erklärte nicht, warum er danach zu Thorsten Späth gefahren war und warum er die Nacht nicht überlebt hatte.

Katharina blickte seufzend auf. »Hubert, komm mal her. Mir ist hier noch ein Name aufgefallen.«

»Was soll ich denn schon wieder hier?«, fragte Max und verschränkte die Arme vor der Brust. »Der Richter hat mich freigelassen. Ihr habt keine Beweise, dass ich Anna umgebracht habe, und ich war es auch nicht.«

Hubert ging nicht auf seinen Einwand ein. »Herr Gärtner, sagt Ihnen der Name Clemens Maurer etwas?«

Max runzelte die Stirn. »Clemens Maurer? Wer ist das denn jetzt schon wieder? Muss ich den kennen?«

»Kanntest du ihn?«, fragte Katharina und schob ein Bild von Clemens über den Tisch.

Max betrachtete das Bild ziemlich lange. »Ich weiß es nicht genau. Kann sein, dass ich ihm mal begegnet bin. Der Name sagt mir jedenfalls nichts.« Max war entweder ein guter Lügner, oder er kannte Clemens tatsächlich nicht sonderlich gut.

»Clemens Maurer wurde letzte Nacht ermordet«, sagte Katharina.

»Ermordet?« Max warf den Kopf in den Nacken und fuhr sich mit beiden Händen durch die Haare. »Das darf doch nicht wahr sein! Warum glaubt mir denn keiner? Ich habe weder Anna noch diesen Clemens umgebracht. Warum hätte ich das tun sollen?«

»Ihr Name taucht auf einer Liste auf, die wir auf Maurers Rechner gefunden haben. Können Sie sich das erklären?«

Max zog erneut die Stirn kraus. »Was für eine Liste? Ich hab keine Ahnung, wovon Sie reden. Was soll der Scheiß?«

»Max, du hast vor Kurzem ziemlich viel Bargeld abgehoben.« Katharina zeigte ihm die entsprechenden Unterlagen. »Was ist damit passiert?«

Max schluckte. »Darf man jetzt kein Bargeld mehr abheben? Wir haben ein Kind bekommen, wie du weißt. Kinder kosten viel Geld.«

»Nicht, wenn man schon mehrere Kinder hat. Ich glaube kaum, dass ihr alles neu gekauft habt. Also? Was hast du mit dem Geld gemacht?« Max schwieg, doch Katharina ließ nicht locker. Er hatte sich verraten. Sie war sich sicher, dass er das Geld verloren hatte, auf welche Weise auch immer. »Kann es sein, dass Clemens Maurer dir Tipps gegeben hat, wie du das Geld angeblich am besten anlegen und damit richtig viel Gewinn machen kannst? Und kann es sein, dass das ziemlich in die Hose ging?«

»Das sind Unterstellungen«, antwortete Max, doch er wurde nervös. Seine Atmung beschleunigte sich, und sein Blick huschte durch den Raum.

»Herr Gärtner, das ist ein Motiv«, sagte Hubert. »Wir wissen, wie aufbrausend Sie sein können. Aber ich muss zugeben, dass ich auch wütend geworden wäre, wenn ich durch die Schuld eines anderen mehrere Tausend Euro verloren und dieser Jemand sich auch noch an meinem Verlust bereichert hätte.«

Max schüttelte den Kopf. »Denken Sie, was Sie wollen. Ohne meinen Anwalt sag ich kein Wort mehr.«

Auch mit Anwalt verriet Max nicht, was mit dem Geld passiert war, und Susanne hatte keine Ahnung gehabt, dass Max überhaupt so viel Geld abgehoben hatte. Während der Befragung war sie einem Nervenzusammenbruch nahe gewesen, was Katharina jedoch verstehen konnte. Wenn man gerade erst ein Kind bekommen hatte, wollte man sich auf seinen Partner verlassen können. Stattdessen belog und betrog Max sie, wo er nur konnte.

Katharina hoffte, dass die erneute Befragung von Thorsten Späth mehr bringen würde. Als er jedoch nun den Vernehmungsraum betrat, bekam sie Zweifel daran. Er hatte absolut keine Lust, hier zu sein, das war mehr als deutlich.

»Was soll das?«, fragte er, während er sich auf den Stuhl gegenüber von Katharina und Hubert setzte. »Sie haben mich doch heute Mittag erst genervt, und ich habe nichts weiter zu sagen.«

»Sie hätten uns halt nicht anlügen sollen«, sagte Katharina mit absichtlich zuckersüßer Stimme. »Wir haben Ihre Alibis überprüft. Letzte Nacht sind Sie eine halbe Stunde zu spät zur Arbeit erschienen, und letzte Woche Freitag waren Sie vielleicht in der Kneipe, aber es gibt niemanden, der Ihnen die durchgängige Anwesenheit dort von zweiundzwanzig Uhr bis halb zwei bestätigen will. Sie hätten also gut und gerne für eine Stunde verschwinden können, ohne dass es jemandem aufgefallen wäre.«

»Ich habe weder Charlène noch Clemens umgebracht. Ich hatte überhaupt keinen Grund dazu.«

»Dann will ich Ihrem Gedächtnis mal auf die Sprünge helfen«, sagte Hubert. »Sie haben ziemlich viel Geld verloren, und nicht nur das. Sie haben einen Kredit aufgenommen und dieses Geld ebenfalls verloren, Herr Späth.«

»Na und? Kein Grund, jemanden umzubringen.«

Hubert lachte. »Geld ist ein klassisches Mordmotiv, und jetzt hören Sie mal auf, so überheblich zu tun. Sie haben ein Motiv und bisher kein überzeugendes Alibi. Sie stecken richtig tief drin, wie ein Dackel im Fuchsbau. So sieht's aus, also raus mit der Sprache.«

Späth hob die Hände. »Okay, das Ganze ist richtig blöd gelaufen, das gebe ich zu. Aber ich habe niemanden umgebracht, und das können Sie auch nicht beweisen, sonst hätten Sie mich längst festgenommen.«

»Ach, Sie wollen es auf die harte Tour?«, meinte Katharina. »Das können wir gerne einrichten. Was halten Sie davon, wenn wir Sie über Nacht hier behalten?«

»Hey, das war ein Scherz, okay? Behalten Sie mich bloß nicht hier. Wenn ich heute nicht zur Arbeit erscheine, bin ich meinen Job los, ich habe mir dieses Jahr schon zu viel geleistet.« Späths Augen nahmen einen geradezu flehenden Ausdruck an.

»Ihr Alibi, Herr Späth«, sagte Katharina. »Ihre Nachbarin hat bestätigt, dass Clemens Maurer so gegen neunzehn Uhr kurz bei Ihnen war, aber dann fehlen immer noch dreieinhalb Stunden. Warum waren Sie gestern nicht pünktlich bei Ihrer Arbeitsstelle, und was haben Sie zwischen neunzehn und zweiundzwanzig Uhr dreißig gemacht?«

»Die olle Schreckschraube von gegenüber, stimmt's? Dann ist ihre Neugier wenigstens mal zu was gut.«

Katharina seufzte; sie kam sich vor wie eine Kindergärtnerin, die einen besonders frechen Jungen in ihrer Gruppe hatte. »Herr Späth, ich habe Ihnen eine Frage gestellt.«

»Ja doch. Ich bin auf dem Sofa versackt. Eingeschlafen. Das ist alles. Wirklich, Sie müssen mir glauben.«

»Nun gut, in dem Fall sollten Sie aber auch mit der Wahrheit herausrücken, worum es in dem Streit mit Clemens Maurer tatsächlich ging. Denn es ging nicht um Clemens' Schwester, das wissen wir.«

»Lassen Sie mich raten: die olle Schreckschraube.« Späth atmete tief aus. »Also gut. Ja, es ging um Geld. Dank Clemens supertollen Tipps habe ich ziemlich viel Kohle verloren. Ich war wütend. So wütend, dass ich ihm ein blaues Auge verpasst habe, aber ich bin ihm nicht gefolgt, um ihn umzubringen.«

Katharina schüttelte den Kopf. »Aber es war doch nicht neu für Sie, dass Sie in den Miesen stecken. Das wussten Sie schon seit Tagen. Worum ging es wirklich?«

Späth verdrehte die Augen. »Jetzt sagt man einmal die Wahrheit, und Sie glauben mir immer noch nicht. Es war so, wie ich es gesagt habe.«

»Laut Frau Leutkirch ist das Wort Betrug gefallen, Herr Späth. Haben Sie dazu etwas zu sagen?«

»Betrug?« Späth lachte, doch es klang unecht. »Die alte Leutkirch fantasiert. Die sitzt den ganzen Tag vor der Glotze und guckt einen Krimi nach dem anderen oder diese komischen Reality Shows mit den Privatdetektiven. Die muss da was durcheinander gebracht haben.«

»Ich sag Ihnen was, Herr Späth.« Katharina beugte sich über den Tisch, der süße Klang ihrer Stimme war längst professioneller Schärfe gewichen. »War es nicht vielmehr so, dass Sie Ihren investierten Kredit verloren haben, weil Clemens Sie über den Tisch gezogen hat? Was meinen Sie?« So wie sie Clemens erlebt hatte, konnte sie es sich zwar nicht vorstellen, aber es war das Einzige, was Sinn ergab.

Späth hob die Schultern. »Warum stellen Sie mir überhaupt diese Fragen, wenn Sie sich sowieso alles selbst zusammenreimen?«

»Ich werde Ihnen jetzt noch eine Frage stellen, und ich erwarte eine ehrliche Antwort: Sagt Ihnen der Name Frederik Bartsch etwas?«

»Frederik Bartsch?«, wiederholte Späth.

Katharina nickte. »Und ersparen Sie uns bitte Ihre fadenscheinigen Ausreden. Wir wissen, dass Sie mit ihm telefoniert haben. Also, woher kannten Sie Frederik und was wollten Sie gestern Abend von ihm?«

»Er ist Anlageberater. Ich wollte Anlagetipps von ihm haben.«

Hubert lachte. »Sie hatten kein Geld mehr zum Anlegen, Herr Späth. Das werden Sie doch wohl nicht vergessen haben. Also? Und jetzt die Wahrheit bitte, sonst bleiben Sie wirklich über Nacht hier.«

Späth überlegte einen Moment, schließlich machte er eine wegwerfende Handbewegung. »Na schön. Clemens hat mir einen nicht ganz legalen Vorschlag gemacht. Er wollte Geld am Finanzamt vorbeischleusen. Ich sollte es für ihn anlegen, und er hätte mich später am Gewinn beteiligt. Er hat mir die Nummer von Bartsch gegeben, den ich gleich angerufen hab, um alles in die Wege zu leiten.« Er holte tief Luft. »Das war Mist, das ist mir klar. Ich hätte ablehnen sollen, aber ich bin wirklich verzweifelt. Ich hab ohnehin nichts mehr zu verlieren, dachte ich mir, aber das war wohl der falsche Weg. Es tut mir leid.«

»Und warum das blaue Auge?«, fragte Hubert.

»Im ersten Moment war ich sauer, weil Clemens mich jetzt auch noch in seine illegalen Machenschaften hineinziehen wollte«, antwortete Späth. »Ich hab genug Ärger am Hals, aber schlussendlich konnte ich gar nicht ablehnen, und das hat Clemens ausgenutzt.«

Katharina runzelte die Stirn. Hatte sie sich so in Clemens getäuscht? Natürlich kannte sie ihn nicht, sie hatte ihn gerade einmal die wenigen Stunden auf dem Boot erlebt, aber für gewöhnlich konnte sie sich auf ihre Menschenkenntnis verlassen. Das brachte ihr Beruf nun mal mit sich. Und sie hatte Clemens nicht als jemanden gesehen, der andere über den Tisch zog und gegen das Gesetz verstieß. »Was ist mit Bartsch? Wusste er von den illegalen Machenschaften?«

Späth zuckte mit den Schultern. »Keine Ahnung, ich glaube nicht. Wir haben jedenfalls nicht über Clemens gesprochen. Offiziell ging es um mein Geld.«

»Glaubst du ihm?«, fragte Katharina, als sie gemeinsam mit Hubert den Vernehmungsraum verließ. Es war zwar noch nicht allzu spät am Abend, aber es war Freitag, weshalb es ruhig im Gebäude zuging. Bis auf das Team von Riedmüller schien kaum noch jemand zu arbeiten.

»Du nicht?«, entgegnete Hubert. »Das klingt doch plausibel. Maurer betrügt Späth und bietet ihm an, ihm aus der Patsche zu helfen.«

»Dann hätte er ihm auch einfach Geld leihen können.«

Doch Hubert ging nicht auf Katharinas Einwand ein. »Späth verpasst ihm eine, nimmt das Angebot aber schließlich doch an, weil er das Geld braucht. In meinen Ohren macht das Sinn.«

Katharina schüttelte den Kopf. »Ich weiß nicht. Du hast Clemens nicht kennengelernt, aber er war nicht so. Ich kann mir absolut nicht vorstellen, dass er jemanden erst übers Ohr gehauen und ihm dann auch noch ein solches Angebot gemacht haben soll.«

»Es tut mir leid, dir das sagen zu müssen, Katharina, aber du kanntest Maurer auch nicht. Du bist ihm einmal kurz begegnet, das war's. Manchmal täuscht man sich in Menschen. Oder hättest du jemals für möglich gehalten, dass Daniel dich betrügen würde? Ich nicht.«

Katharina schluckte. Sie hasste es, dass Hubert ausgerechnet ihren Exmann als Beispiel anbrachte, aber ganz unrecht hatte er nicht. »Trotzdem. Und wie passt das mit dem Mord an Anna zusammen? Es muss doch etwas zu bedeuten haben, dass Clemens so seltsam auf die Nachricht von ihrem Tod reagiert hat. Und warum ist er ausgerechnet an jenem Abend noch zu Späth gefahren?«

Hubert blieb stehen und drehte sich zu Katharina um. »Das kann alles wirklich bloß Zufall sein. Okay, wir haben zum Teil dieselben Verdächtigen, was mich prinzipiell sehr misstrauisch macht. Aber ehemalige Klassenkameraden von dir waren zusammen mit Maurer im Segelverein, und Fitz arbeitet in derselben Firma wie Maurer. Wir sind hellhörig, weil diese Personen beide Opfer kannten, und das ist auch gut so, aber wir sollten nicht auf Teufel komm raus eine Verbindung suchen, wo es wahrscheinlich gar keine gibt.«

»Und das Telefonat zwischen Clemens und Frederik gestern Abend? Denkst du, Frederik wusste vielleicht doch von Clemens' illegalem Plan?«

Hubert zuckte mit den Schultern. »Keine Ahnung. Vielleicht hat Clemens einfach nur was auf dem Boot vergessen, vielleicht auch nicht. Das ist nicht unsere Baustelle, sondern geht später an die Kollegen von der Wirtschaftskriminalität oder von der Steuerfahndung. Aber Maurer ist tot, und wenn Bartsch sich sonst nichts hat zuschulden kommen lassen, wird das wohl nicht weiter verfolgt, schätze ich.«

Katharina fand das alles wenig befriedigend. Hätte sie Clemens nicht auf dem Boot getroffen, dann hätte sie Späths Geschichte ohne Weiteres geglaubt, aber so ließen sie die Zweifel nicht los. Doch bevor sie noch etwas sagen konnte, kam Nina über den Flur auf sie zugeeilt.

»Da seid ihr ja. Ich hab schon befürchtet, ich hätte euch verpasst, nachdem im Vernehmungsraum niemand ans Telefon gegangen ist.«

»Wo brennt die Hütte?«, fragte Hubert.

»Wir haben endlich ein Überwachungsvideo von der Mordnacht gefunden. Die Anwaltskanzlei auf der Friedrichstraße filmt ihren Eingang. Sie wollten die Aufzeichnungen erst nicht rausrücken, aber jetzt haben sie uns zumindest den Teil vom letzten Freitagabend gegeben, der für unsere Ermittlungen wichtig ist.«

»Sehr gut.«

Katharina und Hubert beschleunigten ihre Schritte. Nur wenige Minuten später saßen sie zusammen mit Nina im Büro von Häberle und Neuer und schauten sich das Video an. Die Kamera blickte direkt auf die Friedrichstraße, nicht weit von dem Parkhaus entfernt, in dem Daniels Mustang am Abend des Klassentreffens gestanden hatte. Es war einiges los, haufenweise Autos und Fußgänger waren trotz der Uhrzeit noch unterwegs. Um Punkt Viertel vor zehn fuhr eine schwarze S-Klasse auf den Bürgersteig. Der Motor wurde ausgeschaltet, zumindest gingen sämtliche Lichter am Wagen aus, aber der Fahrer blieb sitzen. Erst, als drei Minuten später Anna Maier in ihrem schwarzen Kleid und auf den roten High Heels im Blickfeld der Kamera erschien, stieg auch der Fahrer des Mercedes' aus. Dunkler Anzug, schwarze Handschuhe, eine tief ins Gesicht gezogene Schirmmütze und ein üppiger Bart – der Fahrer war zu vermummt, als das man erkennen konnte, wer sich dahinter verbarg. Er fragte Anna etwas, sie nickte, und er öffnete ihr die hintere Tür. Anna stieg ein, der Fahrer schloss die Tür wieder und nahm hinter dem Lenkrad Platz. Anschließend fädelte sich der Mercedes in den fließenden Verkehr ein.

Nachdem Neuer das Video ein zweites Mal abgespielt hatte, kehrte einen Moment Schweigen ein.

»Kann man das Nummernschild erkennen?« Hubert beugte sich noch etwas weiter nach vorne.

Neuer drückte ein drittes Mal auf die Wiedergabetaste und zoomte das Bild heran. »Tut mir leid, Chef, der Winkel ist mies. Es scheint ein Stuttgarter Kennzeichen zu sein, mehr kann man nicht erkennen.«

»Stuttgart?«, fragte Katharina.

»Was ist?«, erwiderte Hubert. »Witterst du eine Spur?«

»Frederik Bartsch wohnt inzwischen in Stuttgart und … Moment mal. Können Sie das Video noch einmal abspielen, Neuer?« Zum vierten Mal spielte sich dieselbe Szene vor ihren Augen ab.

»Erkennst du ihn?«, wollte Hubert wissen.

Katharina schüttelte den Kopf. »Nein, das nicht. Die Aufnahme ist zu weit weg, und man kann nichts vom Gesicht erkennen. Aber der Bart, der sieht echt aus. Und beim Klassentreffen hatte Frederik noch einen Bart, gestern beim Segeln hingegen war er glatt rasiert.«

»Das muss nichts heißen«, antwortete Hubert und setzte sich auf einen Stuhl. »War er denn üblicherweise Bartträger oder eher nicht?«

»Keine Ahnung. Ich glaube nicht, aber das lässt sich rauskriegen.«

»Frederik Bartsch«, murmelte Nina. »Warum ist der noch mal verdächtig?«

»Er ist nicht verdächtig«, sagte Hubert. »Zum einen hat er für beide Tatzeiten ein Alibi, zum anderen hat er kein Motiv.«

»Er arbeitet als Anlageberater«, warf Katharina ein.

Hubert zuckte mit den Schultern. »Na und? Warum sollte Bartsch Anna und/oder Maurer umgebracht haben? Nenn mir nur einen Grund.«

»Kann ich nicht. Es ist bloß so ein Gefühl, dass da etwas nicht stimmt«, gab Katharina zu. »Immerhin kannte Frederik beide Mordopfer.«

»Das trifft auch auf Fitz, Zeitler und Späth zu, und wahrscheinlich auch auf Max Gärtner.« Hubert drehte sich um, um einen Block und Kugelschreiber von Neuers Schreibtisch zu holen. »Lasst uns lieber überlegen, was das Video für neue Erkenntnisse bringt. Anna Maier war wie groß?«

»Moment.« Häberle öffnete eine Datei auf seinem Rechner. »Einen Meter siebzig. Mit den Schuhen also sicher noch mal einige Zentimeter mehr.«

»Zehn Zentimeter«, warf Katharina ein und erntete dafür fragende Blicke. Sie war nicht dafür bekannt, gerne hohe Schuhe zu tragen, aber ihre frühere Modelkarriere musste ja mal für etwas gut sein.

Als sie schwieg, fuhr Hubert fort. »Ist der Fahrer der Mörder? Was meint ihr?«

»Auf jeden Fall«, sagte Katharina, »sonst hätte er sich nicht so vermummt. Er war kein Fremder für Anna und wollte nicht von ihr erkannt werden. Das wäre zumindest meine Theorie.«

259

»Dem stimme ich zu«, sagte Neuer.

»Vielleicht wollte er auch nur nicht auf einem Video erkannt werden«, bemerkte Häberle. »Mit den ganzen Handys muss man doch immer damit rechnen, irgendwo zufällig gefilmt zu werden.«

»Guter Einwand.« Hubert notierte sich etwas auf seinem Block. »In jedem Fall können wir wohl davon ausgehen, dass Fahrer und Mörder identisch sind. Gehen wir weiter davon aus, er kannte das Opfer. Das würde auf Fitz, Zeitler, Späth und beide Gärtners zutreffen. Wegen des Winkels ist die genaue Größe auf dem Video schwer zu erkennen, aber der Mörder muss mindestens einen Meter achtzig messen. Susanne Gärtner fällt also als Verdächtige weg. Wie sieht es mit den anderen aus?«

»Müsste passen«, antwortete Katharina. »Bei Max bin ich mir nicht ganz sicher, aber die anderen drei sind auf jeden Fall eins achtzig groß.«

»Dann hätten wir Größe und Geschlecht des Mörders. Das ist doch mal was«, sagte Nina. »Augen- und Haarfarbe kann man leider nicht erkennen. Was ist mit dem Bart? Echt oder nicht?«

Hubert schüttelte den Kopf. »Daran würde ich nichts festmachen. Auf den ersten Blick wirkt er echt, aber man kann heutzutage so viel machen, und selbst wenn er echt wäre, könnte er gefärbt worden sein. Also, der Mercedes scheint das Stadtzentrum zu verlassen. Todeszeitpunkt ist laut unserem Gerichtsmediziner zwischen zweiundzwanzig und ein Uhr. Gehen wir davon aus, der Fahrer ist nicht erst mit seinem Opfer wo auch immer hingefahren, sondern war mit ihm auf der Kreisstraße nach Oberteuringen unterwegs.«

Katharina ließ sich mit verschränkten Armen auf Neuers Schreibtischkante sinken. »Denk an die Tatwaffe – laut Daniel ein Radmutternschlüssel. Ich rate einfach mal ins Blaue hinein: Der Mörder verkleidet sich als Fahrer, der Anna zu ihrem angeblichen neuen Kunden bringen will. Mitten auf der Kreisstraße biegt er unter einem Vorwand auf den Feldweg am Maisfeld ein und hält dort an.« Sie überlegte einen Moment. »Hat Daniel nicht gesagt, Anna wurde von hinten erschlagen? Der Mörder täuscht also meinetwegen eine Autopanne vor, bittet Anna, ihm zu assistieren, und erschlägt sie hinterrücks.«

Hubert nickte. »Klingt gut und plausibel. Todeszeitpunkt wäre demnach um kurz nach zehn. Auf jeden Fall war der Mörder schon um Viertel vor zehn mit dem Opfer zusammen. Wenn unsere Theorie stimmt, fällt damit auch Fitz als Verdächtiger weg. Er hat bis zweiundzwanzig Uhr ein wasserdichtes Alibi. Ebenso Späth, er hatte bis um zweiundzwanzig Uhr Mittagsschicht. Bleiben noch Zeitler und Gärtner. Zeitler hat jedoch kein Motiv, deshalb lassen wir ihn erst mal außen vor. Überraschung: Max Gärtner ist und bleibt unser Hauptverdächtiger. Sein Alibi gilt erst ab halb elf, und bis dahin hätte er es locker wieder zurück in die Innenstadt geschafft.«

»Max hat Anna doch in der Mordnacht um zwanzig nach zehn und gegen halb eins jeweils eine Nachricht auf dem Handy hinterlassen«, sagte Katharina. »Er hatte sein Handy also bei sich. Haben wir es denn schon für die Mordnacht orten lassen? Dadurch müssten wir herausfinden können, wann er wo war.«

Hubert machte sich erneut eine Notiz. »Nina, übernimm du das bitte. Versuch zumindest, heute noch jemanden bei der entsprechenden Telefongesellschaft zu erreichen, ansonsten morgen. Ich will nicht bis Montag auf die Ergebnisse warten. Häberle und Neuer, Sie klappern die Autovermietungen in und um Stuttgart ab. Nina, du hilfst, wenn du mit der Telefongesellschaft durch bist. Wenn man ein Auto mietet, muss man meines Wissens den Führerschein vorlegen. Vielleicht haben wir einen Treffer.«

»Alle Autovermietungen in und um Stuttgart?«, fragte Häberle. »Das dauert ewig ...«

»Die großen können Sie weglassen«, erwiderte Katharina, bevor Hubert etwas sagen konnte. »Die Mietwagen von Europcar haben ein Hamburger, die von Sixt ein Münchner Kennzeichen.

Und die von Hertz eins von Düren. Konzentrieren Sie sich erst einmal auf die kleineren.«

Hubert nickte zufrieden. »Guter Einwand. Da sitzt eventuell keiner mehr im Büro, aber versuchen Sie es trotzdem. Und im Internet gibt es vielleicht eine Nummer für Notfälle. Also, an die Arbeit. Wenn Sie was finden, informieren Sie mich sofort. Dann schicken wir die Kollegen aus Stuttgart oder direkt die KTU hin.«

Hubert stand auf und verließ das Büro, Katharina folgte ihm. Inzwischen waren wirklich nur noch sie im Gebäude. Bis auf das Surren von Computern und das weit entfernte Geräusch eines Staubsaugers vom Reinigungsteam war nichts zu hören.

»Und was machen wir jetzt?«, fragte Katharina.

»Du fährst nach Hause«, antwortete Hubert. »Es ist schon spät. Morgen ist Samstag, und du hast Geburtstag. Wir kommen hier allein zurecht, aber lass dein Handy an. Ich melde mich, wenn ich dich brauche.«

Katharina zögerte, nickte aber schließlich. Hier konnte sie fürs Erste ohnehin nichts mehr ausrichten. Außerdem hätte sie auf diese Weise Zeit, einer anderen Spur nachzugehen.

Kapitel 21

Freitag, 28. Juli

Es klingelte mehrfach, bis am anderen Ende der Leitung endlich jemand abnahm. »Ich bin immer noch sauer auf dich«, meldete sich Jonas schließlich ohne Begrüßung.

»Ja, ich weiß. Es tut mir auch echt leid«, sagte Katharina. »Glaub mir, ich hab dich nie wirklich für verdächtig gehalten. In erster Linie wollte ich deine Alibis abklopfen, um dich vor meinen Kollegen zu verteidigen, was ich im Übrigen auch immer getan …«

»Schon gut«, erwiderte Jonas seufzend. »Sag mal, wo bist du eigentlich? Es rauscht so im Hintergrund.«

»Das ist wahrscheinlich die Freisprecheinrichtung. Ich sitze im Auto.« Kurz überlegte sie, aufs Gas zu treten, um die gerade auf Gelb schaltende Ampel vor sich noch mitzunehmen, doch sie entschied sich dagegen und bremste. »Ich wollte dich etwas zu Clemens fragen, du kanntest ihn doch ganz gut.«

»Na ja, was heißt kennen? Aber frag einfach mal.«

»Kannst du dir vorstellen, dass Clemens vorsätzlich jemanden, der Geldsorgen hat, betrügt und ihm anschließend auch noch ein illegales Angebot macht, damit derjenige sich wieder etwas Geld dazuverdienen kann?«

Es dämmerte bereits, und die Straßenlaternen gingen an. Während Jonas überlegte, beobachtete Katharina die Fußgänger, die vor ihr die Ampel überquerten: lachende Freundinnen, die gemeinsam einkaufen waren und nun noch irgendwo einkehren würden, verliebte Pärchen jeden Alters und ältere Frauen, die die große Liebe schon erlebt hatten und das Haus verließen, um wenigstens hin und wieder unter die Leute zu kommen. Wie es wohl in ihrem Leben einmal aussehen würde, wenn sie so alt sein würde?

»Puh, ich weiß nicht«, begann Jonas. »Wie gesagt, so gut kannte ich Clemens auch wieder nicht, aber das klingt ehrlich gesagt nicht nach ihm. Er war ein anständiger Mensch und hat alles eher x-fach durchdacht, statt spontan zu handeln.«

»Danke dir, das hilft mir weiter.« Katharina schaltete in den ersten Gang und trat aufs Gas, als die Ampel wieder auf Grün sprang.

»Was ist denn los?«, wollte Jonas wissen.

»Nur so ein Gefühl. Drück mir die Daumen.«

Anette König wohnte in der obersten Etage eines für ober-schwäbische Verhältnisse ziemlich hohen Hauses. Als Katharina aus dem Aufzug stieg, wartete sie bereits in der offenen Tür. Mit den langen blonden Haaren und den braunen Augen sah sie sehr hübsch aus. Sie hatte eine gute Figur und war schick geklei-det – pinkfarbene Bluse zu einer schwarzen Hose. Von Frederiks Freundin hatte Katharina zwar nichts anderes erwartet, den-noch wirkte die Frau sehr sympathisch. Freundlich blickte sie Katharina entgegen.

»Frau Danninger?«, fragte sie.

Katharina nickte und holte ihren Ausweis hervor. »Danke, dass Sie sich kurz Zeit nehmen.«

»Kein Problem. Kommen Sie doch rein. Möchten Sie etwas trinken?«

Anette König trat beiseite und ging voraus. Man stand direkt im großen Wohnzimmer, das ebenso stilvoll wirkte wie seine Bewohnerin: weißes Ledersofa, Marmorboden, Kamin. Durch die bodentiefe Fensterfront hatte man einen traumhaften Blick über die Stadt und die angrenzenden Wiesen und Wälder.

»Wenn Sie vielleicht einen Tee hätten?«, fragte Katharina. »Gern Früchtetee, aber ich trinke jede Sorte.« In der Wohnung war von den sommerlichen Temperaturen draußen nichts zu spü-ren, was vermutlich an der hoch eingestellten Klimaanlage lag.

»Aber sicher. Setzen Sie sich, der Tee kommt sofort.«

Katharina nahm auf dem Sofa Platz und beobachtete Anette

König dabei, wie sie in der offenen Küche zwei Tassen zubereitete. Dafür verwendete sie eine hochmoderne Maschine mit Kapseln. Katharina schauderte es. Was Tee anging, war sie altmodisch. Sie bevorzugte die lose Variante, auch wenn das etwas aufwendiger war.

»Wie kann ich Ihnen denn helfen?«, wollte Anette wissen, als sie sich Katharina gegenüber auf das Sofa setzte. »Es geht sicher um die beiden Mordfälle, richtig? Einfach schrecklich, das Ganze. Was für ein Mensch ist zu so etwas fähig? Das frage ich mich schon die ganze Zeit.«

»Das frage ich mich auch immer wieder. Wie kommt Frederik denn damit zurecht?«

»Ach, richtig, Sie sind ja auch mit Frederik in eine Klasse gegangen.« Anette trank einen Schluck Tee und schlug die Beine übereinander. »Ganz gut, denke ich. Wir reden nicht allzu viel darüber, manche Dinge macht er lieber mit sich selbst aus. Aber das wissen Sie sicher.«

Katharina nickte nur. Sie hatte Frederik weder damals noch heute als introvertierten Menschen wahrgenommen, doch das behielt sie an dieser Stelle lieber für sich. »Hauptsache, es nimmt ihn nicht allzu sehr mit.«

»Nein, ich glaube nicht. Zum Glück kannte er beide Opfer nicht sehr gut. Mit der ehemaligen Schulkameradin hatte er seit Jahren nichts mehr zu tun, und das andere war meines Wissens auch nur eine oberflächliche Bekanntschaft.«

»War es das?«, erwiderte Katharina. Ob Frederik überhaupt richtige Freunde hatte? »Nun denn«, fuhr sie fort, »ich wollte Sie noch einmal zu den Alibis für beide Tatnächte befragen.«

Anette König runzelte die Stirn. »Aber ich hab doch Ihren Kollegen bereits alles erzählt.«

Katharina lächelte, um der Frau ihr gegenüber die Angst zu nehmen. »Machen Sie sich keine Gedanken. Ich bin einfach perfektionistisch veranlagt und möchte lieber hundertprozentig sicher gehen. Schließlich kenne ich Frederik aus der Schule, das bin ich ihm schuldig.«

Anette atmete erleichtert auf und lächelte nun ebenfalls. »Dann ist es gut, ich hab mir schon Sorgen gemacht. Also, wie ich Ihren Kollegen gesagt habe, war Frederik an beiden Abenden bei mir. Wir haben zusammen ferngesehen.«

»Können Sie sich noch an Einzelheiten erinnern? Wann kam Frederik hier an? Was haben Sie zusammen angeschaut?«

»Gestern war er um kurz vor sieben hier. Wir haben uns Sushi bestellt und dann über Netflix einen Actionfilm gesehen.« Anette überlegte einen Moment. »Wie hieß der noch gleich? Irgendeinen Streifen mit einem bekannten Schauspieler. Schon älter, Glatze. Hat früher in jedem dritten Actionfilm mitgespielt. Moment, ich komme gleich drauf. Der war doch damals mit dieser dunkelhaarigen Schauspielerin verheiratet, die später mit dem jungen Kerl zusammen war, den alle so toll fanden. Wie hieß der denn noch?«

»Meinen Sie Bruce Willis?«, fragte Katharina.

Anettes Miene hellte sich auf. »Ja, genau. Bruce Willis. Und wie hieß jetzt noch gleich der Film? Moment … Es ging um ehemalige Polizisten oder so was in der Art.«

»Schon gut, ist nicht so wichtig.«

»Ach, sehr gut. Solche Dinge kann ich mir leider überhaupt nicht merken. Wenn ich ehrlich bin, habe ich auch nicht viel von dem Film mitbekommen, ich bin irgendwann eingeschlafen. Ich persönlich schaue lieber romantische Komödien, gerne auch mal Rosamunde Pilcher. Aber verraten Sie das bloß niemandem.« Anette König lachte.

Katharina lächelte zurück, doch in ihrem Nacken stellten sich sämtliche Härchen auf. »Machen Sie sich nichts draus, ich schlafe auch meistens vor dem Fernseher ein. Nicht einmal bei meinen Lieblingsfilmen kann ich die Augen offenhalten. Meinen Exmann hat das immer auf die Palme gebracht.« Sie imitierte Daniels Stimme, als sie hinzufügte: »Jetzt sehe ich mir schon extra *Liebe braucht keine Ferien* mit dir an, und du schläfst ein.« Ganz kurz erlaubte sie sich, an jenen Abend vor zehn Jahren zurückzudenken. Es war einer der letzten Abende gewesen, an denen ihr Leben noch normal gewesen war. Allerdings hatte sie ein wenig geflunkert, was die Filmauswahl anging, denn Liebesfilme hatte sie noch nie besonders gern gemocht. Sie hatte eine Schwäche für US-amerikanische Krimiserien, auch wenn sie sich schon damals darüber aufgeregt hatte, wie unrealistisch diese zum Teil waren. Was wiederum Daniel aufgeregt hatte.

»Ich verstehe nicht, warum du dir den Mist ansiehst«, hatte er immer gesagt. »Man sollte meinen, du hast während deiner Arbeit genug mit Mord und Totschlag zu tun. Stattdessen liest und siehst du in deiner Freizeit auch noch Krimis und schimpfst dabei die ganze Zeit wie ein Rohrspatz.«

Anettes glockenhelles Lachen holte Katharina zurück in die Gegenwart. »Genau den Film haben wir uns letzte Woche Freitag auch angesehen. Und wissen Sie was? Da bin ich auch eingeschlafen, dabei passiert mir das normalerweise nie. Sonst ist Frederik eher derjenige von uns, der schon mal einschläft, vor allem bei Liebesfilmen. Aber auf der Arbeit ist es im Moment wirklich anstrengend, vermutlich liegt es daran.«

Katharina zwang sich, sich nichts anmerken zu lassen. Anette König war also an beiden Abenden vor dem Fernseher eingeschlafen, und damit waren Frederiks Alibis nichts wert. Seine Freundin schien das jedoch nicht einmal mitzubekommen. »Wann sind Sie denn ins Bett gegangen?«, fragte Katharina weiter. »Wissen Sie das noch? Mein Kollege sagte etwas von Mitternacht.«

Anette nickte. »Ja, genau. Frederik hat sich gestern und letzten Freitag nach den Filmen noch irgendwas im Fernsehen angeschaut, und gegen Mitternacht sind wir vom Wohnzimmer ins Schlafzimmer umgesiedelt.«

»Und wann kam Frederik letzte Woche Freitag hier an? Er kam doch erst Freitag her?«

Anette nickte erneut. »Direkt nach der Arbeit. Lassen Sie mich kurz überlegen … Es war sechs oder sieben Uhr. Irgendwas um den Dreh.«

»Und da ist er nicht in den Feierabendverkehr gekommen?«, bemerkte Katharina.

»Nein, nein, letzte Woche kam er gar nicht mit seinem Auto her. Das war zur Inspektion in der Werkstatt. Frederik hat den Zug genommen und vom Bahnhof ein Taxi. Ich hätte ihn ja abgeholt, aber er wollte nicht, dass ich mir so viele Umstände mache. Ich habe bis um halb sechs gearbeitet und musste dann noch schnell was einkaufen, wissen Sie?«

Katharina stutzte. Sie konnte sich kaum vorstellen, dass Frederik mit dem Zug fahren würde. »Warum hat er sich denn keinen Mietwagen genommen?«

Anette zuckte mit den Schultern. »Das habe ich mich auch gefragt, aber zum Klassentreffen wollte er ohnehin mit dem Taxi fahren, damit er was trinken konnte.«

»Und wie ist er am Sonntag zum Bahnhof gekommen? Auch mit dem Taxi?«

Anette König schüttelte den Kopf. »Sonntagnachmittag habe ich ihn am Bahnhof abgesetzt, bevor ich weiter zu meinen Eltern gefahren bin. Das lag ohnehin auf dem Weg.«

Katharina nickte. »Was fährt Frederik denn für ein Auto, wenn ich das fragen darf?«

»Einen Mercedes, glaube ich.«

»Und was für einen?«

»Oh, da fragen Sie mich was. Mit Automodellen kenne ich mich überhaupt nicht aus. Einen schwarzen.« Anette lachte erneut. »Aber das wollten Sie sicher nicht wissen, oder?«

»Das passt schon, Sie haben mir wirklich sehr geholfen«, sagte Katharina und trank ihren inzwischen lauwarmen Tee in einem Zug leer, bevor sie aufstand.

»Ach, das war's schon?« Anette König stand ebenfalls auf.

Auf dem Weg zur Tür drehte Katharina sich noch einmal um. »Sagen Sie, darf ich Sie noch etwas fragen? Gehört Frederik zu den Männern, die gerne Bart tragen?«

Anette schüttelte erneut den Kopf. »Zum Glück nicht. Ich finde zwar, dass er ihm ganz gut steht, aber mich stört das beim Küssen.« Sie kicherte. »Er hat es neulich mal versucht, sich aber schnell wieder von dem Bart getrennt.«

»Wo ist Frederik eigentlich heute Abend? Ich hätte ihn gern noch mal gesehen. Er hat doch keine eigene Wohnung am See, oder?«

Anette schüttelte den Kopf. »Nein, er ist immer hier bei mir, wenn er runter zum See kommt. Er wollte seine Eltern mal wieder besuchen. Ich wollte ihn erst begleiten, aber Frederiks Vater ist … sehr speziell, und die Woche war ziemlich anstrengend. Deshalb bin ich lieber hier geblieben, wofür Frederik Verständnis hatte. Für gewöhnlich möchte er schon immer, dass ich ihn begleite.«

Lächelnd streckte Katharina ihre Hand aus. »Vielen Dank, dass Sie sich Zeit für mich genommen haben, Frau König. Das war wirklich sehr aufschlussreich.«

Eine Weile saß Katharina in ihrem Auto vor Anette Königs Haus und beobachtete den Hauseingang. Inzwischen war es längst dunkel, es war bereits nach zweiundzwanzig Uhr. Frauen, alleine oder in Gruppen und aufgebrezelt für die Freitagnacht, verließen das Gebäude. Pärchen kehrten heim, um den Abend in trauter Zweisamkeit ausklingen zu lassen, doch von Frederik fehlte jede Spur. In Anette Königs Wohnung gingen die Lichter aus. Katharina wartete noch ein paar Minuten, doch es passierte nichts. Vermutlich war die Frau ins Bett gegangen. Katharina griff nach ihrem Handy; eine innere Unruhe packte sie. Irgendwie glaubte sie nicht, dass Frederik so bald hier auftauchen würde. Sie wählte Thorsten Späths Nummer, wohl wissend, dass er auf der Arbeit war. Oder zumindest hoffte sie das. Was, wenn sie sich geirrt hatten und er gar nicht verdächtig war? Für den Mord an Anna schien er ja bereits aus dem Schneider zu sein.

»Ja?«, meldete er sich nach dem ersten Klingeln.

»Herr Späth, hier ist Katharina Danninger von der Kriminalpolizeidirektion. Hören Sie …«

»Herrgott, hat man denn nie Ruhe vor Ihnen? Ich bin auf der Arbeit, wie Sie wissen. Außerdem habe ich Ihnen nichts weiter zu sagen.« Damit legte er einfach auf.

269

Katharina versuchte erneut, ihn anzurufen, doch er hob nicht mehr ab. Nicht einmal die Mailbox sprang an. Einerseits war sie sauer, andererseits aber auch erleichtert, denn sie wurde das unbestimmte Gefühl nicht los, dass Thorsten Späth vielleicht in Gefahr war. Auf der Arbeit sollte er vorerst sicher sein. Einen Moment überlegte sie, Hubert anzurufen, doch sie entschied sich dagegen. Frederiks Alibis waren zwar nicht mehr ganz so wasserdicht, doch davon würde Hubert nichts hören wollen, das wusste sie. Stattdessen wählte sie Ninas Nummer. Auch Nina nahm das Gespräch bereits nach dem ersten Klingeln entgegen.

»Kathi, was für eine Überraschung. Ich dachte, du bist schon zu Hause und genießt deinen Feierabend.«

»Ich musste erst noch was erledigen. Nina, du bist noch im Büro, oder?«

»Noch, ja. Ich wollte gerade zusammenpacken. Die anderen sind vor ein paar Minuten gegangen, und ich erreiche um diese Zeit ohnehin nichts mehr.«

»Ah, okay.« Katharina zögerte. Eigentlich hatte sie Nina um einen Gefallen bitten wollen, aber das erschien ihr nun nicht mehr richtig. »Dann will ich dich nicht länger aufhalten. Mach dir einen schönen Abend, du hast es dir verdient.«

»Was soll ich für dich tun, Kathi?«

»Nein, vergiss es. Es war nur so ein Gefühl. Nicht wichtig.«

Nina seufzte am anderen Ende der Leitung. »Raus mit der Sprache. Du verfolgst doch eine heiße Spur, hab ich recht?«

Katharina nahm das Handy in die andere Hand. »Wie gesagt, es ist nur ein Gefühl, und Hubert sollte davon erst einmal nichts wissen.«

»Ich kann schweigen«, sagte Nina.

Katharina lächelte. »Also schön. Bring doch mal in Erfahrung, was für ein Auto Frederik Bartsch fährt. Laut seiner Freundin ist es ein schwarzer Mercedes, aber Genaueres konnte sie mir nicht sagen.«

»Bartsch? Ist er jetzt doch verdächtig?«

»Wenn du Hubert fragst, dann nicht, aber ich habe gerade noch einmal mit seiner Freundin gesprochen. Frederiks Alibis für beide Mordnächte sind alles andere als wasserdicht.«

»Und sein Motiv?«, wollte Nina wissen. »Alibi hin oder her, aber er muss doch auch einen Grund gehabt haben, die Escortdame oder Maurer umzubringen.«

Katharina seufzte. »Wie gesagt, es ist nur so ein Gefühl.«

»Okay. Tut mir leid, ich will auch nicht deine Arbeit machen, du bist hier die Kommissarin. Kann ich sonst noch was tun?«

»Da wäre tatsächlich noch was«, antwortete Katharina. »Ruf doch mal bei der Taxizentrale an. Frederik hat sich angeblich letzte Woche Freitagabend ein Taxi vom Bahnhof zur Wohnung seiner Freundin genommen, aber ich glaube nicht daran. Kannst du das überprüfen?«

»Das sollte nicht schwer sein, bei der Taxizentrale arbeitet ja rund um die Uhr jemand.«

»Dann seid ihr wegen der Mietwagensache nicht weitergekommen?«, hakte Katharina nach.

»Bisher leider nicht. Viele der Mietwagenverleiher konnten wir um diese Uhrzeit einfach nicht mehr erreichen, aber ich denke, morgen früh sieht es besser aus. Wegen Bartsch mache ich mich sofort an die Arbeit. Soll ich dich anrufen, wenn ich mehr weiß?«

»Das wäre super, Nina. Melde dich einfach, ich bin sicher noch eine Weile wach. Danke dir.«

»Kein Problem, das mache ich gern für dich. Ach, und Katharina?«

»Ja?«

»Du bringst dich doch nicht in Gefahr, oder?«

Katharina lächelte. »Keine Sorge, ich fahre jetzt erst mal nach Hause.«

Die Temperaturen waren immer noch mild, als Katharina vor ihrem Haus aus dem Auto stieg. Für eine Nacht am Bodensee war das recht ungewöhnlich, wobei man den ganzen Sommer nur als ungewöhnlich bezeichnen konnte. Seit einer gefühlten Ewigkeit hatte es nicht mehr geregnet, dabei hätte die Natur ein bisschen Wasser dringend nötig.

Katharina überlegte, eine kleine Runde mit Rudi zu drehen, doch da bemerkte sie, dass in der Küche ihres Hauses Licht brannte. Emily schien noch nicht ins Bett gegangen zu sein. *Ob sie auf mich gewartet hat?*, fragte Katharina sich. Vielleicht hätte sie anrufen sollen. Sie suchte in ihrer Tasche nach dem Schlüssel, während sie auf das Haus zuging. Stille empfing sie, als sie die Tür aufschloss. Nicht einmal Rudi bellte. Doch plötzlich ging im Wohnzimmer Licht an, und zwei ihr bekannte Menschen riefen gleichzeitig: »Überraschung!« Emily und Daniel. Sie hatten eine bunte Happy-Birthday-Girlande quer durchs Wohnzimmer aufgehängt. Auf dem Esszimmertisch stand alles für ein gemütliches Raclette bereit, und im Hintergrund lief leise Musik von David Garrett.

»Wow. Was macht ihr denn hier?«, fragte Katharina wirklich überrascht.

»Wir wollten mit dir in deinen Geburtstag reinfeiern«, antwortete Emily. »Du bist ein bisschen spät, aber wir haben ja noch etwas Zeit, bis es Mitternacht ist.«

»Holst du das Fleisch und den Käse aus dem Kühlschrank, Emily?«, bat Daniel. »Dann können wir gleich loslegen. Deine Mutter hat sicher Hunger.« Emily verschwand Richtung Küche, und Daniel wandte sich Katharina zu. »Ist es in Ordnung, dass ich hier bin?«

Katharina nickte. »Sicher. Ich freue mich, ich hab nämlich wirklich Hunger.«

Daniel senkte die Stimme. »Sag mal, ist alles okay? Hubert hat mich schon vor zwei oder drei Stunden angerufen und gesagt, er hätte dich nach Hause geschickt.«

»Alles okay«, erwiderte Katharina mit einem Lächeln. Vielleicht würde sie Daniel später einweihen, doch jetzt freute sie sich erst einmal auf das Essen.

Kapitel 22

Samstag, 29. Juli

Katharina und Daniel saßen eingewickelt in einer Decke in dem alten Baumhaus und blickten auf den Garten hinab. Katharina musste zugeben, dass ihre Mutter alles gut in Schuss hielt. Der Rasen war stets frisch gemäht, und es roch herrlich nach Lavendel, Rosen und Hortensien. Die Lichterkette auf der Terrasse war eingeschaltet, und auch die im Garten verteilten LED-Lichter leuchteten vom gespeicherten Sonnenlicht. Zusammen mit dem Mond bildete das eine hübsche Kulisse.

»Wieder ein Jahr älter«, murmelte Katharina. Jetzt war sie schon sechsunddreißig. Im Grunde hatte sie kein Problem mit dem Älterwerden, doch sie hatte sich für Emily immer eine Schwester oder einen Bruder gewünscht, und allmählich wurde sie zu alt für ein zweites Kind. Wenn man einmal davon absah, dass der passende Mann dafür fehlte. Sie stieß einen Seufzer aus. Emily war ohnehin zu alt für ein Geschwisterchen. Wenn dieses in den Kindergarten käme, würde Emily vielleicht schon ausziehen und zum Studieren gehen.

»So schlimm?«, fragte Daniel und stieß sie scherzhaft in die Seite. »Du bist nach wie vor jung und hübsch, also mach dir keinen Kopf.«

»Nein, das ist es nicht. Aber danke.« Sie schenkte ihm ein Lächeln von der Seite.

»Was ist es dann? Was beschäftigt dich? Der Fall oder besser gesagt die Fälle?«

Sie nickte. »Max ist unser Hauptverdächtiger für den Mord an Anna, und theoretisch hätte er sogar ein Motiv, den Mord an Clemens begangen zu haben, auch wenn er sich diesbezüglich bisher in Schweigen hüllt ...«

»Aber du glaubst nicht an ihn als Täter.«

»Richtig. Nachdem Hubert mich nach Hause geschickt hat, bin ich zu Frederiks Freundin gefahren.« Sie setzte sich schräger hin, um Daniel ansehen zu können. »Wir haben geglaubt, Frederik hätte ein Alibi. Dass er zusammen mit seiner Freundin an beiden Abenden ferngesehen hat. Aber das stimmt nicht. Sie hat erzählt, dass sie beide Male vor dem Fernseher eingeschlafen ist. Frederik hätte also durchaus eine Gelegenheit gehabt, heimlich zu verschwinden.«

»Und hatte er auch ein Motiv?«, fragte Daniel.

Katharina atmete tief aus. »Ich weiß es nicht, zumindest bei Anna nicht. Bei Clemens hätte ich einen Verdacht. Clemens hat sich selbst bereichert, indem er das Geld anderer falsch angelegt hat.«

»Aber warum ist dann niemand von den Betroffenen zur Polizei gegangen und hat ihn angezeigt?«

»Ganz genau. An der Sache muss etwas faul gewesen sein, was unser Verdächtiger Thorsten Späth natürlich nicht zugeben will. Er hat lediglich gestanden, dass Clemens ihn in der Mordnacht zu einer illegalen Sache überreden wollte, in der auch Frederik mit drin steckt. Angeblich unwissentlich, aber das sei mal dahingestellt. Was, wenn das alles ganz anders zusammenpasst? Frederik und Clemens kannten sich, und Frederik ist Anlageberater.« Katharina zog die Beine an und umschlang sie mit ihren Armen. »Ich glaube, Frederik und Clemens haben gemeinsame Sache gemacht, irgendetwas Illegales. Und Thorsten erpresst Frederik nun. Ihm steht das Wasser bis zum Hals, er braucht dringend Geld.«

Daniel runzelte die Stirn. »Und Clemens musste sterben, weil er sich der Polizei stellen wollte?«

Katharina nickte. »Warum nicht? Clemens und Thorsten kannten sich von früher. Vielleicht hat er ein schlechtes Gewissen bekommen und es Thorsten gestanden. Daraufhin verpasst Thorsten Clemens ein blaues Auge und ruft anschließend Frederik an, um ihn zu erpressen. Clemens und Frederik haben danach auch noch einmal telefoniert und sich vielleicht auch getroffen. Oder findest du, das klingt unlogisch?«

Daniel zuckte die Schultern. »Das nicht, aber ich habe auch nicht den Überblick wie du. Allerdings – wenn deine Theorie stimmt, könnte es für diesen Thorsten brenzlig werden.«

»Das fürchte ich auch. Frederik ist abgetaucht. Laut seiner Freundin ist er angeblich bei seinen Eltern, aber als ich gegen halb elf gefahren bin, war er immer noch fort.«

»Und da sitzt du noch so ruhig hier herum?«, fragte Daniel. »Willst du nicht Hubert informieren? Die Kavallerie rufen? Irgendwas?«

»Hubert glaubt nicht an meine Theorie. Außerdem ist Thorsten Späth momentan auf der Arbeit und damit in Sicherheit. Ich wollte ja mit ihm sprechen, aber er war alles andere als begeistert. Wir haben ihn heute schon zweimal vernommen.«

Daniel schüttelte grinsend den Kopf. »Und was jetzt? Wie willst du beweisen, dass deine Theorie stimmt?«

»Ich fange Thorsten um sechs Uhr nach seiner Nachtschicht ab und versuche, ihn zur Vernunft zu bringen. Einen Mörder zu erpressen ist einfach nur dämlich.«

»Wenn es denn wirklich so ist. Aber dann machen wir am besten die Nacht durch, oder was meinst du?«, sagte Daniel und öffnete eine neue Flasche Apfelschorle.

Das Klingeln ihres Handys ließ Katharina hochschrecken. Sie war tatsächlich an Daniels Schulter gelehnt in dem Baumhaus eingeschlafen. Es musste früh am Morgen sein, denn der Himmel war tiefblau und am Horizont rosa gefärbt. Bis auf das Zwitschern einiger Vögel war es noch ruhig. Ihr Handy klingelte erneut, und nun bewegte sich auch Daniel. Katharina griff nach dem Handy und nahm das Gespräch entgegen. Laut ihrem Display war es Nina.

»Nina? Sag mir bitte nicht, dass du bis jetzt gearbeitet hast.«

»Ich bin eingeschlafen«, gab Nina etwas kleinlaut zu.

»Dann sind wir schon zu zweit«, erwiderte Katharina mit

275

einem Lächeln auf den Lippen. Daniel neben ihr gähnte und streckte sich.

»Oh, ich wollte dich nicht wecken, aber du hattest gesagt …«

»Alles gut, Nina. Ich hatte ohnehin noch etwas vor, deshalb ist es gut, dass du mich geweckt hast. Hast du denn was rausgefunden?«

»Hab ich. Frederik fährt laut der Datenbank der Zulassungsstelle tatsächlich einen schwarzen Mercedes, allerdings keine S-Klasse, sondern einen CLS.«

»Okay. Na ja, hätte ja sein können.«

»Und ich hab mit der Taxizentrale telefoniert. Du hattest recht, am Freitagabend wurde tatsächlich niemand vom Bahnhof abgeholt und zur Adresse von Anette König gebracht. Allerdings am Sonntagnachmittag.«

»Sonntagnachmittag?«, wiederholte Katharina. »Das ist ja ein Ding. Super, Nina. Also, wenn du später mit den Autovermietungen sprichst, frag sie explizit nach Frederik Bartsch. Vielleicht geht das schneller. Ich bin mir ziemlich sicher, dass er sich in Stuttgart eine S-Klasse gemietet hat und damit nach Friedrichshafen gefahren ist. Deshalb hat er das angebliche Taxi am Freitagabend nicht gebraucht. Am Sonntagnachmittag hat seine Freundin ihn jedoch zum Bahnhof gefahren.«

»Ah, verstehe«, erwiderte Nina. »Er hat niemandem von der Sache mit dem Mietwagen erzählt und musste sich dann etwas einfallen lassen, als seine Freundin am Sonntag darauf bestanden hat, ihn zum Bahnhof zu bringen, weil er die S-Klasse irgendwo in der Nähe ihrer Wohnung geparkt hatte. Deshalb das Taxi zurück.«

»Genau, das ist die einzige Erklärung. Tja, er hätte besser den Bus nehmen sollen, aber das ist halt nicht Frederiks Stil. Okay, klingel du Hubert aus dem Bett und weih ihn ein. Frederik ist unser neuer Hauptverdächtiger, auch wenn mir noch nicht klar ist, warum er Anna umgebracht hat. Aber warum hätte er sonst lügen sollen? Wir brauchen nur noch die Beweise. Klappert bitte weiterhin sämtliche Autovermietungen ab und am besten auch alle Waschstraßen. Er muss den Wagen gründlich gereinigt haben, um alle Spuren zu beseitigen, aber eventuell hat er was übersehen. Ich fahre noch einmal schnell zu Anette König, in der Hoffnung, dass Frederik inzwischen bei ihr ist. Er wird uns einige Fragen beantworten müssen. Danach mache ich mich auf den Weg zu Thorsten Späth.«

»Alles klar. Pass auf dich auf, Kathi. Ach, und ich wünsche dir alles Gute zum Geburtstag!«

Nina beendete das Gespräch, und Katharina legte das Handy ebenfalls beiseite. Daniel sah ihr fragend entgegen. Der Anblick seiner verwuschelten Haare ließ sie für einen kurzen Augenblick an früher denken.

»Und? Habt ihr Frederik überführt?«, wollte er wissen.

»Noch nicht. Es fehlen noch ungefähr eine Million Puzzlestücke, aber ich bin mir trotzdem sicher, dass er unser Mörder ist. Die Frage ist nur, ob und wie wir ihn drankriegen.« Sie sah auf die Uhr an ihrem Handy. »Okay, ich muss los, wenn ich zu Anette König fahren und danach noch Späth erwischen will, bevor er in seinem Bett verschwunden ist und vor Mittag nicht wieder auftaucht.« Sie kletterte bereits die Leiter des Baumhauses nach unten.

»Ich komme mit«, sagte Daniel und hob eine Hand, als Katharina widersprechen wollte. »Keine Widerrede. Wenn Frederik wirklich zwei Morde begangen hat, lasse ich dich auf keinen Fall allein gehen. Und dieser Thorsten ist vielleicht auch nicht so unschuldig, wie du denkst.«

In Friedrichshafen war an diesem Samstagmorgen noch nichts los. Nur wenige Menschen waren um die frühe Uhrzeit schon unterwegs. Junge Leute, die gerade erst aus der Disco kamen und auf dem Weg nach Hause waren oder sich eine Bäckerei suchten, wo sie um diese Zeit schon frühstücken konnten. Auch das Wohnhaus von Anette König lag dunkel und verlassen da. Nirgendwo brannte Licht, niemand schien wach zu sein. Katharina tat es fast leid, die junge Frau aus dem Bett klingeln zu müssen. Es dauerte eine Weile, bis diese endlich zur Freisprecheinrichtung kam und die Tür öffnete. Als Katharina und Daniel aus dem Aufzug stiegen, stand sie wie am Abend zuvor im Türrahmen. Auch ungeschminkt, verschlafen und in einen verwaschenen Bademantel gehüllt war sie immer noch sehr hübsch. Sie wirkte nicht einmal verärgert, obwohl man sie um diese unchristliche Uhrzeit aus dem Schlaf gerissen hatte.

»Frau Danninger! Ist etwas passiert?«, fragte sie und klang dabei fast ein wenig besorgt.

»Nicht direkt«, antwortete Katharina. »Das ist übrigens mein Kollege.« Sie deutete auf Daniel, der Anette König freundlich zunickte. »Ist Frederik da? Wir müssten dringend mit ihm sprechen.«

Anette zog den Bademantel fester um sich und strich sich eine Haarsträhne aus dem Gesicht. »Nein, er ist nicht hier. Ich kann mir das auch nicht erklären. Um kurz vor zehn hat er mich gestern angerufen, um Bescheid zu sagen, dass es später wird. Ich bin dann ins Bett gegangen. Und jetzt mache ich mir doch Sorgen. Denken Sie, es ist etwas passiert?«

Katharina und Daniel wechselten einen kurzen Blick. »Ich denke nicht«, antwortete Katharina schließlich. Sie wollte ihren Verdacht nur ungern Frederiks Freundin gegenüber äußern. »Wissen Sie denn, ob er zwischenzeitlich hier war?«

Anette schüttelte den Kopf. »Wenn ich einmal schlafe, schlafe ich, aber ich glaube nicht. Warum hätte er denn die Wohnung so früh wieder verlassen sollen?« Sie wartete offensichtlich auf eine Antwort, doch als diese ausblieb, fügte sie hinzu: »Warten Sie, ich versuche kurz, ihn zu erreichen.« Sie verschwand in der Wohnung und kehrte nach nicht einmal einer Minute wieder zurück. »Sein Handy scheint ausgeschaltet zu sein. Allmählich mache ich mir wirklich Sorgen. Normalerweise lässt Frederik sein Handy sogar nachts an.«

»Vielleicht ist der Akku leer«, mutmaßte Katharina, auch wenn sie einen ganz anderen Verdacht hatte. »Fragen Sie doch mal bei seinen Eltern nach, eventuell hat er dort übernachtet.«

278

»Aber dann hätte er doch Bescheid sagen können.« Anette König war den Tränen nahe.

»Keine Sorge, er wird schon wieder auftauchen.« Beruhigend legte Katharina ihr eine Hand auf den Arm. »Melden Sie sich bei mir, wenn Sie etwas von Frederik hören?« Sie reichte der Frau ihre Karte.

Verstohlen wischte Anette König sich eine Träne aus dem Augenwinkel. »Das mache ich. Sagen Sie mir auch Bescheid, wenn Sie etwas erfahren?«

Katharina nickte. »Natürlich. Ruhen Sie sich noch ein wenig aus, und entschuldigen Sie bitte die frühe Störung.« Gemeinsam mit Daniel ging sie zum Aufzug, dessen Tür sich sofort öffnete. Sobald sich die Aufzugtür schloss, schüttelte sie den Kopf. »Sie tut mir richtig leid. Das wird ein ganz schöner Schock für sie werden, wenn sie erfährt, dass ihr Freund ein Mörder ist. Sie ist so herrlich unschuldig, dass ihr diese Möglichkeit überhaupt nicht in den Sinn kommt.«

»Sie macht wirklich einen sehr sympathischen Eindruck«, erwiderte Daniel. »Vielleicht irrst du dich ja, und Frederik ist unschuldig.«

Katharina stieß ein Seufzen aus. »Glaubst du das wirklich?« Doch Daniel gab keine Antwort.

Katharina und Daniel waren auf dem Weg zu Thorsten Späths Arbeitsstelle, als Anette König auf dem Handy anrief. Frederik sei überhaupt nicht bei seinen Eltern gewesen. Katharina leitete die Info sofort an Nina weiter. Sie hatten nicht genug gegen Frederik in der Hand, um ihn zur Fahndung auszuschreiben, aber Katharina wurde dieses ungute Gefühl nicht los. Wenn er sein Handy ausgeschaltet hatte, konnte man ihn nicht orten. Ob er sich das zunutze machen wollte?

Es war eine Minute nach sechs, als Katharina das Auto vor dem Firmengelände parkte, wo Späth arbeitete. Im Gegensatz zum Rest der Stadt pulsierte hier bereits das Leben; der Schichtwechsel war zu spüren. Menschen kamen und gingen, doch von

Thorsten Späth fehlte jede Spur. Katharina stieg aus und suchte die Umgebung nach ihm ab. Schließlich entdeckte sie ihn, er verließ die Firma durch die Schranke auf der anderen Seite des Geländes. Sie winkte und rief, doch er bemerkte sie nicht. Oder er hatte sie nicht sehen wollen, denn er ging auch nicht an sein Telefon. Wobei Katharina das nur begrüßen konnte, immerhin saß er am Steuer seines Wagens. Sie stieg wieder ins Auto und startete den Motor.

»Und was nun?«, fragte Daniel.

»Wir folgen ihm«, antwortete Katharina, während sie den Fiat bereits auf die Straße lenkte. »Ich muss unbedingt mit ihm reden. Er soll endlich mit der Wahrheit herausrücken, bevor noch was Schlimmes passiert.«

Als sie zurück auf die Hauptstraße bog, war von Thorsten Späths Honda jedoch nichts mehr zu sehen, also fuhr sie zu ihm nach Hause. Obwohl es noch so früh am Tag war, schien jede Ampel auf Rot zu stehen. Katharina überlegte kurz, sämtliche Verkehrsregeln zu missachten, aber es gab keinen Grund dafür. Es war keine Gefahr im Verzug, und ihr Bauchgefühl allein reichte nicht, um unvernünftig zu handeln. So brauchten sie eine gute Viertelstunde, bis sie die Wohnung von Späth endlich erreichten. Der rote Honda stand bereits vor der Tür.

»Warte hier«, sagte Katharina, während sie aus dem Auto sprang, doch Daniel stieg mit aus und folgte ihr über die Straße. »Du sollst im Wagen warten, hab ich gesagt.«

»Da bin ich dir im Falle eines Falles auch eine sehr große Hilfe«, erwiderte Daniel sarkastisch.

Sie wirbelte so unvermittelt zu ihm herum, dass sie fast zusammenstießen. »Daniel, ich habe keine Ahnung, was uns da drinnen erwartet, und du hast keine Waffe oder sonst irgendetwas dabei, womit du dich verteidigen könntest. Ich kann das Risiko nicht eingehen.«

»Genau, und deshalb soll ich dich allein gehen lassen. Du spinnst doch!«

Daniel marschierte an ihr vorbei. Katharina folgte ihm kopfschüttelnd. Okay, vermutlich übertrieb sie. Sie wollte lediglich einen Verdächtigen befragen, der allerdings gar nicht mehr so verdächtig war, es gab also keinen Grund zur Panik. »Dann bleib aber bitte hinter mir«, bat sie und drückte auf die Klingel. Nichts passierte. Katharina klingelte erneut, und nachdem sie einen Moment gewartet hatte noch ein drittes und viertes Mal.

»Vielleicht schläft er schon«, überlegte Daniel.

»Das glaube ich kaum, er kann höchstens ein paar Minuten vor uns hier gewesen sein. Wahrscheinlich hat er einfach nur keine Lust, mit mir zu reden, aber das kann er sich abschminken.« Entschlossen klingelte Katharina bei Späths Nachbarin, Elfriede Leutkirch. Sie rechnete damit, dass sie auch hier mehrfach ihr Glück versuchen musste, doch der Summer wurde fast sofort betätigt. Sie stieß die Tür auf und nahm zwei Stufen auf einmal. Licht brannte bereits im Treppenhaus, ansonsten war es ruhig.

Elfriede Leutkirch stand im Hausflur, als würde sie auf Katharina warten. Auch heute trug sie Bademantel und Hausschuhe, was um diese Uhrzeit jedoch nicht verwunderlich war. In ihren gefärbten Haaren hingen unzählige Lockenwickler. »Sie sind das, sehr gut. Sie sind doch von der Polizei? Ihr Kollege beim letzten Mal war allerdings älter und hat nicht so fesch ausgeschaut.«

Katharina musste sich ein Grinsen verkneifen, obwohl sie gleichzeitig Anspannung verspürte. »Kriminalpolizeidirektion Friedrichshafen, das ist ein Kollege aus der Rechtsmedizin. Was ist denn passiert?«

»Rechtsmedizin? Ah, dann schneiden Sie die Leichen auf, was? Wissen Sie, ich schaue dienstags immer *Bones*. Haben Sie sicher auch schon mal gesehen, oder?«

»Ähm, Frau Leutkirch?«, hakte Katharina ein. »Was ist los? Brauchen Sie Hilfe?«

»Ich nicht, aber der da drüben vielleicht.« Sie deutete mit dem Kopf zu Späths Wohnungstür, dass ihre Lockenwickler gefährlich wackelten. »Wissen Sie, wenn der morgens von der

Arbeit kommt, macht der immer einen solchen Krach, dass ich davon wach werde. Na, jedenfalls war es heute noch schlimmer als sonst. Laute Stimmen waren zu hören, ich glaube zwei Männer. Es hat gescheppert, und dann war es plötzlich ganz still. Ich hab mehrfach gegen die Wand geklopft, aber der Typ reagiert ja nicht. Und wenn doch, dann wird er aggressiv.«

»In Ordnung, gehen Sie bitte in Ihre Wohnung zurück«, bat Katharina und wandte sich an Daniel. »Und du wartest hier um die Ecke.« Sie deutete auf die Treppe, die nach unten führte. Dann klingelte sie bei Thorsten Späth. »Herr Späth? Katharina Danninger von der Kriminalpolizeidirektion. Machen Sie bitte auf.« Als nichts geschah, hämmerte sie mehrfach gegen die Tür. Sie hörte, wie sich eine Tür ein Stockwerk über ihnen öffnete, doch in Späths Wohnung schien sich nichts zu tun. »Herr Späth, öffnen Sie sofort die Tür.«

»Ruhe, es ist gerade mal halb sieben«, rief ein Bewohner von oben herunter, doch Katharina ignorierte ihn.

Angespannt horchte sie in die Stille hinein. Es tat sich immer noch nichts, doch plötzlich hörte sie ein Geräusch. Es klang fast so, als würde jemand, der nicht reden konnte, um Hilfe schreien. Instinktiv zückte sie ihre Waffe und trat einige Schritte zurück, während sie Daniel leise bat, Verstärkung zu rufen. Sie war nicht unbedingt die Richtige, um eine Tür einzutreten; selbst ein kräftig gebauter Kollege in Mannheim hatte sich dabei schon einmal ein Bein gebrochen. Doch sie hatte keine Wahl. Sie musste sofort handeln, sonst war es vielleicht zu spät.

»Warte, ich mach das.« Daniel schob sie beiseite und trat mit Schwung die Tür ein, ehe sie auch nur protestieren, geschweige denn reagieren konnte.

Katharina betrat, beide Hände an der Waffe, die Wohnung. Es war dunkel im Flur. Es brannte kein Licht, und die Fenster der angrenzenden Zimmer reichten nicht aus, um den Flur zu erhellen. »Herr Späth?« Aus dem Wohnzimmer war so etwas wie ein Murmeln zu hören. Katharina schob sich an der Wand zur Tür, immer damit rechnend, dass sie jemand überraschen könnte.

Sie holte tief Luft, bevor sie das Wohnzimmer betrat, Waffe voraus. Mit einem Blick erfasste sie die Lage: Thorsten Späth saß auf einem Stuhl, mit den Händen an die Lehne gefesselt, im Mund ein Taschentuch. Auf dem Tisch vor ihm lagen ein Kugelschreiber und ein Blatt Papier, das zur Hälfte beschrieben war.

Auf der Fensterbank hockte jemand, doch sie hatte kaum Gelegenheit, ihn zu erkennen. In dem Moment, in dem sie ins Wohnzimmer kam, sprang er hinunter.

Kapitel 23

Samstag, 29. Juli

Katharina vergewisserte sich mit einem schnellen Blick, dass es Thorsten Späth gut ging, dann lief sie hinüber zum Fenster. Der Verdächtige rannte bereits über die Straße. Da er einen dunklen Kapuzenpullover trug, konnte sie ihn nach wie vor nicht erkennen. Ohne lange zu überlegen, steckte sie ihre Waffe weg und stieg ebenfalls auf die Fensterbank, um im nächsten Moment hinunterzuspringen. Zum Glück wohnte Späth im ersten Stock, sodass die Landung relativ weich ausfiel. Der Verdächtige – schätzungsweise ein Mann, denn er war ziemlich groß und kräftig gebaut – rannte um die nächste Ecke. Katharina nahm die Verfolgung auf. »Stehen bleiben, Polizei!«, rief sie, auch wenn sie wusste, dass es nichts bringen würde. Sie hatte schlechte Karten, obwohl sie in der Polizeischule immer eine der schnellsten gewesen war und auch heute noch eine gute Kondition hatte. Aber mit einem mindestens eins achtzig großen Mann konnte sie es schon rein körperlich nicht aufnehmen. Als sie ebenfalls um die Ecke bog, prallte sie fast mit einem Frühaufsteher zusammen, der ihr mit seinem Schäferhund entgegenkam. Sie sah gerade noch, wie der Verdächtige eine Straße kreuzte und dort weiter die Allee entlangrannte. Nun hatte sie zwei Möglichkeiten: Entweder sie verfolgte ihn weiter in der Hoffnung, ihn doch noch einholen zu können, oder sie versuchte, ihm den Weg abzuschneiden. Spontan entschied sie sich für die zweite Lösung, denn zum Glück war sie in dieser Ecke der Stadt schon einmal gewesen. Also schlug sie den Weg nach rechts ein, unter einem Torbogen hindurch. Wenn sie sich nicht irrte, würde dieser Weg gleich die Allee kreuzen. Und tatsächlich sah sie aus dem Augenwinkel, wie der Verdächtige auftauchte. Er erblickte sie ebenfalls, machte einen Schlenker und wollte umkehren, doch Katharina rannte noch schneller. Mit einem Hechtsprung warf sie sich auf den Verdächtigen und brachte ihn zu Fall. Sie landete halb auf ihm, halb auf dem harten Asphalt, ein stechender Schmerz fuhr durch ihren rechten Ellbogen. Der Mann unter ihr versuchte, sie abzuschütteln und wieder aufzuspringen, doch mit einer gekonnten Bewegung führte sie seine Hände hinter dem Rücken zusammen, während sie mit der anderen Hand nach ihren Handschellen griff. Und nun erkannte sie auch ihr Gegenüber.

»Frederik Bartsch, du bist festgenommen wegen versuchten Mordes an Thorsten Späth.«

Nachdem Katharina auf die Kollegen gewartet und ihnen Frederik übergeben hatte, kehrte sie zu Thorsten Späths Wohnung zurück. Ein Krankenwagen stand vor der Tür, und die Verstärkung, die Daniel gerufen haben musste, war ebenfalls eingetroffen. Katharina grüßte die Kollegen und ging ins Haus. Elfriede Leutkirch spähte durch den Spalt ihrer offenen Tür.

»Und, haben Sie den Mistkerl erwischt?«, fragte sie.

»Hab ich.«

Elfriede Leutkirch nickte anerkennend. »Das hätte ich Ihnen gar nicht zugetraut. Sehr gut!«

Katharina verkniff sich ein Grinsen und betrat Thorsten Späths Wohnung, doch die gute Laune verging ihr sofort, als die Sanitäter aus dem Wohnzimmer kamen, in den Händen eine Trage, auf der Daniel lag. Katharina malte sich sofort die schlimmsten Dinge aus. Vielleicht hatte Späth ihn überwältigt, nachdem Daniel ihn befreit hatte. Vielleicht war auch noch ein Komplize von Frederik in der Wohnung gewesen. Sie hatte einfach die Verfolgung aufgenommen, ohne sich vorher zu vergewissern, dass in der Wohnung alles sicher war. Wie unvernünftig von ihr.

»Daniel, was ist passiert?« Mit wenigen Schritten war sie bei ihm. »Es tut mir leid, ich hätte …«

Er nahm ihre Hand, und sie verstummte sofort. »Mach dir keine Vorwürfe und bitte auch keine Gedanken. Es geht mir gut. Wahrscheinlich nur ein verstauchter Fuß. Sie nehmen mich mit zum Röntgen.«

Sie atmete erleichtert auf. »Sehr gut. Ich hatte schon befürchtet, es sei etwas Schlimmes passiert.«

Daniel schüttelte den Kopf, auf seine Lippen stahl sich ein Lächeln. »Schön, dass du dir Sorgen um mich machst, aber ich bin hart im Nehmen.«

»Ich würde dich ja ins Krankenhaus begleiten, aber ich muss einige Befragungen vornehmen.«

»Klar, das verstehe ich. Hast du ihn denn erwischt?« Sie nickte. »Wer war es? War es Frederik?«

Erneut nickte sie. »Frederik.«

Daniel sah überrascht aus. »Wirklich? Ich hab echt geglaubt, du hättest dich da in etwas verrannt. Frederik soll zwei Menschen umgebracht haben?«

»Sieht ganz so aus.«

Daniel warf einen Blick auf die Sanitäter, die allmählich ungeduldig wurden. »Okay, lass uns später weiterreden. Ich melde mich nachher bei dir, wenn du willst.«

»Mach das.« Katharina drückte seine Hand, bevor sie sie losließ. Dann nickte sie den Sanitätern zu und ließ sie vorbei, bevor sie das Wohnzimmer betrat. Hubert sprach mit Späth, einen Pappbecher Kaffee von der Tankstelle in der Hand. Sie saßen auf dem Sofa und verstummten, als sie Katharina erblickten. »Du fährst zur Tankstelle, wenn ich deine Hilfe brauche?«, fragte sie gespielt vorwurfsvoll.

Hubert nahm einen Schluck und stellte den Becher ab. »Was veranstaltest du auch für Manöver am frühen Morgen! Außerdem hab ich die Kollegen sofort hergeschickt. Hast du Bartsch zur Strecke gebracht?«

Katharina ließ sich auf den Sessel fallen. »Hab ich. Und Sie, Herr Späth, packen jetzt endlich aus.«

Thorsten Späth fuhr sich mit zitternden Händen durchs Gesicht. Der Schreck schien ihm tief in den Knochen zu sitzen.

»Sie haben Frederik Bartsch erpresst, richtig?«, fragte Katharina, da er immer noch schwieg. Er nickte, und sie schüttelte den Kopf. »Was haben Sie sich nur dabei gedacht? Einen Mörder zu erpressen!«

»Ich wusste doch nicht, dass er Clemens umgebracht hat«, verteidigte Späth sich. Er holte tief Luft. »Als ich heute Morgen von der Arbeit kam, hat er hier in der Wohnung auf mich gewartet. Keine Ahnung, wie er hier hereingekommen ist. Er hat mich mit einer Pistole bedroht ...«

Katharina zog die Augenbrauen hoch. »Er hatte eine Waffe bei sich?« Warum hatte er sie dann nicht gegen sie verwendet? Wobei sie keine Waffe bei ihm gefunden hatte. Sie blickte zu Hubert. »Er hatte keine Waffe bei sich. Vielleicht hat er sie irgendwo versteckt oder in den Müll geworfen oder so. Ich hatte ihn nicht die ganze Zeit über im Blickfeld.«

Hubert stand auf. »Ich sag den Kollegen Bescheid, dass sie gleich noch die Gegend absuchen sollen. Wir müssen nur wissen, welchen Weg Bartsch eingeschlagen hat.«

Katharina erklärte es ihm und wandte sich dann wieder Späth zu. »Also, Frederik hat Sie mit einer Waffe bedroht.«

»Richtig. Er hat mich gezwungen, einen Abschiedsbrief zu schreiben. Anschließend hätte ich mich erhängen sollen.«

Katharina schauderte es. Zum Glück war sie rechtzeitig hier gewesen. »Dann erzählen Sie mal, wie das mit Ihrem fehlinvestierten Kredit abgelaufen ist.«

Mit immer noch zitternden Händen zündete Späth sich eine Zigarette an. »Sie haben mich über den Tisch gezogen, Clemens und Bartsch. Haben mir super Gewinne versprochen, wenn sie das Geld für mich in nicht ganz so legalen Geschäften anlegen: Warlords in Afrika, Material für nukleare Waffen für Nordkorea. Clemens hatte mir mal davon vorgeschwärmt, angeblich hätte er selbst über Bartsch Geld angelegt. Ich hatte echt Probleme, also hab ich einen Kredit aufgenommen und das Geld investiert.«

287

Späth überlegte einen Moment. »Da fällt mir ein – kurz bevor alles in trockenen Tüchern war, wollte Clemens mich noch davon abbringen, einen Kredit zu investieren. Aber Bartsch hat mir versichert, es könne überhaupt nichts schiefgehen. Eines Tages ruft er mich jedoch an und erklärt mir, das Geld sei weg.«

»Und Sie konnten nicht zur Polizei gehen, weil Sie dann selber dran gewesen wären«, folgerte Katharina.

Späth nickte. »Ich steckte echt in der Klemme, weil ich den Kredit nicht zurückzahlen konnte. Der Gerichtsvollzieher stand auf der Matte, ich hab fast meinen Job verloren. Und dann taucht Clemens plötzlich am Donnerstagabend hier auf und erzählt mir, dass das alles nur Fake war. Frederik hat selber mit dem Geld spekuliert, in legalen Anlagen. Die Gewinne zahlt er zum Teil aus, doch den größten Batzen behält er für sich. Clemens bekommt seinen Anteil dafür, dass er ihm neue Kunden liefert. Oder geliefert hat.«

»Und warum hat Clemens ihnen das gebeichtet?«, wollte Katharina wissen.

Späth zuckte mit den Schultern und blies Rauch in die Luft. »Keine Ahnung. Schlechtes Gewissen bekommen, vermute ich mal. Er wollte sich der Polizei stellen, doch dazu kam er ja nicht mehr.« Er drückte seine nicht einmal halb gerauchte Zigarette im Aschenbecher aus. »Es war dämlich, ich weiß, aber da hab ich meine Chance gesehen. Ich wollte von Bartsch nur mein angeblich verlorenes Geld zurück plus einen kleinen Zuschlag. Mehr nicht.«

Seufzend stand Katharina auf. »Wissen Sie, das ist das Problem, Herr Späth: Erpresser wollen immer mehr.«

»Dieser Mistkerl!« Katharina schlug die Tür zu ihrem Büro zu.

Hubert drehte sich zu ihr um. »Ganz ruhig, Katrinchen, wir kriegen Bartsch trotzdem dran, und sei es nur für versuchten Mord und Anlagebetrug.«

Katharina warf die Hände in die Luft. »Ist das dein Ernst? Er hat zwei Menschen umgebracht, und er hätte auch Späth eiskalt ermordet, wenn ich nicht rechtzeitig aufgetaucht wäre. Ich will ihn hinter Gittern sehen, lebenslang!«

Hubert ging hinüber zur Kaffeemaschine, um sich eine Tasse einzuschenken. »Wir finden schon noch was gegen ihn. Notfalls stellen wir ihm eine Falle. Aber wir müssen Ruhe bewahren. Wenn wir das Wild verschrecken, erreichen wir gar nichts.«

Kopfschüttelnd ließ Katharina sich auf ihren Schreibtischstuhl fallen. »Gibst du mir auch einen Kaffee?«

Hubert betrachtete sie einen Moment, stellte aber keine Fragen und schob ihr seinen Becher hin, um sich gleich darauf eine neue Tasse einzuschenken. »Okay, wir besorgen uns einen Durchsuchungsbeschluss. Eventuell finden wir ja die K.O.-Tropfen in seiner Wohnung oder in der seiner Freundin.«

»So blöd ist Frederik nicht, die wird er im See entsorgt haben«, erwiderte Katharina. »So ein verdammter Mist! Der Kerl ist doch kein Profi. Warum finden wir keine Beweise für seine Taten?«

Es klopfte an der Tür, und Nina trat herein. Triumphierend wedelte sie mit einem Ausdruck in ihrer Hand. »Wir haben ihn. Ich habe gerade eben mit dem Mietwagenverleih gesprochen, wo Frederik Bartsch die S-Klasse ausgeliehen hat. Der Inhaber hat mir die Unterlagen sofort rübergemailt.«

»Zeig her.« Katharina sprang auf und ließ sich von Nina den Ausdruck reichen. »Sehr gut. Die KTU soll den Wagen unter die Lupe nehmen und sich vor allem den Radmutternschlüssel vornehmen. Wir müssen irgendwie beweisen, dass das der Wagen vom Tatort ist.«

»Die KTU ist schon dran«, antwortete Nina und verließ das Büro wieder.

Katharina gab Hubert den Ausdruck und blieb hinter seinem Schreibtisch stehen, um ihm über die Schulter zu schauen. »Hoffentlich finden wir was. Blutspuren, DNS von Anna Maier, irgendwas«, sagte er. »Sonst haben wir nichts gegen Bartsch in der Hand.«

Katharina stieß einen Seufzer aus. »Es wird wohl kaum Blutspuren geben, nachdem Frederik Anna auf dem Feldweg umgebracht hat. Und wenn er den Wagen gründlich hat reinigen lassen ... Aber die Reifenspuren müssten mit denen vom Tatort übereinstimmen, und wir haben das Überwachungsvideo von der Anwaltskanzlei.«

Hubert schüttelte den Kopf. »Ich fürchte, das reicht nicht. Damit beweisen wir, dass Anna in das Auto eingestiegen ist und dass der Wagen am Tatort war, aber nicht, dass Bartsch Anna umgebracht hat. Das sind alles nur Indizien.«

Katharina presste die Lippen aufeinander, um nicht zu fluchen, doch da kam ihr plötzlich ein Gedanke. »Wir brauchen eine DNS-Probe von Frederik«, sagte sie schon auf dem Weg zur Tür.

»Warte, wofür brauchst du die? Und ist Daniel nicht im Krankenhaus?«

»Nicht mehr, er wurde gerade entlassen. Er hat mir eine SMS geschickt.«

»Zum Glück ist dein Fuß nicht gebrochen«, sagte Katharina, während sie und Daniel auf das Ergebnis des DNS-Abgleichs warteten. Sie saßen in seinem Büro der Pathologie vor seinem Rechner, er hatte den bandagierten Fuß hochgelegt. »Tut es sehr weh?«

Er sah zu ihr. »Es geht, die Schmerzsalbe hilft ganz gut. Mal sehen, wie es heute Nacht wird.«

»Es tut mir wirklich leid. Eigentlich müsste ich hier mit verstauchtem Fuß sitzen.«

Daniel schüttelte den Kopf. »So ein Blödsinn. Dann hättet ihr Frederik nicht gefasst. Das passt schon so.« Einen Moment betrachteten sie einander schweigend. Schließlich fragte Daniel: »Und er weigert sich, die Morde an Anna und Clemens zuzugeben?«

Katharina strich sich eine Locke hinters Ohr. »Natürlich, und wir haben nichts gegen ihn in der Hand. Keine Tatwaffe, keine Spuren von ihm am Tatort oder an den Opfern.«

»Aber dieser Thorsten Späth sagt doch gegen ihn aus, oder?«

»Das schon und Max sicher auch, wenn er erfährt, dass er selbst nicht für die illegalen Geldanlagen zur Rechenschaft gezogen werden kann. Aber ich will ihn wegen der Morde drankriegen. Ich bin mir sicher, dass er es war.«

»Und das wirst du ihm hoffentlich auch beweisen können.« Daniel zeigte lächelnd auf den Computerbildschirm. »Bingo, die DNS-Proben stimmen zu neunundneunzig Komma neun Prozent überein.«

»Super, du bist ein Schatz. Danke, dass du mir trotz deines verstauchten Fußes geholfen hast.«

Sie beugte sich zu ihm, um ihm einen Kuss auf die Wange zu geben, doch als sie aufstehen wollte, fasste Daniel sie am Handgelenk und zog sie zurück auf den Stuhl. Im nächsten Moment spürte sie seine Lippen auf ihren. Sie war zu perplex, um diesen Kuss zu verhindern, und plötzlich überkamen sie Erinnerungen an vergangene Tage. Sein Duft, sein Geschmack, das leichte Kratzen seines Drei-Tage-Barts an ihrem Kinn … Früher hatte sie das immer gestört, doch hier und jetzt fand sie es irgendwie prickelnd. Sie hatte sich in Daniels Armen stets geborgen gefühlt, und überrascht musste sie feststellen, dass sich daran nichts geändert hatte. Trotzdem hielt sie das Ganze für keine gute Idee. Sie legte ihre Hände auf seine Schultern, um sich von ihm abzudrücken, doch im selben Moment beendete er den Kuss.

»Daniel …«

Er winkte ab. »Los, fang deinen Mörder. Wir reden später darüber.«

Katharina setzte sich im Vernehmungsraum auf den Stuhl gegenüber Frederik, Hubert nahm neben ihr Platz. Frederik grinste sie selbstgefällig an.

»Neuer Versuch?«, fragte er.

Katharina schob ihm ein Foto über den Tisch, und aus Frederiks Gesicht wich augenblicklich jede Farbe. Auf dem

Bild war das Kleid zu sehen, das eingerahmt über Annas Bett gehangen hatte.

»Hast du dieses Kleid schon mal gesehen?«, fragte Katharina.

»Ich wüsste nicht, wo«, erwiderte Frederik und lehnte sich in seinem Stuhl zurück in dem Versuch, weiterhin abgebrüht und cool zu wirken.

»Dann will ich dir mal auf die Sprünge helfen: Anna trug dieses Kleid vor ziemlich genau achtzehn Jahren, als sie vergewaltigt wurde.«

»Anna wurde vergewaltigt? Und was hat das mit mir zu tun?«, wollte Frederik wissen.

»Die Tat ist noch nicht verjährt, mein Lieber.«

»Na und? Was soll das? Ich hab nichts damit zu tun. Du weißt, wie Anna vor achtzehn Jahren aussah. Ich hätte sie nicht mal mit der Kneifzange angefasst.«

Katharina atmete tief durch, um ruhig zu bleiben. »Es wird dich vielleicht überraschen, aber Anna war so schlau, dieses Kleid aufzuheben und niemals zu waschen. Darauf finden sich nicht nur fremde Fasern und DNS-Spuren, sondern auch Sperma-Spuren. Und soll ich dir was sagen? Die Spuren stammen von dir, wir haben einen Abgleich gemacht. So gesehen wäre jetzt Zeit für ein Geständnis.«

Frederik atmete geräuschvoll aus. »Also gut, ich gebe es zu. Ich hab mit ihr geschlafen, aber ich habe sie nicht vergewaltigt. Wir haben uns auf dem Seehasenfest getroffen und uns ganz gut verstanden. Sie war hübscher geworden, nicht mehr so ein langer Lulatsch ohne jede Spur von Weiblichkeit. Ich hatte wohl ein bisschen zu viel getrunken. Wir haben uns geküsst, und eins führte zum anderen. Sie wollte es genauso wie ich, doch plötzlich machte sie einen Rückzieher. Ich habe nur beendet, was wir beide begonnen haben.«

»Tja, und das nennt man Vergewaltigung.« Katharina biss sich auf die Lippe.

Frederik zuckte mit den Schultern. »Nenn es, wie du willst, aber den Mord an ihr kannst du mir nicht anhängen.«

292

Katharina stand auf und stützte sich mit den Händen auf der Tischplatte ab. »Du mieser …«

Hubert schob sie zurück auf ihren Stuhl. »Herr Bartsch, wir wissen, dass Sie sich vom einundzwanzigsten bis dreiundzwanzigsten Juli in Stuttgart einen Mercedes ausgeliehen haben, eine schwarze S-Klasse. Zufälligerweise wurden am Tatort Reifenspuren einer S-Klasse gefunden. Außerdem liegt uns ein Überwachungsvideo vor, auf dem zu sehen ist, wie Anna Maier kurz vor ihrem Tod in eine schwarze S-Klasse mit Stuttgarter Kennzeichen einsteigt. Können Sie sich das erklären?«

Wieder zuckte Frederik mit den Schultern. »Das kann Zufall sein, es gibt viele S-Klassen mit Stuttgarter Kennzeichen. Können Sie beweisen, dass das mein Mietwagen auf dem Video und am Tatort war?«

Katharina spürte, dass sich auch Hubert neben ihr anspannte. Frederik war wirklich eiskalt, andere wären längst eingeknickt. Es klopfte an der Tür, und Nina kam herein. Wortlos reichte sie Hubert etwas und verließ den Verhörraum wieder. Katharina beugte sich zu Hubert, um sich die Unterlagen ebenfalls anzusehen. Der Bericht von der KTU zeigte, dass die Reifenspuren von Frederiks Mietwagen mit denen vom Tatort identisch waren, doch ansonsten hatten sie nichts finden können. Keine Spuren von Anna. Allerdings auch keinerlei Spuren auf dem Radmutternschlüssel.

»In der Tat«, begann Hubert und schob den Bericht der KTU Katharina zu. »Wir können beweisen, dass Ihr geliehener Mietwagen am Tatort war. Zudem hat die KTU den Radmutternschlüssel ganz genau unter die Lupe genommen. Die Mordwaffe, Herr Bartsch.«

Frederik zuckte nicht einmal mit der Wimper. »Das kann gar nicht sein. Ich habe jedenfalls niemanden mit einem Radmutternschlüssel umgebracht.«

»Mit diesem Radmutternschlüssel vielleicht nicht«, fuhr Katharina fort. »Der Besitzer des Mietwagenverleihs hat jedoch bestätigt, dass der Radmutternschlüssel in der zuletzt von dir geliehenen S-Klasse nicht der ist, der zum Auto gehört. Zudem finden sich darauf keinerlei Fingerabdrücke. Findest du das nicht auch seltsam?«

Frederik lachte. »Ist das dein Ernst? Mit einem Radmutternschlüssel ohne Fingerabdrücke wollt ihr beweisen, dass ich Annas Mörder bin?«

Hubert beugte sich über den Tisch. »Geben Sie es auf, Herr Bartsch, wir haben den Bock vor der Flinte. Sie haben Anna Maier vergewaltigt, andere Menschen in großem Stil abgezockt und versucht, Thorsten Späth umzubringen. Sie haben ein Motiv, hatten die Gelegenheit, und es gibt kein Alibi für beide Morde. Vielleicht haben wir nur Indizien, aber davon sehr viele. Kein Richter wird daran zweifeln, dass Sie diese Morde begangen haben. Wenn Sie jetzt kooperieren, spricht das für Sie.«

Frederik schwieg, er bewegte sich nicht einmal, doch plötzlich warf er die Hände in die Luft. »Okay, okay. Clemens war Annas Kunde und mein stiller Partner. Er hat Anna alles gestanden, dieser Idiot. Natürlich wusste ich nichts davon, aber Clemens hat mir gegenüber mal von Charlène gesprochen. Ich glaube, er mochte sie. Eines Tages finde ich eine anonyme handgeschriebene Karte im Briefkasten. *Dieses Mal lasse ich dich nicht davonkommen.* Es hat einen Moment gedauert, bis es Klick gemacht hat und ich Annas Handschrift erkannte. Du erinnerst dich doch sicher, Katharina. Sie hat das M immer so besonders geschrieben, sodass es kein Mensch mehr als M erkannt hat. Mir war jedenfalls klar, dass Anna irgendwie von dem Betrug erfahren haben muss, aber wie? Auf gut Glück habe ich im Internet nach Charlène gesucht und sie bei genauerem Hinsehen als Anna erkannt.« Er schüttelte den Kopf. »Dieses Flittchen. Taucht nach Jahren aus der Versenkung auf und will mich zur Rechenschaft ziehen, dabei habe ich *sie* ja nicht einmal um Geld betrogen, und das mit der angeblichen Vergewaltigung war schon ewig her. Sie hätte einfach nur die Klappe halten müssen, so wie Clemens. Aber der muss ja auf einmal seinen

Moralischen bekommen. Gesteht Späth alles und will sich der
Polizei stellen.«

»Wie haben Sie es gemacht?«, fragte Hubert. »Die vorgebli-
chen Alibis, Maurers Boot auf dem See?«

»Ich habe Anette ein Schlafmittel in den Wein gegeben. Clemens
hat mich angerufen, um zu reden, bevor er zur Polizei gehen
wollte. Ich hab vorgeschlagen, uns auf dem See zu treffen. Jeder
mit seinem eigenen Boot, um den letzten Abend in Freiheit zu
genießen. Wir haben uns betrunken – ich mich natürlich nur
vorgeblich –, und der Rest war ganz einfach.«

Katharina schob die Unterlagen zusammen und stand auf.
Wortlos durchquerte sie den Raum, doch an der Tür drehte sie
sich noch einmal um. »Warum, Frederik? Warum hast du Anna
und Clemens umgebracht? Damit niemand herausfindet, dass
du Leute abgezockt hast?«

Frederik sah ihr direkt in die Augen, als er sagte: »Du weißt
nicht, wie das ist – die Angst vor dem Auffliegen, vor der Ver-
achtung der anderen. Mein Vater hat mir damals prophezeit,
aus mir würde nie etwas werden. Er hat immer meinen älteren
Bruder bevorzugt. Ich wollte nicht … Ich wollte nicht, dass er
mich für einen Versager hält.«

Katharina schüttelte den Kopf. »Tja, jetzt bist du nicht nur
ein Versager und Betrüger, sondern auch noch ein Vergewaltiger und Mörder. Herzlichen Glückwunsch.« Damit verließ sie
den Vernehmungsraum.

Kapitel 24

Sonntag, 30. Juli

»Danke, dass ihr alle so spontan Zeit habt, um meinen Einstand und meinen gestrigen Geburtstag zu feiern.« Katharina hob ihr Glas mit der alkoholfreien Früchtebowle, die ihre Mutter am Abend zuvor noch vorbereitet hatte, und prostete ihrer Familie und ihren Freunden zu.

»Auf Katharina«, sagte Daniel. Er saß auf einem Gartenstuhl, das verstauchte Bein hochgelegt. »Und auf Hubert. Dank euch beiden haben wir einen Mörder weniger in Friedrichshafen.«

Die anderen lachten und hoben ebenfalls ihre Gläser, um einen Schluck zu nehmen. Katharina deutete auf den Tisch, der mitten im Garten stand und mit allerlei Köstlichkeiten gedeckt war: Salate jeder Art, selbst gemachte Soßen und Dipps, ofenwarmes Baguette. Auch darum hatte Maria sich gekümmert. Zum Nachtisch hatte Katharina gestern Abend noch schnell Melonen und Eis besorgt. »Und nun ran ans Buffet«, sagte sie. »Lasst es euch schmecken.«

Die Gäste verteilten sich. Jonas stellte sich an den Grill, um sich wieder um das Fleisch zu kümmern, Oli gesellte sich zu ihm. Emily unterhielt sich mit ihrem Vater, Maria mit Hubert. Nur Linus stand etwas verloren da. Katharina ging zu ihm. An diesem Sonntagnachmittag trug er ausnahmsweise einmal keinen Anzug, sondern eine Cargohose zu einem T-Shirt und einem offenen Jeanshemd. Das Outfit sah ungewohnt lässig aus, doch es stand ihm.

»Ich hoffe, Sie langweilen sich nicht.«

Lächelnd winkte er ab. »Natürlich nicht, Langeweile kenne ich überhaupt nicht. Ich bin übrigens dafür, dass wir Du zueinander sagen.«

Katharina erwiderte sein Lächeln. »Sehr gern. Schön, dass du hier bist.«

»Hast du daran gezweifelt? Wobei es etwas spontaner war als gedacht. Wahnsinn, wie schnell ihr den Mörder plötzlich hattet.«

»Tja, manchmal braucht man eben Glück.«

»Ach was, das war Können. Du hattest von Anfang an das richtige Gefühl«, mischte sich Daniel plötzlich ins Gespräch. Emily war zum Buffet gegangen und hatte ihren Vater alleingelassen.

»Nicht von Anfang an«, sagte Katharina, aber sie fühlte sich auch ein wenig geschmeichelt. Im Gegensatz zu Hubert hatte sie tatsächlich die richtige Spur verfolgt. Bisher hatte er zwar diesbezüglich noch nichts zu ihr gesagt, aber sie war froh, ihren ersten Fall im neuen Team so gut gemeistert zu haben. Betretenes Schweigen setzte ein. Katharina schaute sich hilfesuchend um, doch es sah nicht so aus, als würde sich so bald jemand zu ihnen gesellen. »Ich gehe mir mal etwas zu essen holen. Soll ich dir was mitbringen?«, fragte sie Daniel.

»Danke, das macht Emily schon.«

Sie nickte und flüchtete regelrecht von der Terrasse in den Garten. Emily häufte gerade Nudelsalat auf einen Teller. »Geht es dir gut?«, fragte Katharina.

Das Mädchen grinste. »Mir schon. Bist du sicher, dass es eine gute Idee war, Papa *und* diesen Staatsanwalt einzuladen?«

Katharina verzog das Gesicht. »Ich hatte eben denselben Gedanken, aber daran lässt sich jetzt wohl nichts mehr ändern.« Sie nahm sich einen Teller und schöpfte sich von dem grünen Salat. »Sag mal, was ist eigentlich mit dir und Markus?«

Das Grinsen wich aus Emilys Gesicht, sie zuckte mit den Schultern. »Keine Ahnung, er hat nicht auf meine letzte Nachricht reagiert.«

»Das tut mir leid. Kann ich irgendwas tun?«

Emily schüttelte den Kopf und machte sich mit zwei voll beladenen Tellern auf den Weg zu ihrem Vater. Katharina sah ihr einen Moment hinterher, dann nahm sie sich noch etwas Baguette und Soße und ging zu Jonas und Oliver, die sich immer noch am Grill stehend unterhielten. Der Duft von Holzkohle und gegrilltem Fleisch hing in der Luft.

»Ich hab ihn ja noch nie gemocht, wenn ich ehrlich bin«, sagte Oliver gerade. Katharina musste nicht fragen, um wen es in dem Gespräch ging. Die Nachricht von Frederiks Verhaftung hatte sich wie ein Lauffeuer herumgesprochen.

»Kaum zu glauben, dass er wirklich zwei Menschen umgebracht haben soll.« Jonas schüttelte den Kopf. »Er kann ein Idiot sein, aber das hätte ich ihm nicht zugetraut.«

»Hi, Jungs.« Katharina lächelte ihnen zu. »Ihr seid mir doch nicht mehr böse, oder? Ich habe keinen von euch wirklich für verdächtig gehalten, wenn euch das tröstet.«

Jonas lachte. »Das kaufe ich dir nicht ab, aber ist schon okay. Was darf's für dich sein? Würstchen? Steak?«

»Steak, bitte.«

Oliver wandte sich ihr zu. »Ich war nie sauer auf dich, nur verzweifelt, weil ihr mir nicht glauben wolltet.«

»Hubert hat dir nicht geglaubt«, korrigierte Katharina ihn. »Ich habe dich immer verteidigt. Dich übrigens auch, Jonas.«

Oliver machte eine wegwerfende Handbewegung. »Schwamm drüber, ich kann's ja verstehen. Ich hätte deinen Job nicht machen wollen, ganz ehrlich. Es ist doch bestimmt nicht einfach, wenn man die Verdächtigen alle von früher kennt.«

Katharina zuckte mit den Schultern. »Teils, teils. Es hat durchaus seine Vorteile, aber auch seine Nachteile. Bei dir zum Beispiel. Obwohl du dich am Anfang wirklich verdächtig verhalten hast, konnte ich mir einfach nicht vorstellen, dass du den Mord begangen haben solltest. Ich hab mich deswegen ein paar Mal mit meinem Chef in den Haaren gehabt.« Sie deutete mit dem Kopf hinüber zu Hubert.

Oliver legte ihr einen Arm um die Schulter und drückte ihr einen Kuss auf die Wange. »Das weiß ich zu schätzen, vielen Dank. Dafür und … du weißt wofür.«

298

Sie nickte. Natürlich wusste sie das. Er bedankte sich, weil sie sein – oder besser gesagt, Lunas – Geheimnis hütete. »Immer wieder gern.«

»Okay, und jetzt zu einem anderen Thema: Was macht eigentlich mein Schwager hier?« Katharina zögerte, und Oliver lachte. »Nein, echt jetzt? Er hat ein Auge auf dich geworfen?«

»Schon irgendwie.«

»Geschmack hat er ja, das muss ich ihm lassen. Und was ist mit dir?«

Nach erneutem Zögern zuckte sie mit den Schultern. »Er ist nett, alles andere wird sich zeigen.« Ihre Augen wanderten zu Jonas, der nicht unbedingt begeistert aussah. Verdammt, wie hatte sie nur auf die Idee kommen können, Daniel, Jonas und Linus zusammen einzuladen? Das konnte ja nicht gutgehen!

Draußen dämmerte es, und die ersten Gäste waren bereits gegangen. Daniel und Maria räumten noch in der Küche die Spülmaschine ein, auch wenn Katharina ihren Exmann mehrfach gebeten hatte, sich zu schonen. Emily war vermutlich in ihrem Zimmer, und wo Hubert war, wusste sie nicht. Zumindest hatte er sich noch nicht von ihr verabschiedet. Linus war gerade im Begriff zu gehen, Katharina begleitete ihn zur Tür.

»Danke noch mal für die Einladung, das war wirklich ein sehr schöner Nachmittag.«

»Das finde ich auch«, sagte Katharina. »Danke fürs Kommen, und danke für das Geschenk.« Er hatte ihr eine Schallplatte von David Garrett geschenkt, und obwohl sie alle CDs des Geigers schon besaß, freute sie sich darüber.

»Das sollten wir wiederholen. Was meinst du?«

Katharina überlegte kurz, nickte aber schließlich. Es war nichts dabei, sich mit ihm zu treffen. Neue Freunde konnte man immer gebrauchen, auch wenn sie Jonas hatte und sich wieder öfter mit Oliver verabreden wollte. Aber wem machte sie etwas vor? Linus versprach sich sicher mehr von den Treffen mit ihr.

299

Ihr ging das zu schnell, sie musste sich erst einmal über einiges klar werden.

Linus beugte sich zu ihr hinunter. Sie wusste, dass er sie küssen wollte. Im letzten Augenblick wandte sie den Kopf ab, sodass sein Mund ihre Wange berührte. Jonas hatte sie bereits geküsst, ebenso Daniel, und sie wollte es nicht noch komplizierter machen. Linus wirkte nicht enttäuscht; lächelnd strich er ihr über die Wange.

»Ich ruf dich an.«

Dann verschwand er in der Dämmerung. Katharina sah ihm einen Moment hinterher, bevor sie sich umdrehte – und Daniel gegenüberstand. Trotz seiner Krücken hatte sie ihn nicht kommen gehört. Eine Weile standen sie sich schweigend gegenüber. Sie mussten über den Kuss sprechen, aber Katharina hatte keine Ahnung, was sie sagen sollte. Sie konnte Mörder überführen, aber in diesem Moment fühlte sie sich ganz und gar hilflos. Sie hatte Daniel inzwischen verziehen, und ja, er bedeutete ihr auch noch etwas, aber sie war sich nicht sicher, ob sie mit ihm noch einmal von vorn anfangen wollte. Und was war mit Jonas und Linus?

»Magst du ihn?«, fragte Daniel schließlich.

»Daniel, ich kenne Linus kaum.«

Er musterte sie, bis ihr sein Blick fast unangenehm wurde. »Der Kuss gestern … Ich weiß nicht, wie es mit dir ist, aber mir hat er etwas bedeutet. *Du* bedeutest mir etwas, aber das weißt du sicher.« Sie nickte nur, unfähig, etwas zu sagen. Er humpelte an ihr vorbei, doch an der Tür drehte er sich noch einmal zu ihr um. »Ich werde dich nicht kampflos aufgeben, Kathi.«

Seufzend ging sie zu ihrer Mutter in die Küche, die gerade die Reste des Essens im Kühlschrank verstaute. Katharina half ihr dabei, die Schüsseln und Teller mit Klarsichtfolie abzudecken.

»Hat dir deine Feier gefallen?«, fragte Maria.

Katharina nickte. »Sicher, es war nett.«

»Nett?« Maria drehte sich kurz zu ihr um. »Sag mal, was läuft da zwischen dir und diesem Staatsanwalt?«

Katharina unterdrückte ein Seufzen. Wollte sie das heute wirklich jeder fragen? »Gar nichts, wir verstehen uns nur gut, das ist alles. Außerdem arbeiten wir zusammen. Da kann es nicht schaden, ein gutes Verhältnis zu haben. Immerhin wird er mir im Laufe der Zeit den einen oder anderen Gefallen tun müssen.« Maria musterte sie fragend, doch Katharina gab keine Antwort. Sie hatte nicht vor, mit ihrer Mutter über ihre Absichten zu sprechen.

»Na, er wäre auf jeden Fall eine gute Partie.« Nach einer kurzen Pause fragte Maria: »Und was ist mit dir und Daniel?«

Katharina stöhnte. »Ich weiß es nicht, okay? Lass mir ein bisschen Zeit, dann kannst du mich noch mal fragen.«

»Ist ja gut.« Maria öffnete die Kühlschranktür und nahm ihrer Tochter die Schüsseln ab. »Aber lass dir nicht zu viel Zeit. Du bist auch nicht mehr die Jüngste.«

»Gut, dass du mich daran erinnerst. Ich sehe mal nach Emily. Danke für deine Hilfe.«

Katharina verließ die Küche, bevor es noch zum Streit kam. Danach stand ihr momentan überhaupt nicht der Sinn, und vielleicht hatte Emily ja Lust, noch einen kleinen Spaziergang zu machen. Mit Rudi im Schlepptau stieg sie die Stufen nach oben. Wo Garfield wohl steckte? Annas Kater hatte sich ganz gut eingelebt, allerdings mochte er es nicht, wenn zu viel Besuch im Haus war. Er hatte sich sicher irgendwo versteckt.

Katharina wollte gerade die angelehnte Tür zu Emilys Zimmer aufstoßen, als sie Stimmen von drinnen hörte. Nanu, wen hatte Emily denn bei sich? Doch da erkannte sie Huberts Stimme. Verwundert darüber, dass die beiden sich in Emilys Zimmer unterhielten, spitzte Katharina die Ohren.

»... wirklich schlimm«, sagte Hubert gerade. »Einen Kollegen im Einsatz zu verlieren, ist die größte Angst jedes Polizisten, das kannst du mir glauben. Und dein Opa war ein ganz toller Partner.« Leiser fügte er hinzu: »Weißt du, ich träume immer noch oft von dieser Nacht damals. Ich fühle mich schuldig. Wenn ich nur ...«

301

»Blödsinn«, unterbrach Emily ihn. »Ich war damals erst fünf und habe nicht viel mitbekommen, aber Sie sind garantiert nicht schuld an Opas Tod. Mama hat mir davon erzählt. Das war irgend so ein Idiot auf Drogen.«

»Das stimmt.« Huberts Stimme veränderte sich, er klang jetzt wieder wie immer. »Und deshalb versprich mir bitte, dass du die Finger von diesem Dreckszeug lässt. Dein Opa hätte das nicht gewollt, und deine Mutter …«

»Ist ja schon gut«, unterbrach Emily ihn erneut, doch sie klang weder pampig noch vorwurfsvoll. »Ich habe es meiner Mutter bereits versprochen, und ich werde mich daran halten.«

»Sehr gut.« Hubert schien aufgestanden zu sein, denn der Lattenrost von Emilys Bett quietschte ganz leicht.

»Hubert? Würden Sie mir auch etwas versprechen?«

»Was denn?« Huberts Stimme klang nun näher, er schien bereits auf dem Weg zur Tür zu sein.

»Passen Sie bitte auf meine Mutter auf? Ich will nicht, dass ihr was passiert.«

Katharina schluckte; am liebsten hätte sie Emily auf der Stelle in den Arm genommen. Ihr war klar, dass sie ihren Posten an der Tür hätte aufgeben müssen, um nicht erwischt zu werden, doch sie konnte nicht. Nicht, bevor sie nicht Huberts Antwort gehört hatte.

»Keine Sorge, das werde ich«, sagte er. »Ich werde es nicht noch einmal vermasseln. Nicht bei ihr.«

Schritte waren zu hören, und Katharina lief schnell zur Treppe, um so zu tun, als würde sie gerade erst nach oben kommen, doch es war zu spät. Hubert, der in diesem Moment aus der Tür trat, hatte sie bereits entdeckt. Sie wechselten einen verlegenen Blick.

»Katrinchen«, sagte er schließlich, doch sie konnte ihm deswegen nicht böse sein. Nicht heute, nicht jetzt. Stattdessen ging sie auf ihn zu und nahm ihn in den Arm.

»Danke, Hubert.«

Er tätschelte ihr etwas unbeholfen den Rücken. »Ja, ja, schon gut.«

»Ich glaube, wir sind ein ganz gutes Team, oder was meinst du?«

»Na ja, du hattest ja sozusagen Heimvorteil«, meinte Hubert. »Mal sehen, wie du dich bei deinem nächsten Fall schlägst. Dann reden wir weiter.«

Sprachlos sah Katharina dabei zu, wie er die Treppe nach unten stieg. Was für ein Tag! Kopfschüttelnd drehte sie sich um, um zu ihrer Tochter zu gehen.

Dank

Mein erster Dank gilt meinem Mann. Du unterstützt mich bei jedem meiner Projekte, und bei diesem hier ganz besonders. Du hast nicht nur stundenlang mit mir im Garten gesessen und geplottet, damit diese Geschichte hieb- und stichfest ist. Du hast mir auch den Rücken freigehalten, als es schlussendlich ans Schreiben ging. Und wer weiß, ob ich ohne dich den wunderschönen Bodensee kennengelernt hätte.

Vielen Dank meinem kleinen Niklas: dass du so geduldig warst, als dieses Buch entstanden ist.

Mein besonderer Dank gilt dem ehemaligen Leiter der Kriminalpolizeidirektion Friedrichshafen, Uwe Stürmer. Danke, dass Sie sich die Zeit genommen haben, mir die Kriminalpolizeidirektion zu zeigen, die Arbeitsabläufe zu erklären und unzählige Fragen zu beantworten. Sämtliche Ungereimtheiten gehen auf meine Kappe. Bei der Größe der Ermittlungstruppe etwa habe ich mich der künstlerischen Freiheit bedient.

In diesem Rahmen möchte ich auch meiner Autorenkollegin und DeLiA-Schwester Jana Lukaschek danken: dafür, dass du auf so amüsante Weise mit den letzten Mythen rund um die Polizeiarbeit aufgeräumt hast.

Vielen Dank an meine Agentin Diana Itterheim von der litmedia.agency und auch vielen Dank an Weltbild, allen voran an die Programmmanagerin Elisabeth Steppich und an meine Lektorin Ulrike Strerath-Bolz.

Und zu guter Letzt möchte ich mich natürlich auch bei meinen Lesern bedanken. Ich hoffe, mein erster Krimi hat euch gefallen und wir lesen uns bald wieder.